小说中的北京

北京故事

张莉 主编

北京出版集团
北京十月文艺出版社

总序：百年文学中的北京

张　莉

“百年文学中的北京”是一套紧贴北京的文学作品集，它致力于收录百年来一代代作家笔下的北京故事、北京声音和北京风景，展现新的北京气象与北京风貌。本套图书由《小说中的北京》《散文中的北京》《诗歌中的北京》三种五册组成。其中,《小说中的北京》以“京城风景”“北京故事”“新北京人”为副标题分为三册，共收录中短篇小说四十七篇;《散文中的北京》收录散文作品二十七篇;《诗歌中的北京》则收录了六十位诗人的诗作。所收录的作品遵循生动、鲜活、好看、常读常新的原则，努力做到兼容并包，丰富多样，既有深入人心的经典作品，也有广受关注的新锐佳作。

如果说百年文学史是奔流不息的长河，那么《小说中的北京》所展现的是与北京有关的鲜活人物与故事，那是属于长河的浩荡与旖旎;《散文中的北京》收录的是有声有色、有趣有味的北京风情与风物，那是属于长河的波涛、海浪与猎猎风声;《诗歌中的北京》所收录的则是北京的诗情与诗意，是长河的气息、浪花与粼粼波光。无论是小说、散文还是诗歌，我们都能从中领略北京的百年风貌，品味不同时代作家对北京生活的书写和理解。

阅读“百年文学中的北京”的过程，是重新领略“北京为何如此迷人”的旅程。我们会深刻认识到，北京是有着深厚传统和文化底蕴的古城，但同时也是国际化的现代都市，新时代的风带来新的氧气，也带来新的生机，今天的北京越来越充满活力，这座城市孕育着无限可能。北京为一代代作家提供了丰厚的创作滋养，作家们则以笔墨建设着它的诗情、它的文心、它的文学气度、它的文学气象。“百年文学中的北京”，见证着北京一路繁荣、一路盛景。

北京为何如此迷人？答案就在这百年小说、百年散文、百年诗歌中。

要特别说明的是，编纂“百年文学中的北京”的三年多来，我深刻意识到，书写北京的文学作品数量庞杂而编选篇幅却总是有限的，作为编者的遗珠之憾终究无法避免。好在，关于北京的书写是“正在进行时”，那么，编纂北京文学作品的工作也势必永无止境。同时，我也期待更多同行参与到这项工作中来，不断摸索、开拓，将更多优秀的北京文学作品纳入视野，共同助力北京文学的蓬勃发展。

作为“北京老舍文学院导师讲义书库”，“百年文学中的北京”获得了北京市文联文学艺术创作扶持专项资金的资助，感谢北京文联陈宁书记、老舍文学院周敏老师的帮助与信任，这些帮助与信任是我编纂此书最坚实的保证。感谢北京十月文艺出版社韩敬群先生和李婧婧女士的出版统筹工作，没有他们的敬业与耐心，就没有这套图书的如期出版。感谢我的研究生团队，作为新一代研究者，他们文学触觉敏锐、视野开阔且深具行动力，和他们在不同场合的讨论推动了本书编选工作的顺利展开。

何为真正的北京味道

——《小说中的北京》序言

张　莉

《小说中的北京》收录了百年文学史上关于北京的中短篇小说佳作四十七篇，从鲁迅、郁达夫、老舍、沈从文、林徽因、汪曾祺等现代文学史上的重要作家开始，直到正在当代文坛活跃着的80后、90后作家；从《伤逝》《微雪的清晨》《九十九度中》《断魂枪》到《组织部来了个年轻人》《辘轳把胡同9号》《安乐居》，从《顽主》《贫嘴张大民的幸福生活》《永远有多远》《手上的星光》到《如果大雪封门》《世间已无陈金芳》，这里有烟火气十足的胡同日常，有熙熙攘攘的都市生活，有外省青年的奋斗与拼搏……北京城里最为热气腾腾的生活在这些小说中留存，那些鲜活可爱、栩栩如生的人物引起代代读者长久的共鸣与共情。

按作品发表时间顺序，我将四十七篇中短篇小说分为上中下三部分。“京城风景”所收录的是1919年至1986年间关于北京生活的重要中短篇小说作品十九篇；“北京故事”收录的是1986年至2005年间的中短篇小说十一篇；“新北京人”则收录的是2005年以来的中短篇小说十七篇。从中可以看到，尽管这些小说的艺术风格及文学追求各有不同，但都讲述了发生在北京的那些难忘故事，讲述了人与城、城与人之间如何互相塑造、互相成就。

阅读这些有关北京生活的小说，其实是与一座伟大、历史悠久但又日新月异的城市不断相遇，是与一个个朴素平凡、亲切生动的北京人相见与相识的过程。事实上，这里收录的诸多作品不仅是书写北京的代表作，也是中国当代文学史上的经典之作，它们引领着不同时期文学写作的潮流与方向。

当然，阅读这些作品的过程，更是不断辨认何为北京味道的阅读之旅。一些小说中，北京味道的主要特征在于北京话与北京风情，一如京味传统的作品；一些小说中的北京味道则与北京城里的故事有关；当然，还有一些作品的北京味道体现在叙事上，一如强烈的北漂叙事——外省人如何来到北京奋斗、拼搏，成为新北京人。某种意义上，京味传承、北京故事与新北京人的际遇构成了百年小说中的北京味道。

京味浮沉与新变

老舍先生开启了京味文学的写作，他以庞大而深具影响力的作品为北京话建造了文学的城堡，这里的北京话洪亮、清脆、好听，有迷人的节奏感，同时也有强烈的平民特征和民间气。《小说中的北京　京城风景》收录的是老舍发表于20世纪30年代的短篇代表作《断魂枪》——它以北京话及北京俚语书写了传统武艺与传统武者的命运。某种意义上，老舍笔下的人物和他所使用的语言形成了水乳交融的关系，他建立起了自己独特的语言地标。

20世纪80年代的京味文学，是中国当代文学史上的重要文学现象，它引领着读者对何为京味的理解。陈建功的《辘轳把胡同9号》用地道的北京话刻画了一个深具传奇命运的北京普通市民形象；邓友梅的《寻访“画儿韩”》聚焦老北京文化，凝视旗人后裔及民间艺人；林斤澜的《头像》追求“到达纯精神的高度”，关注古都平民的心灵世界；张洁的《“冰糖葫芦——”》则以“京片子”来叙说一位残疾人脑海中闪过的一系列思绪；赵大年的《西三旗》用北京话书写了旗人后裔佟二爷夫妇在时代之变中的际遇……这些作品共同构成了80年代京味作品的新风貌。

王朔的《顽主》书写的是三位玩世不恭的北京“顽主”形象，他们调侃一切主流生活方式，消解虚伪。王朔从北京话中提取了一种戏谑、浑不论，以及不驯顺的气质，这是他对北京话内在精神的重新挖掘，这样的语言方式为当代文学带来了关于北京文化、北京人的新认识。在《贫嘴张大民的幸福生活》中，“贫嘴”是张大民的生活方式，也是他的生活态度，他以“贫嘴”为乐，也以“贫嘴”表达爱恨，更以“贫嘴”的方式稀释劫难，度过人生困苦。由“贫嘴”入手，刘恒继承了老舍语言中的平实、质朴、乐观，也为这种语言提了速，从而更突显了北京人生命中的韧性和达观。刘恒挖掘了张大民身上独有的属于民间百姓的精气神儿。

铁凝的《永远有多远》是当代文学史上深刻探索何为北

京味道与北京精神的重要作品。生活在驸马胡同的北京姑娘白大省热情、宽厚、待人真诚，以忍让仁义为美德，但却面临着一次次背叛与失去。小说将这位北京姑娘的故事与北京城市风貌之间进行连接，完成了深具文化意味的相互映照。小说思考的是以胡同文化所代表的仁义精神在全球化时代里所面临的处境，思考的是今天的我们如何理解传统，如何承续传统。叶广芩的《梦也何曾到谢桥》以女童视角回顾民国时期以来旗人世家金家的家族故事。胡同生活与世家故事糅杂在叶广芩的文本里，构成了京味文学的新变。石一枫擅长以地道的京腔将故事讲得引人入胜，能敏锐触摸时代脉搏，《世间已无陈金芳》书写了一位北京土著对北漂女性陈金芳际遇的观察与思考。

一代作家有一代作家对京味的理解，一代作家有一代作家的聚焦点，正是因为他们对何为京味的不同捕捉，才有了京味故事的新声与新变。

北京都市故事的多声部叙述

京味语言是百年小说北京味道的显在特征，另一些潜在的北京味道则体现在作品的字里行间。林徽因的《九十九度中》以“窗内”与“窗外”相结合的视角，讲述了20世纪30年代酷暑中的一天，不同阶层人的生活；林海音的《惠安馆》以女孩视角写下与北京城南有关的天真且复杂的往昔记忆；李陀的《七奶奶》写下的是胡同生活发生变化后给普通百姓七奶奶带来的心灵变化；刘绍棠的《小荷才露尖尖角》书写的是京东运河两岸的风物与人情；肖复兴的《叉路口》以叉（岔）路口为取景器，写下一些被人遗忘的城市角落；刘心武的《公共汽车咏叹调》关注一辆公共汽车在西单站从停靠到再次发动，将之视为日常生活的“咏叹调”；汪曾祺的《安乐居》则凝视“安乐居”里的酒与菜，从食客们的言与行写起，为每一位普通人物立传；徐小斌的《黄和平》以月季花“黄和平”为引，讲述几代女性成员之间的相处；徐坤的《午夜广场最后的探戈》将女性广场舞的体验从私人空间推到公共空间，舞者的着装与探戈舞本身，都成了都市女性自我意识的一种表达载体……

市井生活之外，是作家们对人的精神世界的探索。史铁生的《老屋小记》以“我”的视角回忆与老屋有关的普通人的人生；刘庆邦的《泡澡》讲述了老李穿梭在北京街巷，他希望找到合适的泡澡地点，却遇到了困难；李洱的《悬铃木枝条上的爱情》讲述了来北京参加学术会议的知识分子“我”、妻子艾伦和好友王菲之间的交往诸事，关乎北京城里的知识分子生活；宁肯的《火车》则聚焦于20世纪70年代北京大院里的少年玩伴们和女孩小芹，叙述了少年们当年在琉璃厂到永定门火车站这一空间的漫游。

与前辈作家相比，年轻一代写作者的故事显现出新的情感困扰。乔叶的《至此无山》中，讲述了一对昔日的恋人在八大处公园散步，观寺庙、喝茶、爬山、聊京剧，那是属于中年人的情感际遇；刘汀的《老灵魂》中，三十多岁的北京男人老洪过着普通、平庸的生活，在工作单位与家庭之中都受到压抑；淡豹在《女儿》中，追溯“他”与“她”之间的相处，随着记忆之门慢慢打开，当年的情感考验逐渐袒露出黯淡样貌；笛安的《我认识一个比我善良的人》中，写下的是房东如何与两位合租的年轻房客之间结成都市情谊的故事，那是当代青年在困境中互相贴近彼此照亮的时刻；90后作家杜梨的《故国逢春一寂寥》书写“我”和同事在颐和园工作的日常相处，那是当代青年人与古典皇家园林之间的精神相遇；梁豪的《亮马河》则借老聂的眼睛看亮马河，这条河的过去与现在、旧与新都变得可亲可感，一个人的变化与一条河的变化相互呼应。

以上小说没有一眼可辨的京腔京调，但城市地标（如颐和园）和城市空间（如大院、地铁）都潜在地提示读者这些作品里的北京味道——写下北京城里那些具体而微的生活，是小说家们为百年北京共同弹奏的优美动听而又别具质感的时代变奏曲。

北漂叙事与新北京人

北漂叙事是百年小说中的重要脉络，这些作品书写了外省人如何在北京扎根、如何融入北京的际遇。从鲁迅、郁达夫、沈从文再到邱华栋、徐则臣，这些作品写的是来自四面八方的青年在北京如何与贫困搏斗，如何融入城市成为其中一分子，又或逃离北京的故事。

也许，应该把鲁迅的《伤逝》作为北漂叙事的缘起。小说创作于1925年，写下的是外省青年涓生和子君之间爱情的幻灭。吉兆胡同里的点滴最终磨损了爱情，“爱要有所附丽”成为《伤逝》的主题，——困顿之下，爱情如何时时更新，这是一百年前青年面对的爱情难题，在今天依然有现实性。《微雪的早晨》中郁达夫关注的是青年学生在北京求学的苦闷，沈从文在《生存》中所写的是外来青年吴勋的内心困境。今天看来，这些作品可以算作是一百年前的北漂叙事。

邱华栋的小说《手上的星光》书写了一群“无名之辈”怀揣着野心与梦想来到北京的故事，尽管理想破灭但手上依然有星光，小说写下了20世纪90年代的北京都市图景，更展现了“北漂”青年的精神状态；梁晓声的《烛的泪》关于外地年轻夫妻留在北京过除夕的故事；荆永鸣的《外地人》关于异乡人在北京生活的种种磨难与痛感；付秀莹的《花好月圆》关注来到都市后乡村青年女性内心的震动；马小淘的《毛坯夫妻》则聚焦那些留京的年轻人，一起面对生活压力，一起过日子相互取暖的状态。

2000年以来，徐则臣书写了一系列外省青年在北京的故事。《如果大雪封门》中，跑步的“我”和等待一场大雪的打工人林慧聪，其实都是怀揣着梦想来到北京的青年，在北京生活是他们的美好愿景与奋斗目标，小说书写了“北漂”青年们的精神世界。文珍的《有时雨水落在广场》写的是一位丧偶老人从湖南老家来到北京加入小苹果广场舞队的故事；孙睿的《抠绿大师》中，“我”和宝弟是影视行业的“北漂”，他们在不同的剧组之间来回奔波；蒋在的《外面天气怎么样》则讲述了月光族室友、在洗浴中心打工的女技师等“北漂”青年拮据的日常。

和上述“北漂”生活不同，王蒙的《组织部来了个年轻人》并不凝视漂泊而关注青年人的困惑，小说呈现了富有思考力的干部林震的成长，写下了生活在新中国的青年的品质与信念；浩然的《喜鹊登枝》则以一对青年男女自由恋爱的故事贯穿始终；宗璞的《红豆》关于解放前夕北京校园里大学生恋人江玫与齐虹之间的爱情抉择。来到2000年，我们的青年生活发生了何种变化？孟小书的《深秋北京》关于电台DJ、摇滚乐评人、影视编剧等新兴职业的青年生活，关于青年男女热烈但又多歧的情感，那是属于当下青年情感世界的斑驳；马亿的《莫兰迪展》以即将开幕的莫兰迪艺术展门票售罄为契机，书写了年轻男子陈衡与一位哺乳期女人在夜晚相遇的故事……

将百年北漂叙事与青年叙事并置会发现，青年如何在大城市里立足成为百年来作家们共同关注的主题。这些作品刻下了一代代青年在这座城市的苦闷、彷徨、怅惘以及理想。而来到北京的青年人则为这座城市带来了新气质、新气象，他们成为一代代新北京人。事实上，这些青年人的生活状态和精神状态隐在地说明北京何以庞大与多样，也隐在地说明这座城市何以深具活力，何以深具无限可能。

阅读这些作品会让人想到一座伟大城市与写作者的关系。城市塑造着在这里居住的小说家们，影响他们的写作趣味和写作见识，同时，小说家们也以写作的方式为城市赋形，书写着这座城市的味道、气质、气度，勾勒着这座城市的形象。

在百年作家笔下，何为真正的北京味道呢？

北京有它地道的烟火气、都市气，那味道是纯正的、澄明的、清澈的，是由伟大的传统所构建的；北京也有它的辽阔、浩大、日新月异，那味道是丰富的、驳杂的、生生不息的，——北京味道永远不只是北京的味道，它是中国的，也是世界的。

感谢我的研究生胡诗杨、易彦妮、刘潆德所做的搜集文本及撰写背景介绍工作，在工作中，他们展现出了新一代文学研究者的敏锐、细致与行动力。作为工作助手，胡诗杨同学的协调和统筹减轻了我的工作负担。感谢北京文联陈宁书记、老舍文学院周敏老师的帮助与信任，她们为这本书的出版提供了必不可少的帮助。感谢北京十月文艺出版社总编辑韩敬群先生和责任编辑李婧婧、田宏林女士的工作，没有他们的敬业与严谨，就没有这本书的如期出版。

2024年8月10日

目　录

顽　主

王　朔

一

“我是个作家，叫宝康——您没听说过？”

“哦，没有，真对不起。”

在“三T”公司办公室里，经理于观正在接待上午的第三位顾客，一个大脑瓜儿细皮嫩肉的青年男子。

“我的笔名叫智清。”

“还是想不起来。您说吧，您有什么事，不是想在我们这儿体验生活吧？”

“不不，我生活底子不体验也足够厚。是这样的，我写了一些东西，都是冷门，任何人看了脑袋都‘嗡’一下，傻半天——我这么说没一点言过其实，很多看过的人都这么认为，认为起码可以得个全国奖，可是……”

“落了空？”

“准确地说我压根没参加评奖，我认为毫无希望，瞧，我是个有自知之明的人。也许你不太了解文学圈儿里的事，哪次评奖都是平衡的结果，上去了一些好的作品，但一些同样好的作品偏偏上不去。”

“这个我们恐怕爱莫能助，我们目前和作协没什么业务联系，我们缺乏有魅力的女工作人员。”

“噢，我不是让你们去为我运动。我不在乎得不得全国奖，我对名利其实是很淡泊的，我只希望我的劳动得到某种承认，随便什么奖都可以。”

“您的意思是说哪怕是个‘三T’奖？”

于观试探地问。

宝康紧张地笑起来：“真不好意思，真难为情，我是不是太露骨了？”

“不不，您恰到好处。您当然是希望规模大一点喽？”

“规模大小无所谓，但要隆重，奖品丰厚，租最豪华的剧场，请些民主党派的副主席——我有的是钱。”

“奖品定为每位获奖者一台空调怎么样？”

“每位？我可是为自个的事……”

“红花也得绿叶扶，您自个站在台上难道不寂寞？该找几个凑趣的。我想给您发奖的同时也给一些著名作家发奖，这样我们这个奖也就显得是那么回事，您也可一样跻身著名作家之列。和著名作家同台领奖，说起来多么令人羡慕。”

“一人一台空调，这要多少钱？虽然我很想有机会和著名作家并排站会儿，可也不想因此倾家荡产。”

“要是您不赞成奢侈，节省的办法也有，把奖分为一二三等，特等奖为空调您自己得，其余各类为不同档次的‘傻瓜’相机，再控制一下获奖人数，我们只选最有名的。”

“这样好，这样就合理多了。”宝康喜笑颜开，“我得空调，别人得‘傻瓜’。你列个预算吧，回头我就交钱。”

“您来付钱时能不能把您的作品带来让我们拜读一下？当然哪篇获奖我们不管您自己定，我只是从来没这么近地和一个货真价实的作家脸儿对脸儿过，就是再和文学无缘也不得不受感动。”

“可以。”宝康既矜持又谦逊地说，“我甚至可以给你签个名儿呢。我最有名的作品是发在《小说群》上的《东太后传奇》和发在《作家林》上的《我要说我不想说但还是要说》。”

“了不起，一定很有意思，我简直都无心干别的了。”

“你说，那些名作家会不会端臭架子，拒绝领奖？”于观把青年作家送到门口，青年作家忽而有些忧心忡忡。

于观安慰他：“不怕的，领不领是他们的事，不领我们硬发。”

“谢谢，太谢谢了。”青年作家转身和于观热情地握手，“灯不拨不明，您这一席话真使人豁然开朗。”

“不客气，我们公司的宗旨就是帮助像您这样素有大志却无计可施的人。”

在一条繁华商业街的十字路口，杨重正满面春风地大步向站在警察岗楼下的一个他从未见过面的姑娘走去。

“对不起我来晚了，我紧赶慢赶还是迟到了，你等半天了吧？”

“没关系，你用不着道歉。”刘美萍好奇地看着杨重，“反正我也不是等你，你不来也没关系。”

“你就是等我，不过你自己不知道就是了。今天除了我没别人再来了。”

“是吗？你比我还知道我在干吗——别跟我打岔儿，警察可就在旁边。”

“难道我认错人了？”杨重仍然满面堆笑，一点也不尴尬，“你不是叫刘美萍吗？是百货公司手绢柜台组长，在等肛门科大夫王明水，到底咱俩谁搞错了？”

“可王明水鼻子旁有两个痦子呀。”

“噢，他那两个痦子还在。今天早晨他被人从家里接去出急诊了，有个领导流血不止，因而匆匆给我公司打了个电话，委托我公司派员代他赴约，他不忍让你扫兴。我叫杨重，是‘三T’公司的业务员，这是名片。”

“‘三T’公司？”刘美萍犹疑地接过杨重递过来的名片，扫了一眼，“那是什么？名儿像卖杀虫剂的。”

“‘三T’是替人解难替人解闷替人受过的简称。”

“居然有这种事，你们都是什么人？厚颜无耻的闲人？”

“我们是正派的生意人，目的是在社会服务方面补遗拾缺。您不觉得今天要没我您会多没趣儿吗？”

“可我不习惯，本来是在等自己的男朋友，却来了一个亲热的替身，让我和这个替身谈情说爱……像真的一样？”

“您完全不必移情，我们的职业道德也不允许我往那方面诱您，我们对顾客是起了誓的。大概这么说您更好懂点，我只是要像王明水那样照料您一天，陪您一天。”

“您能有他那么温存体贴、善解人意吗?”

“不敢说丝毫不走样——那就乱了——我尽量遵循人之常情吧。你们今天原打算上哪儿玩?”

两个人并肩往街里走。

“他答应今天给我去买皮大衣的。”

“哦，这个他可没让我代劳。”

“我说不会一样嘛，我们明水历来都是慷慨大方的。”

“活着没劲。”

一个粗粗壮壮的汉子坐在于观办公桌对面沮丧地说。

“活着没劲。”于观心不在焉地附和说。

“那怎么办呀?”

“有什么办法?没劲也得活着呀。”于观抬起头。

“我不想活了。”汉子盯着于观说。

“别别，别不想活。”于观嘟哝着劝道，“好死不如赖活着。”

“那好，你让活那我就活。你给我找点事儿干，我烦了。”

“会玩牌吗?咱俩玩牌吧?”于观提议。

“没劲。”汉子摇摇头。

“那下象棋?”

“更没劲。”

“去公园，划船?看电影?”

“越说越没劲。”汉子来了气，“你也就是这些俗套儿。”

“那你说干什么?干什么我都陪着你。”

“跳楼你也陪着——我要你陪干吗？你也不是女的。”

“哦，我们这儿不给人拉皮条。有专门干这事的地方——婚姻介绍所。你要空闲时间太多，可以练练书法，欣赏欣赏音乐或者义务劳动。”

“见你的鬼，闹了半天我花两毛钱挂号你就给我出这些主意，这不是蒙人吗？”

“我也不是神仙，也不是美国大使馆管签证的，个人的幸福要依赖社会的进步，沉住气。”

“你觉着你活着有劲吗？”汉子目光灼灼地问。

于观看看汉子，看不出他是不是在挑衅。

“挺有劲。”

“我觉得你没劲，你这人特没劲，没劲得我都不想抽你了。”

“你这个不要脸的还回来干吗？接着和你那帮哥们儿‘砍’去呀！”

一个年轻的少妇在自己的公寓里横眉立目地臭骂马青。

“别回家了，和老婆在一起多枯燥，你就整宿地和哥们儿神‘砍’没准还能‘砍’晕个把眼睛水汪汪的女学生就像当初‘砍’晕我一样，卑鄙的东西！你说你是什么鸟变的？人家有酒瘾棋瘾大烟瘾，什么瘾都说得过去，没听说像你这样有‘砍’瘾的，往哪儿一坐就屁股发沉眼儿发光，抽水马桶似的一拉就哗哗喷水，也不管认识不认识听过没听过，早知道有这特长，中苏谈判请你去得了。外头跟个八哥似的，回家见我就没词儿，跟你多说一句话就烦。”

“我改。”

“改屁！你这辈子改过什么，除了尿炕改了，生来什么模样现在还是什么模样。”少妇哭闹起来，“不过了，坚决不过了，没法过了，结婚前还见得着面儿，结婚后整个成了小寡妇。”

少妇一抬手把桌上的杯子扫到地上，接着把一托盘茶杯挨个摔到地上。马青也抓起烟灰缸摔在地上，接着端起电视机：“不过就不过！”

“别价。”少妇尖叫着扑过来按住他的手，“这个不能摔——你是来让我出气的还是来气我的？”

“你说过你丈夫急了逮什么摔什么。”马青理直气壮地说，“你又要求我必须像他。”

“可我丈夫急也不摔贵重物品，你这是随意发挥。”

“你没交代清楚。”

“这是不言而喻的。”

“好吧，电视机放回去。下边该什么词儿了？”

“真差劲，看来你们公司没经过良好的职业培训就把你派来了。下边是我爱……”

“我爱你。”

马青和少妇愣愣地互相看着。

“我爱你。”马青重复了一遍，看到少妇仍没反应，十分别扭地又说，“别闹了，宝贝儿。”

少妇笑了起来。

马青涨红脸为自己辩解：“我没法再学得更像了，这词儿扎人。”

“好好，我不苛求你。”少妇笑着摆摆手，“意思到了就行。”

“其实我是心里对你好，嘴上不说。”

“你最好还是心里对我不好，嘴上说。”

“现在不是提倡默默地奉献吗？”马青的样子就像被武林高手攥住了裤裆，“你生起气来真好看。”

“好啦好啦，到此为止吧，别再折磨你了。”少妇笑得直打嗝地说，“真难为你了。”

“难为我没什么，只要您满意。”

“满意满意。”少妇拿出钱包给马青钞票，“整治我丈夫也没这么有意思，下回有事还找你。”

“咳，人生，”杨重吐着烟圈，眼望冷饮室的天花板，比画着说，“人生就是那么回事。就是踢足球，一大帮人跑来跑去，可能整场都踢不进去一个球，但还得玩命踢，因为观众在玩命地喝彩、打气。人生就是跑来跑去，听别人叫好。”

“我发觉你特深沉。”刘美萍手托脸着迷地盯着杨重，连酸奶也忘了喝，“你是不是平时特爱思考？”

“是。”杨重眼神儿空洞地说，“我平时特爱思考，特深沉。”

“你是不是上过大学？”

“嗯，上过吧。”

“怪不得，上过大学的人都心事重重，若有所思。”

“你是不是也特爱思考？”

“啊，我特爱瞎想，我特爱琢磨人。像我们这种职业吧，就是和人打交道的职业，每天都得和几千人说话，我就观察这几千人的特点。譬如说胖子吧，一般爱买大手绢，胖子鼻涕多嘛，瘦子就买小一点的。”

“腺体分泌和体重有关系吗？”

“当然有关系，世上万物谁和谁没关系？你和这个酸奶瓶要嚼起亲来没准还有点血缘关系呢，你先人死了，烧成骨灰，扬到地里，连土挖出来，烧成瓷器或者玻璃，装上酸奶，卖给你。”

“这就是辩证法吧？比较朴素的。”

“我也不知道是不是，我只知道凡事都有个理儿，打个喷嚏不也有人写几十万字的论文，得了博士。”

“有这么回事，这论文我们上学时传阅过。人家不叫喷嚏，这是粗俗的叫法儿，人家叫‘鼻黏膜受到刺激而起的一种猛烈带声的喷气现象’。”

“你懂得真多。”

“哪里，还是你懂得多。”

“你懂得多。”

“惭愧惭愧。”

“谦虚谦虚。”

“咱们别争了，这样下去没个完，您爱才我心领。”

“我真是诚心诚意夸你。我觉得跟你特说得来，特知音。”

“别别，我这人经不住夸。”

“你老这么一味地谦虚我要生气了，好像我夸你是害你似的。”

“那就算我懂得多吧，其实我也觉得和你特谈得来特知音。”

“我特愉快。”

“我也特愉快。”

马青身心交瘁地回到公司办公室时，于观正被那汉子揪着脖领子在办公室里拖来拖去。

“你别这样，放开我，让人看见不体面。”

“你就成全我吧，就扇两嘴巴，就两个。”

“不行，我吃不住，我体质弱。”

“你就让我干一件想干的事吧，我长这么大还没自个做过回主呢。”

“别的事可以商量，这件事坚决不行。我正告你，如果你碰我一指头，我就和你拼了。”

“都这么自私，只顾自己不顾别人，什么替人解难替人解闷儿，一触到自己就不干了。”汉子松开于观，哭了起来，“我真不幸，真不自由。”

于观喘上来一口气，拉拉被揪皱的衣服，示意马青把手里的垒球棒放回门后。走回办公桌后坐下，对汉子说：

“别哭鼻子了，挂号费退给你，赶紧走吧。”

汉子哭泣着，从马青手里接过两毛钱，紧紧攥着一路走出门。

“胡大，咱们干的这是什么倒霉差事。”

门关上后，马青几步走过来，一屁股坐在于观的办公桌上，大声说。

“我每天挨家去让人骂，你又差点让人打了，就杨重享福，每天去大街上吊膀子，当代用券。我要和他对换工种，种田还得休耕呢。”

“我们不是有君子协定在先，任人唯贤，因材施教。”于观仰在椅子靠背上疲倦地说，“你太温柔，让你去和别人的女人谈心，你每回都把临时帮工变成全面承包，我不能隔一天就让一个丈夫打上门一回。”

“依你说，我只能永远挨女人不歇气儿地暴骂而得不到机会和她们交流了？”

“别她们她们的，她，就一个，一个随便你怎么交流。饭要一口一口吃，仗要一个一个打。有时你那种老少咸宜、兼容并蓄的气魄每个有正义感的人都感到气愤，那不道德……”

“可杨重也不是宦官。”

电话铃响了，于观边伸手去接边反驳：

“可他懂得荟萃，去粗取精，而你总是囫囵吞枣。他有耐性，可以胡扯一天仍津津有味，你三分钟端不了簸箕便拔腿去找下一个……喂，找谁？”

“就找你。”话筒传来嗡嗡的男声，“我是杨重，我坚持不住了，这女人缠得我受不了啦。”

“我刚刚还夸你有耐性，会胡扯。”

“你不知道这女人是个现代派，爱探讨人生的那种，我没词儿了，我记住的所有外国人名都说光了。”

“对付现代派是我的强项。”马青在一边说。

于观瞪了他一眼，对话筒说：“跟她说尼采。”

“尼采我不熟。而且我也不能再山‘砍’了，她已经把我引为第一知己，眼神已经不对了。”

“那可不行，我们要对那个肛门科大夫负责，你要退。”

“她不许我退，拼命架我。”

“这样吧，我们马上就去救你，你先把话题往低级引，改变形象，让她认为你是个粗俗的人。”

“你们可快来，我都蒙了，过去光听说不信，这下可尝到现代派的厉害了……她向我走来了，我得挂电话了。”

“记住，用弗洛伊德过渡。”

“快来，我坚持不了多一会儿。”

马青嘻嘻笑着，从办公桌上跳下来，兴奋地在屋里转圈踱着步等立身收拾办公桌的于观。

“弗洛伊德我拿手，我就是弗洛伊德的中国传人。”

“你是弗洛伊德病例的中国自动复印版。”于观绕过办公桌走出来，“我不许你趁机卖弄。”

这是个阳光灿烂的中午，街上人群摩肩接踵，所有小餐馆、快餐店都挤满吃饭的人，有些没座的人还把饭菜端到街上站着吃。于观和马青费了半天劲儿，才在一家画着彩色广告的电影院门厅里的冷饮柜台旁找到杨重和女顾客。电影院刚散场，门厅里人挤人，所有人都在大声说话，嘈杂喧闹，他们挤到杨重身边，他也没发现。显然已经才尽，面对滔滔不绝、神采飞扬的手绢柜台组长显得精神恍惚。

“你一定特想和你妈妈结婚吧？”

“不不，和我妈妈结婚的是我爸爸，我不可能在我爸爸和我妈结婚前先和我妈妈结婚，错不开。”

“我不是说你和你妈结了婚，那不成体统，谁也不能和自个儿的妈结婚，近亲。我是说你想和你妈结婚可是结不成因为有你爸除非你爸被阉了但就是你爸被阉了也无济于事因为有伦理道德所以你痛苦你看谁都看不上只想和你妈结婚可是结不成因为有你爸怎么又说回来了我也说不明白了反正就是这么回事人家外国语录上说过你挑对象其实就是挑你妈。”

“可我妈是独眼龙。”

“他妈不是独眼龙他也不会想跟他妈结婚给自己生个弟弟或者妹妹因为没等他把他爸阉了他爸就会先把他阉了因为他爸一顿吃八个馒头二斤猪头肉又在配种站工作阉猪阉了几万头都油了不用刀手一挤就是一对像挤丸子日本人都尊敬地叫他爸睾丸太郎。”马青斜刺里杀出来傍着刘美萍站下来露出微笑。

“这是我的同事，马青，这是我们经理于观。”杨重还了魂似的活跃起来，把不错眼珠地盯着刘美萍微笑的马青和刚拖过一把椅子坐下的于观介绍给刘美萍，“他们都是我老师，交大‘砍’系即食面专业的高才生，中‘砍’委委员。”

“是吗？可我很少跟三个人同时谈人生。”

“没关系。”马青侧身挡住于观和杨重，“你主要和我谈就行了，有没谈透的地方再让他们俩补充。”

“你别跟我这么近乎，我还不了解你呢。”

“那个肛门科大夫是不是特像你爸爸，你说呢？”

“你说的什么呀？我听不懂你说的话……”

于观笑着转脸对杨重说：“你们就在这儿耗了一上午？没进去看电影？”

“看了，《奥比多斯驴在行动》。”

“外国片？”

“哪儿呀，国产片，你不知道现在国产片都起洋名儿？”

“对，我也觉得特空虚，结婚特没劲。”马青拿腔拿调地说，“找来找去不是找着自己爹就是找着自己妈。哪像人家外国，谁跟谁都能睡觉，人家也方便，都有房子，你自个儿有房子吗？”

于观和杨重一起笑起来，杨重掏出烟递给于观一支，两个人头凑在一起点火。

“……我就特钦佩人家外国女的，怎么睡也不拧着男的胳膊去商店买这买那……我没被人拧过，杨重老被人拧，脱臼好几回了。”

马青扭过头眨着眼儿笑着问杨重：“是不是杨重？”

杨重磕磕烟灰笑着说：“你就拿我开心吧。”

“咱们走吧杨重。”刘美萍伸着脖子从马青头后露出脸。

“再坐会儿再坐会儿。”杨重说。

“你甭老拉我们哥们儿走，你我已经接管了，今儿下午杨重还有别的约会。”

“是吗杨重?”

“是。”杨重点点头，对刘美萍笑笑，“身不由己。”

“你就踏踏实实跟我聊着吧，我想和你说的话多着呢。”

“你没正经的，要不你请我吃饭去吧，我这儿坐着听你说都听饿了。”

“要是咱俩单独约会我肯定请你吃，这会儿我是办公呢，要请你吃饭得请示我们经理。经理，我能请美萍吃顿便饭吗?”

“可以，不过得你自个儿掏腰包。”

“毁我?”马青回头对刘美萍说，“要不我请你玩碰碰车得了，那也贵着呢，不过特好玩，玩完你就不饿了。”

“不去，我见车就晕。”

“去吧去吧，那不是一般的车，你玩回试试，保你上去就不爱下来。你们俩也动动。”马青硬把刘美萍从座位上拉起来，搀着，招呼在一旁乐的于观和杨重。

一行人出了电影院，穿街来到街口一家游乐场。刘美萍立刻被花花绿绿的游乐设施吸引了，马青去售票房买了四张碰碰车票，手护着嘴对于观和杨重：“过会儿咱哥仨一起撞她，撞晕了算。”

碰碰车场里空空荡荡没什么人，三个男人忍着笑进场各选了一辆车坐进去，马青还扬着嗓子教也往车里坐的刘美萍：“等一通电你就胡撞一气。”

管理员接通了碰碰车的电源，四辆车立刻发疯似的打起转儿，四散驶开，接着纷纷掉头回来，接二连三地猛撞在一起。刘美萍没玩过碰碰车，根本不能得心应手地操纵、规避，瞪眼瞧那三位从不同方向向自己冲来束手无策，被撞得连连从座位上蹦起来。碰碰车在急剧旋转，高速滑行，三个男人咧着嘴大笑，一次又一次驱车冲撞刘美萍，只见四辆车隆隆吼叫着叠错在一堆，刘美萍不时飞在半空中。

一场玩完，刘美萍已是脸色苍白，又气又惊，她腿软软地从车上爬下来，一时话都说不出来。

“还行吧？”马青跑过来假惺惺地说，“人家外国人就爱玩这个，刺激。”

“还行。”刘美萍硬撑着说，随即话里带了哭腔，“可我们明水从没让我不吃饭就从事剧烈运动。”

“那你快找你们明水去吧，他一定也想你了。”马青拥着刘美萍脚不沾地一阵风地往街上走，刘美萍挣扎着扭过头冲刚出碰碰车场的杨重喊：“再见。”

丁小鲁和林蓓坐在无轨电车里由南向北通过街口，从车窗看到于观和两个人站在路边眉飞色舞地说话，电车经过他们身边时，她露脸喊了一声。

“有人叫你。”杨重对于观说。

于观回头往身后川流的人群张望：“哪儿呢？我好像也听见一声。”

“过去了，前面电车里。”

电车在街边车站停下，几乎下空了，又在顷刻间塞满，摇摇晃晃开走，满街仍是熙熙攘攘的人群。

“管他是谁呢，走吧。”

三个人正要转身走，有人又在很近的地方叫了声于观。三人转过身，丁小鲁和她的女伴随着人流走到他们跟前。

“嘿，碰上你了，真是少见。”于观高兴地说。

“叫你都听不见。”丁小鲁对杨重马青点点头，笑着问于观，“干吗呢站在街上？打算去哪儿？”

“找地方吃饭去。”于观把杨重马青介绍给丁小鲁，丁小鲁也把林蓓介绍给他们。

“演员？啊，好职业。”于观敷衍地说。

“我看你们别在街上晃着找饭馆子。”丁小鲁建议道，“到我家去一起做吧，我们也没吃。”

“你家有人吗？”杨重问。

“就我妈妈。”丁小鲁转脸看着杨重，“不过不碍事。”

“她妈不碍事。”于观也说，“还挺神。”

“那咱就走吧。”马青探头插嘴，“别像老百姓似的站在街上说个没完。坐几路车？”

“接着坐电车。”丁小鲁笑着挽起林蓓，领头在前面走。

“你们下午没事吧？”在电车上，丁小鲁小声问于观。

“没事。”于观说，“本来下午也没事。”

丁小鲁家是50年代苏联援建期间盖的那种俄国风格的笨重结实的灰砖楼房，厚屋顶，窗户巨大，每套单元开间不多但面积宽阔。家具也都是那时公家配发的，式样陈旧，油漆剥落，皮沙发的弹簧已经塌陷。老太太正抱着一只大白猫坐在重新绑过的旧藤椅上怡然自得，看到一大群人呼啦啦进来，大白猫跳下地跑了。一大群人乱七八糟地叫了通“阿姨”，老太太矜持得体地招呼年轻人坐下。看得出来，老太太是受过教育的，经过残酷斗争考验的，既平和又保持着尊严。

“他们是来吃饭的，妈。”丁小鲁说，“家里现在还有什么吃的?”

“我给你看看去。”老太太站起来，往厨房走，一边对于观说，“你好长时间没来了。”

“我这段挺忙。”

“哦，于观也忙了。”

于观不好意思地笑，追着老太太说：“阿姨您别忙，吃什么我们自己弄。”

“我给你看看有什么，反正你到阿姨这儿也得凑合，只能管饱。”

一会儿，老太太从厨房回来对丁小鲁说：“冰箱里只有一点肉馅了，厨房里也就是土豆白菜了。”

“我去买。”丁小鲁说着站起来。

“千万别去。”于观按住丁小鲁掏钱包的手，“这点就够，咱们包饺子。”

“很近的。”老太太说，“楼下就有个菜市场。”

“我知道，那也别去。我们什么也不想吃，包饺子挺好。”

“不用去不用去。”杨重马青也说，“甭麻烦，咱们就随便吃点。”

“还是去买点。”老太太对女儿说，“男孩子可以将就，姑娘得有点可口的。”

“我也不用。”林蓓说，“我爱吃带馅的。”

“真的别去了。”于观对丁小鲁说，“你太客气，我们就走了。”

“那好，那咱们就包饺子吧。”丁小鲁对她妈说，“反正也不是外人。”

“这就对了，我和面小鲁拌馅，老太太您歇着什么都甭管净等着吃——杨重别光自个抽烟，给老太太一颗。”

“哎哟，我不知道阿姨也吸烟，您来这颗。”刚把烟叼上嘴的杨重忙拎着根烟递给老太太。

老太太点着烟看了看牌子：“现在年轻人净抽好烟。”

“我们也不置房子置地，有钱就抽两颗烟玩玩。”

老太太吐了口烟，笑着点点头，坐回藤椅上：“现在的年轻人没负担啊。”

“您抽烟够溜的。”

“我抽烟的历史比你年龄都长，那会儿天天开会天天熏，就会了。”

于观跟着丁小鲁来到厨房，丁小鲁找出个铝盆，从面口袋里舀出面让给于观，自己洗菜切菜。两个人很起劲儿地干着，一声不吭，客厅里的人聊得挺热闹，不时蓦地响起一阵笑声，老太太的笑声格外响亮。

“你妈精神真好。”

“不操心，不着急，自然精神好。”

“你呢，也挺好?”

“你呢?”于观专心致志地揉着面，脸上沁出了汗。

“我发觉你不太爱说话了。”

“谁说的? 我说话时你没听见就是了，哦，有时话是少了。”

客厅传来马青一个人的快速说话声，当他停顿时，响起一片欢笑，笑声刚停，杨重又说了几句什么，笑声再起。

“你这两个同事挺逗的!”

“他们是我最好的朋友。”

丁小鲁手停了一下，又继续剁菜：“你终于有这样的朋友了。”

“和他们在一起我总是很快乐。”

笑声忽然大了，厨房门开了，林蓓走进来。

“你怎么来了? 你们说什么呢这么乐?”丁小鲁抬头说。

“他们在说他们公司的顾客的事呢。”林蓓倚着门说，“我不爱听。”

“可我听见你跟着笑呢。”

“笑归笑，可我不喜欢。他们特坏，人家一个女顾客就是想跟他们探讨一下人生，也没什么不对，他们就把人家骗到游乐场，故意用碰碰车撞人家，把人家撞岔了气儿。”

“没说的，这坏点子准是于观出的。”丁小鲁笑着直起腰看着于观说。

“不是我，马青的主意。”于观也笑着说，使劲用手拍打着揉得光滑的面团。

“你们真不像话，那么过分。”林蓓噘着嘴说。

“她没察觉是故意的。”

“那也不好，对人一点都不真诚。”

“我们小蓓可有正义感了。”

“不是正义感不正义感，本来嘛。我就不爱跟这种人打交道，谁知道他什么时候是真的什么时候是拿你开心。”

“林蓓怎么跑这儿站着来啦？”马青笑嘻嘻地叼着烟进厨房找火，丁小鲁从煤气灶上把火柴拿起给他，笑着对他说：

“正说你呢。”

“说我什么？”马青点着烟，把火柴扔回去。

“说你坏，干坏事。”林蓓直筒筒地说，眼睛瞪着马青。

马青把烟从嘴上拿下来，看了眼于观，对林蓓说：“我没敢得罪你呀，怎么就‘坏’了。”

“你对别人坏，我也是女的，不爱听你吹怎么捉弄人家女的。”

“就是，要尊重妇女。”丁小鲁把剁的菜推进盛肉馅的盆，用力搅起来。

“可我不是老‘坏’。”马青对林蓓说，“我‘好’一个给你看行吗？你容我酝酿酝酿。”

“包饺子了包饺子了。”丁小鲁端着馅盆往堂屋走，“别贫啦，都去洗手。”

林蓓扭身去卫生间，马青吮着烟对于观说：“瞧我别扭——这姑娘。”

“她还没习惯你。”于观笑着端起面盆，“人家是好姑娘。”

“敢情咱们都是坏蛋。”

众人七手八脚包饺子时，老太太建议“给干活的人放点曲子”。丁小鲁拧了半天老式箱形收音机旋钮，调出一组豪迈、缠绵的出征歌曲，这些歌曲也是流行歌曲，大家都随着旋律摇头晃脑地哼哼。当歌手唱到：“如果是这样，你不要悲哀。”三个男人一齐昂首唱第二声部：“——我不悲哀！”

二

天色很亮，纹风没有，街上无声地下着瓢泼大雨，街树冠盖修剪得像最简陋的儿童画，笔直不动地成排矗立雨中。马青屁股离座儿地卖快儿蹬着一辆蒙着塑料布的平板车落汤鸡似的张望着前面雨幕中有着巍峨廊柱的剧场。于观、杨重都背头管裤，神态庄重地站在剧场镶着沉重的铜饰的玻璃门前迎接着沿宽大花岗岩台阶拾级而上的来宾，鸡捣米似的文雅地点着头。

马青把平板车蹬到台阶下，跷腿下来，于观立刻在上面吼：

“拉到后台门口拉到后台门口那师傅你听见没有？”

马青可怜地看着于观，于观不再理他，他只得忍气吞声地一手扶把一手拉座推着平板车往剧场后台门绕。

宝康穿着亮闪闪的西服，挺胸凸肚地背手站在于观身边，满意地注视着湿漉漉的台阶上移步款行的一对对头发蓬松、面孔苍白的西服革履的男女，笑眯眯地问于观：

“你从哪儿收集来的这么些有身份的人——我真开了眼，每个人后脖都是雪白的。”

“不是我有办法，我只是发了些通知，他们其实是慕您的名而来，这都是爱好文学的青年。”

“你说，要是他们知道这个不起眼儿地站在门口的人就是宝康本人，他们会吃惊吧？”

“会的，一定会，我打包票他们会把您围得水泄不通就像前几年围观外国人。”

“同志，”一个挽着女伴的高个男青年问于观，“会后真有舞会吗？”

“有有。”于观忙转过身小声说，“请柬上印着呢。”

“可我们经常上当，说有舞会把我们诳来，陪着那帮傻瓜开半天会，会后却什么也没有了，把人轰出来。”

“这次您放心，不但有，还是一水的‘的士高’。”

“不骗人？”

“我发誓。”

“舞会上有免费饮料也是真的吗？”男青年娇小的女伴问。

“带。”

“这样十块钱还算值。”这对男女转身交券进了场。

于观回身瞟了眼宝康：“没办法，有人群的地方就有左中右。”

宝康毫不介意：“有个把俗人还是允许的。你说过会儿我发言不能过多地谈自个儿吧？那样是不是显得太自满了？”

“花插着吧，谈自个儿的同时也谈谈人民的哺育、组织上的关心、社会的温暖等等各种伸出来的手。”

杨重跑过来：“头儿，差不多了，咱们也该进去了。”

“您也进去到主席台就座吧。”于观对宝康说，“想说什么再演习演习，到时候别忘了词儿。”

丁小鲁和林蓓从剧场前的车站下了车，向剧场走来。林蓓打了把五十公分的素花伞，丁小鲁几乎全身裸露雨中，但她衣服没怎么湿，她很从容地走在雨的缝隙之间。于观向她们招手，她们走了上来。

“居然来了，不是说不来？”

“想了想还是来，看看你们到底在忙什么。”丁小鲁温柔地笑，“你好杨重。”

“你好。”杨重腼腆地伸手和丁小鲁握了握。

“马青呢？”林蓓往于观身后看。

“他在后台卸奖品。”

“挺隆重。”丁小鲁和于观一行进入剧场，“你们挺会搞。”

“嗬，不赖，来的全是狼以上的品种。”浑身湿透像个小瘪三似的马青从条幕边偷偷往剧场里看，对找来帮忙的小哥们儿说。他一转身看见于观、丁小鲁一行进入后台，便喊：“噢，林蓓。”

“噢，马青。”林蓓笑着一扬手，绕开摆在地上的坛坛罐罐走过来，“那个起了个姑子名儿的作家在哪儿呢？你指给我看。”

“喏。”马青用嘴向主席台上一努，“那个单钵儿坐在台上烤的就是。”

林蓓瞅着宝康呵呵笑：“挺式样儿的。”

剧场里正大音量地放着欢快的曲子，强制性地制造着热烈气氛，人们在休息室进进出出，咬着蛋卷冰激凌侧身在狭窄的座位排间找座位号，没人看坐在台上伸着脖子喜滋滋在遥望着大家的宝康。

“奖品在哪儿?”于观问马青。

“那不是?”马青用手一指摆在桌上的空调机和一溜黑革套照相机，自顾和林蓓说笑。

“我问的是奖杯。”

“地上。”马青指了指众人脚下的坛坛罐罐。

“就这个?!”于观举起一个大肚坛子难以置信地端详，猛地蹾在地上，愤怒地说，“这是腌鸭蛋的坛子。”

“你别火呀，头儿。”马青笑嘻嘻地说，“这坛子沉着哪。您不给钱让我弄坛子，弄来这咸菜坛子就不错了，什么坛子不是坛子?”

“得，这回坛子胡同了。”于观绝望地说，“我怎么能不动声色地给著名作家们每人发一个咸菜坛子? 人家准会恼我们。”

“昨晚偷的——这些坛子?”杨重小声问马青。

“哪里，”马青说，“正经是我们胡同口副食店赞助的。头儿，人家可要鸣谢，我答应人家了，不能言而无信。”

于观气哼哼地瞪了马青一眼："你就坏我事吧。"

剧场里传来一阵阵"噢噢"的叫声和掌声夹着口哨声，后台的人都掀开条幕往下看。

"谁来了？哪个作家来了？"于观紧张地问。

"谁也没来。"杨重回头说，"底下的人见还不开始起哄呢。"

"到点了吗？"于观捋捋两只袖子，没表。

"过了。"杨重说，"过了十分钟了。"

"一个著名作家都不来，真不给面子。"

"要不要再等等？"杨重问。

"不能等了，我们不惯这毛病，没他们我们照样开会他妈的——"于观冲后台呆立的人一挥手，"没事的都上主席台，不许笑！没人认识你们。"

于观站到条幕边，脚往台上一迈，立刻做出满面春风的样子，就坡下驴地轻轻鼓着掌迎着满场哄声亮了相。随着他身后，丁小鲁、林蓓、杨重和其他不三不四的人也硬着头皮登了场，最后一个扭捏地不肯上场的人几乎是被马青推出来的。

乐曲停了，台下的人声更大了，掌声、叫声波涛般一浪一浪涌上台，也分不清是欢迎还是起哄，伪作家们像在照相馆的灯光下一样"自然"地笑着，鱼贯入座，坐下后都低着头。

"咳、咳。"于观单肘横陈桌上，在麦克风前咳嗽了几声大声说，"下面我宣布，'三T'文学奖发奖大会现在开始——"

会场响起雷鸣般的掌声，接着戛然而止，一个人声：“呀呀。”旋即再度响起雷鸣般的掌声。于观坐在座位上闭上了眼，他听出那个“呀呀呀”是自己的声音，那是试听录好的掌声时不小心按了录音键录上的。

后台工作人员关了掌声，于观没精打采地说：“下面进行会议第一项议程，请‘三T’文学奖评奖委员会主任委员杨重同志讲话。”

雷鸣般的掌声又响，中断，一个人大声“呀呀呀”。

杨重接过于观传过来的麦克风，愣了片刻，开始说：

“今天，我们大家在这里，开这个会很好……”

雷鸣的掌声，“呀呀呀”。

会场传来清晰可辨的笑声，主席台上也有人在低头笑。于观茫然地望着前方，一副听天由命的样子。丁小鲁试图给站在条幕边的马青打手势，让他关掉录音机，马青也用各种手势猜测着她的意思，最后似乎懂了，仍旧站着不动，眼睛看向别处，丁小鲁叹了口气。

杨重“很好”了一遍，在雷鸣般的掌声和“呀呀呀”中把麦克风传回于观，明显地如释重负。

“下面进行大会第二项议程，请市委领导同志讲话。”

于观扫了眼主席台上衮衮诸公，每个人都把头更深地低下去，没有一个挺身而出。只好跳河一闭眼，把麦克风传给离他最近的那个人。那个人先是一怔，随即把麦克风传给了自己的下一个，主席台上开始了一场无声的“击鼓传花”，坐在主席台最边上的那位无人可传，只好认倒霉，嘟嘟哝哝地说起来：

“临时把我请来思想没什么准备话也说不好我看客气话也不用说了表示祝贺祝贺‘三T’公司办了件好事……”

“说得挺好，挺像，就这么说下去。”杨重看着台下小声鼓励。

那人鼓起勇气抬起头，果然会场一片鸦雀无声，几千只眼睛亮晶晶地无邪地仰望着他。这人乐了，自信起来，解开衣服扣子，掀开衣襟叉起腰：

“今天来的都是年轻人嘛。”他扭头看了看坐在第二排的宝康，“我看了看获奖的同志年龄也不大，年轻人自己写东西自己评奖，我看这是个创举，很大胆，敢想敢干，这在过去简直是不可思议的事……”

于观汗立刻下来了，忙示意杨重制止“市委领导同志”，那人看到于观向杨重小声递话，笑眯眯地问：“于观同志你说什么？这样的活动还要多搞？好嘛，我支持。依我看奖品还可以再高级点，面儿还可以再宽一些，最好再设个读者奖，给来参加会的人都发点纪念品，人家来参加会也是对你的支持嘛。”

“哗——”会场响起真正的热烈掌声，“市委领导同志”满面红光地微笑着向群众致意，一边把麦克风递给杨重：“活该，谁让你们把麦克风给我让我讲话的。”

发奖是在《受苦人盼望好光景》的民歌伴唱下进行的，于观在马青的协助下把咸菜坛子发给宝康、丁小鲁、林蓓等人，并让他们面向观众把坛子高高举起。林蓓当场就要摔坛子，于观和马青一左一右夹着她，帮她举起坛子，不住声地说：“求求你求求你了，你就当练回举重吧。”

大会继续庄严隆重地进行，宝康代表获奖作家发言，他很激动，很感慨，喜悦的心情使他几乎语无伦次。他谈到母亲，谈到童年，谈到村边的小河和小学老师在黑板写字的吱吱呀呀声；他又谈到少年的他的顽劣，管片民警的循循善诱，街道大妈的嘘寒问暖；他谈得很动情，眼里闪着泪花，哽咽不语，泣不成声，以致一个晚到的观众感动地对旁边的人说：“这失足青年讲得太好了。”

宝康抒发完他那长长、萦回不去的情怀后，于观宣布大会结束，“请同志们跳舞”。

二楼舞会大厅内，服务员们已在沿墙排列的长条桌上摆满了数以百计装好啤酒的玻璃杯和丛林般揭了盖的瓶装啤酒，遥遥望去，颇为壮观。

两扇几乎高达天花板的包着皮革的巨门被缓缓推开了，走廊里挤满了衣冠楚楚的男女，他们像攻进冬宫的赤卫队员们一样黑压压地移动着，拥了进来，而且立刻肃静了。走在最前排的是清一色高大强壮、身手矫健的年轻男子，他们轻盈整齐地走着，像是国庆检阅时的步兵方阵，对前面桌上的啤酒行着注目礼。尽管不断拥进的人群给他们的排面形成越来越大的压力，他们仍顽强地保持着队形，只是步伐越来越快，最后终于撒腿跑起来，冲向所有的长条桌，服务员东跑西闪、四处躲藏，大厅里充满胜利的欢呼。在震耳欲聋的喧嚣声中，最先跑到桌边的人开始挨个杯子喝下去，飞快地、不眨眼地喝光一杯又一杯。源源不断的人群挤到桌边，无数只手伸出去抢酒瓶、抢杯子，把几十张长桌上的酒水一扫而光。

于观、宝康、丁小鲁一群人步入舞会大厅时，展现在他们面前的是一个大型庆丰收群雕，一组组造型迥异的痛饮形象叠错有致地环布四周，男人们和女人们从堵住嘴遮住脸的倒竖的酒瓶后面露出喜悦的眼睛。

“天哪！中国老百姓真是世界上最好的老百姓。”于观激动地说，“他们其实并没有什么过奢的要求。”

爵士鼓惊天动地响起来，势如滚雷，管弦齐鸣，群塑活动起来，像听到号令的团体操表演者奔跑穿插站住，以不同的摆幅摇扭着，渐次亢奋狂热，像一锅滚开的粥。

“跳，跳，都起来跳。”于观像活动木桩似的跳着密宗迪斯科，充满内心激情严肃地对纷纷坐下来的众人说，“这没有一定之规，只要跳起来。”

夜晚，雨仍在下，但是小了。亮着路灯的马路上水雾蒙蒙，街上的行人都耸肩缩颈匆匆而行，商店的霓虹灯在雨雾中红绿模糊一片。

于观、丁小鲁、宝康等人挤在一辆计程车里又说又笑。司机提心吊胆地注视着路边驶过的一个个朦胧的交通警岗，抱怨说：

“一下上来六个，警察看见非罚我钱。”

“你老嘟囔什么呀，烦不烦？”坐在前座回头扒着说话的马青说，“再嘟囔你下去。不就罚两个钱嘛。”

“又不是罚你，你当然没事。”司机一面小心地驾驶，一面回嘴，“换我我也会说。”

“跟你们在一起真快活。”宝康感慨地说，“什么都不在乎，活着真舒心。”

“无赖呗，你要是无赖了也就什么都不在乎了。”被杨重和宝康紧紧挤着的林蓓说。

“不不，我认为这个无赖的意思应该是无所依赖。”宝康沉思地说，“噢，你写的那些诗我都看过，我很喜欢。”

“我才没有写过什么诗呢。”林蓓笑着说，“我才不是什么诗人，你被他们骗了，我是临时被抓了差冒名顶替的。”

“真的？真有意思。那你也不是梦蝶了？”宝康问坐在他另一边的丁小鲁。

“不是。”

“我说呢，我在台上还纳闷呢，梦蝶怎么换模样了，我记错了？别露怯。”

“这可不怪我们，是于观干的好事，要算账找他算。”

“没关系，一点都没关系，哈哈。不过我一点都没看出你是假的。”宝康对林蓓说，“你的气质很好，很有诗人的风度。”

“瞧，开始诱了。”杨重伏在前座小声对马青说。

“嗯，咱学学，跟作家好好学学。”马青盯着宝康。

“你们这几个里，我发觉杨重风度最好。”宝康又说，“比较深沉。”

“得得，哥们儿，你别骂我。”杨重拍拍宝康的肩膀，“我知道我傻。”

“喂，作家，你到了。”计程车在路边停下，马青对宝康说。

“等一下。”宝康伸头看了看窗外，急急掏出记事本和笔塞到林蓓手里，“你把你的电话留一个给我，我有事可以找你。”

“我只有团里电话，而且你打这个电话不一定找得着我，我没排练一般不在团里。”林蓓一边说一边把电话号码写上，连笔带本还给宝康，“你要打这个电话找不着我，就打电话给小鲁，她知道我在哪儿。”

“那你也把你电话留给我吧。”宝康把记事本和笔递给丁小鲁，丁小鲁潦草地写了串阿拉伯数字。

“我的电话你们都有了，不用留了。”宝康把本笔装回衣兜，扒开人腿往车外钻，“再见，哥们儿。”

“再见。”马青咕噜着，隔着车窗向站在马路牙子上的宝康招招手。车开走了，林蓓从后车窗向他招了招手。

车上的人都沉默着，唯有林蓓活跃话多：

“我觉得这宝康人挺好的，你们那么骗人家，人家也没生气。”

“反正你是看谁就觉得谁好！”马青不回头地说。

“本来，我就是觉得谁都挺好——就你不好。”

“咱们去哪儿?”马青回头问一直没说话的于观，“是不是找个地界儿一齐下了，别让人师傅拉着咱们转来转去，人师傅这已经是满肚子不高兴了，是不是师傅?”

“您这会儿又心疼我了。”司机只顾看着前方驾驶，“没关系，你们爱怎么转就怎么转，到末了交钱别甩过一个绳套勒住我脖子就行了。”

“不合适，您是客气，我们不能不懂事。”

“到我那儿去吧。”丁小鲁说，“你们要是还想聊。”

“我不想去。”于观说，“我想回家。”

“那你回家吧，我们去小鲁那儿，师傅你给他撂马路边儿上。”

“别回家，回什么家呀。”杨重对于观说，“回家多没劲儿，你也没媳妇儿，你爸也不待见你。”

“停不停?”司机问。

“不停，拣直开。”杨重说。

“谢谢啊，师傅。”在丁小鲁家楼前，马青交完费，最后一个从车里跨出来，回头弯腰冲车内的司机说。

司机笑着摆了摆手：“没事。”欠身过来关了车门，熄灯发动开走。

老太太正要上床睡觉，只听门锁一响，一阵杂沓的脚步声夹着说笑声直进客厅，忙披衣出来。

“妈，您还没睡?”人群中的丁小鲁问。

“没哪，来了这么些人。”

“阿姨好阿姨好阿姨好。”

“小声点，小伙子姑娘们。”老太太手指着紧闭的嘴说，“天晚了，轻点折腾，别吵了邻居。”

“小声点，都小声点。”于观对放声说笑的马青杨重说，转过身，“您歇着去吧老太太，我们不闹。”

“我这就去。小鲁，这些人今晚住这儿，我把被褥给你找出来。”

“用的时候我自己去找吧。”

“不用找，我们随便在沙发上将就一夜就成。”

“那可不行。”老太太说，“年轻人不知厉害，会睡出毛病来的。”

老太太回屋把箱子打开，搬出被褥摞到小鲁房内，交代清楚了才抱起溜出来四处走动的白猫回房关门睡觉。

“沏点茶，小鲁。”于观说。

“这就去。”丁小鲁去厨房拿来暖瓶，从茶几下端出茶壶茶杯茶叶筒，抓了几撮茶叶撂进茶壶，灌进开水，盖上盖儿闷着，又搬出一个大饼干筒，“谁饿了谁吃。”

马青伸手抓了几块饼干回到沙发上一块块放在嘴里嚼着。杨重斜倾着身子靠在沙发上摇手说不吃，问小鲁：“你这儿有牌吗?”

“有，在写字台抽屉里。你想玩?”

“你们想玩吗?”

“可以呀。”马青斜着眼儿说，“玩你还不板输。”

“别玩牌啦，你们聊天吧，我爱听你们聊天。”林蓓蜷缩在一边说。

“聊天没劲，老聊还有什么可聊的？你同意玩牌吗，小鲁？”

“我无所谓，你们说玩牌就玩牌，你们说聊天就聊天。”

“玩牌。”马青说。

丁小鲁找出扑克扔到茶几上，把沏好的茶斟进茶杯。

“怎么着，玩什么？”杨重洗着牌说，“抠？”

“玩‘抠’一个人没事干，不玩‘抠’。”于观说。

“那玩‘三尖’也还少一个人。”

“你们玩吧，我在一边看着。”丁小鲁说。

“那多不好，你不能再找一个人吗？你们邻居有没有还没睡的，给叫来。”

“我去敲门试试。”丁小鲁站起说。

丁小鲁出了单元门去敲对门的门，在楼道里嘁嘁喳喳和人说了会儿话，领着一帮男女回来。几个小伙子一进门就笑着说：

“听说这儿有人叫份儿？”

“嘿，这晚上净是一帮一帮闲得没事的。”马青笑着对于观说，“练吧，人家找上门来了。”

“哟，没我们女的份儿了。”后进来的一个笑眯眯的女孩说，“你们人手够了。”

“你来玩我的，正好我不想玩。”于观说。

"你别不玩呀。"杨重说。

"我真的不想玩。"于观说,"你们要人不齐,我可以凑一手,人多就算了。"于观把那个笑眯眯的女孩拉到自己身旁坐下,"你玩——我帮她看着牌。"

"你来给我看着牌。"马青招呼林蓓坐到自己身旁,"看我怎么赢。"

一圈人开始洗牌摸牌,对方一个小伙子问:"咱玩光记分的还是挂点血?"

"挂血的。"马青说。

"别挂血。"丁小鲁说,"挂血不好,光记分得啦。我给你们找纸和笔。"

头几把双方都还斯文,静静地出牌,分出高低后气氛开始热烈,会说的也都开始拿对手插科打诨,真真假假,互相进行神经战。

"动?动就剁你!赶紧走,疙瘩在他们那儿就带牌,大供给车不算臭!"

"别闯牌,疙瘩就想带牌?握着'猫儿'的还没说话呢,削坍了吧?谁闯削谁!"

早晨,天已经大亮,楼下传来公共汽车的行驶声和自行车的铃声以及行人的说话声。丁小鲁、林蓓已经回房睡觉了,那个笑眯眯的女孩也早由于观替换下来回了家。六个男人仍在全神贯注地玩牌,一根接一根地吸烟,眯着眼睛搓捻着手里的牌,屋内烟雾腾腾,每个人脸上都失去了血色。大白猫无声无息地走进来,瞅着他们,于观招手叫它过来,它扭头走开。

这一局又是于观这方输了，大家把牌纷纷扔到茶几上。

“到这儿吧。”对方一个小伙子说，“我顶不住了。”

“到这儿吧。”于观把牌拢到一起装盒，“有机会再练。”

那几个小伙子猛吸几口把嘴里的烟抽短插在搁满烟蒂的烟灰缸里，站起来和马青杨重道别，陆续走出去敲对门的门。

于观把灯关了，打开窗户放烟，雨夜里就停了，清凉的空气飘溢进屋。杨重站起来打着呵欠伸懒腰，笑着说：

“又过了一夜，打牌是好混。”

“其实最后一局本来咱们能赢，都是于观太坠。”马青上了趟厕所回来，系着裤扣说，“攥着‘吊儿’不卖，等着看画儿。”

“他玩牌是臭，就跟不会玩似的。”

“我怎么没卖，没法儿卖，‘猫儿’都坐在人家手里，卖也白卖，最后也走不了。”

“怕着你不是也没走成嘛！这时候就不能管那么多了，专削一家，从大往小抻牌，扛着，不让他们垫小牌。你走不了别人还能走呢，逃一家是一家，怎么也不能让他们打十零。”

“得，跟着您长学问。”

“嘿，他来劲了。”马青看着杨重说，“咱们是不是得治治他？”

“得治治。”杨重同意。

“来呀。”于观在窗前横转过身，拉开架势，“您二位要不怕弄伤了自个儿就来。”

“真挤对活人。”杨重边说边凑过去，“我就当生下来就是残废吧。”

杨重、马青一下扑了上去，三个人紧紧扭在了一起，较了会儿劲儿，于观被制伏了，笑着说：“别闹别闹。”

“这叫什么？这叫‘捂笼抓鸡’！说，说你臭。”

“我臭。”

马青、杨重笑着松开于观。马青鼓着胸脯子说：“也不看哥哥是练什么的，职业空手道。”

“牛逼。”杨重横着身子扔在沙发上，“我得睡会儿了。”

“你们睡吧，我得去公司看看。”于观说着往外走，“你们要是下午不来，中午给我打个电话。”

“我说你也睡会儿吧。”马青说，“权当今儿全公司学习。”

“我不困，不想睡。”

“你什么都‘不想’，睡觉也不想，你想干吗？”

“我记得你没担任过圣职。”

“你不正常！”

“你才不正常！”

于观蹑手蹑脚穿过堂屋，大白猫“噌”地从饭桌上跳下地，碰倒了一瓶牛奶，于观三步并作两步过去把牛奶瓶扶起来，牛奶已洒了一桌。丁小鲁在她的房内叫于观，接着把房门推开一道缝：“你来。”

于观走进丁小鲁卧室，丁小鲁穿着睡衣蓬着头坐在床边，林蓓脸冲墙睡得正熟，长长的黑发散在枕上。

“你睡了会儿吗？”丁小鲁小声问。

“睡了会儿。”于观也小声回答，“你干吗也这么早起？”

“我今儿得上班去，不能老不去。你要不要吃点东西？外屋有牛奶。”

“牛奶已经让猫吃了。”

“是吗，这个馋猫。”丁小鲁脸上露出微笑，“我再给你搞点什么？”

“不用了，我不想吃。早饭吃不吃无所谓，不是必不可少的。”

“你这样生活太不规律了，对身体不好。”

“反正我也不打算活一百岁，管他好不好。”

“于观，有什么……算了不说了，我知道你也没什么需要我帮忙的。就这样吧，尽管来。”

“知道。”于观看了眼丁小鲁，抬腿走了。

于观走在遍洒阳光的街上，一辆载满客的公共汽车从他身后驶过，他拼命跑步追上去，挤入车站混乱的人群。

三

天空湛蓝，万里无云，城市街道上刮着暖和干燥的风，行人都显得懒洋洋的，步态悠闲，任风把头发和裙边裤角吹得飘拂鼓起。马青和杨重坐在花房般镶着通体玻璃窗的咖啡厅的临窗座位上，看着来来往往的行人，听着一位老兄胡侃：

“想想吧，万人大餐厅，多么壮观！多么令人激动！就要在中华大地矗立起来！不要总说外国的月亮圆嘛，我们也有一些世界之最。我豁出来了，工作也辞了，不惜一切要把这件事促成，咱不就为了把事办成吗？不惜浪费！长城当时不也是劳民伤财嘛，现在怎么样？全指着它抖奋了。干就干史诗性的东西！”

“可能骗来那么多老外吗？”

“能，关能！你以为老外们一天到晚在干吗？不就憋着到咱们中国来大快朵颐。”

“于观！”杨重看见穿着件皱巴巴夹克衫的于观正从外面的街上慢慢走过，又敲玻璃又喊。

于观回头往这边张望，看见像关在兽房里的猩猩一样扒着玻璃挥舞着手臂的杨重和马青，离开人流向这边走来。

“正找你呢。”于观绕过咖啡厅里散布的桌子走到他们座旁，杨重说，“中午别回公司了，有饭局。”

“谁的饭局？”于观坐下，端起杨重的残剩咖啡喝了一口，放回去。

“宝康请咱们，丁小鲁上午来的电话，说一定要叫上你。”

“他怎么想起挨这份宰？”

“他给丁小鲁打电话让叫上林蓓，懂啦？”杨重眨眨眼儿，“不吃白不吃。”

于观看马青：“你们上午就在这儿闲泡？”

“这哥们儿正跟着我们说他们要搞的万人大餐厅的事呢。”

“万人大餐厅？”于观五官挤到了一起，“又是故事。”

“不是故事是现实。”那人心平气和地说，“花旗银行已经答应贷款了，利率百分之六，只要求中国银行担保。”

“不可能吧？”于观说，“你当这是中国借钱给越南打美国佬？商业贷款没听说过有这么低的，不定谁蒙着谁呢。再说万人大餐厅？好家伙！就算一天两餐，一餐一巡，每年也得七百多万外国鬼子，得组织多少支八国联军？”

“你可能不太了解现在世界上的情况，无产阶级队伍在壮大，资产阶级人数也在剧增，客源你不用操心，只希望你们帮我把中国银行担保办下来。”

“办不了，中国银行从来不为这种野鸡项目担保。”

“我记得你好像说过你们家小保姆原来在中国银行什么副行长家里当过保姆？”

“没错。”于观扭脸对杨重说，“你要拐他们家孩子我可以跟她说说。”

“办不了就办不了吧。”那人看着杨重，“不用过于为难，你们办不了我再找别人。”

“的确不是不愿帮忙，是没办法。”

“没关系，这事我经多了，人的能力是有限。说实话，我就是抱着办不成的决心来办这件事的，办成了，意外之喜，办不成，早已料到，永远充满信心。”

“现在这事还就得这样。”三个人奉承地笑起来。

“你那件衣服没退掉？”马青看着于观身上的夹克说，“怎么你自己穿起来了？”

于观揪揪夹克的袖子，“售货员说领子脏了不给退。我想我已经答应人家肯定帮人家退掉的，钱都先给人家了，再找人家要也不好意思，算了，反正我也正缺春秋穿的衣服。”

“可你穿着不合适，袖子也短。那孙子也够孙子的，穿过的衣服拿来让咱们退，你接活儿时也不仔细看看。”

“一件衣服什么大不了的，我也不需要好看，凑合穿吧。”

“你们聊，我走了。”那人站起来说，把桌上的烟装回自己口袋。

“走啊？”杨重、马青都说，“别走了，待会儿和我们一起吃饭。”

“不用了。”那人笑着说，“我已经过了为吃一顿饭什么都可以不干的年龄了——我还有事。”

“这也是空手道。”于观说。

那人刚走到咖啡厅门口，林蓓像只花蝴蝶似的一阵风冲进来。那人为她闪开道，回头看了她一眼，出去了。林蓓灵巧地穿过各个桌间，带着全厅被吸引过来的视线来到他们桌旁，一屁股坐在刚离去那人的座位上：

“我在剧场走台刚完就跑来了，没迟到吧？”

“没迟到。”三个男人一起微笑着看她。

“谁请客，你吗？”林蓓问马青。

“我哪请得起，宝康请。”

“他请？他为什么请？”

“你不知道我们更不知道了，我们是沾你的光。”

“沾我的光？我跟他也没什么关系。”

“谁也没说你跟他有什么关系。”于观笑着说，“你何必紧张。”

“我紧什么张？你们说话怎么阴阳怪气儿的，就好像我怎么啦似的。其实我根本不会和宝康有什么，我一点没觉得他那人好，我觉得他特可笑。”

“别解释别解释。”

“真是的，我不跟你们说话了。”

林蓓越着急，三个人就越逗她，最后还是马青为她解了围，问她晚上是不是要演出。

“演，你们还不去给我捧捧场？”

“那当然得去，你不让去都不成。”

“请你们捧场要收我费吗？收费我可没钱。”

“不用收费，过会儿吃饭给你三个哥哥一个斟一杯酒就行。”

“这容易，那就说定了。”

“你发觉没有？演员笑起来和一般人不一样，别人笑都是眯着眼，他们笑是睁圆眼。”

“宝康！”于观手拢成喇叭喊出现在咖啡厅门口的宝康。

宝康转过身，喜洋洋地微笑着，他身边站着一个面目和蔼、文质彬彬的中年人。

“这位是赵尧舜，我的老师。”

这群人换了间中国式金红色调的餐厅，围着檀色的大圆桌团团坐下，宝康为于观介绍中年人。

“早就听宝康说起你，非常想结识一下你，所以就来了。”

赵尧舜边说边从裤袋摸出一盒烟一个打火机放到桌上，

抽出根烟含在嘴上，用打火机点上，连续按动了几下打火机点不着火："怎么搞的？"

于观把杨重的火柴扔给他，宝康捡起火柴擦着火给赵尧舜点着烟。

"赵老师就是爱和年轻人交朋友。"

"是啊。"赵尧舜吐出烟说，"今天的年轻人和我们年轻那时候大不一样，很多心态、想法需要重新认识。我不认为现在的年轻人难理解，关键是你想不想去理解他们。我有很多年轻朋友，我跟他们很谈得来，他们的苦闷、彷徨我非常之理解，非常之同情。"

"赵老师对青年人的事业也非常之支持。"

"我们不过是一群俗人，只知饮食的男女。"

"不能这么说，我不赞成管现在的年轻人叫'垮掉的一代'的说法，你也是有追求的，人没有没追求的，没追求还怎么活？当然也许你追求的和别人追求的不一样罢了。人这个东西是很有意思的，总是靠希望生活，不管是生活得好还是不好，都希望自己的环境变化，变得新一点，不可捉摸一点，否则便会觉得平淡、空虚，你也一样。"

"噢，是这样，怪不得。"

"要不无法解释人类为什么会不断进步！"

于观注视着赵尧舜，笑起来："看来我自己都不知道我对人类进步有不可推卸的责任。"

"好好聊聊，有空好好聊聊。"赵尧舜像牧马人爱抚自己心爱的坐骑一样轻轻拍着于观的背，"年轻人，很有前途的年轻人。”

“赵老师，您别光夸他呀，是不是也夸我几句。”马青探着头笑着说。

“都不错，你也不错，今天在座的都是很可爱的青年。”

“丁小鲁怎么还没来呀?”于观直着眼大声问宝康，“你告她是在这儿吃饭吗?”

“告她啦，我也不知道她为什么这会儿还不来。”

“这个丁小鲁是不是我认识的那个丁小鲁?”赵尧舜手夹着烟问宝康和于观。

宝康没说话，于观低头摆弄筷子:“女的,《能干妇女报》的。”

“那就是她，我跟她很熟。放心，她会来，她知道我来一定会来。她知道我来吧?”

“知道，我专门跟她说了您来。”宝康说。

“噢，你们跟她也认识。”赵尧舜逡巡看着每个人的脸，“那是个很不错的姑娘，她妈妈过去跟我是同事。她岁数也不小喽，个人问题大概到现在也没解决。”

“我们跟她也不熟，一般认识。”于观说。

“那姑娘心眼儿不坏，就是……”赵尧舜含笑指指脑袋，“这儿慢一点。”

“上菜吧，宝康你叫服务员上菜吧，我都饿了。”林蓓叫着，用手撑桌向后翘起椅子看着厅顶密集深嵌的灯眼。

“上菜上菜，服务员，上菜。”宝康叫穿着红制服的服务员，“你怎么着急了？下午还有事?”

"晚上演出，下午得早点去装台。"林蓓把椅子落回地，从纸套里抽出筷子，小学生握铅笔似的攥着竖在桌上，翻着白眼说。

服务员很快上齐了冷拼，又开始一道道传热炒。林蓓端着酒瓶站起来说："我给大家斟酒。"笑眯眯地从马青斟起，斟到赵尧舜问："您喝吗？""来一点吧。"赵尧舜说。林蓓一倒倒溢了出来，接着往下挨个斟。

"我是不是先说几句？"宝康端起酒杯站起来，环顾问。

"有什么可说的？"马青夹着大片牛肉往嘴里塞，"甭玩那虚的，咱就各吃各的。"

"那好那好，大家随意。"宝康坐下去，用手在桌面上请着，拿起筷子先给赵尧舜夹了块松花蛋。

"自己来。"赵尧舜边吃边侧头问于观下手的杨重，"你是哪儿的，也是'三T'公司的？"

"我就是傻波依。"闷头吃喝的杨重粗鲁地回答，"您甭为我费心。"

"年轻人总是过低估计自己。"赵尧舜哈哈笑着，伸臂去夹海茄子。

"你怎么不喝呀？"宝康问吃一筷子就放下筷子坐一会儿的于观，"吃得也不多。"

"我不会喝酒，从不喝，这他们知道。"

"哪有男子汉不会喝酒的，不行。"宝康端起酒杯，"我跟你干一杯，不喝酒算什么男人。"

"可以喝一点嘛。"赵尧舜也说，"我原来也不能喝，后来老要去应酬，也就练出些酒量。”

“人不喝酒你别强迫人家。”杨重冲宝康说，“什么男子汉不男子汉，我就烦这贴胸毛的事。其实那都是娘儿们素急了哄的，咱别男的当着男的也演起来。”

“我跟你干这杯吧。”马青站起来和宝康碰了下杯，一饮而尽。

“非常有意思啊。”宝康坐下来，赵尧舜笑着对他说，“——你这些小哥们儿说话。”

“要不我怎么喜欢和他们待在一起呢。”

“直爽，好交，难能可贵。”

“老赵，我给你发个妞儿吧。”

“别别，我可干不了这事，这是你们年轻人的勾当。”

一群人酒气冲天地混在街上的人流中稀稀拉拉走着，马青搂着赵尧舜的肩膀。

“别羞涩，我看出来您其实心里特愿意，您尚有余勇可贾——您看这大街上哪个不错？”

“那个穿牛仔裤的小姑娘气质很好。”

“不就是她吗？我给您擒来。”

“小马别胡闹，我可不是这意思。”

马青已撇下赵尧舜，快步跟上前面那个像踩着弹簧行进的少女。

“请问，去扁壶胡同怎么走？”

“扁壶胡同？”少女边迈着有弹性的大步走边皱起眉头寻

思，“有这么个胡同吗？”

“有，没错，我去过，可现在想不起来了。我只记得胡同口有个包子铺。”

“啊，那你往前走。”少女抬起头看了马青一眼，“前面过了红绿灯的第二个路口有个包子铺，不过我记不清那是不是扁壶胡同了，你到那儿再找人打听吧。”

“谢谢，首都人真好。”

少女斜马青一眼，嫣然一笑走了。

马青停下来笑嘻嘻等赵尧舜。

“老赵，我可跟你和人家约好了，明儿下午五点鹭峰，不见不散。”

“真有你的，你都和人家说了些什么，那么快就搭上了。”老赵笑着说。

“我跟小姑娘说我们这儿有位赵老师想跟您认识认识，赵尧舜赵老师，全国都有名的。小姑娘说：‘嗯，赵老师，我知道他，他在哪儿？’人家立刻就要见您，看来是特仰慕您。我说赵老师哪能想见就见，人家特忙，又要接见中央首长又要写文章，你们得约一下。小姑娘说：‘约就约吧，什么地方好我也不知道，干脆鹭峰怎么样？那儿远，也静，赵老师教诲我我也专心。’”

“你瞧你都胡说些什么，传出去影响多不好。”

“老赵您别嫌那儿条件不好不安全，我端枪给您站岗，不成我再给您以身当床。”

“别拿人岁数大的人开心。”于观和杨重和他们走成并排，于观对赵尧舜说，“你别听他胡扯，他跟你瞎逗呢。”

“我活这么多年还听不出他话真假吗？饭后散步开开玩笑，没有关系，我也是很爱开玩笑的人。”

“老赵，说真的，”马青笑着问，“你这辈子肥水流没流过外人田？”

“没有，不敢，我这种身份的人你们不了解，看上去有名有地位令人钦慕，其实很受束缚，自己就把自己束缚住了，不像你们年轻人可以无所顾忌。我们年轻的时候和你们现在不一样。那时人都很拘谨，谈恋爱也要向党组织汇报。我那个老婆……不说啦，这些说起来没意思，我们这代人个人生活都是悲剧——宝康呢？他怎么不见了？”

赵尧舜停下来回头张望：“他和那个小林去哪儿啦？我们要不要等等他们？”

“我真不喜欢和你一起来的那个人。”林蓓低头捂着坤包，和宝康并排慢慢走在稠密的人群中，“假模三道的。”

“我也不喜欢。不过对他你完全不必用喜欢不喜欢衡量。”

“他真是你老师？”

“就那么回事吧，我叫老师张口就来，这世道上老师也太多了。你跟于观、马青他们认识多久了？”

“不太久，没多久，跟认识你时间差不多。”

“我还以为你们很熟呢。你觉得他们怎么样？”

“挺好的，挺逗的。”

“你没发觉他们其实顶无聊、顶空虚？”

“早发觉了，我一接触他们就发觉了。”

“别看他们一天到晚嘻嘻哈哈，什么都不在乎，其实才不是那么回事呢。我太了解他们这种人了，心里特苦闷，特想干点什么又干不成什么，志大才疏，只好每天穷开玩笑显出一副什么都看穿的样儿，这种人最没出息！——你别跟他们搅在一起，什么都学不到反倒把自己耽误了。”

“我没跟他们搅在一起，我不过是没事去凑凑热闹，我还不知道自己应该多学习、上进吗？”

“你别不承认，其实我也不是要责怪你，我只是觉得像你这样天资这么好的女孩子要能够把握自己。你漂亮、单纯，很多人都会围着你转，很容易就滑下去了。真的，我是一片诚意才对你说这番话的。我不忍看你到头来落到像有的女孩子的地步：满身疮痍，无其归所。”

“我知道。”

“你知道什么？你什么也不知道。你就会每天跟在人后面，人家乐你也乐，人家愁你也愁，把时间花在打扮、穿戴、吃零食上，任青春落花流水而去心不在焉。”

“你说得真深刻。那我怎么办呀？我又没毅力。”

“我帮助你，想不想学着写小说？”

“噢，太想了。可我行吗？”

“慢慢来嘛，有我教你。”

“太好了，说话算数。我一直就想写小说写我的风雨人生就是找不着人教这回有了人我觉得要是我写出来小说别人一定爱看别看我年龄不大可经的事真不少有痛苦也有欢乐想起往事我就想哭。”

“你们干吗去了我们等你们这半天是不是宝康又教人家怎么写小说去了作家就会来这套。”

在街口，马青冲刚赶上来的宝康和林蓓嚷。

“没说这个没说这个，我们只是随便聊聊，走得慢点。”

“林蓓你小心点，宝康不是好东西，你没听说现在管流氓不叫流氓叫作家了吗?”

“赵老师他们呢?”

“等你们老不来，去逛商场了。”

在百货商场皮鞋柜台前，赵尧舜反剪着手边走边弯腰细细看着每只造型不同的鞋。和身后两步远跟着如同一对保镖的于观、杨重说着话。

“你们平时业余时间都干些什么呀?”

“我们也不干什么，看看武打录像片、玩玩牌什么的，要不就睡觉。”

“找些书看看，应该看看书，书是消除烦恼解除寂寞百试不爽的灵丹妙药。”

“我们也不烦恼，从来不看书也就没烦恼。”

“烦恼太多不是什么好事，一点烦恼没有也未见得就是好事——那不成了白痴?不爱看书就多交交朋友，不要局限在自己的小圈子里，有时候一个知识广博的朋友照样可以使人获益匪浅。”

“朋友无非两种：可以性交的和不可以性交的。”

"我不同意你这种说法!"赵尧舜猛地站住,"天,这简直是猥亵、污秽!"

"您说得极是。"

"杨重!"

"谁叫我?"杨重回头,看到对面柜台后一个女售货员在冲他微笑,走过去,立刻又满脸带笑地大声喊于观,"过来,瞧咱们碰见了谁!"

女售货员笑盈盈地看着于观:"都把我忘了吧?"

于观也微笑起来:"没忘,想起来了,你就在这儿工作啊。"

"可不就在这儿,你要买手绢吗?"

"不买,谢谢。你好吗?"

"挺好。那个小马呢?没和你们在一起?他好吗?"

"都好。你还和那个什么人谈恋爱呢?"

"是呀,我们快结婚了。见到你们真高兴,那一天过得真快活,我现在还老想着那天的事。杨重,我后来还给你打过电话。"

"我怎么没接到?我每天都在呀。"

"谁知道?我老想去找你们玩,又不好意思,就老没去。我想你们大概早把我忘了。"

"怎么会?来吧,我们也老念叨你,还说什么时候吃你喜糖。"

"真的?真这样我就去,我觉得和你们待在一起特愉快。"

"她叫什么名字来着?我怎么想不起来。"离开手绢柜台,于观问杨重。

“我也想不起来，只记得见过。”

“妈妈，您怎么就不理解女儿的心哪!”扎着马尾辫，穿着工装裤白球鞋的林蓓从坐在纸板沙发上戴着花白发套脸上画着皱纹的“老太太”身边急速跑开，在台口冷不丁站住，追光打在她的身上，她面对着脚下黑压压的观众，慢慢抬起脸，深情地望着半空，一字一句地念：

“我们是新一代的青年，要用自己的眼睛去看世界……”

“可妈妈是爱你。”

“卢梭是怎么说的?”林蓓一拧身，伸着脖子冲“老太太”嚷，“你要那么多东西干吗?你把它搁哪儿?”

“老太太”噌地站起来，回嚷：“布里南是怎么说的?‘结婚的美妙之处在于它能使一个人独处时也不感到孤独。’斯特里马特怎么说的?‘草地开满鲜花，可牛群来到这里发现的只是饲料。’”

“塞万提斯怎么说的?‘我从不把鼻子插到别人的稀粥里，因为那不是我的麻酱花卷儿。’罗兰怎么说的?‘自从她的体重达到一百四十磅那天起，一个女人生涯的主要刺激就在于发现比她更胖的女人。’”

“毛主席怎么说的?‘莫怕莫怕——有我哪!’”

“一个背老太太过河的小伙子怎么说的?‘您舒服了，我可什么都看不见了。’”

台下掌声一潮高过一潮，甚至演员念完了台词也仍有那么几个人拼命鼓掌、喝彩，“妈妈”被掌声鼓得惶惶的，悄悄问“女儿”：

“这两天有地震预报吗？”

“听说中国女排又赢球了。”

四

天气越来越热了，强烈的阳光劲射每条马路、街角，繁茂起来的街树在热风中摇曳翻滚，绿得刺目，已经有人穿着短裤汗衫上街了，蝉鸣终日不绝于耳。

“三T”公司办公室里，敞开的窗户吹进来的热风使每张办公桌上都落满灰尘，人们淌着汗把胳膊肘压在桌子上相互交谈。

“您说怎么办呀？我爱她她不爱我，可她明明该爱我因为我值得爱她却死活也明白不过来这个道理说什么全不管用现在的人怎么都这样男的不干活女的不让喇。”

“不破不立，破字当头，立也就在其中了。”

“我们不能派人去打那个不让您调走的领导的儿子，那不像话，我们是体面人。我建议您还是去找领导好好谈谈，到他家去，耐心地、和颜悦色地谈谈。不要拎点心匣子，那太俗气也不一定管事，带着铺盖卷去，像去自己家一样，吃饭跟着吃，睡觉跟着睡，像戏里的那样：‘在沙家浜扎下来了。’”

“你还是去交通队一趟，警察说什么你就听着，别自尊心那么强，就当你还小，你爸爸骂你一顿。替他们想想，马路上一天天站着，除了电线杆子再没第三个这么倒霉的，钱也不多挣，再不让人家得词训训人也太不人道了。他训够你自然就把自行车还你了，毕竟是维持秩序不是盗车团伙。”

“实事求是讲，人民生活水平是提高了，过去您没觉着肉贵那是因为过去您压根不怎么吃肉，割两毛钱肥膘就全家包饺子了。要是肉价还是前两年那价，国家就是把全国变成大猪圈也不够您狠吃的。”

“您瞅着您媳妇就晕那就去吃些丸药‘六味地黄’‘金匮肾气’‘龟龄集’之类的抵挡一阵，再不成就晚上熬粥时给您媳妇那碗里放点安眠药让她吃饱了就犯困看唐老鸭也睁不开眼不洗脚就想上床没心思干别的最多打打呼噜不至于危及您下半生健康。”

“不要过早上床熬得不行了再去睡内裤要宽松买俩铁球一手攥一个黎明即起跑上十公里室内不要挂电影明星画片意念刚开始飘忽就去想河马想刘英俊实在不由自主就当自己是在老山前线一人坚守阵地守得住光荣守不住也光荣。”

“是的是的，爱情和婚姻是两码事，一是一二是二——您怎么不长得一是一二是二？噢对不起我走神了想到别的方面去了实在对不起您千万别生气……您接着说吧。”

“我不生气，我一点也没生气的意思。”王明水望着满面倦容的于观宽容地说，“没关系。”

“您接着说吧。”于观用铅笔在纸上乱画着圆圈，“爱情和婚姻不是一码事，完了呢？”

“我看我还是简单点说吧，我够了，不想再自欺欺人了，我跟她——吹了。”

“和谁吹了？”

“当然是那个想和我结婚的姑娘。这没什么了不起，谈一阵又吹了。”

“是没什么了不起，吹就吹吧。”

“你没听懂我的话。我是说我和她吹了可我还没告诉她，我不想伤害她，至少不想亲自伤害她。我不知道该说什么，这种场合怎么做才得体，可我想你们行，你们不是专干这个的吗？都油了。”

“交给我们办吧，我们会给您编出一套冠冕堂皇的说辞。”

“太感谢了，你们可算救了我的驾，我会给你们用左右手各写一封感谢信的。你们要让她理智地接受现实，最好是快乐的，别让她哭，我最见不得女人掉泪。”

“这个恐怕我无法打包票。”

“是啊，我也觉得这是奢望。这样吧，哭可以，愿意掉泪就让她掉几滴，但不要让她哭得背过去，在大街上引起围观，这样影响不好。你们多陪陪她等她情绪平稳下来再撒手。你不知道她多爱我，要是听到我不跟她好的消息那无疑是晴天霹雳，搞不好会出人命的。”

“我们是按熟练工种五级工的工资标准计费，不足半天按半天收费，超过八小时要收加班费，另外误餐补助和夜班费一律按国家现行规定，公出乘车实报实销。”

“没问题，我如数付钱。需要几天你们就工作几天，她总不会一辈子想不开。”

“顺便问一句，你和她的关系发展到了什么程度，有没有，嗯，横的关系？”

“我不能骗您，我不能说没有，希望没和您的道德观冲突。其实这不重要不碍事很流行她不会在乎这点的她是个好姑娘只知奉献不知索取……”

“把她的名字、电话号码告诉我。”

“你们见过她，实际上我有一次约会没空就是拜托贵公司代劳的。她叫刘美萍，卖手绢的。”

“等等，您该不是那个什么屁眼保养方面的行家吧？”

“我对您这种措辞很遗憾。”

“我怎么总也写不好，笔一落到纸上脑子就空了。”林蓓回头盯着笑眯眯望着她的宝康，在街上倒退着走，“写作有什么窍门吗？”

“舍得自己。”

“喂，于观不在，出去了。”马青拿起电话粗声粗气地喊。

“去哪儿啦？”

“你是谁？问得这么仔细。”

“你别管我是谁，告诉我他去哪儿啦？”

“去你妈的吧！”马青摔下电话。

“我们都是为别人活着的对不？”于观手揣在两边裤兜，在大街上边走边问比他矮半头的刘美萍。风吹乱了他们的头发，街上到处走动着打着鲜艳阳伞的漂亮女孩子。

“是的，我们都是为别人活着。”

“别人的幸福就是我们的幸福。”

“是的，都这么说。”

“要是为了别人幸福需要我们忍受不幸，我们也在所不辞。”

“在所不辞。”

“真这么想?”

“真的。从小我就发誓不管让我去做刘胡兰还是花木兰我都义无反顾。”

“比她们二位逊色点的呢?”

“也干!”

“现在有这么个机会，一个人需要你，需要你给他幸福。”

“谁? 他要买手绢?”

“不不，不是买手绢，我当然知道你服务态度一向是很好的，待客如亲人，不是买手绢，是别的。他需要你的帮助，唯有你的帮助他才能免遭痛苦，获得新生。”

“我有这么有用吗?”

“你比你想的要有用得多。你不但善良而且仁慈，总是替别人考虑得多，心中没有自己只有别人。”

“说吧，叫我干什么，我什么都肯干。上刀山，下油锅……”

“很简单，你什么都不用干，只要你什么都不干，不要再去找他就齐活儿。”

“你说的是……”刘美萍声音颤抖了。

“没错，我说的就是王明水。他委托我来对你讲，他不想再见你了，也希望你不要再去找他。”

“你不是开玩笑吧？”

“不是，我没心思开玩笑。能办到吗？”

刘美萍脸色苍白，倏地转身快步离去。于观疾步赶上和她并排：

“你最好别去他家找他。”

“……”

“你最好别去他家找他。”

“我不去他家！”刘美萍停住脚，一副尖嘴小兽的神情，“行了吧？”

“别激动，这不算什么。”

“我没激动，我知道这不算什么，用不着你来说三道四，我要走了我还有事，请让开——请让开！”

刘美萍笔直地向前走去，于观走上旁边一家水果店的台阶，看着她消失在熙熙攘攘的人群中，走进水果店。他在水果店里浏览了一圈镜子、日光灯下的五颜六色的水果，出来慢慢往前走。太阳很毒，迎面而来和从后面擦肩而过的少女们的阳伞边不时杵着他。他走过一家橱窗摆着家用电器和穿呢大衣的塑料模特儿的自选百货商场；走过一家陈列着形形色色杂志的邮局报刊门市部；走过一家餐馆一家照相馆一家鞋帽店一直走到街口在拐角一家冷饮店的玻璃窗外看见刘美萍正坐在湿漉漉的桌旁边喝酸奶边哭。

他走进潮湿的冷饮店，也要了瓶酸奶，在刘美萍桌旁坐下，不喝，看着窗外川流的行人和车辆，茶色玻璃使阳光褪色，外面就像阴天。两个穿裙子的姑娘手挽手走过，在窗前站住往里看，说着什么走开；一个低头走路的男人蹭着玻璃窗走过，抬头往里瞟了一眼。刘美萍已不再哭，手扶吸管吮着酸奶，眼睛不看他。

“我有点卑鄙是吗？男人都卑鄙。”

刘美萍闭了闭眼睛，仍在喝酸奶，跷起二郎腿。

“你知道我不是出于什么好心、同情、怜悯等等，只是在尽职责。”

“我又没怪罪你。”刘美萍小声说，“这里也没你的责任。”

“我倒是诚心诚意想使你好过点——有点痛苦是吗？”

“怎么会不呢？”

“别痛苦。”

“你说得倒轻巧。”刘美萍扑哧一笑，随即嘴角一咧，要哭，“事儿又没碰到你身上。”

“那就痛苦一会儿，不过时间别太长。一小时够吗？”

刘美萍哭着笑起来：“不够。”

“一个半小时？一个小时四十五分钟？一场电影的时间总够了吧？”

“人家心里难受着呢，你还说笑话，真不称职，你应该安慰我。”

“那就再喝瓶酸奶。”于观把自己买的那瓶酸奶推给刘美萍，“你一难受就要去吃东西吗？”

“你怎么知道?”刘美萍咬着吸管看于观,“要不去干吗?总不能去死。”

“说得对,好好活着,气气他们。”于观微微地笑。

“刚才是谁接的我的电话?”一个腰板笔直的穿着摘去领章的军装的老头子气势汹汹地闯进“三T”公司办公室,“居然敢骂人,他娘的。”

“怎么回事?”马青装傻充愣地说,“您老别动气,有什么事坐下慢慢说。”

“我不坐!”老头子咆哮着,“别来这套!刚才哪个骂的站出来,说说为什么骂人。”

“他,他已经出去了,刚才接电话那个人出去了。”马青赔着笑脸说,“您要办什么事我给您办。”

“出去了?我听声音就像你!”

“不不,不是我,我刚来。”马青脸上出了汗。

“的确不是他,他刚来。”杨重连忙帮腔,给老头搬来一把椅子,“那人回来我们批评他。”

“于观呢?”老头叉着腿笔直着腰坐下,“他小子去哪儿了?你们把他找来。”

“于经理?”杨重和马青交换了一下眼色,“他也出去了,您有事跟我们说吧。”

“跟你们说?”老头子横眼上下打量杨重和马青,“好哇,那就让你们说说,他这阵子都在搞些什么鬼名堂?和什么人混在一起?是不是又让公安局盯上了?吓得连家都不敢回。”

“于经理他没有，他挺好，谁也没盯他，倒是常听夸他，说他净办好事。”

“我就知道你们会互相包庇，你们是一伙的对不对？一伙骗子！我早听人家传你们这个荒唐公司的事。笑话，要你们替人解难，那还要共产党干吗？于观回来马上让他去见我。”

“你是哪庙的和尚……”

“我是他爸爸！”

于观和刘美萍头挨头地兴致勃勃俯身观看长长的玻璃展柜里的裹在树脂里的蜘蛛和已成化石的甲壳虫。他们身处富丽堂皇、四壁挂满彩绘图表和实物照片的博物馆大厅内。大厅里空空荡荡，游人寥寥，光可鉴人的水磨石地面几乎可以滑行。顺墙排列的玻璃展柜里密密麻麻摆着各色矿产，在灯光的照耀下，那些粗糙黯泽的岩石断面闪烁着星星点点鲜艳非凡的异彩，特别是有些共生矿的样品真可说是五彩斑斓。于观和刘美萍缓缓走过一间又一间似无尽头的展室，忽而进入由彩色泡沫塑料别具匠心地浇注堆塑的原始地貌植被天穹的逼真环境中；忽而在拐弯处迎面而遇一尊栩栩如生的凶猛古动物模型；忽而身后左右布满舞棍弄棒、龇牙咧嘴的光腚猿人。在博物馆三层最后一间展室内，他们一进去便呆住了——仿佛置身梦中：雪亮的电灯光下，竖起的四壁玻璃柜内有无数精致美丽的钻石光芒四射、耀煌夺目，其灿烂辉煌无与伦比。这都是世界最著名的钻石，每块钻石都有一个令人神魂颠倒的名字，那真是个惊心动魄的场面——唯有美丽的赝品才会达到使人透不过气来的效果。

“别回头。”宝康对林蓓低声说。他们正站在一家糖果店的橱窗前看琳琅的酒心巧克力和奶油蛋糕，从橱窗玻璃的反光看到于观和刘美萍从他们背后走过。

“那不是于观?”

“你别叫他，我不想让他看到咱们，还得打招呼——我烦他。”

“你不是说过你喜欢和他们在一起?”

“那是恭维他。我现在不想理他理他没用。”

两个人转过身。于观已经走过去。

“我说什么来着，无聊的下一步就意味着堕落。”

“噢，于观，你回来了。”杨重抬头看到于观进来大声说，“刚才你没瞧见我们这儿大闹了一场。你爸爸来了，马青和他干了一架。”

“于观，你爸怎么这操行?”马青走过来说，“豹子似的逮谁咬谁。”

“进来吧。”于观回头说，刘美萍怯怯生生地走进办公室。

“你好马青，你好杨重。”

“你来了，快坐，杨重给人家倒水。”马青热情地拉开一把椅子让刘美萍坐下。杨重殷勤地端来一杯水。

“我不渴。”

“喝吧，我们都不喝茶，只有白开水。”

"谢谢。"

"那么客气干吗？到这屋你就算到家了，这屋里的全是你的老朋友。于观，你爸大概恨透我了。"

"别理他，他就那么个狗脾气。"于观走到自己办公桌后坐下，"你这辈子别跟他见面了，在家我们也很少理他。"

"哟，怎么哭了？"杨重弯腰看刘美萍的脸，"马青你又胡说什么惹了人家。"

"我没哭。"刘美萍抬起挂着泪痕的脸，"我没事。"

于观、马青都围到她身边哄她。

"别听马青的，他整个一个不可救药的口腔痢疾患者。"

"是是，我口臭，我那臭胳肢窝长嘴上了——我说什么了？"

"真的没事，他说的是好话，我只不过是自个儿忽然心酸了。"

"你还是回趟家吧。"杨重对于观说，"你爸可能找你有事。"

"我不回去，他没什么正经事，无非闲得嘴痒成心起腻找我逗逗咳嗽。"

"你还是回趟家吧。"马青说，"要不你爸还不定认为我们怎么黑着你呢。"

于观板着脸进了家门，进到客厅脱鞋换拖鞋，接着挨个解衬衣扣子，一声不吭，横眼瞧着摊手摊脚坐在沙发上微笑着的老头子，然后猛地脱下衬衣，穿着小背心去卫生间拧开水龙头哗哗地洗，片刻，拿着大毛巾回到客厅用力地擦，继续用眼瞧着老头子。

“瞧我干什么？嫌你爸爸给你丢人了？”

“没有，您给我长脸了，这下谁都知道我有个底气十足的爸爸了。”于观把大毛巾扔到沙发扶手上，打开电扇站在跟前吹，“我可算知道您为什么练气功了。”

“小心感冒——你那些狐朋狗友告我的状了？”老头子站起来，满意地围着房间踱起步，“其实我对他们很客气。”

于观鼻子哼了一声，没说话。

“我是关心你。我怎么不去管大街上那些野小子在干吗？谁让你是我儿子的。”

“所以呀，我也没说别的，要是换个人给我来这么一下，我非抽歪了他的嘴。”

“你瞧瞧你，照照自己，那副玩世不恭的样儿，哪还有点新一代青年的味道？”

“炖得不到火候。”于观关了电扇转身走，“葱没搁姜也没搁。”

“回来！”老头子伸手挡住于观去路，仰头看着高大的儿子，“坐下，我要跟你谈谈。”

于观一屁股坐在沙发上，抄起一本《中国老年》杂志乱翻着：“今儿麻将桌人不齐？”

“严肃点。”老头子挨着儿子坐下，“我要了解了解你的思想，你每天都在干什么？”

“吃、喝、说话儿、睡觉，和你一样。”

“不许你用这种无赖腔调跟我说话！我现在很为你担心，

你也老大不小了，就这么一天天晃荡下去？该想想将来了，该想想怎么能多为人民做些有益的事。”

于观看着一本正经的老头子笑起来。

“你笑什么？”老头子涨红脸，“难道说得不对？”

“对，我没说不对，我在笑我自个儿。”

“没说不对？我从你的眼睛里就能看出你对我说的这番话不以为然。难道现在就没什么能打动你的？前两天我听了一个报告，老山前线英模团讲他们的英雄事迹。我听了很感动，眼睛瞎了还在顽强战斗，都是比你还年轻的青年人，对比人家你就不惭愧？”

“惭愧。”

“不感动？”

“感动。”

“我们这些老头子都流了泪。”

“我也流了泪。”

“唉——”老头子长叹一声站起来，“真拿你没办法，我怎么养了你这么个寡廉鲜耻的儿子？”

“那你叫我说什么呀？”于观也站起来，“非得让我说自个儿是浑蛋、寄生虫？我怎么就那么不顺你的眼？我也没去杀人放火、上街游行，我乖乖的招谁惹谁了？非得绷着块儿坚挺昂扬的样子才算好孩子？我不就庸俗点吗？”

“看来你是不打算和我坦率交换思想了。”

“我给您做顿饭吧，我最近学了几手西餐。”

“不不，不吃西餐，西餐的肉都是生的，不好嚼。还是吃咱们的家乡菜砂锅丸子，家里有豆腐、油菜、黄瓜和蘑菇。”

“这些菜应该分开各炒各的。”

“不不，我看还是炖在一起好营养也跑不了。”

“不是一个味。”

“哪有什么别的味，最后还不都是味精味。”

“到底是你做我做?”

“你才吃几碗干饭？知道什么好吃?”

“得，依你，谁让我得管你叫爸爸呢。”

于观懒懒地站起来，去厨房洗菜切肉。老头子打开袖珍半导体收音机，调出一个热闹的戏曲台，戴上花镜，拿起《中国老年》仔细地看。于观系着围裙挽着袖子胳膊和手上湿淋淋地闯进来问：

“您就一点不帮我干干?”

“没看我忙得很?”老头子从眼镜后面露出眼睛瞪于观一眼，“我刚坐下来你就让我安静会儿。”

“没活你也不忙，有活你就马上开始忙。你怎么变得这么好吃懒做，我记得你也是苦出身，小时候讨饭让地主的狗咬过，好久没掀裤腿给别人看了吧?”

“你怎么长这么大的？我好吃懒做怎么把你养得这么胖?”

“人民养育的，人民把钱发给你让你培养革命后代。”

“你忘了小时候我怎么给你把尿的?”

“……”

“没词了吧?”老头子扬扬得意地说，“别跟老人比这比那的，你才会走路几天?”

"这话得这么说，咱们谁管谁叫爸爸？你要叫我爸爸我也给你把尿。"

五

于观老丫的：

老子等你好几天了想让你再带我找个好玩的地方去玩可你老不来害得我白等妈拉个巴子现在老子去上班了下班回来收拾你。

"这是谁留的条子？"于观笑着说，"太野了。"

"刘美萍呗。"杨重笑着说，"这姑娘这几天跟长在这儿似的，天天来。你上次带她去什么圣地了？招得她念念不忘。"

"马青。"于观扭头对马青说，"我一看就知道你这几天没少熏陶刘美萍，把你那身武艺都传给她了。"

"没有没有。"马青从看着的小说中抬起头，"我这几天跟她说的都是《新华字典》上的词儿。"

"你这反革命口淫犯能闲着？"

"他？"杨重笑着说，"他要拉出的是金子银子倒奇了。"

"这两天还有谁来过？"

"老赵老来，一来就坐半天。我们跟他也没话，就听他吹，吹得没劲了也不走，干坐着，那么大岁数我们也不好意思轰他，才尴呢。"

"他干吗摽上咱们？"

“谁知道，是不是觉得咱们特需要他？”

“再来我叫警察把他拘起来。”马青说，“太烦了，我妈什么时候给我生过这么一个哥……”

“啊，三位，好啊？今儿都在。”赵尧舜儒者风度地进来，笑呵呵地和大家打招呼。

屋内三个人都不说话了，散开各回各桌。赵尧舜走到于观桌旁坐下，打开纸折扇扇着：

“于观，这几天怎么没来呀？”

于观看着他“哎”了一声，没说什么。

“小马，给我来杯水。”赵尧舜回头说道，“你们今天很清闲。”

“下午我们要参加一个追悼会。”

马青把一杯白开水放到赵尧舜面前，走开回到自己桌后往这边看。

“谁死了？”

“一个不会水的孩子。”

“噢，这样的人也要开追悼会吗？看来你们每天的工作确实没有什么意思。”

“的确没意思。”

“这不奇怪。像你们这种年轻人，没受过什么教育，不可能再有什么发展，在社会上备受人歧视，内心很痛苦，但又只好如此，强颜欢笑。”

于观慢慢点着一根烟，抬脸凝视赵尧舜。

赵尧舜诚恳地望着于观：“这不公平，社会应该为你们再创造更好的条件。我要大声疾呼，让全社会都来关心你们。我已经不是青年了，但我身上仍流动着热血，仍爱激动，这些天，我一想到你、马青、杨重这些可爱的青年，我就不能自已，就睡不着觉。”

“你说我们内心痛苦？”

“当然，这太明显不过了，你不说我也能感觉到。”

“要是我们内心并不痛苦呢？”

“这不可能——这不合逻辑，你们应该痛苦，干吗不痛苦？痛苦才有救。”

“那我告诉你，我们不痛苦。”

“真的？”

“真的。”

“那只能让我感到可悲，那只能说明你们麻木不仁到了何等程度。这不是苏生而是沉沦！你们应该哭你们自己。”

“可我们不哭，我们乐着呢。”

“无产者挣脱的只是锁链……”

“听着，我们可以忍受种种不便并安适自得，因为我们知道没有完美无缺的玩意儿，哪儿都一样。我们对别人没有任何要求，就是我们生活有不如意我们也不想怪别人，实际上也怪不着别人，何况我们并没有觉得受了亏待愤世嫉俗无由而来。达则兼济天下，穷则独善其身。既然不足以成事我们宁愿安静地等到地老天荒。你知道要是讨厌一个人怎么能不失礼貌地请他走开吗？”

“最好是不说话，表示你已对他失去兴趣。”

“……”

“那我走了。”

“我想打人，我他妈真想打人。”赵尧舜退出后，马青从桌后跳出来，撸胳膊挽袖子眼睛闪着狂热的光芒说。

“我也想打，想痛打一个什么人。”杨重双手握着拳哆嗦着说，“要不是我不停地对自己说你打人得进公安局付医药费特别是上了岁数的人弄不好要养他一辈子就像无端又多出一个爹我早冲上去了。”

“可我实在想打，我顾不了那么多不想想办法我只好和你们俩对打。”

“好吧，这样吧。”于观猛地站起，握着双拳往外走，“我们就到街上去，找那些穿着体面、白白胖胖的绅士挑挑衅。”

“真舒服，真舒服，老没这么干了。”

马青、杨重摩拳擦掌、一脸兴奋地跳跃着跟在后面。

街上，三个人肆意冲撞着那些头发整齐、裤线笔挺、郁郁寡欢的中年人，撞过去便一齐回头盯着对方，只等对方稍一抱怨便预备围上去朝脸打，可那些腰身已粗的中年人无一例外地毫无反应，他们只一眼便明了自己的处境，高傲地仰起头，面无表情地变线走开。如此含忍不露彼此差不多的表现使三人更有屡屡得手所向披靡的良好感觉。

马青兴冲冲地走到了前面，对行人晃着拳头叫唤着：“谁他妈敢惹我？谁他妈敢惹我?”

一个五大三粗、穿着工作服的汉子走近他，低声说：“我敢惹你。”

马青愣了一下，打量了一下这个铁塔般的小伙子，四顾地说：

“那他妈谁敢惹咱俩？”

街的另一端，赵尧舜失神地漫无目的地走着，他走过一个街头电话亭又折了回来，在街边一个卖烟酒的小铺里换了一大把硬币，紧紧攥在手里，走进电话亭，仔细掩好门。他喘匀了气，摘下话机，塞入硬币，把其余硬币装进裤袋，开始拨号，电话通了，他拿正话筒，紧贴着耳朵，听到里面有人说：“喂？”便严肃地说：“去你妈，去你妈去你妈！”

宝康在家里拿着话筒涨红脸大声骂：“去你妈！”

林蓓惊诧地从桌前回过头：“你在骂谁？”

“去你舅舅，去你姥姥，去你们家祖宗八代！”

宝康的脖子像阳具般勃起怒张，“啪”地摔下电话，激动不已地在屋里大步来回走着：

“卑鄙！话都不说上来就开骂，以为憋着嗓子我听不出是你马青狗日的。”

赵尧舜翻着电话号码本认真查看搜检，掏出硬币塞进投币孔，沉着地拨号。

“喂？”一个苍老庄重的声音说。

“去你妈！”

“我们的祖国是花园，花园里花朵真鲜艳，和暖的阳光照耀着我们，每个人脸上都笑开颜，娃哈哈，娃哈哈，每个人脸上都笑开颜。”

“这女子好音道。”

在大柱簇立的古式大殿里，乐队奏着欢快的舞曲歌手在纵情唱，衣着华丽的人们陀螺般地对对旋转着，舞会已进入高潮。于观、马青、杨重、刘美萍一进入舞场便被这热烈的气氛感染了，杨重拉起刘美萍，于观和马青各自拽起一个坐着观看的姑娘加入了人群的涡流。在大圈巡回中，他们遇到了也在旋转的宝康和林蓓，看到了和一个陌生年轻姑娘坐在角落安详地观舞的丁小鲁，在演奏台的旁边他们还看到了瞪眼望着人群的赵尧舜。

再次从丁小鲁面前舞过时，她看到了他们，笑着招手，冲于观喊：“行嘞，惨不忍睹。”

于观笑着松开舞伴，走出场子，杨重也跟着走出来，刘美萍立刻让别人接走，马青也继续随着人流边舞边转远去，“好久没见，你都上哪儿啦？”

“我天天都在家待着，别说上哪儿都找不着我。”丁小鲁笑着说，“杨重你好，你请我们这位小姐跳一圈。”

“请吧。”杨重牵起丁小鲁身边那个姑娘的手，搭膀扶腰舞走。

“哎哟哟我累坏了。”舞了一圈回来的刘美萍汗津津地拿手绢扇着风下了场，在于观身边还未坐稳又让人请走了。

“看见林蓓了吗？她也来了和那个宝康。他们快结婚了。”

“她没跟我们说。到底修成了正果。”

"她有点怕你们。"

"我们有什么可怕的?你还不知道我们是怎么回事?"

"我是不怕你们,可不了解你们的人就觉得你们形象狰狞。"

"小鲁。"林蓓脸通红地一个人沿着舞场边走过来,"你怎么不跳?噢,于观你好,好久不见。"

"听说你快结婚了?"

"啊,就那么回事吧,结结看,不成就离。"

"别那么回事呀,这是人生大事。"于观笑眯眯地说,"人家说自杀的办法有一百种,其中一种就是和作家结婚。"

"是吗?"林蓓笑弯了腰,"你说得真逗。"

"屁!屁!"马青指着林蓓笑叫着,从他们面前舞过。

"讨厌。"林蓓白了已远远而去的马青一眼,回头甜笑着。她穿了一件印着个大大"P"字的棉织圆领衫。

"哎,杨重,你别坐下。"丁小鲁走开叫住刚下场的杨重,领他到一个枯坐着的姑娘面前,"你再请我们这小姐跳一圈。"

"来吧。"杨重牵着那个姑娘的手带入场中,调整了一下步伐,急剧舞起来。

舞曲变为探戈,舞场上节奏慢下来,紧搂在一起的人们分开,小心翼翼地共同举步,哈腰蹭行。

"宝康呢?怎么不过来?"于观问林蓓。

"噢,他在那边和人说话,他碰到几个熟人。"

"你别听他们说的。"宝康和赵尧舜并排站着,注视着舞场内神采飞扬、互相大声说着话自如支配着舞伴变着步伐的马青和杨重，“这些人已经完了，他们嘴里没一句真话。”

舞曲再度变快，人们又开始集体旋转，滚滚流动。刘美萍几乎全身被一个宽胸脯的男人满把搂在怀里，刮风般地旋着，哧哧地笑着：“不不，我不是歌舞团的，但我小时候就喜欢舞蹈，因为我腿长我们单位的人都叫我仙鹤。”

“胡大，我真的不行了。”舞伴又换了一个胖姑娘的杨重竭尽全力地旋转着，满头大汗对在他身边美滋滋迈着步的马青说，“丁小鲁把全世界最重的大翠瓜都悠给了我。”

宝康笑吟吟地远远伸着手，像刚下飞机的国家元首快步走向迎接他的要人们行列那样奔向林蓓。

赵尧舜阴着脸带着一个中年妇女不时看着脚下和身后左右的人进入舞场。

所有的人都在舞，在咧嘴欢笑，人头汹涌，胳膊腿横飞，音乐已经到了震耳欲聋的程度。从人们脸上挥洒出来的汗水在灯光下形成一片蒙蒙的亮闪闪的雾，使人们的脸变得模糊不清、混沌一团，只间或有鼻子或眼睛等局部清晰、一闪即逝地显露，在这层雾的下面是成百上千疯狂扭动的身体和不停踩地的脚，交织在一起，无律杂沓地变换位置。

“我们也跳一会儿吧。”于观张开双臂。

丁小鲁站起来，拉拉衣襟，搭上于观：“我只能跳我们最熟的——慢四。”

两人沿着舞场边缘缓缓游动。

夜里，于观家，老头子半睡半醒地调着袖珍半导体收音机，调着寻找台，每个台的播音员都在说：“这次节目播送完了……”

王朔的中篇小说《顽主》最初发表于《收获》1987年第6期，1989年米家山导演、王朔参与编剧的同名电影《顽主》上映。《顽主》是京味文学代表作品。小说讲述了于观、马青、杨重三个北京青年开了一个“替人解难、替人解闷、替人受过”的三T公司。王朔在小说中刻画了三位玩世不恭的北京“顽主”形象，他们调侃主流观念，消解虚伪。小说《顽主》的语言特色在于“侃”，人物之间的对话俏皮利索、幽默诙谐，带有反讽色彩和解构意味。

——胡诗杨

手上的星光

邱华栋

一

我和杨哭从东部一座小城市来到北京，打算在这里碰碰运气。我们都很年轻，因此自认为赌得起，更何况北京是一座轮盘城市，传说这里的机会就像退潮后留在沙滩上的漂亮小鱼儿一样多，我们来到这里也就在所难免。我们都是属于通常所说“怀揣着梦想”的那类人。我和杨哭除了梦想，便口袋空空，一文不名。但我们至少都对自己充满了信心。我们俩离开青春时代还不算太久，因此保留了足够的热情打算把剩下的青春年景在这座城市中消耗掉，借以换取我们想得到的东西。我们能得到的是什么呢？当我们俩第一次站在机场通向市区的高速公路的巨大的立交桥——三元立交桥上，向我们即将进入的城市市区眺望时，涌现在我们心头的一定是一种十分复杂的心情。这座城市以其广大无边著称于世，灰色的尘埃浮起在那由楼厦组成的城市之海的上空，而且它仍在以其令人瞠目结舌的、类似于肿瘤繁殖的速度扩展与膨胀。我们俩多少都有些担心和恐惧，害怕被这座像老虎机般的城市吞吃了，把我们变成硬币一般更为简单的物质，然后无情地消耗掉。这一切都是可能的。并不是每一个人都是成功者。在这座充满了像玻璃山一样的楼厦的城市中，每一个来到这里的人，必须得尝试去爬爬那些城市玻璃山。肯定有人在这里摔得粉身碎骨，也肯定有人爬上了那些玻璃山，从而从高处进入玻璃山楼厦的内部，接受了城市的认同，心安理得地站在玻璃窗内欣赏在外面攀缘的其他人，欣赏他们摔下去时的美丽弧线。

有时候我们驱车从长安街向建国门外方向飞驰，那一座座雄伟的大厦，国际饭店、海关大厦、凯莱大酒店、国际大厦、长富宫饭店、贵友商城、赛特购物中心、国际贸易中心、中国大饭店，一一闪过眼帘，汽车旋即又拐入东三环高速路，随即，那幢类似于一个巨大的幽蓝色三面体多棱镜的京城最高的大厦京广中心，以及长城饭店、昆仑饭店、京城大厦、发展大厦、渔阳饭店、亮马河大厦、燕莎购物中心、京信大厦、东方艺术大厦和希尔顿大酒店等再次一一在身边掠过，你会疑心自己在这一刻置身于美国底特律、休斯敦或纽约的某个局部地区，从而在一阵惊叹中暂时忘却了自己。灯光缤纷闪烁之处，那一座座大厦、购物中心、超级商场、大饭店，到处都有人们在交换梦想、买卖机会、实现欲望。这是一座欲望之都，尤其是当你几乎每天都惊叹于这座城市崛起的楼厦的时候。这一刻我和杨哭都觉得自己渺小而无助，真的就像是一粒微尘。在这座城市铺开的辉煌灯光的下面，有多少从四面八方会聚而来打算在这里成功的人？这座城市几乎能够包容一切，它容纳各种梦境、妄想和激情，最保守的与最激进的，最地方的与最世界的，最传统的与最现代的，最喧嚣的与最沉默的，最物质的与最精神的，最贫穷的与最富有的，最理想的与最现实的，最大众的与最先锋的，仿佛是一切对立的东西都可以在这座城市里存在并和平共处，互相对话、对峙与互相消解，从而构成了这座城市奇特的景观。我和杨哭不禁为这座庞大城市的包容性与吸食性而深深地震动了。

具体说到杨哭，这是一个很有趣的家伙。他身上总是体现了妄想的气质。我们都在南方一所老牌大学念书，在读书期间就已是好朋友。杨哭长得非常英俊，而且还略带些络腮胡子，身上颇有些硬汉气质。他喜欢穿格子西装，扎鲜艳的真丝宽领带，戴窄边墨镜，头发用摩丝打得发亮，梳着小背头的发式。在学校里他总爱把一些简单的事情弄得很神秘。那会儿作为政治系的学生，他成立了类似于政治家俱乐部性质的“灰衣社”，该社有几个在新中国成立前就从哈佛大学毕业的政治、法律系著名教授做顾问，由杨哭担任社长。“灰衣社”的特征是，全体成员无一例外都穿灰色风衣，神色严峻地在校园里穿行。我曾听过一次他们举办的沙龙研讨，那次他们似乎讨论的是有关孟德斯鸠的“法的精神”的话题。我突出的感受是，这是一批小野心家，他们总想把握与掌握远远大于他们生命的东西，比如国家与民族的命运。我想在以空谈和妄想著称的大学校园里，这样的人总是为数不少。我就因此而认识了杨哭，并有些崇敬他。大学毕业那年我二十二岁，他二十三岁，对世界和事物充满了向往和足够的耐心，便一起分配到了北京。我们要去的地方，分别是一所大机关和一家艺术剧院，我要去的地方是后者。而“灰衣社”的其他人则作鸟兽散了，旋即没了踪影。

当我们站在三元立交桥上眺望遥远的北京城区时，我想我们想在这里得到的不只是名利、地位，还有爱情和对意义的寻求。杨哭在大学期间一直很“老实”，连个女友也没有，而我则在一次伤心的爱情打击下多少显得有些灰心丧气。我们站了许久，我取出了巴尔扎克的《高老头》，我朗读了该部书中的一个充满了雄心的人物拉斯蒂涅，站在巴黎郊外一座小山上，俯瞰灯火辉煌的巴黎夜景时所说的一段话：“巴黎，让我们来拼一拼吧！”拉斯蒂涅后来周旋于贵妇人的石榴裙边，从而爬上了银行家兼政客的宝座。我朗诵完，我们相视大笑，那一刻在今天想来仍是那么滑稽与悲壮，随后，我们便钻进出租车，向城市进发了。在我们的视线中，那一幢幢大厦便迎面撞来。

二

回想起我们刚刚来到这座城市的模样，以及随后就被迎面而来的生活淹没的窘态，一切都是那样始料不及。杨哭在大机关报到之后，旋即被派到延安地区去锻炼。他在那里待了八个月。在一次他给我的信中，把这次锻炼称为有趣的下放。他要做的主要工作是每天晚上，和他所在的村子里的其他干部，趁着夜晚去围堵那些不愿意响应国家计划生育号召的妇女，捉住她们并将其送进医院强行结扎。“你可以想象在这个穷乡僻壤，那些农民除了白天面对黄土，晚上剩下的就是什么营生了。所以，这里有些村子超生很严重。虽然我在夜间抓住那些妇女，听见她们发出杀猪般的号叫而感到于心不忍，但我想我们是对的。”他在信中这么说。八个月后，他终于结束了锻炼，我在一家临街的咖啡馆见到他时，发觉他已多少变得真像个村干部了。那天他从口袋里摸出一张照片对我说：

“我要追她。我爱上了这个女孩。”

我有点儿吃惊，因为过去杨哭是一个不容易对女人动情的人。我拿过照片，我发觉她并不漂亮，形象一般，但娴静、大方，有一种大家闺秀的气质。

“你知道她的父亲是谁吗?”胡子刮得发青的杨哭脸上充满了一种莫名的笑意，接着他说出了一个政界要人的名字。我笑了笑：

“你已经由一个理想主义者变为一个现实主义者了。”

“不，我仍是一个理想主义者。”他不容置疑地打断了我的话，用深邃的目光看着窗外的街景。“有一位同事和我是情敌，我们俩展开了竞赛。”他自我解嘲地笑了，“你有什么新招数没有？教我两招，你是高手。”

我知道他并没有放弃在政治上谋求发展的想法。在大学里办“灰衣社”时萌发的雄心壮志依旧激励着他，他明白在这座城市中谋求政治上的发展，找一个有背景的女孩做老婆是一条捷径。这是他早就明白的道理。

在随后的约莫半年时间里，杨哭和他的一个年轻同事展开了与前途命运紧密相关的爱情追逐。出于对自己未来前途的宏观设计，他第一次十分投入地开始追求女孩子了。在几个月的拉锯战中杨哭却最终败下阵来，那个女孩闪电般嫁给了她的另一位追求者，杨哭的同事和情敌。

我和杨哭在这年年底一个大雪初霁的日子在天安门广场上散步，风很冷。不远处，人民英雄纪念碑巍峨挺拔，有些孩子在广场上放风筝。我们都竖起了风衣的领子，默默无语地走着。雪地已在迅速融化，长安街上六条车道上汽车川流不息，像一条生生不息的河流。遭受打击的杨哭看上去很冷峻，我到后来却哈哈大笑起来，我说：

“说说看，你是怎么失败的？”

“她说我的名字不好，有一个哭字，她说如果我考虑改名字，她就考虑嫁给我。她说这也是她家里人的意见。但我不会改名字的。”他恶狠狠地说，“我不会改的。”

我仍在笑，笑声都惊动了在广场上值勤的便衣，我说：“你父母当初干吗要给你起名叫杨哭？”

他古怪地看了我一眼：“就因为我生下来后从来不哭，我父母害怕我克了自己，就起了这个名字。我可不会为一个女人而改名字的，那太可笑了。这是原则问题。”他挥了挥手。

“就这样将大好前程拱手相让了？”我说。

他淡淡地一笑：“另起炉灶呗。不过，我那位同事，在与她结婚两个月后，已调到更重要的部门去了。我不知道他的调动是否与此有关，但他现在所待的地方，对他在发展上非常有好处。”然后他突然骂了句粗话，“我得重新设计一下自己了。明年春天，我就不会再待在机关里了。”

至于我，在分配到那家艺术剧院后命运不济。我想这是一个不需要戏剧的时代，因为我们的生活中到处都充满了戏剧情节，几乎比戏剧本身更打动我们，那么谁还会在忙了一天后再到戏院看天天都在生活中出现的情节？我在单位报了到，被分配去管理人事档案，每天只需坐八个小时就可以了，一个月可以领到三百多元，要知道在北京这样的地方生活，这点钱连玩一个小时的老虎机都不够，可我偏偏就爱玩老虎机。半年以后，剧院更加不景气，我便从当作宿舍的办公室里搬出来，在一个小区的朋友处租了一套房子住了下来。我辞去了工作，有一个星期我把自己关在屋子里想我会干什么，我终于决定靠写作发财和挣得爱情。我终于决定写作了。

这年春天，杨哭果然从机关中跳了出来，不知从哪里找来了几十万块钱，成立了“宏友公关广告公司”。由于他在那家赫赫有名的大机关待过一年多，认识的人很多，因此做这种中介公司生意还有底。出于对饭碗的考虑，我便应聘去一家报纸副刊当了编辑，在不坐班的大部分时间里，我都闷在屋子里写作。

有一天杨哭在亚运村附近的“太平洋明珠酒家”举办一个由某家信用社和中国影视老明星们联欢的活动，叫我也去一下，顺便在报纸上发一条消息。他开着他花不到十万块钱就买到手的一辆二手黑色流线型“凌志”来接我，他穿着一套深蓝色西装，扎一条灰色领带，衬衣也是深颜色的。“你会在那里看到一大群中国的老明星，一群黯淡的星星。”他笑了，杨哭似乎逐渐地具有幽默感来对付生活中平庸的东西。

我们钻进汽车，汽车驶入南三环，然后向东驶去。三环路修得不错，我们的车很快就到了亚运村的“太平洋明珠酒家”。远处，一幢幢高层公寓楼、阳光广场、惠普广场的巨型写字楼矗立着。我们走进酒家，发现人已经来了很多了。我叫杨哭忙他的去，自己挑了个位子坐下来，观察着周围的动静。小厅里人头攒聚，这原是白天可以当餐厅、晚上可以唱卡拉OK的地方，靠东面的桌子边，赫然坐着一大堆几十年前在中国影视界名震一时的人物，大多已白发苍苍，女士们也已肥胖臃肿不堪，只是皮肤依然保养得很好。我不由得叹息起来，心想杨哭这家伙不知用了什么招儿，把这么一大堆已遭受冷落的宝贝都搜罗在这里，为一个并不起眼的信用社开成立纪念会？我想这一定是钱的原因。作为承办这次活动的“宏友公关广告公司”，只要出一点小钱，就可以请动这些已经许久无人给他们付出场费的老明星，叫他们来给一家信用社的成立捧捧场。我知道杨哭一定请不动那些正在红得发紫的大明星，他们一张口保管叫杨哭真的哭出声来，虽然他声称他从来没哭过。商业法则已渗透进我们生活中的各个角落了，我想。

很快地，演出开始了，杨哭作为主持人之一，显得很持重潇洒。另有一个女主持，她的脸我常在中央电视台上见到，在联欢会上显得非常活跃；老明星和名导们一个个上台表演，节目实在不能说不错。老家伙毕竟是老家伙了。小厅里很热，我连续要了好几杯粒粒橙，不动声色地看着人们的滑稽表演，停了一会儿，我忽然看见一个女孩子手拿话筒走上台为大家唱歌，我不由得注意起她来。

她穿一条黄褐色的褶皱超短裙，裙子上还有一些虎皮斑纹。我琢磨这裙子很厚，因为在这初春的日子穿短裙恐怕还不太适宜。她上身穿一件白色贴身套衫，乳房小巧而浑圆。她有一双显得有些瘦瘦的腿，穿着一双奶黄色亚麻鞋。她长得很清纯，但目光中又流露出历经沧桑的一点忧郁。她的眼睛不大，但很清亮，流转不停。她举起话筒，向大家抱歉说她今天感冒了，嗓子不好，只能唱一首音色较低的歌。然后她唱了起来，大厅里很闷热，她唱的是一首林忆莲的歌。歌名我想不起来了。总之当时客厅里乱哄哄的，谁都没有注意到这个歌女在唱歌。大家都在互相交谈，只有我在注视着她。唱到一句音位较高的地方，她的嗓子发出了一声嘶哑的怪声，把几个埋头说话的老明星吓了一跳。“很抱歉，很抱歉，我的感冒让我的嗓子不太听话。”她尴尬地说。这一刻我感到她的眼泪都要流出来了。但她不，仍是坚持着唱完了她的歌。当她走下台时，一些纯粹是出于礼貌的稀稀拉拉的掌声响起来了。

紧跟着上来一位家喻户晓的著名丑星，他为大家表演了一个小品，一下子吸引了所有人的目光。小厅里顿时鸦雀无声。丑星拿出了他的绝技，我没有看他表演，却一直看着那个嗓音嘶哑的歌女。她坐到酒吧台前的小圆椅上，有人递给她一杯冰水，她在向那人点头致谢；人们没有再注意她。她坐在那里，似乎在稳定情绪，眼睛发亮，还有些潮湿。她胸部的起伏渐渐平缓下来，刚才不知所措的劲头没了。忽然她注意到我在看着她，那一刹那的对视约有三秒钟。她露出了一个非常迷人的笑，礼貌地冲我点了点头。由于相隔很远，我也点了点头。丑星表演完了，已过了吃饭时间半小时。杨哭宣布用餐，大厅里乱作一团。想见大家都有些饿了。我也端起了盘子，吃了起来，忽然又想起了那个歌女，四处张望着找她，却未见她的踪影，莫非她已经走了？

用完餐，老明星们喜滋滋而又矜持地拎着纪念品陆续走了。我坐上杨哭的车子，说："你从哪儿找来这么多宝贝？我是说那批老明星。"

他淡淡地一笑，将汽车发动着，慢慢地上了快行道。"干公关公司的无非是拉拉皮条而已。信用社出一笔宣传费，我来组织明星、记者和场所布置，我就赚这笔活动费。新闻稿已放在你的纪念品里了，你自个儿翻吧。"

汽车在城市的大道上疾奔。后来他打破了沉默，笑了起来："你看那些老明星，过去多红火，可如今，只要花这么一点钱就可以请动他们。身价下跌喽。哈，真有趣。我从小看他们演的电影长大的。什么东西一近距离看，就再也不神秘了。"

我问："那个歌女也是你请来的？她好像真的生病了。"

"哈，不是，是她自己找上门的，说唱一支歌，只要给她五十元就行了，而且中午她还不在这里吃饭，这类流浪歌女北京很多。出于怜悯，我就叫她唱了一首。后来给了她钱，她就走了。”

我不再说什么。汽车上了安慧桥，视野顿时开阔了起来。奥林匹克中心、五洲大酒店、北京国际会议中心在四面矗立，每当看到这样开阔的城市景物，我的心便显得很激动。我是爱着这座肿瘤般膨胀的伟大的城市的，我想。我回忆起那个歌女和我对视时的一刹那的笑容，有些共同的梦想、愿望与漂泊刺痛了我，使我在感情上觉得和她是一类人。我想在这座大城市里，我再也不会见到她了，城市是一条混浊而肮脏的河流，所有人的面孔都将漂远。

三

我所居住的小区是一个庞大的小区。因为这里高楼林立，而且大都在二十层以上，以某种冷漠的姿势站在那里。有时候夜晚我回去，下了公共汽车，走在空寂无人的高速公路的边上，四周全是燃着灯火的小区公寓楼，那明亮的灯光，在黑暗之中，使你感觉仿佛来到了外星的某个城市。这绝对不是夸张的说法。虽然那时候孤独已经侵袭了我的心，但我依旧震惊于这座城市的雄伟和庞大。我的写作不太顺利，其原因在于我正努力写一部长篇小说《荷兰的风车》。我想这不是一个过于抽象的名字，我告诉与我合作的书商，我已充分地考虑了他所提议的一些商业性因素，但我一旦写起来，小说往往自己就成就了自己——它像一匹挣脱了缰绳的野马一样，自己向着我已无法驾驭的地方狂奔。我会成功吗？这不好说。我到底想获得什么？我想到现在还没有一个姑娘愿意嫁给我。我宁愿为了爱情而写作。这样想着，我写作的劲头又大了。

但我听见门口有人在争吵。像是女人的尖厉的声音。我打开门，发现我对面的屋子门口，有一个中年妇女，在把一个上身穿黑褐色条绒夹克的姑娘向外推：

“你走吧，没钱就别赖在这儿，走吧走吧！”

我的眼睛突然亮了。我发现她——正是上次我在太平洋明珠酒家见到的那个歌女，那个因患感冒而嗓音嘶哑的姑娘。她今天穿的可是一条十分漂亮的牛仔裤。她还有一个美丽的小屁股，这是我在一瞬间发现的。

“怎么啦？发生了什么事？”我说。

她们俩停下了拉扯，一起回头看倚在门边的我。她似乎觉得我有点儿面熟，但她并未回忆起来。那个中年女人恶声恶气地说：“说笑话，住我的屋子连租金都要赖的人，我还是第一次见到。你见过这样的人吗？”

我明白了。“她欠你多少钱？”

“三百元。说好一个月三百元。她一分钱也不给我，可她都已经住了一个月了。”

“我给你，”我果断地说，“你现在要吗？”

那个女人和那女孩都愣了一下，女人说：“当然，这样的话，她倒可以继续住在这里了。”

“那么好吧，”我转身进屋，取出三百元钱交给了那个女人，“让她留在这里住下。”我说。

中年女人接过钱，松开了那女孩的胳臂。那女孩不解而又有些感激地看着我：“谢谢你。我一定会还你的。”

“不用，”我淡淡一笑，“我们见过面，在‘太平洋明珠酒家’。”

“哈，”她笑了，“我想起来了。不过那天可真尴尬。你是去……”

“我是记者，那次活动是我的朋友组织的。”

她冲我挤了一下眼睛，非常的灵动、新鲜、活泼。“不过，我先收拾一下东西，待会儿我再和你聊聊。”她说完，也冲那中年妇女——房东笑了一下，就走进了她的屋子。那女人拿着钱，看了我一眼，停了一下，她问我：“要是她再不交钱，我就找你好了？”

“好吧，”我笑了笑，“不过她肯定会付房租的。”然后我回到了我的屋子。

我继续写作，可老是卡壳。问题出现在什么地方？我不知道。我想很多人在写作时也一定遇到过这种情况。然而门被敲响了，我打开了门。

“嗨，你好。”那个女孩笑吟吟地站在门口，她已换上了一条漂亮的白底碎花的裙子，“我可以进来吗？”

“进来吧。”我愉快地把她让进门，我这时才意识到也许我的屋子过于乱了。至少我的臭袜子就不应该丢在沙发上。

“噢，米莫·帕拉迪诺的画，我也喜欢他。”她端详起屋角我挂的一幅画来，“真棒，《朱丽叶的马车》。”

“坐吧，喝点什么？我这里有各种饮料。”

“那就来点儿椰奶汁吧——有吗？”她眯起眼睛看我的样子真动人。她还会耸动她的小鼻子头。

“有的。”我说完，打开冰箱，为她倒了一杯椰奶汁，我则倒了一杯啤酒，呷了一口。

“蛮不错的，我是说你的房子。”她端着杯子，两只眼睛迅速地在屋子里扫了一遍，对我说，“也是租的？”

“噢，单身汉，太乱了。说实话我并不懂生活。”我由衷地说。我注意到她的左眼角有一个半月形的小伤痕，尽管它极不容易被察觉：“是借租朋友的房子。”

“啊哈，倒忘了介绍我自己了，”她掏出了一张名片，递给了我，“你呢，哥们儿，你叫什么？”

我接过来名片，发觉她的名片印得很别致，天头上一行黑字：在路上流浪的一只猫，中间是两个圆头字：林薇，下面却并无电话、住址和BP机号码，又写着几个字：在路上，没有家。

我笑了笑：“你一直在路上？为什么不停下来？我叫乔可，你叫我老乔好了。”

她吸了几口椰奶汁：“你也不太大，干吗要叫老乔？”

“习惯呗。我的朋友都这么叫我。上次在太平洋明珠酒家，第一次见到你，忽然有一种很亲近的感觉。因为我觉得我们都是浪游的人。”我说了实话。

“你的日子比我好过多了，”她顾盼生辉，又懒懒地打了个哈欠，“我知道当记者的都是些什么人，到处蹭吃蹭喝，而且还有红包拿，说捧谁就捧谁，人人都怕你们，记者已经成为社会公害了。”她咄咄逼人地对我说。

“你这是庸俗社会学的观点。”我毋庸置疑地反驳她，虽然我并不喜欢这个行当，可我也有维护行业荣誉的起码的权利。

“算是吧。”她又打了个哈欠，真的像一只猫那样。然后她站了起来，很随便地在我的屋子里走动，随手翻翻我那乱七八糟的东西。她忽然看见天花板上有一幅正对着我的床的裸女画，笑了起来：“真够色情的，每天一醒来就看看裸女——记者都这样？”

“单身汉都这样。”我说，“说说你吧，我倒想了解你——为什么要一直在路上？”

“职业习惯？”她偏头问我。

“不是。是我个人的好奇心。”

“噢。不过，我现在饿了，我倒想先去厨房做点儿吃的，你有什么吃的吗？”

“应有尽有。”我说，“全在冰箱里。”

“太好了。”她兴奋地说，“看来我要露一手了，乔可，你待会儿就会傻了的。”她说着，就冲进了厨房。

我又坐在了椅子上，心情杂乱地翻着巴尔扎克的作品，我的屋子突然地充满了一个灵动女子的身影和声音，多少叫我有些手足无措，我就在那里胡乱翻着杂志，听着厨房里她轻快地一边哼着歌，一边做饭的声音。约莫二十几分钟，她居然炒了三个菜，并且连蒸好的米饭都一起端了出来。我真的有点儿傻了。

“这荷兰豆还不错吧？”她喜滋滋地问我，仿佛我就不能不说不错一样。

我尝了一下。“真不错。”我真心说道。我打开了一瓶张裕葡萄酒，给我们俩一人倒了一杯。“为了相识干杯。”我说。她又挤了一下眼睛，然后我们干了一杯。

她顿了一下，问我：“你为什么要为我垫付房租？”

我迟疑了一下：“我觉得我们都是一类人。都是在路上。我也是这样的。”

她乐了：“就为这个？”

“对，就为这个。”

“噢。我很感动。不过这么说有点儿假模假式。”

“你来这个城市多久了？”我问。

“四个月。”

“靠什么生活？”

“唱歌呗。天天去酒吧、饭店、舞厅唱歌，有时也去录音棚打拼，挣钱养活自己，否则就要挨饿。你尝过挨饿的滋味吗？”

“到目前为止还没有。”

“养尊处优？”

“不，我一直有饭吃，也仅仅是温饱而已。”

“哦，”她叹了口气，“可我就不同了，我在南京出生，九岁就拉二胡，后来在上海音乐学院学习作曲专业。没毕业，我就跑到广州，在那里开始唱歌，一个酒吧一个酒吧地唱，有一次真的饿坏了。世界真是个圆，我绕了一圈儿，来到了北京。北京真是个好地方，我想也许我会在这里成名的。”

“有人帮你没有?”我问她。我知道她这个行当得有人包装她、捧她，她也应该拜一个名人为师，而且还要进入一些圈子，总之得学习一些艺术社会学的东西才行。

“帮我的人不多，不过，我也习惯了。我感到我的运气就要来了。知道吗，我在拍一部《红尘情缘》的电视连续剧。”

“是张艺谋导演的吗?”

“不，”她的神色黯淡了，“要是他导就好了，可他从来不导电视剧。”她又乐了:“知道吗，我在这部戏中演一个上海滩的电影明星。30年代的。”

我发觉我们边吃边聊，已将饭菜一扫而光。我仔细地看着她:“告诉我，你来到这个城市，是为了什么?”

“为了成功。这很简单。你呢?”

“我?”我愣了一下，“我突然有点儿糊涂，我打算靠写作挣钱与成名，再娶个好老婆——如果不是痴心妄想的话。”

“那可太累了。真的。当个作家可真太累了。而且在这个时代，不会再有傻女孩去爱一个作家了。”她同情地说，“你在写什么? 作家?”

“在写一部长篇小说。”

她像一只鹿一样跳了起来:“我要看一看。”她走到写字台前，去翻我那一摞手稿，“我喜欢马尔克斯的小说。”

我说:“算了吧，否则我会不高兴的，你别动它。”

她停下了手，回头看看我:“我倒认识《当代》杂志的几个编辑，就是化名周洪的那几个人。要不写完了叫他们看看？说不定会卖个好价钱。现在什么都能卖钱了，哈。”

“但愿。”我说，“要不，我们出去走走吧。”

这时天已黑了下来，我的提议得到了她的赞同。我们一同下了楼。夏天的气息一天深似一天，走在庞大的小区中，我再一次地感到了这座城市令我恐惧的魅力，它就像一个黑洞一样吸食所有的光线、理想、梦境与时间。“你看，我们仿佛置身于一座外星城市。”我说。

她转身看着周围的一幢幢灯火明灭的大厦和公寓楼。街上人很少，仿佛只有我们两个走在空寂的大街上，四周尽是吞噬人的黑暗与楼厦。一些汽车飞快地驶过高速路，拖过一道道灯光的弧线。她哼起歌来了，曲子很好听，停了一会儿，我问她：“是一首什么曲子？”

“《忧伤的夏娃》，我自己写的，好听吗？”

“好听。”我说。

“谢谢。”在黑暗之中她的眼睛闪亮了一下，也许她还很少听到真诚的赞扬与鼓励，所以对我的赞扬萌发了感激。我们又回到了单元楼内，她打开门，倚着她的房门对我说：“谢谢你，真的，否则我今天就被赶走了。你夜里几点睡？”

“三点钟。我习惯夜里写作。”

“好吧，祝你写得好，我可得早早上床睡觉。”她又打了个懒懒的哈欠，“那么晚安，乔可，顺便说一下，你那三百元，我会还你的。”

“不必了。”我说。然后她冲我摆了摆手，就进她的屋子了。我停了一下，逐渐习惯了楼里的黑暗，然后才掏出钥匙打开了门。

四

我渐渐地被一种叫孤独的虫子撕咬着，没有成功，没有女人和金钱给我增加自信。我多少有些仇恨这座城市。我来到这里就是为了索取的，可到目前为止，它连一个子儿都没有给我，它充分地蔑视着我这个穷光蛋。我常常想，拥有梦想的人在这样的时代里简直就没法活了。

与我相反的是，杨哭的生意却非常红火，他与外省的许多中小城市的市长都很熟，凭借着这层关系，替他们在北京城里召开各种招商洽谈会和新闻发布会或者搞到领导的批文，进项是以十万元为单位进账的，杨哭在什么时候都是一个能够迅速适应环境的家伙，我对他可真是又敬又恨。

有一天他像个疯子似的猛呼了我六遍，我的BP机险些都从我的腰上蹦下去。我给他打了电话，他告诉我要我和他一起去中国大饭店跳舞。“好吧，你他娘的来接我吧，我就在屋子里等着你。你打断了我写一部伟大作品的思路，你得赔我钱才行。”

“今天晚上赔你一个姑娘，我出钱。”他笑着挂了电话。

我坐在屋子里生闷气，忽然想起来我对面的林薇，我约莫有好久没见到她了，她的门也像个庙门一样关得紧紧的。以往她每天都要在门口丢个垃圾袋，可这一段时间却没有，她跑到哪里去了，这只一直在路上的野猫？

后来门被人粗野地敲响了，我知道是杨哭那小子，他有时候就像个没受过大学教育的年轻人。

我没让他进门，提起一件西装外套，就跟他走了出去。来到单元门口，我忽然看见一辆乳白色的奔驰600SL跑车，我当即有点儿傻，我说："这他妈是你的车？"

他得意地戴上了墨镜："不，是我借的，一个香港哥们儿的。咱们先在二环路上兜兜风，我得试试这辆车。"

"真他妈棒。"我打心底儿里说。

我们的车像是一艘巡洋舰一样平稳地驶上了中国大饭店高高的停车坪。下了车，装好了车篷，我们便向那巨大的耸立着的饭店大厅走去。自动门开了，我们走进了大堂。这是一家十分气派的五星级饭店，处处都显示了凝重的奢华气派。杨哭整理了一下衣服，耸了耸肩："咱们得吃点东西，去百花法餐厅吃鲑鱼子如何？"

"好吧，那玩意可有点腥。"我说。我们来到了百花法餐厅，任由杨哭煞有介事地点了几道菜。全是欧式菜，我都叫不上名字，吃起来味道有点儿怪。我们每人还喝了一杯加冰块的XO。杨哭慢慢地品着酒说："我一定要自己拥有一辆奔驰600SL型跑车。"我喝不惯洋酒的奇特滋味："我只要一辆手扶拖拉机就行了，可拖拉机他妈的不让上长安街。我还指望着有朝一日用它带着来京看我的父母亲上街兜兜风呢。"

杨哭听得笑了起来，他下巴上的胡子胡乱地抖动着。"慢慢来。记住，这个世界是公平的。没有付出，就不会得到。

你得拼命去操这个世界才行。”他真粗鲁。

吃完饭，我们又在大堂酒吧喝了大碗冰淇淋，这种大碗冰淇淋由二十五勺冰淇淋构成，简直棒极了。我和杨哭话不多，只是在各想各的心事。来到这座城市两年时间，我们的变化已非常之大，心境、观念、目标、环境和想法都已变了许多。我知道杨哭出身于一个小干部家庭，这使得他身上凝聚了一个小生产者企图暴发的全部愿望。我知道这种东西一旦强烈暴发，是很可怕的；可杨哭也许并没有意识到这一点。也许他刚刚有了几十万块钱，就打算醉生梦死，还想拉着我不成？

我们来到迪斯科舞厅跳舞时，那里已非常的热闹了。灯光昏暗，音乐的节奏非常强烈，我不能听到这样的音乐，一听到我浑身就跟上了弦或者触了电一样，剧烈地抖动起来。我不知道我机械地跳了多久，总之我感到累坏了，回到了一边的沙发上，杨哭优雅地看着我，为我要了一杯扎啤。

这时，忽然听到一首仿佛幽灵唱的歌从乐池那边传来。声音凄美，忧伤。我敢打赌这曲子我是听过的，对，就是那首《忧伤的夏娃》，这歌林薇曾经哼给我听过。我愣住了。我往歌声传来的方向看，可我只看见灯光昏暗之处，有一个穿黑色裙子的女人的影子，她一动不动地唱着，直到我感到心都碎了。这毫无疑问是一个忧伤之夜，所有的苦痛一起向我袭来。我站了起来，向乐池方向走去。我刚刚走进舞池。一声鼓响，震天动地，迪斯科的曲子又响了，很多人拥了过来，像浪头一样挡住了我。我奋力前行，拨开人群，却发现乐队前面并无一人。她已经消失了。

五

我确信我遇到了某种危机，一种沮丧深深地袭击了我。大饭店之夜的光线、气息，那些在酒杯和超短裙里晃动的欲望，让我坚持的梦想有所消解。我忽然不想写下去了，因为我写的是一部同样令人沮丧的小说。早晨醒来，我的嘴里弥漫着一种苦艾的味道。头疼得厉害。我爬起来，洗漱完毕，就下了楼去到前门附近的一个地方玩老虎机。我带了不多的三百块钱，让小姐给我调了机器，我就随便坐在一台老虎机前玩了起来。原先我总是站在一边，看看哪个机器玩的人输得多，等他走了我就接着玩，结果总能小有盈余，可今天我有一种憋足了劲把钱都输光的愿望。但很奇怪，只要我按动按钮，保管有多一倍的分数从机器里显示出来。我投进去的越多，它吐出来的也越多。我很生气，我就不停地朝里面塞硬币，它就不停地吐，我的眼前很快就堆了一大堆硬币，其他的人都羡慕地看着我。

游戏机老板走了过来，他是一个大胖子，身体像只垃圾桶，他恼怒地拍了一下机器：“妈的，今天它是怎么了？”他这一拍，我放进去的一枚硬币便再没吐出来。我把游戏币都兑换成一元硬币，用一个塑料袋把一大堆硬币都装好，不打算玩了。袋子沉甸甸的，这使得我不得不又换了一个布袋子。我把它搭在肩上，就像阿里巴巴和四十大盗中的某个人。人海苍茫中，我像一件飘浮物一样走在大街上，我比他们都飘得更远，不知怎么，我钻到了地铁的通道里。有一个并不算丑的女人迎上前来伸手要钱，我忽然问她："你为什么不回家？"

她愣了一下，看我痴目愣瞪的样子，忽然有点儿害怕，拔腿就跑了。"嗨，我给你钱，可你得告诉我，你为什么不回家？"我追上去又对她喊。她一下子钻进人群中就不见了。我从布袋中掏出一把硬币，向一群乞讨的小孩扔去："拿了钱回家！拿了钱回家！你们为什么都不回家？"

我在大街上整整逛了一天。我的布口袋里还有一半的硬币。我给了那些没有回家的人一些，但后来他们不敢再要了。我想我是出了一点小毛病，但不知出在了哪里。我神色茫然地叫了一辆出租车，叫司机拉我回住处。城市太大了，每张脸都在飘浮，我会飘到哪儿呢？我仰脸看那些玻璃大厦，心想我假如去爬这些玻璃山，摔下来时也一定很好玩儿。

我进了单元楼，路过林薇的门口，并没有打算去敲响她的门。我倒是想和她聊聊，但我迟疑了一下还是直奔我的房间。我掏出钥匙去打开门，发现有一个信封插在门把手里。我想一定又是各类狗屁直销广告。从中抽出一张纸条儿，纸条儿上的字写得很有特点，圆圆的，每个字儿都像一只蜷着身子的懒猫：

晚上我要搞一个party，冷餐会，就在我房间里，请七点钟准时来。

林薇

我打开门进去，将肩上的布袋扔在沙发上，里面的硬币发出了一阵哗哗响声。然后我煮了一些面条，胡乱吃了几口，就沉沉地睡了一觉，连一个梦也没做。

到了傍晚，看看天色渐渐暗下来，我换上了一件休闲服和圆领T恤衫，在胸前别了一朵玫瑰花，又拎了一瓶香槟酒，在七点钟准时敲开了她的门。

门打开了，伸出了她烫得乱蓬蓬的脑袋："啊哈，你是第一个，快进来吧。"她快活得就像是一只金丝鸟儿，胸前系了一面镶有唐老鸭的布围裙，打着赤脚，可见正在厨房忙活。

"你好像变老了，我是说留了这种发式。"我进了门，把香槟递给她。屋子里有一种淡淡的清香。

她把嘴一噘，嗔怒地看了我一眼："应该说点儿好听的，你。我今天过生日，知道吗？你这坏家伙，要说发式，还应该怪那个唐导演，拍《红尘情缘》非得留这种发式。不过你很潇洒，我是说这件休闲装，再配上那朵玫瑰花。"

我跟她走进了屋子。这是一套两室一厅，屋子里充满了一种女人的气息。一台简易的CD机和一大堆CD唱盘摊在茶几上，墙上挂着些牛头、吉他、佛教信息图、大幅北欧雪山风景、健美女郎，以及从外国广告杂志中心插页上取下来的构图新颖的广告画，总之一切显得那么的乱七八糟和不谐调。床上扔了一些蝴蝶翅膀一般绚烂的衣裙，和一些内衣之类。

"啊呀，乱得不得了，快帮我收拾收拾。会调鸡尾酒吗？"她一边整理床上的东西，一边问我。

"恐怕不会。怎么，今天有很多人要来？"

"对，"她的眼睛骨碌碌转动着，"有很多人。"她又忽地皱了一下眉头，"不过你可能不太喜欢他们。"

正在说话间，门被敲响了，她抢步上前开了门。进来了一个拿着一束花，拎着一个奇大的蛋糕的大胖子，长得像一头天山深处的哈熊，肚皮都快把皮带绷断了。他一看见林薇，眼睛就眯成了一条缝，左手放下蛋糕，右手把花塞进她怀里，就张开怀抱要拥抱她。恐怕还要吻她。但一刹那间他忽然发现屋子里还站了一个人。那个人就是我，那张开的怀抱在半空停了一下，又收回去了。"噢，这位先生是……"

"乔可，一家报纸的副刊编辑。"我笑着抢先伸出手来。林薇跳到了一边："乔，这位就是名震中国的唐导演，我就是他一手发现的。"

我想起来唐导演导演的那些大型的历史题材的连续剧，我还听朋友们说他新近刚在东郊买了一幢带花园、草坪和室内游泳池的别墅，花去了他几十万美元。这是个大腕。

"噢？唐先生真是慧眼识才，要为中国影坛再贡献一个巩俐了。"我握了握他的手，迅速松开。

唐导搓了一下手，仿佛我的手上沾满了泥巴似的。"这话说来倒很有趣，有一天我在西单附近溜达，发现她正在那儿等52路公共汽车，那顾盼生辉的样子实在有些情致，是个演员的坯子。于是我就亮出身份，把她拉到西单劝业场边上一个咖啡厅，就这样为我的戏敲定了二号女主角。"

"想不到唐导演还真是一个有眼光的星探。"我说。

这时候林薇嚷嚷着叫我们拼桌子，将几张方桌从窗户到门排成了一溜，铺上了一块桌布。我和她便将各种冷餐沙拉、水果和酒摆上了桌子，唐导撅着他的胖屁股在往蛋糕里插蜡烛。“是二十三，还是二十四?”他回头问林薇。

“二十三。噢，都二十三岁了，真可怕，一天比一天老了。”林薇忧愁地说。

门又被敲响了。我无法详述那天的情景，总之从那一刻起，几乎每隔一分钟门就被敲响一次，进来了一大堆各色各样的人。他们大都拿着一束花，拎着礼品盒，有一个家伙还带来了一个牛脚掌那么大的蝴蝶标本做生日礼物。他们进来时都曾打算和林薇亲热一下，但却都又发现了在场的其他人，脸上的惊愕稍纵即逝，旋即带着戒备地互相打量起来。我看得出林薇跟他们都很熟悉。人到齐了，我数了一下，他们一共接近二十个，除了其中一位姓金的中央音乐学院的教授以外——他是林薇拜的老师，其余的看上去和林薇的关系都不同寻常。我不禁为林薇担忧起来。通过介绍，我才发现这些人竟然大多数都赫赫有名：有捧红了不少歌星的音乐经纪人，有歌词作家，有写肥皂剧的名剧作家，有大饭店总经理。还有一个把头发染黄的小伙子，据说是一位高官的儿子，本人是检察官，他有一副英俊的外表使他也客串演了不少戏。还有意大利和日本驻华大使馆的文化参赞，以及北京大学一个喜欢对各种文化现象指指点点的青年评论家。还有几个美国小伙子，也许一同爱上了林薇。他们都声称喜欢林薇的歌并且都在北京语言学院攻读汉语。这样一大堆人都凑在一起，不能不令我感到震惊。我心想干吗林薇不在外面找个地方搞

party，非要在她住的地方开冷餐会？

这些人乱哄哄地说着话，很快他们互相的戒备都消除了，就近找到了各自感兴趣的话题聊了起来。林薇一会儿冲这个挤挤眼睛，一会儿又向另一个抛飞吻。冷餐会开始了。

这些客人兴许从来不愿意拘束地坐着，不一会儿他们就端着酒杯，三三两两地坐在屋子的各处聊了起来，倒把林薇撇到了一边。我和唐导连干了三杯。他这个人一喝酒脸就红。他后来拉住我悄悄地向我抱怨说："本来我以为她只请了我一个人来。"我笑了。我说："我也是。"

他耸了耸肩，把脖子向后仰去，斜视我："这么说你是我的情敌？"

我摊开手："不不，我和她只是一般朋友，我就住在她斜对门，是邻居。"

他说："那你可得替我看好她。她是一个演艺的好苗子，我得把她捧红了。"他深深地吸了一口气。

"我也想把她捧红了。你不觉得她天生就是一个唱城市民谣的好手吗？"忽然有一个又瘦又高的人涨红脸插进来说。我认出来他就是那个著名的音乐经纪人，自己开了一家唱片公司，专门包装各种歌手，制造歌星。

"我赞同你的观点，杨先生。我听过她唱歌，真的棒极了。"我说。

"当然。"杨经纪人瞥了唐导一眼，"由我策划的林薇第一张个人城市民谣演唱专辑《流浪在路上的猫》马上就出来了，我估计会让大陆演艺界地震一场。"

“不见得吧，”唐导的胸脯像个风箱似的鼓了起来，“城市民谣与摇滚乐不在一个层面上。我依旧看好‘黑豹’和‘唐朝’。”

我知道杨先生是大陆城市民谣的理论发言人和培育者，两个人也许会唇枪舌剑地干起来的，为了转移他们的视线，我说：“你们看，那边三个美国小伙子正在对林薇发动跨国攻势，情况不妙啊。”

果然，那三个美国小伙子个个眼睛中含着无限柔情地包围了林薇，正听林薇在讲广州的小吃。唐导咳嗽了一声，挪动身体走了过去，杨先生迟疑了一下，也跟了过去。我笑了笑，就走到那个意大利文化参赞面前大谈起意大利文学来，从萨福、但丁一直谈到了卡尔维诺，直聊得参赞的眼睛都直了。我疑心林薇怎么会和这样一个地位较高的在中国的意大利人关系这么好，以至于他几乎是屈尊就驾地来到这里参加她的生日party？林薇真的是一个了不起的女孩。我低估了她。她绝对能出得起三百元房租。

接下来的情形就有些混乱了。那个青年检察官把墙上的吉他取下来，为林薇唱了一首歌，大家都一块哼着。其间三个美国小伙子还把沙拉抹到了对方的脖子上。使他们看上去像是几棵又呆又傻的橡树，临了那位意大利人优雅地拉了一段托赛里的曲子。那个日本人朗诵了几首可能是歌颂青春永驻的俳句。大家都喝多了，这期间林薇的脸也红扑扑的，在他们之间来回走动，像一只蜜蜂。我去洗手间，结果走到了另一间屋子，打开灯却发现有一屋子的画，满满的围着墙壁转了一圈儿。我惊呆了，因为那些实在是太美了。它们几乎都像是树叶的叶脉的放大图，充满了女人的直觉和最自然的对宇宙的把握与渴求。一种原生的质朴的神秘的美震动了我。我摇动喝得有些发昏的头又回到了众人之中，心想莫非林薇还是一个天才的画家。

而这时已是深夜，伴随着一首进行曲，众人正纷纷离开房间。我和林薇走出门，送他们下了楼。站在单元门口，我看见有各式各样漂亮的小汽车——这一刻我几乎是永远难忘的，各种名牌轿车都停在那里，像是一次贵族聚会。来客们一一钻进汽车，而后打亮车灯，离开了那里。一个华丽而又简朴的party就这样结束了。黑暗之中，最后一辆汽车——那是一辆六缸的凯迪拉克轿车——的尾灯在黑暗的大街上拖过一道线，而后消失在被巨大的耸立着的楼群包围的高速路上，成为盛筵结束的最后一个音符。

我们都在黑暗之中站着，头顶是无比灿烂的星空。许久，我听见林薇叹了口气，她把一双手伸出去，仿佛要在黑暗中握住什么一样，在努力地向前伸去。

“在干什么？”

“手上的星光。你看，我手上的星光在跳跃。”她说。

回到屋子里，各种水果和酒类的腥甜气息还没有散去。我脸上的表情沉重了起来，孤独感再一次地俘获了我。“你怎么啦？”她摆弄了一下裙子的下摆，“是不是觉得我这个人交往很多？”

“有一点儿。”我说。

她顿了一下，扶正了一个“黑风”牌酒瓶，她看着我，几乎是一个字一个字地对我说：“可这是一个男人的世界，对不对？”

我没有去看她的眼睛，我说：“那屋子里的画，是谁画的？”

她吐出口气，“啊，是一个叫廖静茹的女孩画的。她是一个流浪画家，我们住在一起的。我想问一句，你是不是对我另有看法？”她不愿意被岔开话题。

我眯起眼看她，发现她好像很认真：“不，没有。”

“这就好。”她又叹了口气，“一个人在外混，可真难，这是一个男人的世界。”她的语调中有一种凄清和冷漠是我所陌生的。

“所以要好好地利用好男人们。”我看着她，然后我们忽然大笑了起来，笑得那样开怀，那样悲怆。她把头发散开，像个魔女一样追着我，用蛋糕向我的头上甩。我则用香槟喷她，我们两个人围着桌子跑着，追逐着，像两个疯子那样玩闹着。

忽然门被撞开了，一个男人搀扶着一个女孩进来了。“她是在这里住吗？”他说。林薇口中啊呀了一声：“是的，她怎么了？”

“她喝醉了。在我的酒吧里，我送她回来。”他说。

林薇和我扶住那个脸色蜡黄的女孩。我估计她就是那个流浪画家。我发现她的后脑袋上垂了十二条小辫子，非常好看。她长得很美，脸庞很圆润，眼睛闭着，嘴里呼出甜丝丝的酒气。林薇谢了那个小老板。我一个人把她扶进她的屋子，让她躺在床上。林薇进来帮她脱了鞋，我们两个就站在那里，听着熟睡的她发出了猫一样的呼吸。

“你知道她为什么要喝酒吗？”我问。

“她来北京一年了，可连一幅画也没卖掉，这一屋子的画，你瞧瞧，大家都是苦命的孩子，对吧？”

“恐怕是的。”我百感交集，停了一会儿，我说，“我有点儿头晕，我先回去了。生日快乐！林薇，我想在这座城市你一定会得到你想要的东西，而且青春永驻。”

“谢谢。”她笑了笑，由衷地感到高兴，伸出手拍了拍我的脸蛋，“回去吧宝贝儿，你也会成为伟大作家的。”

回到我的屋子，我一个人呆坐在写字台前，铺开稿纸想写点儿什么，可坐了许久也写不出一个字，我重重地丢下了笔，关了灯，来到了阳台上，头顶上展悬着一片在幽蓝幕布上闪烁的群星，仿佛在旋转与低语。停了一会儿，我伸出手去，向前远远地伸过去，试着去握住那一缕星光。那一缕也许并不存在的星光。

六

在接下来的这个星期六，我和杨哭一起去保利大厦剧场看法国大西洋肖碧诺芭蕾舞团的一场现代芭蕾舞剧《圣乔治》。在打电话给他的时候，他问：“你带情人吗？”我说：“根本没有，你带?”他不否认，他说，为了逃避生活的无聊与紧张，这是必要的游戏。

我们的汽车在东便门附近的一个高级住宅小区接到了杨哭的情人——她叫罗伊，英文名字叫“露丝”，而且看上去她的确像一朵正在怒放的极其性感的红玫瑰。她穿着一件深红色的旗袍，怀里抱着一只白色的小狗，那狗身上的毛长长地披散下来，它倒是挺安静的。她戴着紫边褐色太阳镜，亭亭玉立在小区的出口处等我们。

我下了车，请罗伊坐在前排，我则坐到了后排，罗伊转脸在车内冲我友好地笑了笑。我注意到她的胸部异常丰满，身体浑圆、成熟，如同一枚熟透的桃子带来的那种气息，刚才弯腰进车时，那旗袍开衩处，她的大腿洁白无瑕几乎是完美无缺。她有着成熟女人的魅力，这种魅力是已经经过男人恰到好处的滋润才会具有的。她还有一种典雅高贵、雍容的气质，这种贵妇人般的气质难免不把才二十六岁的坏少年杨哭吸引住。我想她同样也从长胡子的美少年——如果二十六岁不算太大的话——杨哭那儿找到了久已逝去的青春的激情与甜蜜。这就是当代城市的情感，以当下为主流精神，以欲望为核心，迅速、火热、刺激、偷偷摸摸而又稍纵即逝。

杨哭这家伙开车总是很野，趁没有警察注意的时候他喜欢玩玩高速蛇行，穿行在有三条车道的高速公路上，汽车钻过建国门立交桥，立即向北一直开去。几分钟后，便到了东四十条豁口，拐桥向工人体育场路走了一段，杨哭找了个地方把车停下来。我想我的肚子饿得咕咕乱叫，我们就在亚洲大酒店的右边一家非常干净整洁的快餐店随便吃了点儿东西，我要的是椰汁炒饭，杨哭要的是西式番茄汤和小圆面包，而罗伊和她的狗，则吃的是一种有粉条和肉块的汤。那条小狗并不淘气，非常地听话。

“它叫什么?”我问。

罗伊轻放下勺子,“它叫麦格，麦格麦格，向他问好。”然后那条小狗果然用友善的目光打量着我，一边发出了一阵呜呜的轻吠。

杨哭却皱着他的眉头在想什么心事，停了一下，他魔术般地从手提袋中取出一枝玫瑰递给了罗伊。“你和它，加起来是两朵玫瑰,”然后他又迅速地把脸转向我,“乔可，你知道这座城市他妈的有多少条宠物狗吗?”

“约莫有六万多条。”我说,“我看过一则报道。”

他的眼睛一下子发亮了:“我琢磨兴许能从养宠物狗的人身上发点小财。搞个‘爱宠物大联欢活动’怎么样?把全城喜欢宠物的人都弄到一起，搞一次评比，评出最有魅力的宠物狗王，发巨额奖金，十万元。但每位参加人得交两百元参赛费，这么一算，有一万人参加我就可以赚他一百多万。”

但罗伊似乎对他的宠物联欢计划不感兴趣，她的嘴角浮起了一丝带着爱意的嘲笑:“你呀，专心做两年你的公关公司业务吧，小男孩毕竟是小男孩，就喜欢瞎想。”

我们走出快餐店，从亚洲大酒店前面走到对面去，来到了褐色的像是立起来的两块巨大的长方形巧克力的保利大厦门口。灯光已经亮了，不时地有出租车和汽车在侍者的引领下开进大厦前面的平台，打扮入时、气度不凡的男女们从中走出。音乐彩色喷泉的哗哗流水声盖不过人们喧哗的声音。更多的男女们像是热带鱼群一样向这边拥来。有很多金发碧眼的外国人也站在大厦前面和大厅之内，三五成群地在聊天。演出时间到了，大家向入口处拥去。我发觉罗伊在那么多亮丽的女人中间，仍然是鹤立鸡群。她的皮肤非常好，杨哭曾说，她是一个美容师，与丈夫一起经营一家美容院。她得益于自己的美容师职业，我想，她至少隔一天就做一次全套皮肤护理。

保利大厦剧场是北京少有的几家现代化剧场之一，我们坐定，灯光分层次在天顶打亮，我发现这个剧场的灯光很棒，约莫有二十排的排灯在天顶上密布着，可以把打在舞台上的灯光变得匀称、细微，层次分明。不久前在这里举办的一个80年代初红透中国的一个女歌星的演唱会上，这里的灯光就以其完全超越于当晚的歌声的美妙变幻而叫几乎所有的人目瞪口呆，因为这里的灯光可以变幻出海滩、海浪、天空、沙漠等各种幻觉，加上舞台布景，使那个女歌星的歌唱变得微不足道。

灯光变暗了，一群身着奇形怪状衣服的人在有着原始人气息的音乐伴奏中一个个走上台来，排成各种奇妙的队形。法国大西洋肖碧诺芭蕾舞团的现代舞剧《圣乔治》上演了。

我不太懂法国芭蕾舞，更不太懂法国现代芭蕾舞，我注意到舞台上的十二位演员好像并没有踮起脚尖。这出戏好像是一出与宗教有关的戏，总之灯光、布景、音乐仿佛把我带入中世纪以前的一个洪荒时期。那个时代里虎豹狼虫还和人类一起分享世界，基督的血与光还没有照亮更多的人，因此，这出有着古罗马艺术风格的造型剧首先是使我感到了恐惧。公元11世纪至13世纪，古罗马艺术风格风靡欧洲，它渗透到立柱、门楣的装饰浮雕以及宗教和民间装饰中。在幽暗的灯光中我目睹了一次中世纪前叶造型的狂欢。

忽然在我右前方的一个外国小孩儿洪亮地哭了起来，他可能是被吓着了。

我还看见杨哭将自己的右手放进罗伊开衩的旗袍里，在那里温柔地抚摸着，而她则专心致志地看戏，并未阻止。演出结束，杨哭带着几乎是压抑不住的喜悦，要带罗伊去亚运村的五洲大酒店的包房，而我则只好打的回家。我忽然想起来一件事，就是林薇曾经拜托过我的，帮帮那个一幅画也没卖掉的女流浪画家廖静茹。我拉住了正要钻进他的黑色“凌志”的杨哭：

“有一件事，我对门住着一个画得很好的女流浪画家。她有一屋子的画，明天去看看，买她两幅怎么样？拔根毛帮帮穷人。”

杨哭扎紧了他的领带：“长得漂亮吗？”

“很漂亮，而且她还像波斯人那样扎了十二条小辫子。”

“好极了，我明天一定来。我得走了，”他诡秘地笑了笑，“别拖延我的时间。”

我松开拉住他袖子的手，他钻进汽车，把它发动着。罗伊向我点头告别，我在车窗上拍了一下。汽车的红色尾灯一闪一闪地消失在车流中了。我停了一下，就走到马路对面的港澳中心大厦下面，在那里等候出租车。

七

早晨醒来我忽然被一种透明的快乐给融化了。我回想起昨夜我做的梦，梦中的我回到了少年时代，和我最喜欢的一个女孩奔跑在草地上捉蜻蜓。这个矫情的梦顿叫我高兴了起来。我兴致很高地起床，把屋子打扫了一遍，哼着我最喜欢的一首美国乡村歌曲，又煎了两个鸡蛋，然后换上了一件干净的衬衣，就出门去报社上班。我路过林薇的房间时，敲了她的门。没人应声，就在她门上贴了一张纸条，告诉她有人来看廖静茹的画，叫她们最好待在屋里。我看见她们的黑色垃圾袋放在门口，就顺手提着下了楼，堆放在单元门口的垃圾道出口，骑上我的破自行车，去报社了。

到了报社，我发现报社的人，人人都忙得像是被惊扰了巢的蜜蜂。我也坐下来赶紧编稿发稿。有一个电话是找我的，我便接过话筒："谁呀，快说，正忙着哪。""是我，林薇。我看见你留在我门上的纸条了，其实我刚才还没起床，等我起来，你已经走了。"

"怎么那么懒，真像一只懒猫。"

"哈，告诉你两件事，第一件是我签约啦！"

"签什么约？跟谁签约？"这年头人人都他妈的要签约。

“跟杨先生啊，那个音乐经纪人，你见过的。而且我的第一张城市民谣专辑马上由他包装推出，快点，替我高兴一下！”

我哈哈一笑。“第二件事呢？”我漫不经心地问。

“我得到了一只猫，具体说是那个日本人送我的一只波斯猫，哇，好棒的，又胖又美的一只大猫。我叫它乔可，怎么样这名字？”

“算了吧。你不如叫它路德，就是路上的意思。终于有个小东西天天陪你了，祝贺你。晚上回去我一定去看看那只猫。”

“我刚才已经打电话告诉廖静茹了，她刚找了一家广告公司，在那里搞美术设计。她非常高兴，喂，你那个朋友是阔佬吗？”

“半个阔佬。住在五洲大酒店，开有一个公司，有一辆二手‘凌志’车，账户上还总有那么百八十万的来路不明的钱。”

“OK，太好了。那么晚上见。要准备点儿什么吗？”

“要几瓶蓝带啤酒就可以，那家伙喜欢喝啤酒。”

“好吧。”她挂断了电话。

我在崇文门等着杨哭。我站在一大群好像是从全国各地来的盲流、打工仔和打工妹中间显得很滑稽。同仁医院门口似乎永远都聚满了想到北京混口饭吃的外省农村青年。尤其是那些女孩，一看你就会知道她一定是打工妹，神情装扮总与城里人不同。他们为什么要一窝蜂地离开家？城市是不属于他们的，城市这个大机器迟早也要把他们碾个粉碎，或者重新把他们挤到边缘去。城市对谁也不怜悯，除了那些有先天优势和聪明过人的家伙。杨哭的车从东单方向迅疾地开来，在我身边停下。“妈的，你怎么找了这么个地方与我见面？”杨哭在车内拽了拽领口说。他打扮得像是个美国新派青年。他浑身上下的全套打扮都是欧洲名牌。我估计不下两万元，光是那双皮鞋大约就值七千元人民币。我在王府饭店的名牌廊中曾经见过的。

“这里离我的报社近，离我住的小区也近，一直向前开就行了。你什么时候变得爱挑剔起来了？”为了刺激他，我说，“你这套西装不怎么样，要是再配上一套‘杰尼亚’，那就棒了。”

杨哭似乎没听见我说话。绿灯过后，汽车一直向南开去，我注意到他的眼圈儿有点发黑。“昨天和罗伊折腾了一夜？”

“差不多，我想我真的被她给俘虏了，”他沮丧地说，“我离不开她，今天一天，在公司处理业务，我的眼前总是她在晃。”

“你在哪儿勾搭的她？”

“一次美容之后。她的美容院开在西直门附近。她丈夫又去了香港做生意，我已经觉出她的可怕了。她就像是一个冒着热气的沼泽，让我陷了进去。是她勾引的我。”

“是陷进她的两腿之间了吧。”我下流地说道。

“你和我能不能保持绅士之间讲话的风度？！”他冲我咆哮了起来。

"得了，得。"我说。

我敲了敲林薇的门。门打开了，是廖静茹那颗扎了约莫有十二条小辫子的脑袋。她似乎很警觉，见是我们，立即笑了笑："你是乔可，进来吧。"

我一步跨了进去，"林薇呢？"

"她在写歌呢，我们一直等你们来。"

我向她介绍了小阔佬杨哭，我忽然发现杨哭的眼睛亮了一下，这种闪亮稍纵即逝，但已被我捕获到了。他的左手抖了一下，中指上那枚硕大的戒指不经意地贴住了裤缝。他抖出了一张名片："我叫杨哭，是乔可的好朋友。我是来看你的画的。它们在哪里？"

这时林薇从另一间屋子里走了出来，她将头发染黄了，看上去仿佛是烧焦了的一棵山毛榉。我乐了："你看上去刚从火海中出来。头发是怎么搞的？哪儿着火了？"

林薇不乐意地噘了一下嘴："我还以为你会夸奖我呢。我可不太高兴了。"她看见了杨哭，眼睛睁大了，"乔，这就是你的阔佬朋友？"

杨哭这时一直盯着廖静茹，他不耐烦地冲林薇摆了摆手："画在哪儿？我要看画。"

廖静茹说："跟我来吧。"杨哭立即跟着她向前走。林薇冲我挤了一下眼睛，又做了一个杀头的手势。"他那人就那样。"我小声对她说。她拉着我的手，也跟进了廖静茹的房间。刚迈进房门，她又悄悄地对我说："你的这个朋友倒怪英俊的。他可能是个花心大萝卜吧?”

我耸了耸肩，正要说话，却听见杨哭发出了某种异常惊奇的感叹。这种叹嘘声是我从前从来没有听过的，仿佛发自他的心灵最不为人知的一个布满了蛛网的小角落。廖静茹出去给我们端来了几瓶小瓶装蓝带啤酒。我接过来喝了一口。杨哭却一幅幅仔细地看了起来。杨哭的父亲是一生从事油画创作却并无建树的默默无闻的一个中学美术教师，因此杨哭对画有着天生的鉴别力。我发现廖静茹有些紧张。我这时才注意观察起她来。她的美是一种娴静的美，身材丰润，眉目之间有着一种南方女子的温存、宽容与含蓄。身着一条拖地长裙，图案非常复杂，裙子上缀满了各种木质饰物。她的打扮很有味儿，只是她的目光——我确信我从她的目光中看到了一种火焰。这种类似于水底的火焰，清澈、冰冷却又熊熊燃烧的火焰，显示了她内心深处的梦想。一个女人拥有这样的目光，与她姣好的面容有些不大协调，是可怕的。

“怎么样?”我问杨哭。我不太懂画，但我从她的画上看到了女人的艺术直觉所结构与把握的世界。这个世界是魔幻的，疯狂的，超现实的，美的。我想我很喜欢她所用的色彩，大都很鲜艳，但突破常规的线条让这些画充满了魅力。我从脑子里搜寻了半天，也没有找出一个可能引起我的艺术联想的大师的名字。

杨哭转过身，从口袋里抽出一根雪茄点着，然后眯起眼睛问:“都是你最近画的?”

廖静茹不安地搓了一下手:“是的。大约都是这半年多画的。”

“我想买两幅，只是我出不了很多钱，”杨哭局促不安地说，“每幅四千元，我要两幅，八千元可以吗？”

廖静茹睁大了眼睛，也许她还从来没有用画换过钱。她说：“是真的吗？你要花——八千元买我两幅画？”

“对。不知小姐芳龄？”杨哭含着雪茄笑眯眯地问。

“她二十三岁了，怎么样阔佬，和小姐配一对如何？你还没有女朋友吧？”林薇忽然兴致勃勃地插了一句话，我却看见杨哭的脸一下子红了，这在以前可是从来也没有的事。杨哭可能忽然觉得自己抽雪茄的样子过于傲气，他忙捻灭了雪茄：“那我就挑两幅。乔可，你去把我的密码箱取来。”

我去取来了他的密码箱。他有些慌乱地打开箱子，从中取出了两沓百元钞票，叫我数了八十张，递给了廖静茹。然后他挑了两幅画。那画约莫有一张小方桌那么大。

“我挑两幅画幅大的。”他说，“这样不算亏。”

廖静茹的脸涨红了，她接过钱，停了半天才说：“要不要喝点啤酒，杨先生？”

“不，不了，我该走了。不过，如果你愿意的话，我倒可以替你另找一个大一点的画室，钱由我来出，而且我想在丽都假日饭店为你包一个走廊展卖作品，你的画有这个实力。愿意吗？”

这蜂拥而至的好事恐怕叫廖静茹真的有些不知所措。“让我想想吧。”她慌乱地说。

“好吧，想好了通知我，我走了。”杨哭拎着画框，大步向外走去，到了门口，忽然想起了什么，转身对不太高兴的林薇说：“林小姐的头发在我看来是最美的。”他挥了一下手，示意我送他。廖静茹扑到门口，扶住门楣，想说什么但没有说出口。我们已走下了楼梯。

我和他走在昏暗的小道上。我们都沉默着，停了一会儿，我说：“你今天好像有些不正常。”

他停了一下，看了我一眼：“我爱上了她。你可能感觉到吃惊，我确信我第一次感受到了物欲之外的爱情。我发誓要帮助她。”他几乎是恶狠狠地说：“你也得帮我，给我拟一个详细的报纸宣传计划，我来出钱。”停了一下，他又说：“我明天就请丽都假日饭店的经理吃饭——也许让他帮忙为她搞一个画展。”

我为他的冲动大惑不解。“你疯了。”我说，“不值得为她这样做。”

“不，我没有疯。我从她的画中读到了我童年时体会到的东西。一种与死有关的冥想、孤独、逃亡和幻觉。我没法不喜欢她。”他痛苦地说。

“那罗伊呢？”

这时他已打开了车门，他摇了一下头：“去她的吧，我不会再去找她了。记住，拟出宣传计划给我。”他把车开走了。黑暗中我耸了耸肩，不明白到底发生了什么。莫非他真的发疯了？我慢慢地向回踱去，在门口我看到一个人的影子，初时我以为是廖静茹，但后来我辨认出来是林薇。“我们走走吧。”她说。于是我们一起走到星光之下，一幢幢高层住宅楼在我们身边像机器巨人一样耸立。“她呢?”我问。

“她激动得趴在床上哭呢。她还从来没有过这样的运气。你这位朋友是不是另有所图?”

“不,”我断然否定,“他是一个正派人。他父亲是一个没有成功的‘美术工作者’。跟我讲讲她吧。你怎么会和她住在一起?”我岔开话题。

“我们在半年前,一同在中国音乐学院附近的一幢小平房里租住,就那么认识了。后来我找了这个地方,就又一同搬了来。她这人除了画画,别的什么也不想干。喂乔,我演的《红尘情缘》快拍完了,本周六一起去唐导的别墅玩玩如何?绝对好玩,你会见到很多名人。”

“好的。”我说。我们便不再说话。我确信我这一刻听到了这座轮盘一样的城市吱吱转动的声音,这种声音在呼唤着人们下注。城市在大地之上旋转着,把机会和成功顺便抛给一些幸运的人。城市同时也是一个磨盘,把那些失败的人的梦想一点点碾得粉碎。这一刻我忽然感到自己很可怜,走在星空之下,我想哭,但却发不出一点声音。

八

直到今天,我依然忘不了这个时代那奢华、如同梦境般的一夜狂欢。它似乎凝聚了这座城市、这个时代的所有欲望的集结和欢乐的极限,以及这个时代如同泡沫一样的梦想和愿望。我和林薇到达“伊甸园山庄”别墅区的时候,天已经黑了。“伊甸园山庄”坐落在北京向东去的郊区，山庄的入口处那一团花朵簇拥中，石雕亚当和夏娃裸着身子，以某种在我看来显得颇为可笑的姿势站在那里。我们坐的出租车拐进山庄的小路，在第18号别墅前停了下来。林薇穿一件黑色旗袍，这使得她的大腿时隐时现，颇具诱惑力。她的前胸上别着一枚花朵针饰，头发也已重又染成了黑色。我站在一大群像一座座巨大的陵墓一般的欧陆园林式别墅区中，心中涌上来一种激荡的感情。这里是有钱人住的地方，是这个时代的一个脚注。我知道这些别墅每平方米至少一千六百美元，每一幢得花几十万美元才能买得起。

林薇快活得像一只兔子，她摁响了院子外的门铃。有一只像牛犊一样大的纽芬兰獒猛地冲我们狂吠了起来。幸亏有链子拴着它。林薇的脸色微白。我发现这座别墅的独立花园里的花开得异常茂盛。门开了，唐导那胖胖的身体晃了出来。“啊哈我亲爱的林薇小姐，噢，乔大编辑，我真高兴你们能来，你们已经迟到了。”

他打开了院门，我们跟着他进去。我不太喜欢他那像鲇鱼一样紧盯着林薇的目光。唐导穿戴得很随便，但他那件圆领T恤衫可能值七千元人民币。脚上那双多半是真货的鳄鱼牌皮鞋也价格不菲。我们跟他穿过花园，走上正门台阶，他让我们进去。这一刹那的感觉刺激扑面而来。首先我发现屋子里已经到处都是人在走动，红男绿女打扮入时。而且男人们都扎着鲜艳的领带，女人们像蝴蝶一样斑斓、美丽。那室内游泳池中，碧波起伏中几个身穿三点式游泳衣的漂亮女人在嬉戏。在巨型室内盆栽植物边上，那沙滩桌旁，台阶上下，吊灯下面，有很多人在三五成群地交谈。我觉得很多人似乎很面熟，我确信我见到了很多经常在银幕上和电视屏幕上露面的明星。那个许久以前在一个联欢会上我见过的著名丑星也在场。他虽然扎着蝴蝶结可看上去仍然像个小丑。另有几个是我的同行，是其他一些大报及电视台、电台的记者——他们是经常奔波于饭店和新闻发布会之间的小群落。我看见音乐经纪人杨先生也在。他穿一套白色的西装，除了领带是红的，其余一切连皮鞋和袜子都是白色的。这个沙龙聚会带给我的感觉，那种光线、气氛、人们谈话时的声音，男人和女人身上散发出的香水和脂粉气息，都使我想起美国20世纪四五十年代的一些场面。这个party是唐导专为他的新作《红尘情缘》搞的。这部由林薇出任二号主角的反映上海30年代灯红酒绿以及南京大兴土木的电视剧即将由中央电视台播出。当林薇出现在大厅里时，立刻吸引了很多人的目光，有些女人在窃窃私语，似乎在谈论着有关她的话题。我忽然有一种恍若隔世的感觉，我不知道林薇会有什么样的感觉，这个流浪在路上的猫，从中国音乐学院附近的破平房起步，到今天似乎是专为她开的酒会，这期间的距离要走多远？要付出多少努力？我的目光缭绕在那些穿着网眼裤或是十分性感的露背式女礼服的女演员身上。林薇则快活地端起一杯白葡萄酒，向杨先生走去了。

我找了个安静的地方坐下来。我习惯在热闹的时候冷眼旁观，做一个好观众。尤其是我第一次参加这样一个似乎由演艺界上流人士参加的颇具档次的酒会。我这样一个无名之辈最好不要引起任何的注意。我慢慢地啜饮着一杯橙汁，忽然有个瘦高个子有点儿醉醺醺地朝我走过来，“喂伙计，你好像是演过《血流成河》的那个男主角吧？那部电影真有趣，杀得真是他妈的血流成河。而且电影特技不错。香港的电影工业的确发达。现在又在搞什么电影啦？”他似乎十分确定我就是他所说的人。我从座位上站起来，微笑着说：“先生是……”

“啊，我是一个玩具商，你玩过电动玩具吗？我专门在大陆加工玩具然后再卖到美洲去，从香港转口。唐胖子的《红尘情缘》我投了不少资。我是这部戏的制片人。”他的脚有点儿站不稳，“这套房子真他妈不错，对不对？可唐胖子的汽车不提气，一辆破皇冠，要是一辆大凯迪拉克就他妈的过瘾了。你认为如何？”

我正要说话，忽然听见有人一声惊呼，原来是一个女士笑嘻嘻地把唐胖子给推到游泳池里去了。这一招对唐导来说恐怕有些始料不及。他十分尴尬地像头鲸鱼一样从水池中站起来，一边抹脸，一边冲大家憨笑。他那件七千元的T恤衫牢牢地贴紧了他的肚子。正在这时，我发现林薇——她不知什么时候已经站到了楼梯上，并且换上了一件红色游泳衣。我的眼睛亮了。她的确非常美，比法国女明星碧姬·芭铎还美。她娇笑着，冲下面喊了一声：“接着我！”便纵身跳了下去。

我目睹了这一次美丽的下坠。她跳到了唐胖子前面，刚好被唐胖子用手从水中捞了起来。这个美妙的动作引起大家的一阵掌声。酒会开始进入高潮了。

我的情绪忽然变得有些阴郁。我端着加了冰块的拿破仑·XO，在人群中穿梭。我几乎跟任何一个人都不熟悉。那个玩具商已捉住了一个漂亮的女孩在谈他的玩具事业。大家都找到了谈话的对手。有的屋子里有人在打麻将赌钱。还有一个长发画家在楼梯上冷笑着俯瞰芸芸众生，一边用炭笔画着速写。他站在我身边对我说：

“多么棒的酒会啊，人人像一朵朵腐朽的花朵。你觉得那几个女演员漂亮吗?”

“漂亮，漂亮极了。你干吗把她们都处理成骨架?”我抱着有些发晕的头说。他的画纸上尽是骨架在走动。

他不屑地看了我一眼，“女人再美，终究是要腐烂的花朵。不如一开始就叫它腐烂，变成骷髅。”

我忽然有些气恼，我不再理他。找到了那个音乐经纪人杨先生，和他聊了起来。我发现他的脸色很不好。他看见我就对我说：“你不觉得林薇和唐胖子有点儿那个?”“有点儿太那个?”他一边吸着气一边说。

“没看出来。”我故意气他。他看了我一眼：“你是她什么人？男朋友?”

“不，我和她只是邻居。她的专辑进行得如何了?”

“马上就上市。妈的，我录了几十遍才做好了这个唱片。可要是她情愿和唐胖子待在一起，我就会生气的。”他生气地说。也许他真的爱上了林薇。因为林薇是个精灵鬼，善于在男人之间周旋。这时我突然发觉林薇不见了。她会跑到哪里去了呢？我觉得我的舌头有些发硬。我恐怕真的喝多了，在这样的气氛之中我没法不沉溺于酒中。我端着一高杯啤酒，到处找林薇。我在楼上一间关着的门上敲了敲，然后推开，发现有一对裸体男女正在激烈地做爱。我尴尬地说了声“对不起”，赶紧关上门走了。有些人正在离开别墅，酒会已接近尾声，可还有很多人都留了下来。因为到处都是房子，你可以随便找一间屋子，醉倒在地毯上一觉睡去。我终于找到林薇。我发现她正坐在楼上一盆大芭蕉之类的玩意儿旁边愁眉苦脸。她不知从哪儿找了件长过膝盖的花格衬衣穿在身上。她看见我，有点儿眼泪汪汪地对我说：“我想我的猫了。乔，我的猫独自在家它会受不了的。它怕孤独。”

我安慰她：“不要紧，廖静茹会照料它的。”我坐在她身边，鼓起勇气拾起她的手，凝视着她：“常常来这样的场合？”

她也看着我，许久，她说：“乔，你是个很单纯的小伙子，真的，我怕我，都有点儿喜欢上你了。这个世界太大，太可怕。”她叹了口气，拍了拍我的手，“你是个单纯的小伙子，你不该在今天喝那么多酒。”

我忽然觉得我有点儿爱上了她。只是一刹那，一股水流冲过心田，我感到很冲动。我揽住了她的腰，用嘴唇向她的小巧的嘴巴上盖去。她似乎迟疑了一下，就接受了我的吻。但我想我已喝得半醉了，后来我也不知怎么和她进了一个房间。这个房间里到处都是镜子，在旋转的黑暗和眩晕中，我和林薇睡在一起。黑夜像棉花一样包裹着我，我记得在昏昏沉沉当中我在她散发着檀木香气的耳畔说:“搬到我屋里和我一起住吧,不要再漂泊了。”但酒精和她的甜美的肉体很快让我陷入了麻木的混浊状态。我感到我在渐渐缩小,小得如同一粒胚胎。在她的身体里沉沉睡去。

九

在那个奇特、热闹,宛若一场18世纪梦境的别墅之夜过后,我和林薇便离得很近了。我甚至都不太相信我们之间已经发生的一切。第二天,阳光像雨一样打在我们的身上,我们起来,互相凝视并且微笑。林薇在当天就要去七个城市进行她第一张专辑的宣传活动。我知道这些活动由无数个party、电台电视台专题专访、MTV制作、演唱会所构成。临走前,她把她屋子里的钥匙交给了我:“乔,帮我看好我的路德——如果你不嫌它闹得慌,最好叫它和你一起住。它跟我一样也怕孤独。”她忧伤地拍了一下我的肩膀,“也许我回来就要和你搬在一起住了,要是你没有忘记你昨天晚上对我说的话。”

我把头探过去,轻轻地吻了她一下:“一定要成功。”

她晃了晃脑袋,笑了一下,又有点儿想哭,但她拎起了她的旅行包:“好啦,再见。”然后她一跳一跳地消失在阳光下了。我注视着她的背影消失,嘴上如同冰凉的阳光一样的吻还存留了许久。

在随后的几天之中,我的写作劲头非常旺盛,进展顺利,似乎我的生活中出现了一种召唤我的东西，我不知道这是不是林薇带来的。那几天，那个梳着几条漂亮的小辫子的廖静茹接受了杨哭的建议，搬了出去。杨哭在北京最漂亮的小区——望京小区给她找了一间奇大的光线充足的房子当画室。杨哭在和她说话时，忽然变得像个小男孩一样腼腆和谨慎，这在他是从来没有过的事。他真的变得像是一个傻瓜。有一天他跑到我屋子里来，跟我拟订了一个详细的计划，用媒介来帮助廖静茹成功。“问题的关键在于，最好在中国美术馆和国际艺苑画廊举办两个她的个人画展。我认识国际艺苑画廊的总经理，一个对美术非常有眼光的鉴定家。得请他帮帮忙，当然，前提是廖静茹的作品的确有些东西。”我说。

我看见杨哭的眼睛发亮了，他松了松领带：“好吧，得要多少钱？”

我说了个数字。“干吧！明天就开始。”他说完，走到窗前，凝视着对面一幢尚未竣工的摩天大楼。“你看，又有一座玻璃山耸立起来了。你做过爬玻璃山的梦吗？我就做过，我爬呀爬，可这玻璃山太滑，后来我就给摔下去了。摔了个粉身碎骨。”

我走到他跟前：“告诉我，杨哭，你是否真的不带任何功利目的地爱上了她？”

他转过身，看着我认真地说：“是的。在此之前，我真的从未爱过女人。我没有爱上罗伊，我只是迷恋她的肉体。可廖静茹，让我体验到了爱的本身，它的确是不需要回报的。”

我停了一会儿，叹了口气：“我可能……大约也爱上了那个歌女，林薇，你不会吃惊吧?”

他吃惊地看着我，想说什么又没有说出口。“我听说过她快要红起来的。也许我们俩都病了。你要当心。”

我想至少是杨哭已经疯了。我们请国际艺苑画廊的总经理柳先生吃了一顿饭，在明珠海鲜酒楼。那一顿饭花去了杨哭六千多块。杨哭同样也投资把廖静茹装扮了起来。她的衣着透露出活泼、典雅而又性感的风格。在柳先生看她的画的过程中，廖静茹羞怯得像个农村姑娘。柳先生四十开外，留板寸，本人就是一个成名的画家。但他经营画廊却颇为成功，他们的画廊甚至成了中国大陆画家走向国际的一个重要途径。他看毕了她的画，沉吟了许久，他对杨哭说：“她是有天才的。我想我们成交了。你就叫她选作品和做标准的画框吧。”

出乎我的意料，在为期十五天的展览中，廖静茹的那些画获得商业上的巨大成功。有不少外国人，包括来华使节、三资企业老板，用美元买下了她的十八幅作品。总收入有数万美元之多！而北京新闻界的各报刊，尽管在我的尽力组织下，也未造成什么大的声势，其中几家报刊还登了批评她的画“不值一文”的文章。但廖静茹非常高兴，她那张满月般的脸上都是微笑。她见到杨哭向他投过去感激的目光。杨哭则像个大傻子一样乐呵呵地笑。画展结束那天，我们一起去香格里拉饭店，由杨哭做东，吃了一顿法式香煎鳟鱼和马来西亚椰汁奶饭。我感到从郊区的破平房起步的流浪画家廖静茹的身上发生了某种变化。这种变化类似于一个农村姑娘在城里站住脚跟之后的变化。而杨哭身在其中，无从察觉。拥有几万美元的廖静茹，接下来会变成什么样子？那天杨哭给她戴上了一枚价值不菲的钻戒，称那天为他们的订婚之日。而廖静茹在稍显羞涩的时刻，戴着钻戒的指头在明亮的灯光下微微抖了几下。远处，传来了大堂小提琴四重奏的音乐。杨哭幸福得像个赶着了鱼汛的渔夫，不住地咧嘴在笑。

在林薇不在的日子里，我经常用她留给我的钥匙打开她的房门，立刻林薇身上那种淡淡的香气就扑鼻而来，仿佛此刻她就在这房间里一样。

一天上午我在街上走，忽然听到有一家杂货店里在放林薇的歌。我走进音像书店，发现林薇专辑出版的招贴已到处都是。而且，由她担任主角之一的电视剧也播放了。看来她终于实现了梦想。可相对于这个宇宙，甚至是这个地球，到处都是风雨雷电、战争、污染和死亡，她的成功又能给世界带来些什么呢？我不禁为人的局限梦想与短暂而悲哀起来。招贴画上的她忧郁、性感而又美丽。

有一个晚上，我在她的屋子里写作累了，顺势在她的床上躺了一会儿。我在枕头下面摸着了一个很硬的东西，我取了出来，发现是一个笔记本。我翻了一下，发现里面记录的便是时间、地点以及一长串的人名。那些人名有好多我是听说过的，有一些在演艺圈还鼎鼎大名。看来林薇已经进入了那个圈子。可她记这么多精确的时间、地点干什么？仅仅是记录一次次简单的会面吗？我猛然想起来也许不该看她的私人记事本，就又放回了原处。那一夜我写得很晚，也很困，后来就在她的床上睡着了。

我不知道是什么时候醒来的，我只感觉到有一个很温暖的东西贴在我的怀里。我以为是那只白猫路德，但我发现不是。“傻瓜，是我。”是林薇轻微的喘息声。她和黑夜一样悄无声息地回来了。我非常高兴，我说：“我发现北京到处都是你的城市民谣唱片。你成功了。”

灯光显照之下她非常动人。“是的，我的梦想成功了，还要我和你一起住吗？”

“要。只要你觉得我还不错。”我说完，我们拥抱在了一起，并被性爱的狂欢所席卷。

第二天我醒得很迟。我的头痛得厉害，我发现她早早就起床了。她怀里抱着那只猫，正坐在写字台前看什么东西。我起来，走到她身边：“在看我的小说？”

“对。我已经看了一大半了。”

“感觉怎么样？”

“不怎么样。我觉得小说总得有点儿实在的故事、人物才行。你的东西写得太虚了，也许这就是现代派？我可不喜欢。我喜欢那种一看就放不下来的小说，可你的这东西，我硬着头皮读到现在。”她仰起脸说。

这一刻我真想打她的屁股，也许我压根儿就不该叫她看我写的东西。我捏了捏拳头。

“你想揍我?”她警觉地说,“好啦，去洗脸吧。反正你靠写作肯定不会发财的，你死了那条心吧。”她也不管我的脸色如同死灰，哼着歌抱着路德去收拾床铺了。我站在那里一动不动。她在收拾床，忽然问我：

“乔，有一件事不要向我撒谎——你看了我枕头下的那个笔记本了吗?”

“我翻了一下。”我说。

“你怎么能——能这样!”她的语调听上去显得非常惊讶和气恼，羞辱与激动,“你，你最好给我出去!”

我转过脸看她:“请再说一遍，小姐。”

她几乎是咆哮起来，连路德都吓得从她的怀中逃走了。“你给我出去！立刻就走!”

“明白了。”我说。我朝她耸了耸肩,“请允许我带走我的裤子。”我取下裤子和T恤衫，就直接走出门去。她在我身后重重地把门关上了。我的心一沉，我知道我的一个白日梦做完了。我不明白她为什么要发那么大的火？但我想我们之间一切已完了。她嘲讽了我的小说。我翻看了她的记事本。这个世界有时候倒真的挺公正。我提着裤子在门口愣了一会儿，发现别的房间有人从窥视孔正在观察我，就慌忙向我的屋门逃去。

十

从那天以后，我便再未见到林薇。有时候我走下楼梯时路过她的门口，看见照旧有垃圾袋堆在那里。又过了几天，她那里连一点声音都没有了。一天，我在报社上班时从报纸上读到那个姓杨的音乐经纪人要和她打官司，因为她和他突然解约了。在报上杨经纪人说："合约是有法律效力的，在我包装并推出她之后，她却突然单方面解约。我想她一定会受到法律的惩处的。"我从他的话中听出来一些恶狠狠的成分。那天晚上回到家中，我去敲了她半天门，但却没人应声。后来我碰见了那个房东。"她已经走啦，和那只猫一起走的。她说她搬到王府饭店去住了。你恐怕再也见不着她了。"她幸灾乐祸地说。

有一天罗伊忽然打电话叫我到她开的美容院去。我走进去，发现美丽的少妇罗伊显得有些憔悴和黯然神伤。我还从来没有做过美容，对像雨后的蘑菇般冒出来的美容院我熟视无睹。她一看见我进来，摁灭手中的烟头："乔可，我来给你做一次美容吧，全套皮肤护理。"

"男人也可以做吗？"我心虚地说。

"哈，现在都是男人在做美容，比女人还多。进美容室吧。"罗伊的身材简直棒极了，她领我进了美容室，叫我在镶了镜子的屋子里的躺床上躺下来。然后她开始给我按摩头部。"放松，放松点儿。"她说。

"哎，你找我有什么事吗？与杨哭有关？"

"我已经有半个月都没有看见他了。我琢磨他是否找到更有意思的事去做了。"她冷冷地说。

我沉默了，过了一会儿，我说："他可能不会再来找你了。"我想我得把实话告诉她。

"是吗?"她的语调听上去很镇定，她的大眼睛中盛满了少妇才有的温和宁静，"为什么?"

"他喜欢上了一个流浪女画家。就这么回事。现在他可能，可能和那个叫廖静茹的女画师同居在亚洲大酒店吧，我想他真是鬼迷心窍了。"我有些残酷地说。

我感到那按摩的手停住了。我坐起来："怎么了罗伊，这难道有什么吃惊的吗？在这个时代，我是说连哭泣都已成了游戏……"

她嘴唇有点儿发白，但保持了镇定。她摸出一根烟抽了起来，额头上的皱纹难看地构成了一个"凸"字。"我还想着和丈夫离婚嫁给他呢。昨天我和我丈夫已经说过了，我丈夫同意我离婚。"她冲我干干地笑了笑，"没什么，不过很抱歉，我的美容恐怕做不下去了。我有点儿晕头转向。"

"没关系。我也跟你一样难受。"我想起了我提着裤子在楼过道中狂奔的情景，"都是伤心人。"然后我忽然滔滔不绝地大谈起这个时代来，以及这座城市，这座飘浮了一千万人的睡梦与欲望的城市。"归根结底，这就是城市的感情游戏规则。我们都得服从它。"

罗伊呆坐了半天，她站起来，但突然发狂地举起了一把椅子朝墙上的镜子砸去。我呆住了，看着她一下又一下地砸碎那些有着她美丽的人形的镜子。她一边挥舞着椅子，长发在空中飘散。她痛快地砸完了，拍了拍手，表情灰暗："好啦乔可，看来我不太想开美容院了。你走吧。”

我离开了那里，不由得诅咒起杨哭来。我惊奇地发现这个世界人的关系几乎是由互相伤害的链条构成的，一个伤害另一个，他又被下一个伤害，就这样一直伤害下去，组成了一个环，一个由无数个自寻烦恼的男人和女人所组成的巨环。

打见了罗伊那一面之后又过了一个星期，我接到了杨哭的传呼，就赶忙赶到亚运村去接他。我下了出租车，在一阵眩晕中我用手挡住那强烈的秋日阳光，我觉得有个东西被风送过来贴在了我脸上。我拿下来，发现那竟是一枚秋天的树叶，今年秋天来临的第一枚树叶。杨哭站在不远处的汇园公寓的台阶上向我招呼。他戴着墨镜，穿着一套浅灰色的西装，他永远都是一副白领打扮。我向他走了过去。

“去打打保龄球，到康乐宫去，我有话对你说。”他对我说。他的脸刮得发青，身上香水味儿很浓，他越来越像个资产阶级了，这两年他的变化够大的。我想，也许我也一样。

“秋天来了。”我说，“咱们得照顾好自己。”

“对，他妈的秋天来了。”他也说，“注意别着凉。”

我们走进康乐宫，买了票，绕过音乐喷泉，走向地下游艺厅，在保龄球场换了鞋，然后开始打保龄球。我很喜欢打保龄球，尤其喜欢运用十二磅重的球。那球把目标全打倒的感觉当真是摧枯拉朽，令人心醉。我们俩用了一个球道。我发现杨哭的脸色有些异样，显得很严肃。他击球的动作过于凶狠，仿佛把很多仇恨都发泄在掷球上了。但他的准头不行。

我估计他的心有点儿乱。罗伊不再理他，罗伊的丈夫发誓要杀死杨哭。我曾经在照片上见过罗伊的东北籍丈夫，那是个纺织品批发商。难道杨哭怕死了吗？勾引罗伊时怎么没有想到呢？我对杨哭的处境有些幸灾乐祸，不过好歹他总算捞着了一个女人。他不是说他爱廖静茹爱得发疯吗？我们打了两局，他一共才得了一百四十分，而我打了三百多分。杨哭笑了笑："今天你是超水平发挥了。"

我们来到快餐厅要了一份快餐。吃饭的时候杨哭忽然开口说："他妈的，廖静茹闪电般嫁给国际艺苑画廊的柳经理了。她抛弃了我。"他的脸红通通的。

我停下筷子，看着他。他很镇定，只是不安地看了我一眼："好在我受伤害还不太深。毕竟我跟她睡过觉。你能不能告诉我他妈的女人们都是怎么回事？"他控制不住自己，吼叫了起来。

我想起了被他抛弃了的罗伊。我猛然敲着桌子冲他咆哮起来："你他妈的能不能告诉我你自己是怎么回事？"

他愣了一下，干笑了一下："也许都是我的问题。我也许是个浑蛋，可女人是现实主义者。廖静茹把她的小辫子变成了染黄了的鬈发，像个假外国娘儿们。她变化真大。她简直像扔掉一个垃圾袋一样扔掉了我，就因为柳老头可以让她去欧洲待几年，妈的。"他沮丧地又吃了一口饭，"可我觉得恶心。我的那枚钻戒，天，哈，订婚。"

"你先恶心你自己吧，"我恶狠狠地说，"这种事是你自找的。你不是发誓你找到了爱的感觉了吗？"我讥笑起他来。讥笑他真令我快活。

“那种感觉是真的，”他痛苦地说，“不过的确是一场欲望的游戏罢了。不过你呢？对，你像个傻子一样喜欢上了那个歌女，那只流浪在路上的脏猫。”

我黯然神伤：“她已经搬到王府饭店去了。”

“而且我还知道她该滚出北京了，”他这会儿兴高采烈，“她和杨经纪人的官司打输了，在北京娱乐圈已混不下去了。没人愿意与她合作。她马上要滚蛋了。反正她也喜欢在路上。这是杨经纪人亲口对我说的。这座城市让她成名，同样也可以让她滚蛋，滚得远远的。”他冷冷地说。

“我想再打两局保龄球。”我忽然感到有一种力量需要发泄发泄，“我必须再打两局保龄球。”

十一

那是一个大雨侵袭的日子，城市的暴雨像一面巨大的抹布一样洗刷着城市。我站在阳台上默默地眺望远方城市中的雨幕场景。已经是秋天了，某种肃杀的气氛已经笼罩在我的心中。我的小说已经写完了，昨天拿给了那个给我定金的西北最大的一个书商。他用挑剔的眼光看完我写了几乎半年的长篇小说，临了说：“还得再加点儿商业内容，这部稿子我要了，但你得再加一万字进去，全是与性有关的文字就行。我再付三千元怎么样？”他那双金鱼眼与西北汉子的宽脸膛极不相称。我真想揍他，但我说：“他妈的，好吧。”我无可奈何。

既然这是一个喜欢追逐与满足欲望的时代，那么我就再加点儿性描写，满足所有狗杂种们的欲望。

我站在阳台上看大雨扫荡城市，忽然我的BP机狂呼我。电话号码没见过。我去楼下打了个电话。“喂，谁在呼我?”

“是我，林薇——在路上流浪的猫。我要离开这座城市了，来送我吗?要离开了才发觉只有你一个人还算够朋友。”

“在哪儿?”我的心怦怦乱跳。

“王府饭店。”她接着又说了一个房间号。

“我马上就来。”我说，然后迅速地挂断了电话。

我拦了一辆出租车，汽车在雨幕中杀开一条道向东单方向疾驶。司机给我大谈汽油涨价问题。我一个字也听不进去。我在想林薇终于要离开这里了，可她会到哪儿去呢?

汽车拐进东单，又向左拐进一条较窄的路，然后停在了王府饭店门口。这是一座有着古典建筑风格的五星级饭店。我急匆匆走进大堂，直奔电梯，来到了六楼，敲了敲一个房间的门。

“进来吧。”林薇打开门，脑袋在门后面隐现。我一脚跨进去，立即感到某种凄凉的气氛。屋子里乱糟糟，到处是音乐磁带、唱片、CD机，打开的皮箱，胡乱扔在床上的衣裙，以及满脸忧伤的林薇。她改变了发式，把头发剪得很短，像个葫芦瓢一样扣在脑袋上。

“怎么啦?官司输了就不待在这座城市了?”我问她。她穿一条洗得发白的牛仔裤，丝丝缕缕的裤脚垂在赤脚上。

她脸色黯然，一丝倔强和顽皮的笑浮起来。“没法儿再待下去了。姓杨的把我的名声弄糟了。这是一个男人的世界对吧？我马上去香港，我得去卫视中文台替他们干活儿了。我当个节目主持总还可以吧？”她说，然后喊了一下四下嚎叫乱窜的白猫路德。

“也许还不错。可我弄不明白，你为什么就想在路上，不建个家什么的？”我逼视着她，“停下来别再动弹？”

“没有人真心对待我。当然，除了你。我们是好朋友，对吧？你不会记恨吧？那次我叫你——那场面的确有点儿尴尬，拿着衣服离开了我的屋子。”

我苦笑了一下：“不会的，我翻看了你的私人记事本，虽然说实话我没看到什么。”

“这就好。”她叹了口气，“我得收拾东西了，帮我一起收拾吧。”

于是，我就躬下腰帮她收拾，我在皮箱里捡到一张照片，照片上的她站在以一幢破平房为背景的场地上笑着，那样单纯。我知道那是她来北京的起点，中国音乐学院附近的破小平房，有一种悲凉的东西在房间里蔓延开来。后来她收拾完了。“我会怀念这座城市的。还有你，乔可。你那么单纯。”她笑了笑，“一直是个可爱的大男孩。你好像与这个时代格格不入，像英国的那种‘愤怒的青年’作家群。”

“我不像你，融入得那么深。”我幽怨地说。

“那部小说写完了吗？”她把裙子塞进了皮箱。

“写完了。不过书商说还要再加一万字性描写。说是为了商业上的考虑。这个时代需要这个。”

“你加吗?”

“加，我已经拿了人家的钱了。”

“有个问题我弄不明白，就是作家也是给什么钱就写什么东西?”

“不全是，”我沉吟了一下，“但已有很大一部分人这样了。在这样一个价值多元的时代，干什么都是社会的填充物罢了。作家也一样，现在就走吗?”我自嘲完毕，提醒她。

“对，现在就走。不过，我得再看一眼这座城市。”她跳到窗户前，向外面凝视。雨幕中她能看见什么呢，我想。她约莫站在那里有五分钟。房间里的空气似乎凝固了，凝固在一团忧伤的气氛之中了。我忽然觉得不好受。

“好吧，走吧。”我看见她转身，眼睛里含满了泪水，但没有流下来。我帮她提上皮箱，她拎着一个大袋子，我们就这样下了楼。那只猫一跳一跳地跟着我们。

我们来到了王府饭店门口。“噢，还有路德，只是我不会再带上它了，乔可，你愿意养它吗?”她招呼路德，把它提起来递给我，脸上有一种极沉痛的表情，“我是在一个垃圾箱附近看见它的。当时，它也在四处流浪。”

“好吧。”最终我说。雨下得非常大，几乎像瓢泼一样。她把路德放到我怀里，一刹那我发现路德露出了十分凶狠的目光。出租车开了过来，她拢了一下头发。“我这就走啦，”她悲伤而又欢快地说，“走啦。”然后她快速地亲了我一下。我像个雕像一样站在那里。我帮她把行李放好，她钻进了汽车。我看见她在汽车中不停地向我挥手，挥手，直至雨幕把我们互相隔开，推远，看不见了。

我抱着路德站在那里，停了一会儿，路德忽然发起狂来，它在我怀里愤怒地撕咬着我，在我的手背上抓出了血痕。我放开了它，它一跳一跳地冲进雨幕中，嚎叫着也消失了。它重新成了流浪在路上的一只猫，我想。

在一个非常晴和的日子，我和杨哭坐着车去通县看地皮。他在那儿买了一块地皮打算自己盖楼。在汽车里好久，我们都没有说话。我们好像都变得深沉平静了。后来我说："她走了。"

"谁走了？"他眼看着迎面撞来的立交桥，问我。

"林薇，一星期前她走了。去了香港的卫视中文台，当节目主持人。"

"反正也没法混下去了。走了更好。你不是，曾想和她同居来着吗？"他露出了滑稽的笑容。

"有一天我翻看了她的一个记事本，那个奇怪的记事本里记了很多时间、地点和人名，然后她就把我赶出了她的房间。我便再也没法和她亲近了。"

"哈，"他用奇怪的眼神看着我，"有一件事我必须告诉你，那都是——都是和她发生性关系的人的记录。有一个著名的第几代导演曾经和她睡过，也发现了那个本子。那个导演是个著名的大花心，也吃了一大惊，给她起了个外号叫'小脏孩'。我琢磨你再仔细看下去，那记事本里还有你吧。"他讥笑起我来，“‘小脏孩’，这绰号真棒。”

我沉默了。看来这都是真的。我沉默了好久，说：“你原本就知道这件事——那个记事本？”

“娱乐圈谁都知道。所以她没法待了。”

我忽然想起了廖静茹，“廖静茹情况怎么样？”

他忽然眉飞色舞：“那个小婊子？她把老柳给甩啦，你猜她嫁给了谁？嫁给了一个纽约派诗人，同时也是个画家，去美国发展了。她真厉害。他妈的真厉害。”

“真厉害。”我由衷地感叹道。我想起了她眼睛里的火焰。

汽车飞速钻入国贸桥立交桥，向通县方向开去。周围的城市高楼在向后退去。我们又陷入了沉默，汽车到达八王坟时，我忽然觉得有一辆蓝色的桑塔纳轿车一直在跟着我们。我从后视镜中看到有一个戴着墨镜的汉子在开着车。停了一会儿，我说：“杨哭，有人在跟踪我们。”

“真的？”他像是不信似的回头去看，“那辆蓝色桑塔纳吗？”“对。是那辆。最近你没跟黑道上的人物打交道吧？”我有些担心地说。杨哭最近的确赚了不少钱。

“没有，我从不跟流氓地痞来往。”他说。那辆汽车紧紧地咬住我们不放，我们开多快，它也开多快，如影随形。“真他妈的，真的在跟踪咱们。”杨哭一转方向盘，汽车猛地拐上了通往鹅沟村的一条便道。我们看见那辆桑塔纳也紧跟了上来。

“我明白了，那个人是罗伊的丈夫，一个纺织品批发商。他要杀了你。”我对杨哭说。我们的汽车一直开到了通惠河的边上，这里全都是农田村庄，根本就没有路。而且杨哭的“凌志”发动机发出了一种十分不耐烦的吼声。汽车向东一拐，我们没命地沿着通惠河边一直向东开去，汽车就像在石头上滚动一样，颠得我前仰后合。可那辆车一直跟着我们。汽车发动机在到达一片榆树林时，突然怒吼了一声，停下不转了。完了，我想。

我们赶紧下了车，看见那辆桑塔纳在尘土飞扬中向这边驶来。我拉着杨哭的手没命地向前面的农家村舍跑去。我们翻身进了一个猪圈，几头乌克兰大白猪对我们哼哼着。我看见远处那辆桑塔纳车停在“凌志”的后边，下来了一个壮汉，手中拿着一条双管猎枪。他一枪托敲掉了我们汽车的左后视镜，又认真地向前后轮胎各开了一枪。我们听见那轮胎撒气的声音。那家伙朝我们这个方向望了一会儿，没有发现我们，这才上了车，在尘土飞扬中沿着河边开走了。

我和杨哭都惊魂未定。我说：“这就是你勾引罗伊的代价。他险些要了你的命。”

他沮丧地低下了头：“我再次重复一遍，是她勾引我的，他妈的。我们的车开不回去了。”他哭丧着脸：“我怎么总是栽在女人手里？”我们翻出了猪圈，小心翼翼地向汽车走去。

十二

不知不觉第一场大雪就下来了。我的长篇小说也修改完毕。书商付了钱，就把稿子拿走了。我想我干成了一件事儿，心里很高兴。但我又想如果市面上到处都是我的那本加了一万字性描写的书，这倒同样也令人感到恐惧。凡是流行的东西必定也死亡得快。但我打算让自己轻松轻松，就沉浸在老虎机游戏中。可我却输了很多钱。有一天上午，我回到住处，发现有一个头发半白的女人在我们的楼道中走来走去，显然在寻找什么。她那满是皱纹的脸上堆满了疑惧。我从她脸上看到了一丝熟悉的东西。我猛然想起来了，她也许是来找林薇的。我说："大妈，您是找林薇吧？"

她吃了一惊，脸上又现出了喜色："对，正是。我是她妈妈。这丫头，离开家三年了也未回家。我按着几个月来她给我寄钱的地址，找到了这里。可她的门紧锁着。这丫头跑到哪儿去了呢？"

我把她让进了我的屋子，并给她倒了一杯水。我说："她已经去了香港，这她没写信告诉您？"

她放下手中的一个包："她从来不给我写信。我也从工厂退休了。她去了香港干什么？那可是个花花世界。"她犹疑而又吃惊，"野丫头，几年了一直不回家，只是常给我寄钱。我也老了，要钱又有什么用？又有什么用。"

我说："大妈，你来找她干吗？"

"叫她回家。总在外浪着，也不嫁人，那么大的丫头了。她还有个弟弟，马上要结婚，总得叫她回去看看。"

我问："那么，她父亲为什么不出来找她？"

"他六年前就死了。就是她父亲，天天揍她，从小教她二胡，她才学会了唱歌。我不知道她来北京靠什么生活？拉二胡吗?”

我想，林薇已经彻底地忘掉她的家了。不过，她总还没忘了给母亲寄钱。然后我对她讲起了林薇在这座城市的奋斗，成名，以及去香港做主持人，只是我没有讲她的“小脏孩”的绰号。她听得很认真，脸上竟然荡漾出幸福的笑。“这孩子从小就有出息。她爸打她从来不哭。要是她爸爸不死，也会为她高兴的。不过，她恨她爸爸。”她叹了口气，眼泪在眼圈儿里打转，后来她在那个黑皮包里摸索了会儿，取出了两张照片，“你看看，这是她几年前在家照的，我怕认不出她来了，就带上了照片。可她为什么不回家呢?”

我接过照片。一张是她站在红艳艳的夹竹桃花前照的，另一张是在船舷边，她偏着头在笑，看上去只有十六岁，那样单纯、美丽、清爽和自然。我不禁为她的变化而感到了震动。

“她变了吗?”

“变了，变得胖了点儿，还有就是发式也变了。她已经长大了，大娘，你不用为她多操心。”

她收起了照片:“长胖了就好。我就怕她变瘦了。你刚才说她还演过电视剧?我怎么没看到?这丫头有出息了，却再也不回家了。”她流出了眼泪，坐在那里愣了一会儿，拿起包，说:“我回去了，你要是见到了她，叫她一定回家去。她再不回家，只怕我的眼睛瞎了，再也看不见她了。”然后，她走出了房间。我一直送下楼，看着她消失在大雪之中，走进了更远的一片空茫。

那年的圣诞之夜，我和杨哭穿戴齐整，一起到新世纪大酒店的瑞典“帝梦”牌桑拿浴室洗了桑拿浴。在大堂酒吧随便吃了点东西，就到饭店的舞厅参加圣诞化装舞会了。这座四星级的饭店像一块银制物体耸入天空。不知为何，到了年终，在我们心中涌起的只是一种空茫和疲惫的感觉。这个城市叫我们经历了太多，也叫我们付出了很多。生活中有一种迅速流变和沉闷的东西毁坏着我们年轻的心。有些东西，是远远超越于我们生命之外并无法去把握的。比如这个轮盘城市转动的节奏。我们对很多东西已失去了兴趣。生活变得简单了，也更麻木了。我甚至都变成了不读书的平面人。我已经从报社辞了职，在一家音像出版社工作。每天都沉浸在让人短时间沉醉的音像制品享受中。我有一段时间看到林薇在香港卫视中文台上，她真的变瘦了，而且还学会了用嗲声嗲气的调子说香港普通话。她一出现在屏幕上，总是说：“这里是卫视中文——台!”然后将手向旁边一指，一边冲你做鬼脸。她依旧是可爱的，但也有疲惫之色。不久她又从电视上消失了。我一个在大地音像制作公司的朋友说她已去了东南亚，在那里发展。后来有人在澳洲也见过她，说她开一辆二手的庞蒂亚克车在悉尼的街上出现过。后来再也未有她的一点消息和音讯了。她真的是一只在路上流浪的猫吗?

我和杨哭走下舞厅，在入口处一人选了一个面具。我们选的是老态龙钟、满脸持重的老人面具，加入到了那场圣诞之夜的化装舞会之中。这是一个假面的海洋，每一个人的真实面孔都消失在假面之后了。我几乎看不见一个人的脸。也许这就是城市的象征，充满了假面人和在假面后面转动的眼睛。城市本身就是一个巨型的假面舞会，在这里，一切的游戏规则被重新规定，你必须学会假笑、哭泣、热爱短暂的事物、追赶时髦。你必须要以冷漠的态度对待一切事物，因为这里的一切都转瞬即逝，再也没有了永恒和停止不动的事物。连哭泣都成了游戏，已丧失了哭泣本身的深刻内容与实质。

我们跳了一会儿，又到红狮酒吧去喝饮料。这里的快餐很好，我们每人要了一杯“黑风”，并加了冰块，坐在那里啜饮。酒吧里人很多，很多情侣在悄声低语。杨哭忽然看见不远处有一个穿黑色大衣的女人在独自喝着一杯葡萄酒。“那是罗伊，我敢打赌。”他对我说，他的眼睛亮了一下，但显得又有些犹疑，然后他还是站起来整理了一下礼服走了过去。

“你是罗伊。圣诞快乐。你过得好吗？”

“我不认识你，先生。”

“你是罗伊，我是杨哭，难道这还有错吗？”杨哭怪笑了几声，“是你在中国大饭店的舞厅里让我握住你发抖的手，那时你说你的婚姻遇到了危机。”

“你可以走开吗先生？我不愿意无故被打扰。”

“可你现在却压根儿不认识我了。我能请你喝一杯吗？”

然而我看见这时罗伊站了起来，她把手中的酒一下子泼在了杨哭的脸上。然后她昂首走出了酒吧。我看见殷红的葡萄酒顺着杨哭的脸流了下来。他站在那里僵了许久，才掏出手绢擦了擦。他抱歉地对我说：“请等我一下，我得上一趟洗手间。”他快步向洗手间走去。

我跟了过去，我推开洗手间的门，却听见他在哭泣，他真的是在哭泣。杨哭真的哭了。我拍了拍他的肩膀：“行了，行了老兄，这本来就是一场游戏。”可他仍在哭，而且把水都泼到了地上。厕所里那个老员工不停地用墩布擦他脚下的地面。后来他终于洗完了脸，我给了那个员工五块钱小费，扶着杨哭走了出来。我们决定出去走走，我们刚一跨出新世纪酒店的大门，就听见圣诞夜的钟声响了。我们决定到教堂去看看，就冒着大雪，向西直门方向走去。在我们前面，毁灭和新生的力量和时间一起在等待着我们，等待着我们以城市为战场与它交锋。

邱华栋的中篇小说《手上的星光》最初发表于《上海文学》1995年第1期。20世纪90年代，北京经历着城市化的进程，在这样的背景下，邱华栋以异乡人的视角书写了一系列北京城市小说。《手上的星光》是邱华栋早期的代表作，这篇小说书写了一群“无名之辈”怀揣野心与梦想来到北京这座大都市，然而理想却像泡沫一样破灭，“手上的星光”则是他们在黑暗夜空中试图握住的东西。《手上的星光》是关于20世纪90年代北京城的一幅都市景观扫描图，也是当时“北漂”青年生存状态的缩影。

——胡诗杨

老屋小记

史铁生

一、年龄的算术

年龄的算术通常用加法，自落生之日计，逾年加一；这样算我今年是四十五岁。不过这其实也就是减法，活一年扣除一年，无论长寿或短命，总归是标记着接近终点；据我的情况看，扣除的一定是多于保留的了。孩子仰望，是因为生命之囤满得冒着尖；老人弯腰，是看囤中已经见底。也可以用除法，记不清是哪位先哲说过：人为什么会觉得一年比一年过得快呢？是因为，比如说，一岁之年是你生命的全部，而第四十五年只是你生命的四十五分之一。还可以是乘法，你走过的每一年都存在于你此后所有的日子里，在那儿不断地被重新发现、重新理解，不断地改变模样，比如二十三岁，你对它有多少次新的发现和理解你就有多少个二十三岁。

二十三岁时我曾到一家街道生产组去做工，做了七年。——这活没什么毛病：我是我，生产组是生产组，我走进那儿，做工，七年。但这是加法或减法。若用除法或乘法呢，就不一样。我更迷恋乘法，于是便划不清哪是我，哪是那个生产线，就像划不清哪是我哪是我的心情。那个小小的生产组已经没有了，那七年也已消逝，留下来的是我逐年改变着的心情，和由此而不断再生的那几间老屋，那些年月以及那些人和事。

二、到老屋去

那是两间破旧的老屋，和后来用碎砖垒成的几间新房，挤在密如罗网的小巷深处，与条条小巷的颜色一致，芜杂灰暗，使天空显得更蓝，使得飞起来的鸽子更洁白。那儿曾处老城边缘，荒寂的护城河水在那儿从东拐向南流；如今，城市不断扩大，那儿差不多是市中心了。总之，那个地方，在这辽阔的球面上必定有其准确的经纬度，但这不重要，它只在我的心情里存在、生长，一个很大的世界对它和对我都不过是一个悠久的传说。

我想去那儿，是因为我想回到那个很大的世界里去。那时我刚在轮椅上坐了一年多，二十三岁，要是活下去的话，料必还有很长久的岁月等着我。V告诉我有那么个地方，我说我想去。V和我在一条街上住，也是刚从插队的地方转回来，想等一份称心的工作，暂时在那生产组干着。我说我去，就怕人家不要。V说不会，又不是什么正式工厂，再说那儿的老太太们心眼儿都挺好。父亲不大乐意我去，但闷闷地说不出什么，那意思我懂：他宁可养我一辈子。但是“一辈子”这种东西，是要自己养的，就像一条狗，给别人养了就是别人的。所有正式的招工单位见了我的轮椅都害怕，我想万万不可就这么关在家里并且活着。

我摇着轮椅，V领我在小巷里东拐西弯，印象中，街上的人比现在少十倍，鸽哨声在天上时紧时慢让人心神不定。每一条小巷都熟悉，是我上小学时常走的路，后来上了中学，后来又去“串联”又去“插队”又去住医院……不走这些路已经很久。过了一棵半朽的老槐树是一家有汽车房的大宅院，过了大宅院是一个小煤厂，过了小煤厂是个杂货店，过了杂货店是一座老庙很长很长的红墙，跟着红墙再往前去，我记得有一所著名的监狱。V停了步，说到了。

我便头一回看见那两间老屋：尘灰满面。屋门前有一块不大的空场，就是日后盖起那几间新房的地方。秋光明媚，满地落叶金黄，一群老太太正在屋前的太阳地里劳作，她们大约很盼望发生点儿什么格外的事，纷纷停了手里的活儿，直起腰，从老花镜的上缘挑起眼睛看我。V“大妈、大婶”地叫了一圈儿，又仰头叫了一声“B大爷”。房顶上还蹲着一个老头，正在给漏雨的屋顶铺沥青。

“怎么着爷们？来吧！甭老一个人在家里憋闷着……”B大爷笑着说，露出一嘴残牙。他是说我。

三、D的歌

应该有一首平缓、沉稳又简单的曲子，来配那两间老屋里的时光，来配它终日沉暗的光线，来配它时而的喧闹与时而的疲倦。或者也可以有一句歌词，一句最为平白的话，不紧不慢地唱，反反复复地唱，便可呈现那老屋里的生活，闻见它清晨的煤烟味，听见它傍晚关灯和锁门的轻响。

我们七八个年轻人占住老屋的一角，常常一边干活儿一边唱歌。七年中都唱过些什么，记不住也数不清。如今回想，会唱的歌中，却找不出哪一句能与我印象中那老屋里缓缓流动的情绪符合。能够符合它的只应当是一句平白的话，平白得甚至不要有起伏，唯颤动的一条直线，短短的，不断的连续。这样一句话似乎就在我耳边，或者心里，可一旦去找它却又飘散。

到这儿来的年轻人，有些是像V那样等着分配更好的工作的，有些则跟我一样，或轻或重地有着一份残疾。健康的一拨一拨地来了又一拨一拨地走了，残疾的每次招工都报名，但报名与落榜的次数相等。

D的嗓音并不亮，但音域宽，乐感好，唱什么是什么。D只是一条腿有点瘸，但除了跑不快，上树上房都不慢。“文革”已到后期，电影院里开始放映一些外国影片了，那里面的音乐和插曲让D着迷。《桥》哇，《流浪者》呀，《瓦尔特保卫萨拉热窝》，还有后来的《追捕》《人证》，D一律都看八九遍。“拉兹之歌”“丽达之歌”“草帽歌”，D都能用“外语”唱，嘀里咕噜咿咿呜呜——D说：“保证没错儿，不信咱再去看一遍。”小T就笑。小T一边梳辫子一边说：“哇老天，您这可是哪国语呀，什么意思知道不?”D一脸不屑：“操心操心，你管它什么意思干吗?”小T说：“不知道什么意思就瞎唱!”

D故作惊讶状："嘿，我说小T，你平时可不笨，长得也挺好，咋不懂音乐呢？音乐！用不着他妈的什么意思。"小T红了脸："音乐就音乐，你管我长得好不好呢？"小T的话里露出几分满足。

小T长得漂亮，自己知道，也知道别人知道。小T也爱打扮，不过在那年月里也真可谓"英雄无用武之地"，无非是把毛衣拆了织、织了拆，变出些大同小异的花样，或者刻意让衬衫的领子从工作服上面鲜艳夺目地翻出来。但那在翻滚着灰色和蓝色的老屋里和小街上，毕竟是一点新意。

D不光能唱，那些外国电影中的台词他差不多都能背诵。碰上哪天心里不痛快，早晨一来他就开戏，谁也不理，从台词到音乐一直到声响效果，全本儿的戏，不定哪一出。"空气在颤抖，仿佛天空在燃烧……"（语出《瓦尔特保卫萨拉热窝》）"看呀，天空多么蓝啊，往前走，对，往前走不要朝两边看……"（语出《追捕》）"那儿就你一个人吗？""不，还有它。""谁？""死神。"（语出《爆炸》）"俄罗斯是农民的国家，没有城市也能活……""呵，你描绘了一幅多么可怕的图画……"（语出《列宁在一九一八》）可惜我记不住那么多了。

组长L大妈冲D喊："你整天这么演电影儿可不行，还干活儿不干？"

"您瞧我手底下闲着吗？革命生产两不误嘛。"

"你影响别人！"

"谁？死神吗？"

"滚，没人跟你贫嘴！想干就干，不想干回家！"

“呵，您描绘了一幅多么可怕的图画……”D把画笔往L大妈跟前一拍，“中国是人民的国家，不画这些臭画儿也能活！”

“好小子，有种的你走！你怎么不走呀？”

D跷起二郎腿，闭起眼睛唱歌：“妈妈～，杜哟瑞曼巴～得噢斯绰哈特～哟～给喂突密～？”（Mama, do you remember. The old straw hat you gave to me？）

L大妈冲大伙喊：“都干活儿，谁也甭理他！”

老屋里静下来，只有D的歌声。“……我看这世界像沙漠，四处空旷无人烟，我和任何人都没来往，都没来往……”轻轻地有些窃笑。有几个老太太忍不住笑出声，劝D：“算了吧别怄气，都挺不容易的干吗呀这是？快，快干活儿。”D说一声“别打岔”，歌声依旧，一首又一首唱得陶醉，仿佛是他的独唱音乐会。L大妈脸上红一阵白一阵。天窗上漏下一道阳光，在昏暗的老屋里变换着角度走，灿烂的光柱里飘动着浮尘和D悠缓的歌声……阳光渐渐移在D的身上，柔和宁静，仿佛舞台灯光，应该再有一阵阵掌声才像话。

近午歌声才停。D走到L大妈跟前，拿过画笔，坐回到自己桌前干活。

L大妈追过来：“这就完啦？你算人不算？”

D不抬头：“好男不跟女斗。”

“什么？小兔崽子，你说什么？！”L大妈气昏。

D慌忙起立，赔笑道：“不不不，我是说，法律不承认良心，良心也不承认法律。”（《流浪者》台词）

L大妈把画笔摔得满地，坐在门槛上一把鼻涕一把泪地哭诉，说她这可是图的什么？每月总共多拿两块钱，操心劳神还挨骂，可真是犯不上。如是等等。“是我不愿意你们年轻人都分配上个好工作吗？跟我闹脾气顶他娘个屁用！不信你们就问问去，哪回招工的来了我不是挨个儿给你们说好活……”

四、外汇

老太太们盼望着这个小生产组能够发达，发展成正式工厂，有公费医疗，一旦干不动了也能算退休，儿孙成群终不如自己有一份退休金可靠。她们大多不识字，五六十岁才出家门，大半辈子都在家里侍候丈夫和儿女。

我们干的活倒很文雅：在仿古的大漆家具上描绘仕女佳人，花鸟树木，山水亭台……然后在漆面上雕刻出它们的轮廓、花纹、发丝、叶脉……再上金打蜡，金碧辉煌地送去出口，换外汇。

“要人家外国钱干吗呢，能用？”A老太太很有些明知故问的意思，扫视一周，等待呼应。

“给你没用，国家有用。”G大婶搭腔，“想买外国东西，就得用外国钱。”

“外国钱就外国钱吧，怎么叫外汇？”

“干你的活儿呗老太太！知道那么多再累着。”

“我划算，外汇真要是那么难得，国家兴许能接收咱这厂子……”

老太太们沉默会儿，料必心神都被吸引到极乐世界般的一幅图景中去了。

“哎对了，U师傅，您应当见过外汇？”

于是，最安静的一个角落里响起一个轻柔的声音：“外汇是吗？哦，那可有很多哪，美元，日元，英镑，法郎，马克……我也并不都见过。”这声音一板一眼字正腔圆，在简陋的老屋里优雅地飘浮，怪怪的，很不和谐，就像芜杂的窄巷中忽然闪现一座精致的洋房，连灰尘都要退避。“对呀对呀，纸币，跟人民币差不多……对呀，是很难得，国家需要外汇。”

这回沉默的时间要长些，希望和信心都在增长。

可是A老太太又琢磨出问题了：“咱们买外国东西用外国钱，外国买咱的东西不是也得用中国钱吗？那您说，咱这东西可怎么换回外汇来呢？”

“不，”U师傅细声地笑一下，“外国人买咱们的东西要付外汇。”

“那就不对了，都用他们的钱，合着咱的钱没用？”

U师傅光是笑，不再言语。

很多年以后，我在一家五星级饭店里看见了那样几件大漆的仿古陈设：一张条案、几只绣墩、一堂四扇屏风。它们摆布在幽静的厅廊里，几株花草围伴，很少有人在它们跟前驻足，唯独我一阵他乡遇故知般的欣喜。走近细看，不错，正是那朴拙的彩绘和雕刻，一刀一笔都似认得。我左顾右盼，很想对谁讲讲它们，但马上明白，这儿不会有人懂得它们，不会有人关心它们的来历，不会再有谁能听见那一刀一笔中的希望与岑寂。我摸摸那屏风纤尘不染的漆面，心想它们未必就是出自那两间老屋，但谁知道呢，也许这正是我们当年的作品。

五、三子

冬天的末尾。冻土融化，变得湿润松软时，B大爷在门前那块空场上画好了一条条白线，砖瓦木料也都预备齐全，老屋里洋溢着欢快的气氛。但阵阵笑声不单是因为新屋就要破土动工，还因为B大爷带来的“基建队”中有个傻子。

“嘿，三子，什么风把你刮来了？”

“你们这儿不是要盖房吗？”

“嗬，几天不见长出息了怎的，你能盖得了房？”

三子愧怍地笑笑：“这不是有B大爷吗？”

三子？这名儿好耳熟。我正这么想着，他已经站到我跟前，并且叫我的名字了。“喂，还认得我吗？”他的目光迟滞又迷离。

“噢……”我想起来了，这是我的小学同学，可怎么这样老了呢？驼背，而且满脸皱纹，“你是王……？”

“王……王……王海龙。”他一脸严肃，甚至是紧张。

又有人笑他了：“就说‘三子’多省事！方圆十里八里的谁不知道三子？未必有谁能懂得‘王海龙’是什么东西。”

三子的脸红到耳根，有些喘，想争辩，但终于还是笑，一脸严肃又变成一脸愧怍，笑声只在喉咙里“哼哼”地闷响。

我连忙打岔：“多少年了呀，你还记得我？”

“那我还能不记得？你是咱班功课最棒的。”

众人又插嘴说：“那，最歪的是谁呢！”“小学上了十一年也没毕业的，是谁呢？”“两腿穿到一条裤腿里满教室跳，把新来的女老师吓得不敢进门，是谁？”

“我！妈了个巴的，行了吧！”三子猛喊一声，但怒容只一闪，便又在脸上化作歉疚的笑，随即举臂护头做招架的姿势。

果然有巴掌打来，虚虚实实落在三子头上。

“能耐你不长，骂人你倒学得快！”

“这儿都是你大妈大婶，轮得上你骂人？”

“三子，对象又见了几个啦？”

“几个哪儿够，见打了吧？”

“怎么着，差不多了吧，三子？”

“不行。”三子说。

“喂喂——说明白了，人家不行还是咱们不行？”

“三子！”B大爷喊，“还不快跟我干活儿去？这群老‘半边天’一个顶一个精，你惹得起谁？”

B大爷领着三子走了，甩下老屋里的一片笑骂。

B大爷领着三子和V去挖地基，还有个叫老E的四十多岁的男人。三子一边挖土一边念念叨叨地为我叹息：“谁承想他会瘫了呢？唉，这下他不是也完了？这辈子我跟他都算完了……”V听了就呲得三子：“你他妈完了就完了吧，人家怎么完了？再胡说留神我抽你！”三子便半天不吭声，拄着锹把低头站着。B大爷叫他，他也不动，B大爷去拽他，他慌忙抹了一把泪，脸上还是歉意的笑——这些都是后来B大爷告诉我的。

六、春天

三子的话刺痛了我。

那个二十三岁、两腿残疾的男人，正在恋爱。他爱上了一个健康、漂亮又善良的姑娘。健康，漂亮，善良——这几个词太陈旧，也太普通，但我没有别的词给她。别的词对于她都嫌雕琢。别的词，矫饰、浮华，难免在长久的时光中一点点磨损掉。而健康，漂亮，善良，这几个词经历了千百年。

属于那个年轻的恋爱者的，只有一个词：折磨。

残疾已无法更改，他相信他不应该爱上她，但是却爱上了，不可抗拒，也无法逃避，就像头上的天空和脚下的土地。因而就只有这一个词属于他：折磨。并不仅仅因为痛苦，更因为幸福，否则也就没有痛苦也就没有折磨。正是这爱情的到来，让他想活下去，想走进很大的那个世界里去活上一百年。

他坐在轮椅上吻了她，她允许了，上帝也允许了。他感到了活下去的必要，就这样就这样，就这样一百年也还是短。那时他想，必须努力去做些事，那样，或许有一天就能配得上她，无愧于上帝的允许。偷偷的但是热烈的亲吻，在很多晴朗或阴郁的时刻如同团聚，折磨得到了报答，哪怕再多一点儿折磨这报答也是够的。但是总有一块巨大的阴影，抑或巨大的黑洞——看不清它在哪儿，但必定等在未来。

三子的话，又在我心里灌满了惶恐和绝望。一个傻人的话最可能是真的。

杨树的枝条枯长、弯曲，在春天最先吐出了花穗，摇摇荡荡在灰白的天上。我摇着轮椅，毫无目的地走。街上车水马龙人流如潮，却没有声音——我茫然而听不到任何声音，耳边和心里都是空荒的岑寂。我常常一个人这样走，一无所思，让路途填塞时间，劳累有时候能让心里舒畅、平静，或者是麻木。这一天，我沿着一条大道不停地摇着轮椅，不停地摇着，不管去向何方，也许我想看看我到底有多少力气，也许我想知道，就这么摇下去究竟会走到哪儿。

夕阳西坠时，看见了农田，看见了河渠、荒岗和远山，看见了旷野上的农舍炊烟。这是我两腿瘫痪后第一次到了城市的边缘。绿色还很少，很薄，裸露的泥土占了太重的比例，落霞把料峭的春风也浸染成金黄，空幻而辽阔地吹拂。我停下车，喝口水，歇一会。闭上眼睛，世界慢慢才有了声音：鸟儿此起彼落地啼鸣……农家少年的叫喊或者是歌唱……远行的列车偶尔的汽笛声……身后的城市“隆隆”地轰响着，和近处无比的寂静……但是，我完了吗？如果连三子都这样说，如果爱情就被这身后的喧嚣湮灭，就被这近前的寂静囚禁，这个世界又与你何干？睁开眼，风还是风，不知所来与所去，浪人一样居无定所。身上的汗凉了，有些冷。我继续往前摇，也许我想：摇死吧，看看能不能走出这个很大的世界……

然后，暮色苍茫中，我碰上了一个年轻的长跑者。

一个天才的长跑家——K。K在我身旁收住脚步，愕然地看看我，问我这是要到哪儿去。我说回家。他说，你干吗去了？我说随便走走。他说你可知道这是哪儿吗？我摇摇头。他便推起我，默默地跑，朝着那座“隆隆”轰响的城市，那团灯火密聚的方向……

七、长跑者

想起未开放的年代，一定会想起K，想起他在喧嚣或寂静的街道上默默奔跑的形象。也许是因为，这个年代，恰可以这孤独的长跑为象征、为记忆、为诉说吧。

K因为在“文革”中出言不慎，未及成年就被送去劳改，三年后改造好了回来，却总不能像其他同龄人一样有一份正式工作。所谓“改造好了”，不过是标明“那是被改造过的”（就像是“盗版”的），以免与“从来就好的”相混淆。这样，K就在街道生产组蹬板车。蹬板车之所得，刚刚填平蹬板车之所需。力气变成钱，钱变成粮食，粮食再变回成力气，这样周而复始我和K都曾怀疑上帝这是什么意图？K便开始了长跑，以期那严密而简单的循环能有一个漏洞，给梦想留下一点可能。K以为只要跑出好成绩，他就可以真正与别人平等，或者得一份正式工作，或者再奢侈些——被哪个专业田径队选中。

K推着我跑，灯火越来越密，车辆和行人越来越多……K推着我跑，屋顶上的月亮越来越高，越来越小，星光越来越亮越来越辽阔……K推着我跑，“隆隆”的喧嚣慢慢平息着，城市一会比一会安静……万籁俱寂，只有K的脚步声和我的车轮声如同空谷回音……K推着我跑在我的印象中一直就没有停下，一直就那样沉默着跑，夜风扑面，四面的景物如鬼影幢幢……也许，恰恰我俩是鬼（没有“版权”而擅自“出版”了），穿游在午夜的城市，穿游在这午夜的千万种梦境里……

K是个天才长跑家。他从未受过正规训练，只靠两样天赋的东西去跑：身体和梦想。他每天都跑两三万米，每天还要拉上六七百斤的货物蹬几十公里路，其间分三次吃掉两斤粮食而已。生产组的人都把多余的粮票送给他。谈不上什么营养，只在临近大赛的那一个月，他才每天喝一瓶牛奶，然后便去与众多营养充足、训练有素的专业运动员比赛。年年的“春节环城赛”我都摇着轮椅去看他跑。年年他都捧一个奖杯或奖状回来，但仅此而已，梦想还是梦想。多少年后我和K才懂了那未必不是上帝的好意相告：梦想就是梦想，不是别的。

有个十三四岁的男孩要跟K学长跑，从未得到过任何教练指点的K便当起了教练。后来，这男孩的姐姐认识了K，爱上了K，并且成了K的妻子——那时K仍然在拉板车，在跑，在盼望得到一份正式工作，或被哪个专业田径队选中。

热恋中的K曾对我说过一句话。他说他很久以来就想跟我说这句话了。他说："你也应该有爱情，你为什么不应该有呢？"我不回答，也不想让他说下去。但是他又说："这么多年，我最想跟你说的就是这句话了。"我很想告诉他我有，我有爱情，但我还是没有告诉他，我很怕去看这爱情的未来。那时候我还没能听懂上帝的那一项启示：梦想如果终于还是梦想，那也是好的，正如爱情只要还是爱情，便是你的福。

八、U师傅

U师傅有什么梦想吗？U师傅会有怎样的梦想呢？

U师傅的脚落在地上从来没有声音，走在深深的小巷里形单影只，从不结群。U师傅走进老屋里来工作，就像一个影子，几乎不被人发现。"U师傅来了吗？"——如果有人问起，大家才往她的座位上望，看见一个满头乌发、身材颀长的老女人，跟着听见一声如少女般细声细气的回答——"来了呀。"

我初来老屋之时，听说她已经有五十岁——除非细看其容颜，否则绝不相信。她的身材保持得很好，举手投足之间会令人去想：她必相信可以留住往昔，或者不信不能守望在流去的岁月。无论冬夏，她都套一身工作服，领口和袖口的扣子都扣紧。她绝不在公用的水盆中洗手，从不把早点拿来老屋里吃。她来了，干活；下班了，她走。实在可笑的事她轻声地笑，问到她头上的话她轻声回答，回答不了的她说"真抱歉，我也说不好"，令她惊讶的事物她也只是说一声

“哟，是吗”。

“U师傅，您给大伙说两句外国话听听行不行？”

“不行呀，”她说，“都快忘光了。”

小T说：“U师傅，您听D唱的那些嘀里嘟噜的是外语吗？”

她笑笑，说：“我听不懂那是什么语。”

小T便喊D：“嘿，你听见没有，连U师傅都听不懂，你那叫外语呀？”

D走到U师傅跟前，客客气气地躬身道：“有阿尔巴尼亚语，有南斯拉夫语，有朝鲜语，还有印度语。”

“哟，是吗？”U师傅笑。

“U师傅，我早就想请教您了，您说‘杜哟瑞曼巴’是什么意思？”

“你说的大概是do you remember，意思是，‘你还记得吗’。”

“哎哟喂，神了。”D挠挠头，再问，“那‘得噢斯绰哈特’呢？”

U师傅认真地听，但是摇头。

“一个草帽，是吗？”

“草帽？噢，大概是the old straw hat，‘那个旧草帽’，是吗？”

“‘哟给喂突密’呢？”

“you gave to me，就是‘你给我’。哦，这整句话的意思应该是，‘妈妈，你还记不记得你给我的那个旧草帽’。”

D点头咋舌，跷着大拇指在老屋里走一圈，回到自己的座位上去。

小T快乐地手舞足蹈："哇，老天，D哥们儿这回栽了吧？"

D不理小T，说："U师傅，我真不明白，您这么大学问可跟我们一块儿混什么？"

L大妈的目光敏觉地在投向U师傅，在那张阻挡不住地要走向老年的脸上停留一下，又及时移开："D，干你的活儿吧，说话别这么没大没小的！"

听说U师傅毕业于一所名牌大学的西语系。听说U师傅曾经有过很好的工作，后来生了一场大病，病了很多年工作也就没了。听说U师傅没结过婚，听说不管谁给她介绍对象她都婉言谢绝。

U师傅绝对是一个谜。老屋里寂寞的时刻，我偶尔偷眼望她，不经意地猜想一回她的故事。我想，在那五十几年的生命里面必定埋藏着一个非凡的梦想，在那优雅、平静的音容后面必定有一个牵魂动魄的故事。但是她的故事守口如瓶，就连老屋里的大妈大婶们也分毫不知，否则肯定会传扬开去。

应该是一个爱情故事，一个悲剧。应该是一份不能随风消散、不能任岁月冲淡的梦想，否则也就谈不上悲剧。应该并不只是对于一个离去的人，而是对于一份不容轻掷的心血，否则那个人已经离开了你，你又是甘心地守望着什么呢？等待他回来？我宁愿不是这样一个通俗的故事。如果他不回来（或不可能再回来），守望，就一定是荒唐的么？不应该单单去猜测一种现实——何况她已经优雅而平静地接受了别人无法剥夺的：爱情本身。她优雅、平静但却不能接受的是：往日的随风消散。是呀，那是你的不能消散的心的重量，不能删减的魂的复杂，不能诉说的语言绝境，不能忘记的梦之神坛或大道。

到底是怎样一个故事并不重要。

有一次小T去U师傅家回来（小T是老屋里唯一去过U师傅家的人），跟我们说："哇，老天！告诉你们都不信，U师傅家真叫讲究喂，净是老东西。"

D说："有比L大妈还老的东西?"

小T说："我是说艺术品，字画，瓷器，还有太师椅呢。"

D说："太湿，怎么坐?"

小T说："你们猜U师傅在家里穿什么?旗袍!哇老天，缎子的，漂亮死了!头发绾成髻，旗袍外面套一件开身绣花的毛坎肩，哇老天，她可真敢穿!屋里屋外还养了好多好多花……"

U师傅的梦想具体是什么，也不重要。

九、B大爷

B大爷七十多岁了。砌砖和泥、立柱架梁、攀墙上房，他都还做得。察领导之颜、观同僚之色，他都老练。审潮流之时、度朝政之势，他都自信有过人之见——无非是"女人祸国"的歪论、"君侧当清"的老调。B大爷当过兵打过仗，枪林弹雨里走过来，竟奇迹般没留下一点伤残。不过他当的既非红军，亦非八路，也不是解放军。他说他跟"毛先生"

打过仗。

“哪个毛先生?”

“毛主席呀，怎么了?”

“哎哟喂B老爷子！毛主席就是毛主席，能瞎叫别的?”

“不懂装懂不是?‘先生’是尊称，我服气他才这么叫他。当年我们追得毛先生满山跑，好家伙，陈诚的总指挥，飞机大炮的那叫狂，可追来追去谁知道追的是师傅哇?论打仗，毛先生是师傅，教你们几招人家还未准有工夫呢，你们倒他妈不依不饶地追着人家打?作死！师傅就是先生，‘先生’是尊称，懂不?”

“满山跑?什么山?”

“井冈山呀?怎么着，这你们又比我懂?”

“哪里哪里，您是师傅，啊不，先生。”

“噢嗬，不敢当不敢当。”B大爷露出一嘴残牙笑。

他当过段祺瑞的兵，当过阎锡山的兵，当过傅作义的兵，当过陈诚的兵。

“那会儿不懂不是?”B大爷说，“心想当兵吃粮呗，给谁当还不一样?就看枪子儿找不找你的麻烦。饥荒来了，就出去当两天兵，还能帮助家里几个钱。年景好了就溜回来，种地，家里还有老娘在呢。唉，早要是明白不就去当红军了?”

“您当兵，也抢过老百姓?”

“苍天在上，可不敢。冲锋陷阵，闹着玩的?缺德一点儿枪子儿也找你。都说枪子儿不长眼，瞎说，枪子儿可是长眼。当官的后头督着，让你冲，你他妈还能想什么?你就得想咱一点儿昧良心的事儿没有，冲吧您哪。不亏心，没事儿，也甭躲，枪子儿知道朝哪儿走。电影里那都是瞎说。要是心虚，躲枪子儿，哪能躲得过来？咣当，挺壮实的一条汉子转眼儿就完。我四周围躺下来多少呀！当了几回兵，哪回我娘也没料着我能囫囵着回来。我说，娘，你就信吧，人把心眼儿搁正了，枪子儿绕着你走。”

“B先生，枪子儿会拐弯儿吗？”

“会，会拐弯儿。”

你惊讶地看着B大爷，想笑。B大爷平静地看着你，让你无由可笑。B大爷仿佛在回忆：某个枪子儿是怎样在他眼前漂漂亮亮地拐了个弯儿的。

“这辈子我就信这个，许人家对不起你，不许你对不起人家。”

在基建队，B大爷随时护着三子，不让他受人欺侮。

晚上，三子独自东转西转，无聊了，就还是去B大爷那儿坐坐。

生产组的新车间盖好了，B大爷搬到那两间老屋里住，兼做守卫。木床一张，铺盖一卷，几件换洗的衣裳，最简单的炊具和餐具，一只不离身的小收音机——B大爷说：“这辈子就挣下这几样儿东西，不信上家里瞅瞅去，就剩一个贼都折腾不动的水缸。”

三子到B大爷那儿去，有时醉醺醺的。B大爷说：“甭喝那玩意儿。什么好东西？”三子说：“您不也喝？”B大爷说：“我什么时候死都不蚀本儿啦，喝敌敌畏都行。”三子说：“我也想喝敌敌畏。”B大爷喊他：“瞎说什么呢！什么日子你也得把它活下来，死也甭愁活也甭怕才叫有种！”三子便愣着，撕手上的老茧，看目光可以到达的地方。

B大爷对旁人说：“三子呀，人可是一点儿不傻，只不过脑子不好使。”

脑子不好使而人并不傻，真是非凡之见。这很可能要涉及艰深的哲学或神学问题。比如说，你演算不出这非凡之见的正确，却能感受到它的美妙。

十、浪与水

从老屋往北，再往东，穿过芜杂简陋的大片民居，再向北，就是护城河了。老城尚未大规模扩展的年代，河两岸的土堤上柽柳浓荫、茂草藏人，很是荒芜。河很窄，水流弱小、混浊，河上的小木桥踩上去嘎嘎作响。除去冰封雪冻的季节，总有人耐心地向河心撒网，一网一网下去很少有收获；小桥上的行人驻步观望一阵，笑笑，然后各奔前途。

夏天的傍晚，我把轮椅摇过小桥，沿河“漫步”，看那撒网者的执着，烈日晒了整天的河水疲乏得几乎不动，没有浪，浪都像是死了。草木的叶子蔫垂着，摸上去也是热的。太阳落进河的尽头。蜻蜓小心地寻找露宿地点，看好一根枝条，叩门似的轻触几回方肯落下，再警惕着听一阵子，翅膀微垂时才是睡了。知了的狂叫连绵不断。我盼望我的恋人这时能来找我——如果她去家里找我不见，她会想到我在这儿。

这盼望有时候实现，更多的时候落空，但实现与落空都在意料之内，都在意料之内并不是说都在盼望之中。

若是大雨过后，河水涨大几倍，浪也活了，浪涌浪落，那才更像一条地地道道的河了。

这样的时候，更要到河边去，任心情一如既往有盼望也有意料，但无论盼望还是意料，便都浪一样是活的。

长久地看一浪推一浪的河水，你会觉得那就是神秘，其中必定有什么启示。“逝者如斯夫?”是，但不全是。“你不能两次踏进同一条河?”也不全是，似乎是这样一个问题：浪与水，它们的区别是什么呢？浪是水，浪消失了水却还在，浪是什么呢，浪是水的形式，是水的信息，是水的欲望和表达。浪活着，是水，浪死了，还是水。水是什么？水是浪的根据，是浪的归宿，是浪的无穷与永恒吧。

那两间老屋便是一个浪，是我的七年之浪。我也是一个浪，谁知道会是光阴之水的几十年之浪？这人间，是多少盼望之浪与意料之浪呢?

就在这样的时候，这样的河边，K跑来告诉我：三子死了。

“怎么回事?”

“就在这河里。”

雨最大的时候，三子走进了这条河里——在河的下游。

“不能救了?”

“所有的办法都救过了。”

我和K默坐河边。

河上正是浪涌浪落。但水是不死的。水知道每一个死去的浪的愿望——因为那是水要它们去作的表达。可惜浪并不知道水的意图，浪不知道水的无穷无尽的梦想与安排。

“你说三子，他要是傻他怎么会去死呢?”

没人知道他怎么想。甚至没有人想到过：一个傻子也会想，也是生命之水的盼望与意料之浪。

也许只有B大爷知道：三子，人可不比谁傻，不过是脑子跟众人的不一样。

河上飘缭的暮霭，丝丝缕缕融进晚风，扯断，飞散，那也是水呀。只有知道了水的梦想，浪和云和雾，才可能互相知道吧?

老屋里的歌，应该是这样一句简单的歌词，不紧不慢反反复复地唱：不管浪活着，还是浪死了，都是水的梦想……

史铁生的短篇小说《老屋小记》最初发表于《东海》1996年第8期，1998年获得首届鲁迅文学奖。《老屋小记》取材于史铁生刚刚残疾时在街道小厂的工作经历，由十个片段连缀而成，以第一人称的视角回忆了与老屋有关的普通人的生活。正如鲁迅文学奖授奖词所写，“这是史铁生的‘追忆逝水年华’，几间老屋，岁月以及人和事，如生活之水涌起的几个浪头，浪起浪浮，线条却是简约、单纯的”。小说虽生根于北京的人事，但其意义超越了北京。史铁生通过勾勒几个人不得志的人生，触碰了他们内心隐秘的渴求与广阔的心灵世界，探讨了人性密码和生命哲学。

——胡诗杨

贫嘴张大民的幸福生活

刘　恒

他叫张大民。他老婆叫李云芳。他儿子叫张树，听着不对劲，像老同志，改叫张林，又俗了。儿子现在叫张小树。张大民三十九岁，比老婆大一岁半，比儿子大二十五岁半。他个子不高。老婆一米六八。儿子一米七四。他一米六一。两口子上街走走，站远了看，高的是妈，矮的就是个独生子。去年他把烟戒了，屁股眨眼就肥了一倍。穿着鞋八十四公斤，比老婆沉五十斤，比儿子沉四十斤，等于多了半扇儿猪。再到街上走走，矮的在高的旁边慢慢往前滚，看不着腿，基本上就是一个球了。

张大民不是聪明人。李云芳了解他。他三岁才说话，只会说一个字，“吃”！六岁了数不清手指头，没长六指，却回回数出十一个来。小学晚上了一年，还蹲了一班，听不懂四则运算。中学又蹲了一班，不会解方程，经常求不出未知数。不聪明也没耽误高考，那是70年代的事了。语文四十七分。数学九分。历史四十四分。地理六十三分。政治七十八分。张大民感到骄傲。李云芳也考了，总分只比他多五分。政治不及格。人家问马克思主义的三个组成部分，她写的是《为人民服务》《纪念白求恩》《愚公移山》。这么胡说八道是很能说明问题的。李云芳也不是聪明人。张大民太了解她了。

他们是青梅竹马。张大民的父亲是保温瓶厂的锅炉工，李云芳的父亲是毛巾厂的大师傅，同属无产阶级，又是邻居兼酒友，没事儿就蹲在大树底下杀棋。文化不高，脾气也柴，杀着杀着能揪着脖领子打起来。

“老子拿笼屉蒸了你!”

“老子拿锅炉涮了你!”

孩子们就跟着吐唾沫。张大民很早就明白，李云芳的唾沫星子是酸的。蒸完了涮完了吐完了，两个老浑蛋加臭棋篓子又和好了。孩子们蜂拥到沙土堆上继续玩耍。张大民垒碉堡，挖壕沟，李云芳嘻嘻一蹲，半泡尿就把炮楼给端了。后来的新婚之夜，两个人穿着衣服酝酿第一次性生活，张大民开玩笑说你大腿根儿紧里边有个痦子，现在还有吗？吓得李云芳差点儿从床上掉下去，捂着小肚子看了他半天。

“你怎么知道?”

“我琢磨它都琢磨了二十年了。”

“……真流氓!”

痦子大了，黑黑的像趴着个土鳖。童年往事如梦，他们本应成为流氓无产者的，不知何故，竟双双成了安分守己而又感情细腻的人。她敞着大痦子，喷着酸酸的唾沫星子说话。

“大民，你爱我吗?”

张大民都快晕过去了。

张大民的父亲是让开水烫死的。他站在离锅炉房八丈远的地方跟人说话，轰隆一声，锅炉黑乎乎地蹿出了房顶，一边飞一边洒开水，像一架灭火的直升机。锅炉工哎哟妈哎，就给浇趴下了。

那时候张大民不爱说话，死淘死淘的。看着父亲像汆丸子一样的脑袋，灵魂突变，变成了黏黏糊糊的人。话也多了，而且越来越多，等到去保温瓶厂接班，已经是彻头彻尾的要贫嘴的人了。不变的是身高。锅炉爆炸以前是一米六一，一炸就愣住了，再也不长了。

李云芳晚一年接班，爱上了毛巾厂的技术员。张大民很难过，心想恋爱了也不跟哥们儿打声招呼，什么东西！假小子越长越苗条，越长越妩媚，不光唾沫星子是酸的，连套着高跟儿鞋一撇一撇的脚丫子都是酸的了。张大民找碴儿跟她说话，有话没话都想办法一句挨一句地跟她说话，不说憋得慌。他拎着塑料桶站在公共水龙头旁边，像看珠穆朗玛峰一样看着她，自己都听不清自己在说什么。

“你们厂夜班费六毛钱，我们厂夜班费八毛钱。我上一个夜班比你多挣两毛钱，我要上一个月夜班就比你多挣六块钱了。看起来是这样吧？其实不是这样。问题出在夜餐上面。你们厂一碗馄饨两毛钱，我们厂一碗馄饨三毛钱，我上一个夜班才比你多挣一毛钱。我要是一碗馄饨吃不饱，再加半碗，我上一个夜班就比你少挣五分钱了。不过你们厂一碗馄饨才给十个，我们厂一碗馄饨给十二个，我吃过一碗十四个的，这样一算咱俩上一个夜班就挣得差不多了，就没有什么区别了。可是你们厂的馄饨馅儿肉搁得多，算来算去还是我们厂亏了。表面看起来你们厂的夜班费少几毛钱，实际上一分钱都不少！云芳，你觉得呢？”

“我觉得我都糊涂了。”

“哪儿糊涂了？我帮你算。”

“大民，你说点儿别的吧。”

“夏天到了，你爸爸都穿上大裤衩儿了，你妈也穿上大裤衩了，你……”

李云芳心想，他怎么这么啰唆呀！又想他爸爸烫死以后，他们家的生活确实困难多了，连一碗馄饨都要数着吃了，太惨了。她的目光一软，他的嘴皮子就受了刺激，硬邦邦的越说越来劲了。

“你爸爸的大裤衩用绿毛巾缝的，是吧？你妈的裤衩是粉毛巾缝的，对不对？你两个弟弟的裤衩是白毛巾，你姐姐和你的大裤衩子是花毛巾，我没说错吧？吃了晚饭，你们一家子去大马路上乘凉，我觉得挺那个的。你自己琢磨琢磨，花花绿绿是不是挺……”

李云芳红着脸笑了。“我们一家子穿开裆裤，你管得着吗！”

“你看你看，你根本没明白我的意思。我觉得花花绿绿挺……挺温馨的。真的！你别笑。我就是不认识你们家，一看这打扮也知道起码有三个人在毛巾厂上班。这能赖你们吗？不发奖金老发毛巾，你们家柳条包都撑得关不上了，这能赖你爸爸，能赖你吗？我要是毛巾厂的，就用花格子毛巾做套西装，整天穿着上班，看看厂领导高兴不高兴。他们要不高兴，我就用白毛巾做一套白大褂，在他们眼皮子底下走来走去，看看最后谁给谁做手术!”

“大民，你贫不贫呀!”

“其实我也没别的意思。你们一家子穿着毛巾在屋里待着，我就什么都不说了。上了街还是应该注意影响。缝裤衩的时候应该把字儿缝起来。每个屁股蛋儿都印着一行‘光华毛巾厂’，不雅观，好像你们全家走到哪儿都忘不了带着工作证一样。你说呢?让你妈改改吧?”

“快闭嘴吧，水都溢了。”

“我的话还没完呢!”

“你少说两句不行吗?”

“不行，不说够了我吃不下饭。”

“那你就饿着呗!”

李云芳不当回事，闪着细腰嘻嘻哈哈地走开了。他嘴唇发干，嗓子眼儿里塞满了自知之明，知道一堆废话她一句也没听进去。他自卑得睡不着觉，摸着两条短腿，想着两条长腿，发现自己跟她没什么好说的了。

天下的王八蛋都是一样的，聪明的技术员去了美国，走前说不吹，走后来了一封信，说还是吹了吧。李云芳得了忧郁症，开始几天不说话，随后就不吃东西了。她披着一块粉色的缎子被面，在自己的床上坐了三天，谁劝也不下来。她母亲的哭声在大杂院上空久久回荡。张大民很高兴，心说该，该!大半夜睁开眼，接着说该，活该!鼻子突然一紧，眼窝儿就湿了。

李云芳的姐姐找到张大民，流着泪嘟囔，好话有一万句了，死马当活马医，你也给几句试试？张大民矜持了一下，她姐姐忙说我们没别的意思，这么没出息谁还要她呢。张大民又矜持了一下，咱想说什么说什么，你们谁也别管。她姐姐说你别打她就行了。张大民梳了梳头发，漱了漱口腔，换了一双厚底儿鞋就跟着去了。

他吓了一大跳。李云芳脸色苍白，两腮深陷，肿眼像两只烂桃子，目光凝视着桌子底下的一个地方。他坐在她对面，半天不知道说什么。她的小虎牙以前特别好看，现在凶狠地龇着，像野猪的牙一样。

“云芳，你知道你披着什么东西吗？”

她一点儿反应都没有。

“你披着一块杭州出的缎子被面，你知道吗？它是你妈给你缝结婚的被子用的，你把它披在后背上了，你还给披反了。你看过变魔术的没有？你现在的样子就像个变魔术的，不是台上的，是天黑了马路边儿那种，你觉着自己挺高级是不是？”

还是一点儿反应都没有。

“你为什么不说话？江姐不说话是有原因的，人家有革命秘密，你有什么革命秘密？你要是再不吃饭，再这么拖下去，你就是反革命了！你没什么出路，饿死了算！人家董存瑞黄继光都是没办法，不死也得死，逼到那份儿上了，不死说不过去了。你呢？裹着被面咽下最后一口气，你以为他们会给你评个烈士当当吗？这是不可能的。顶多从美国给你发来一份唁电就完事了。你还不明白吗?!”

李云芳眼珠儿一动，把脸转过来了。张大民擦擦脑门子上的汗粒子，扭头说有烟吗？李云芳的弟弟颠颠地跑进来，给他点了一支烟，悄声说你接着说我爸让你接着说，又颠颠地跑出去了。张大民暗叫说个屁！这是美丽活泼的假小子李云芳吗？他的心都碎了。

“云芳，我帮你算一笔账。你不吃饭，每天可以省三块钱，现在你已经省了九块钱了。你如果再省九块钱，就可以去火葬场了。你看出来没有？这件事对谁都没有好处。你饿到你姥姥家去，也只能给你妈省下十八块钱。你知道一个骨灰盒多少钱吗？我爸爸的骨灰放在一个坛子里，还花了三十块钱呢！你那么漂亮，腿那么长，肉那么白，不买一个八十块钱的骨灰盒怎么好意思装你！这样差不多就一个月不能吃东西了。你根本坚持不了一个月，所以你也用不着坚持了，这件事就这么算了，该吃什么吃什么吧。这笔账你清楚了吗？你还没挣够盒儿钱呢！云芳，西院小山他奶奶都九十八岁了。她听说你披着被面坐在床上想过来看看热闹儿，可是她走不动了。要不然我把她背过来？没有人背她她就没有机会了。你才二十三岁，再活七十五年才九十八岁，还有七十五年的大米饭等着你吃呢，现在就不吃了你不害臊吗？我都替你害臊！我要能替你吃饭我就吃了，可是我吃了有什么用？穿鞋下地，云芳，你吃饭吧。世界上最好的东西就是饭了，吃吧。”

李云芳嘴唇动着，要笑了。外边传来叽叽喳喳兴奋的声音，似乎要急着喝彩了。张大民举着一只手，不知要干什么，大家静下来，静得能听见李云芳肠子的声音，咕儿咕咕儿咕咕咕儿咕咕咕咕儿。

“云芳，你有什么话就直说吧。你想上茅房吗？我刚坐这么一会儿就想上茅房了。可是我现在不去。等你吃了第一口饭我再去。实话对你说吧，你不吃我就不去。我不信你能眼睁睁地看着我憋死。别装模作样了，我早知道你为什么不吃不喝了。不就是怕上茅房吗？你嘴唇哆嗦什么？你是不是尿裤子了？没尿裤子你捂着被面干什么？你不说话也没用，你不说话说明你心虚，说明你的裤子早就湿了。别以为你捂着被面我们就什么也看不见了。我们什么都能看见。快把被面扔了吧，充什么大花蛾子，你不烦我们早就烦了。你换一个花样儿行不行？你头上顶个脸盆行不行？不顶脸盆顶个酱油瓶子行不行？我们烦你这个破被面了。”

李云芳忍着笑，嘴唇都咬白了。张大民欠欠身子，从晾衣绳上揪了一条毛巾，又从床上揪了一条枕巾，他把枕巾蒙在脑袋上，把毛巾递给李云芳，用鬼鬼祟祟的目光看着她，口气有点儿伤感。

“我拿你一点儿办法都没有了。你把它蒙上，我领着你偷地雷去吧。你知道哪儿有地雷吗？”

李云芳张着大嘴，没笑，哇一声巨响就把一切悲愤和忧伤都哭出来了。她扑倒了张大民，喷了他一脸唾沫，一边号啕一边连咬带掐，把他做了爱和恨的朦胧替身。李云芳的家人冲进来，找不着那两位人物，只看见粉晃晃的缎子被面摊在床上，像飘来飘去的旗子。旗子底下漾着哭声和胡言乱语，是跑调跑得厉害却非常诱人的男女声二重唱了。

“大民，你怎么这么贫呀！”

“云芳，没人要你我要你！”

“大民，你怎么这么矮呀！”

“云芳，我是个土豆儿我也要娶你！”

“大民，你怎么这么坏呀！”

“云芳，我不坏你就好不了啦！”

“大民，你怎么……这么好呀！”

“云芳，恕我直言，你的腿你的腿你的腿腿腿……怎么这么这么这么长呀！”

听着听着，李云芳的母亲也号啕了。李云芳的姐姐也跟着号啕了。病人思路清晰，爱憎分明，不用担惊受怕了。李云芳的父亲跑到小厨房悄悄抹眼泪，一个人嘟嘟囔囔，多好的一对儿呀！贫了点儿，也矬了点儿，可是这俩小兔崽子一公一母是多么合适的一对儿呀！

李云芳不治而愈，嫁给了张大民。从此，两个人就过上幸福的生活了。

张大民家的房子结构啰唆，像一个掉在地上的汉堡包，捡起来还能吃，只是层次和内容有点儿乱了。第一层是院墙、院门和院子。院墙不高，爬满了牵牛花，有虚假的田园风光，可以骗骗花了眼的人。院门松松垮垮，是拼成一体的两扇旧窗户，钉着几块有弧度的五合板，号码都在，告诉来人它不是一般的木头，它是大礼堂的椅子背儿。推开院门，里面是半米深的大坑，足有四平方米。左边支着油毡棚，摞满了蜂窝煤，右边支着一辆自行车，墙上挂着两辆自行车，自行车旁边还挂着几辫儿紫皮蒜，蒜辫儿底下搁着一个装满垃圾的油漆桶。张大民家的人管这个填满了的大坑叫——院子。第二层便是厨房了，盖得不规矩，一头宽一头窄，像个酱肘子。这是汉堡包出油的地方。前后窗，左右墙，头顶上，脚底下，全是黑的和黏的，怎么擦也没用。灯泡永远毛茸茸的，吊在电线上，像个长不大也烂不掉的瘪茄子。厨房的门槛不错，有膝盖那么高，水泥很厚，怪怪的像一道水坝。穿过厨房就进了第三层，客厅兼主卧室，十点五平方米，摆着一张双人床和一张单人床，一张三屉桌和一张折叠桌，一个脸盆架和几把折叠凳。后窗不大，朝北，光淡淡的，像照着一间菜窖。最后一层是里屋，六平方米，摆着一张单人床和一张双层床，猛一看像进了卧铺车厢一样。墙上没窗户，房顶上有个窗户，白光直着照下来，更像菜窖了。这个多层的汉堡包掉在地上，掉在城市的灰尘里，又难看又牙碜，让人怎么吃它呢！

张大民嚼了一百遍，还是咽不进去。婚前一个月，锅炉工的长子召集了家庭会。大家腿碰腿挤在客厅里，像一堆蒜瓣儿凑成了一颗大头蒜一样。李云芳坐在门口，孤零零的，像大蒜旁边的一粒葱花儿。张大民兄妹五个。弟弟是单数，三民五民。妹妹是双数，二民四民。几个民都不爱说话，话都让最大的民说了。做母亲的也不爱说话，她有病。锅炉工一死她就病了。不是脑子的病，是烧心。当胃病治了多年，还是烧心。她爱喝凉水，有了冰箱就改吃冰块儿了。相框里的锅炉工心情不好，愁眉苦脸地看着他的老婆和一窝孩子，嘴角撇着，像刚刚骂完了一句脏话似的。李云芳的心情也不好，未来的婆婆咔嚓咔嚓地嚼着冰块儿，让她后脊梁直冒冷气。幸好未来的丈夫令人愉快，耍贫嘴都耍到她的心坎儿和胳肢窝里去，多难的事听着也不难了。

“再过一个月我就要结婚了。本来说好再过三个月结婚，可是我等不及了。水不是一下子烧开的，不小心一下子烧开了，也只好灌暖壶了。有些事你们不懂。妈是过来人，妈懂。把开水灌到暖壶里，盖上盖儿就踏实了，沏茶还是洗脚，就随你的便了。明白吗？这是我第一次结婚。我整夜整夜睡不着，老想我还缺哪几样东西，越想越睡不着。人我是不缺了，在门口坐着呢。我就缺个结婚的地方。有些事你们不懂。妈是过来人，妈懂。结婚跟睡觉根本不是一码事。睡觉哪儿不行？钻到箱子里都能睡。结婚行吗？躺在马路边也能睡。结婚试试？不行。结婚还是应该有一张双人床，有一间摆双人床的房子，还得挂上比较厚的窗帘和门帘，被子和褥子最好也是新的，两个人舒舒服服地钻进去，神不知鬼不觉地就结婚了。他们都是这么干的。你们将来也会这么干。等你们这么干的时候就会明白你们的哥哥和嫂子为什么要这么干了。妈，弟弟们，妹妹们，我和云芳要在咱们家里屋结婚。我们找不着别的地方结婚，只好委屈你们在外屋挤一挤了。我整夜整夜睡不着觉，就是说不出这句话。现在我把它说出来了。

听懂了没有？我们两个人睡里屋，你们五个人睡外屋。这么干你们同意吗？我和云芳没意见，你们要是没意见就这么定了。下午我就可以收拾屋子了。四民你想说什么？你是不是反对我结婚？”

四民嘴唇动了动，不说了。她是护校的走读生，一说话就脸红，在家里也改不了。张大民笑着，东看看西看看，脸皮有城墙那么厚，骨子里却惭愧得不得了，汗都贴着耳朵一股一股地流下来了。

“结婚就结婚呗。这院儿里结婚的多了！说那么多废话干吗？”

二民冷冷地说着，顿了顿，站起来出去了。她在肉联厂下水车间大肠组做清洗工，身上老带着说不清楚的味道，脾气也差些。她一出去，空气立刻不一样了。三民做了个深呼吸，咳嗽了几声，朝左右笑了笑，挪挪屁股，又没有动静了。母亲咽了一口冰，对三民说老三，你放屁了吗？你哥等你话呢。三民是邮差，在平安里一带给人送信送报纸，在家里烦了也常常冒出一句报——哩，嗓门儿蛮大的。

“三民，你也反对我结婚吗？”

“我不反对。我凭什么反对？”

“你心里有话，我看出来了。”

“不说了。都是自己的事。”

“说吧。你不说我结婚都不踏实。”

“我第一个女朋友要是不吹，我就在你前边了。第二个女朋友要是不吹，还能赶你前边。现在……我什么都不说了。”

“你要有现成的，我先尽着你。”

“哥，你不用客气了。”

“谈几个了？”

“六个。”

“慢慢挑，别着急。”

“急也没用。住哪儿？”

“也别挑花了眼。”

“谁挑上我谁才是老花眼呢！”

“不过挑细点儿对谁也没坏处。”

“哥，我先挑着，您结婚吧。”

母亲说老三，是挑萝卜呢还是挑冬瓜呢？又说老三，给我拿块冰，挑瓷实的，不瓷实不凉。老三给母亲取了一块冰，似笑非笑地钻到里屋去了。李云芳闷头坐着，心想一个个看着挺老实，都不是省油的灯啊。

“五民，我结婚你反对吗？”

五民不吭声，读着破旧的数学课本。五民是家里的知识分子，戴眼镜，穿运动鞋，擦正规的护肤霜，是兄妹中的异类。去年高中毕业没考上大学，人深沉了不少，今年摩拳擦掌准备再来一次。看他不屑的眼光，结婚似乎是件昆虫界的事情。

“问你呢，你反对我结婚吗？”

“真没意思。我本来不想说话，你逼着我说话。其实你的本意是想堵别人的嘴，不让别人说话。谁有资格反对你结婚？这种问题你应该问爸爸。可惜爸爸死了。我觉得除了你的情敌，没人反对你结婚。你问我根本就是问错了对象。我就说这么多。哥，你别不高兴。你应该占一间房子。我们知道此地有银三百两，你就别啰唆了。我只想知道你让我睡哪儿？”

“是啊，睡哪儿？洗洗都不方便。”

四民跟着嘟囔，脸红得像西红柿。张大民叹了口气，觉得小弟的说法实在有理，废话太多了，应当说点儿实质性的问题了。

“早替你们想好了。我能白白睡不着觉吗？总的原则是少花钱多办事，做到增加一个李云芳，不增加一件新家具。除了东西要摆得合适，我们还得给人留出下脚的地方，屁股撞脑袋是免不了的，都是一家人也就无所谓了。我争取一碗水端平，除了云芳，咱都是一个妈生的，我……”

母亲说你快说，说完完了，我烧心！

“里屋的单门衣柜不动，外屋的双人床和三屉桌搬到里屋。镜子搁在三屉桌上，代替梳妆台用，李云芳对此没有意见。里屋的双层床搬到外屋东北角，三民睡下铺，五民睡上铺。上铺离窗户近离灯也近，读书方便。五民呀，哥是真心为你好，你要明白。里屋的单人床架在外屋的单人床上，变成一个新的双层床，摆在靠门口的西南角，进出方便，在屋里洗不成的可以到小厨房洗。四民，你要心疼姐姐你就睡上铺。二民胖，还要赶肉联厂的早班……”

“我愿意睡上铺，可是，哥，我觉着床都睡满了。你让咱妈睡哪儿呢？”

“箱子！双人床底下有两个箱子，单人床底下有一个箱子，里屋单人床底下还塞着一个箱子，加起来是四个木头箱子。拼起来刚好是一张床，宽九十厘米，长二百厘米，高五十厘米，放在外屋西北角分毫不差。我早就量好了。我真想睡这几个箱子。要不是结婚，要不是非得跟云芳睡一块儿，我真想睡箱……二民，别在厨房嘟囔，进来说。”

“箱子不平，你想硌死妈！”

“用砖头和木头找平。”

“砖都上来了，你就是想硌死妈！”

“嚷嚷什么？我还没往箱子上放东西呢！瞎嚷嚷什么？你以为我心里好受吗？妈，您少吃点儿冰，听我说。我不让您睡箱子，我让您睡席梦思。我买一张弹簧垫子搁在箱子上，这能叫睡箱子吗？二民，你说说看，我让咱妈睡席梦思，你心里是不是还硌得慌？你要还硌得慌就是你自己的事了，跟箱子就没关系了。”

二民不响了。

五民撩开床单，看看床下的箱子，直起腰来，什么也没说。四民也跟着看了看，把手搁在母亲腿上，似乎表示着没法子了，只能这样了。

母亲说瞎花钱，给弄个草垫子吧。

张大民笑着，羞愧地搓了半天手，好像上面打满了肥皂一样。

“妈，咱就席梦思了……咱该摆桌子了。折叠桌直径九十厘米，三民的床和妈的床隔着六十厘米，二民的床离门口只有三十厘米，摆在哪儿呢？告诉你们吧，我把它摆在三张床的结合部，离二民的床更近一些。你们不用看，也别怀疑，我早就画过图了。我把鞋盒子剪成卡片，代表缩小的家具，摆过一百零八遍了。晚上，中间是一块布帘，外边男里边女。白天，把布帘拉开，支上折叠桌，吃饭的吃饭，做功课的做功课，高兴了还可以打打牌。又到了晚上，把折叠桌折起来，把折叠凳也折起来，统统放在门后头去。这样，夜里起来就不会绊倒了，也不会因为绕来绕去踩到尿盆上面了。真的，你们听我的吧！我摆过一百零八遍了。”

“折叠桌放在门后头……门后头的冰箱放哪儿呢？”

五民目光真诚，充满信服与困惑。

“五民，这就牵扯到敏感的问题了。你往这里看。你和三民的双层床摆好以后，到这个地方。那边是里屋的门框。中间的距离是五十五厘米。你知道冰箱的宽度吗？五十五厘米！什么叫活见鬼？这就是活见鬼了！我不把它摆在这个地方都对不起它了。可是冰箱不是五斗柜，它是要出声儿的。过一会儿嗡一下，牌子又老，嗡得越来越勤了。听，又嗡了，还哆嗦！太敏感。你和三民只好委屈一下了。尤其是三民，喜欢头朝外睡，以后不得不脚朝外了。如果他不怕嗡，脚心怕着凉，继续头朝外也没有什么不可以。不过我还是建议三民脑袋离冰箱远一点儿。嗡一家伙，你知道什么东西冒出来了。三民，你说是不是？”

里屋没有动静。大家的注意力刚放松，咚一声，三民的脑袋从里屋伸到外屋，脸有点儿白，气有点儿粗，受了辱的样子。他嗓门儿很高，不过没提冰箱，提的是另一件家用电器。

“电视放哪儿？”

张大民愣住了。

“你把三屉桌搬到里屋当梳妆台，我没意见。你把电冰箱搁我脑门子上，我也没意见！可是，三屉桌上的电视放哪儿？放哪儿！”

张大民真的愣住了。他把十八英寸的昆仑牌彩色电视机干干净净地忽略掉了。他在心里朝自己怒喝，比三民的声音还大，放哪儿放哪儿放哪儿哪儿哪儿，满腹回声不绝。

“三民，急什么？不就是嗡一下吗。”

“……电视放哪儿？”

“我天天拿手抱着它，都解气了吧？”

张大民在切菜板的四个角上紧了四条螺栓，在四条螺栓上拧了四根铁丝，然后在切菜板的四条螺栓和四根铁丝之间摆上了电视机。然后……然后，张大民就把这个黑乎乎的呆头呆脑的东西挂在外屋的房梁上了。

婚礼比较寒酸，但是这台空中电视机成了众人惊喜和赞美的中心。张大民撇开新娘子，站在切菜板底下讲解了半个小时。他一会儿拔掉天线，一会儿拔掉电源线，就像忙着给自己挑选合适的上吊绳似的。

曲终人散，新人入了洞房。终于结婚了。终于把所有人挡在门外，赤条条地爬上只属于两个人的双人床了。张大民跪在床脚，像急等着跑百米，又像刚刚跑完了马拉松，百感交集，眼神儿像做梦一样。李云芳在床头徐徐劈叉，不久便把自身劈开在咫尺之间了。

“大民，你爱我吗？”

“我不爱你，我费这么大劲干吗？”

两个人扎扎实实地过上幸福的生活了。

第二年七月，下了三场大雨。下第二场大雨的时候，大杂院的下水道让一只死猫堵住了。三民用雨衣罩着第十一位女朋友，情意绵绵地湿乎乎地来到家门口。哇！女的尖叫了一声，跳起来足有半尺。张大民正在舀水，屁股上坠着三角裤衩，像一块破抹布，听到声音连忙蹲下了。小院儿变成了游泳池，中间横着一块跳板，跳板旁边的水面上浮着一个洗脸盆和一颗脑袋。脑袋水淋淋的，没有表情，仿佛脱离了身体而单独漂在那个地方。只凭一声叫唤，三民的第十一位女朋友就给张大民留下了十二分恶劣的印象。挑来挑去，八亩地的萝卜都挑遍了，就挑了个这！哇，不是味儿。

三民牵着女友踏上跳板，像离船走向码头，更像离开码头登船。屋里黑洞洞的。雨声轰鸣，水势悄悄上涨，小船就要在风雨飘摇中沉没了。哇！张大民又听到一声尖叫。小姐刚上船就把接雨漏儿的尿盆踩翻了。

三民来到雨中，一边帮着舀水，一边报告了一个沉重的消息。他说哥，我在家具店订了一张双人床，钱已经交了。空中一串儿炸雷滚过，张大民缩着脖子哆嗦了好几下，就像双人床正从天上轰轰隆隆地砸下来一样。三民的裤衩是白的，跟光着屁股差不多。张大民不想说话，只想狠狠地踹这个屁股，把它踹出去，踹到摆着双人床的家具店里去！

“哥，帮我想想办法，摆哪儿啊？”

“不接着挑了？累了？”

“怎么挑也是剩下的，好赖就是她了。”

“一惊一乍的，行么？”

“习惯了，还行。”

“看着挺妖的。”

“长的就那德行，其实不妖，挺懂事的。看电影老掉眼泪。我不跟她好，她就钻汽车轱辘，挺懂感情的。这是缘分。反正双人床已经买了。我睡外边，睡里边的肯定就是这位了。她是巫婆是蛤蟆，我也不换人了。”

“买床急什么，家具店又塌不了？”

“我的水也开了，我也要灌暖壶。哥，你选好了地方，明天我雇辆三轮儿把它拉回来，后面的事就不用你操心了。”

“别雇三轮儿，贵着呢。我替你把床背回来，你自己找地方得了，行不行？”

“不行。运的事你别管。你就管摆，一家子数你会摆。你让我摆哪儿我就摆哪儿。你不给我摆，你不管我，我就不结婚。”

“废话，摆茅房去，你去吗？”

“不去。”

“你不去我去。明儿我上茅房住去。茅房不让住我住耗子洞，耗子洞不让住我住喜鹊窝，鸟窝不让我住我住下水道！

我他妈钻下水道找死猫就伴儿去！我……”

“哥你冲我发火，你冲着大街嚷嚷什么！”

“我乐意！”

张大民跳到门口，在风雨中大喊大叫。他的无名火来势汹汹，满口胡说八道，三角裤衩朝膝盖方向慢慢滑去，半个黑不溜秋的屁股都露在外边了。

“明儿我睡茅房睡警察楼子，我乐意！”

屋里咣当一声，然后是——哇！小姐不长眼，也不长记性，又在相同的地方把那个接雨漏儿的倒霉的尿盆踢翻了。

哇！

让暴风雨来得更猛烈一些吧！

有人要住茅房啦！

事后，张大民向邻居解释，他说的是气话。他明白茅房是干什么用的，总而言之不是睡觉用的。如果是自己家的茅房，住一住倒也罢了，用双人床堵塞公众的出口，不合适，也不道德。他真的不想住茅房！大家别担心，天一亮，茅房挂上绣花窗帘了，或者挂上锁头了，这种霸道事根本不会发生。母亲可以做证，从小到大，只有憋不住了他才去茅房，但凡能撒在尿盆里，撒在墙旮旯，他根本不去那个大家都爱去的地方。他怎么可能住在那儿呢？

母亲搭腔说这是实话，他怕蛆。

茅房问题解决了。双人床问题搁在老地方，谁也没有办法。第三场大雨倾盆而下的时候，张大民半夜醒来，眼珠儿一转，想出了一个办法，打了个哈欠，又想出了一个办法。

他揉揉李云芳的肚子，不醒，又捏捏她的奶头儿，还是不醒。他就不想跟她讨论了。他等着第三个办法从灵魂深处爬出来，默默地躺了一会儿，没有动静。他睡不着觉了。他摸到厨房喝水，没摸到暖瓶，摸到了一把头发。闪电在雨夜中划过，头发下面是三民的脸，发呆，发绿，还有点儿发蓝，像一颗刚刚摘下来的挂着茸儿的大冬瓜。张大民刚要发作，嗓子突然一堵，觉得再这样愁下去，三民就要出人命了，双人床就要杀死他可怜的弟弟了。

“干什么呢你，不睡觉?”

“不敢睡，一闭眼全是腿儿。”

“什么腿儿? 女的?”

“不是……是马。一大群马跑过来，扑棱扑棱的，全是马腿儿。一闭眼没别的，全是咖啡色的马腿儿!”

“三民，你有病了。”

“跑近了一看，不是马腿儿。”

“什么腿儿?”

“床腿儿，数都数不清。”

“三民，你真的有病了。”

“哥，我没病。”

张大民给三民点了一支烟，自己也点了一支烟，一边抽一边叹气，听着风声和雨声，觉得生活——幸福的生活——让一群长了蹄子的奔腾的双人床给破坏了。

“我没病，可是我很难受。”

“你哪儿难受?”

"我说不出来。"

"得说出来，憋着不说就长瘤子了。"

"就这儿……两根眉毛中间，偏上一点儿，裂了一条缝儿，很难受。昨天下午，我找我们领导谈话，我找我们领导借房子，我……我找我们领导谈借房子的事，我找我们领导……找我们领导……"

三民掉泪了，抽搭了几下。

"快说，别憋着！"

"领导对我很好，问我你排队了吗？我说我排队了。他说好同志，好青年，你慢慢排着吧，如果中间没有人加塞儿，到21世纪上半叶你一定可以分到自己的房子了。我一听，我的两个眉毛中间……就裂开了！"

"张着嘴请人往里塞大粪，你自找的！"

"……我说我可以加个塞儿吗？领导说你是好同志，好青年，你不能加塞儿。我说小王怎么就加塞儿了，来得比我晚，干得没我好？领导说……领导说你知道小王的爸爸是谁吗？我一听脑门子咔吧一下，两个眉毛中间就完全裂开了。哥，我难受极了。"

三民又落泪了。

"我也难受。可是，让咱妈现给你找一个长翅膀的爸爸，好像是来不及了。你当时就跪下来，认你们领导当干爸爸，人家未必就缺儿子，好像也来不及了。有本事你好好干，有朝一日让他们给你当孙子，你就有房子了，也就不难受了。那时候，好同志，好青年，我的好弟弟，已经是21世纪的下半叶了，你还知道什么叫难受什么叫不难受吗？”

“我脑袋都裂两半儿了。”

“我给你治。”

“你怎么治？”

“我铆足了劲拿大嘴巴抽你！”

三民不吱声了，狠狠地撸了一把鼻涕。张大民挪到厨房门口，隔着水坝似的门槛朝外看了看，积水不多，离警戒线还早着呢。他把烟屁股丢在雨里，小火头儿哧一下就不见。

“三民，我有办法了。”

“你有什么办法。”

“我想的不成熟。我一直在琢磨要不要告诉你。想来想去，我决定还是告诉你。这样对你的心情有好处。你老想床腿儿凳子腿儿，钻进牛角尖儿就出不来了。你应当钻到别的地方试一试。下水道堵了一只死猫，那是死猫，你一钻说不定就钻过去了。不是真钻，是打个比方，说明一种态度。咱们这种人不能靠别的，靠别的也靠不上。只能靠东钻钻西钻钻，上钻钻下钻钻。本来没有路也让咱们钻出一条路来了，本来没有地方搁双人床，使劲儿一钻，搁双人床的地方就钻到了。三民，我的办法其实很简单，我都不好意思说出口。咱们家不是有双层的单人床吗？”

“你的意思是……”

“把两张双人床摞起来。”

“把两张双人床摞起来？”

“对，把两张双人床摞起来！”

“我做梦也没想到……”

“我没做梦就想到了。”

“……摞起来?”

三民小声笑着，自己问着自己，很兴奋，搓了半天手。不过，他很快就沉默了，大概看清了摞起来是件很严峻的事，一点儿也不值得高兴。他摇头，叹气，抱紧两条胳膊，好像刚刚被奔驰而来的床腿儿踩了肚子一样。张大民也沉默了。他闻到了一股馊味儿。摞起来确实不是一个好主意。初想也还不错，似乎大大地节约了面积。深入地想一想就不行了。摞起来的双人床不光摇摇欲坠，一关电灯它还没完没了地叫唤，咯吱咯吱咯吱的，粗俗，没有教养，还下流！两口子独自咯吱也罢了。关上门，悠着点儿，是一种本分。四口子一块儿咯吱，上咯吱下也咯吱，自己不咯吱也得听别人咯吱。多么无耻，多么伤神，而且成何体统啊！张大民直纳闷，这么不要脸的办法是怎么想出来的?他真想铆足了劲给自己一个大嘴巴子。

“三民，我这儿还有一个办法。”

“你还有什么办法?”

三民捂紧脑门儿，好像有点儿害怕。张大民给三民续了一支烟，自己也续了一支烟，一边抽一边问自己，说好呢还是不说好呢?不说吧，好歹也算一个办法，说了吧，还是一个不要脸的办法！床没地儿摆，身子没地儿放，单单要张脸搁哪儿呢！说了算了。不要脸就不要脸了。豁出去了。

“摞着摆不合适，咱挨着摆!”

“挨着摆？”

“我们的床挨着你们的床。咱不摞着了，不分上下了。咱分里外。你们是新婚，你们在里边。我们在外边。我们是老夫老妻了，脸皮有冰箱那么厚了。我们把双人床摆在你们的双人床旁边，不知你们的心里怎么想，反正我们是不在乎了。真的，你嫂子我不敢打包票，我本人没问题，我的脸皮已经很厚很厚了，什么场面都那么回事儿了。”

“挨着摆不就成大通铺了吗？”

“你这么理解也不算错。”

“……不挨着不行吗？”

“你以为我们愿意挨着吗？”

“不挨着不会不行吧？”

“行不行，你听我给你分析。我的左手是我们的床，我的右手是你们的床，你看明白喽。里屋只有这么大，摞着摆可以，挨着摆塞不进去，只能摆在外屋。外屋也只有这么大，右手摆在里边，左手摆在外边，中间不挨着，你看怎么样，左手这里出了什么事？”

“出了什么事？”

“我们的床把门口堵住了！”

“……我懂了。”

“你真懂了吗？”

夜雨茫茫，张大民的手在三民眼前上下翻飞，代表着两张不幸的双人床，像两只饥饿的野兽的爪子。又一道闪电划过去，照亮了张大民的脸，是淡紫色的，也照亮了三民的脸，是深绿色的。彼此恐惧地望着，至少在一瞬之间生了怀疑，怀疑对方也怀疑自己到底还是不是人，不是人，是什么东西呢？是人，又算哪路人呢？张大民的脑袋深处又咯吱咯吱咯吱地发出声音来了。

三民的婚礼很热闹。出了风头儿的不是新郎，不是新娘，是五民。五民苦读三载，考中了西北农大，喝完喜酒便要远走高飞了。众人给新人敬酒，也给五民敬酒，都捎带着问一句，为什么考农大呢？考农大也要考北京的农大，为什么考西北的农大呢？五民含笑不语，咕咚咕咚地往嗓子里灌酒，灌着灌着就出语惊人了。

“我受够了！我再也不回来了。毕了业我上内蒙古，上新疆，我种苜蓿种向日葵去！我上西藏种青稞去！我找个宽敞地方住一辈子！我受够了！蚂蚁窝憋死我了。我爬出来了。我再也不回去了。哥，我有奖学金，你们别给我寄钱！我不要你们的钱！你们杀了我我也不回来了。我自由了！妈，你想我了到新疆去找我，我上天山的北边儿种苜蓿种向日葵去了，我给您炖羊肉炒瓜子吃！我……”

五民起初傻乎乎地笑着。众人也跟着笑，后来就不笑了。五民泪流满面，舌头发硬，眼神儿完全不对了。众人连忙打圆场，别喝啦别喝啦，再喝就该想媳妇啦！张大民把五民搡到没人的地方，想给他几下。五民脑袋一低，扎在张大民肚子上就失声了。

“家里缺钱花。你们别给我寄钱！”

“你是亲生的，不是妈在大街上捡的！”

“把我的床拆下来。别让妈睡箱子了，让妈睡我的单人床吧！”

“妈睡箱子睡舒服了，睡别的睡不惯了。”

“反正我再也不睡那张破床了！”

“学生宿舍都是这种床，八个人挤呢。”

“咱们家太憋了，喘不过气来。”

“吃两勺胡椒面儿就不憋了。”

“哥，我都快憋死了！”

“你自己不找死，谁也憋不死你。”

“我想吐！”

“别吐！把后脑勺对着我你再吐！”

婚礼圆满结束了。太阳落山了。新郎张三民搀着新娘毛小莎姗姗而来，翩然如在梦中。他们推开了钉着椅子背儿的院门，走过大坑似的院子，跨过高高的门槛兼挡水坝，穿过厨房的菜味儿和油烟味儿，蹭过大哥和大嫂的床头，绕过用三合板钉的像厕所挡板似的隔断，眼前豁然一亮，不由得长长地长长地长长地出了一口气。他们终于看见自己的双人床了。它在新郎的心里奔腾过。它在新郎的眼睛里奔腾过。现在，它安静了。

在三合板隔断的南边，张大民仰面躺着，比床还安静。他一只手接着李云芳的脖子，另一只手摸着李云芳的肚子。肚子很饱满。一分钟比一分钟饱满。他们的孩子已经四个多月了。在三合板隔断的北边，贴着的都贴着，绕着的都绕着，含着的也含上了。起初是多么安静。月亮正悄悄地升上来，可是，且慢！这片黑洞洞的诗意顷刻之间就出了问题。不是咯吱咯吱。没有咯吱咯吱。甜蜜的诗意是被另一种声音蛮横地彻底地粉碎了。

哇！

这不是晴天霹雳么？

哇！

接下来就一发而不可收拾了。

哟！

啊！

咦！

呜！

呀！

噢！

妈！

她敢叫妈？那位小姐居然敢叫妈！张大民抱着脑袋，好像被人用大棒子砸蒙了一样。李云芳使劲儿往他的胳肢窝里钻，出气儿都哆嗦了。张大民先用一只手，紧接着用两只手死死地捂住了她的肚子，似乎生怕里面的孩子受到惊吓。大人都听傻了！

“这种胎教可怎么得了啊！”

张大民暗自呻吟，再次深深地感到生活——幸福生活——让弟媳妇一连串莫名其妙的声音破坏了。他想起了五民的抱怨。憋得慌？喘不过气来？他觉得自己也快憋死了。他叮嘱自己，只要还剩一口气，必须找三民好好谈一谈了，不能再这样继续下去了。

哇!

天呐，又他妈来了。

张大民在小饭铺请三民吃饭。他点了炒腰花儿、熘肥肠儿、拍黄瓜、煮花生，又要了四两白酒。他有点儿心疼。他挣钱不多，所以很爱钱，花钱的时候特别难受。他从来不请别人吃饭，也不请自己吃饭。只有别人请他吃饭的时候他才去。吃别人请的饭，他不难受，也不心疼，胃口特别好。现在，他一点儿胃口都没有了。看着三民有滋有味细嚼慢咽的样子，自愧弗如的感觉又一次撞疼了他的心头。他应当怎样表达自己的不满呢?本想等三民度完了蜜月再请这顿饭，可是情况愈演愈烈，不得不提前破费了。

“三民，婚后感觉如何?”

“还行。哥，怎么臊乎乎的?”

“腰花儿洗得不干净。”

“我感觉还行，就是挺累的。”

“是累。有多大劲儿也别想一次使完。日子还长着呢，悠着点儿。”

三民红着脸得意地笑了。

“我是心累。哥，怎么臭烘烘的?”

“肥肠儿就是这味儿。”

“哥，真的，我就是心累。”

“别的地方不累?”

“不累。”

“你不是心累。三民，我了解你。你小时候的脸色就跟别人不一样。我一直在观察你，一直观察到现在。你瞒不了我。心累，你脸是绿的。干活儿累了你脸白。你脸要黑了就是吃多了，撑着了。你能瞒我吗？快撒泡尿照照你的脸，看看它现在什么色儿？”

“什么色儿？”

“跟你的床一个色儿，咖啡色的！床是咖啡色很正常，人没晒着没烫着的，凭什么跟咖啡一个色儿？你看看你的下眼皮，是发了霉的咖啡，都长蓝毛儿了。三民，我再给你点一个炒腰花儿，臊乎乎的你也得吃，多吃。你得好好补补你的肾。我认为你的心不累，你的肾太累了，搞不好已经累坏了。小姐，再来一个腰花儿，炒嫩点儿，夹点儿生最好，快啊。三民，我对你说，我是过来人，我的话你要听进去。人，不能为了一时痛快，连自己的腰子都不顾了！不顾脑袋都没事，不顾腰子，到时候你后悔可来不及了。吃吧，多吃。”

三民依旧吃着笑着，却不敢得意了。

张大民咂了一口白酒，很苦，没有他的心情苦。他应当怎样表达自己的不满呢？他还是拿不定主意。他是长子，管弟弟可以，管弟弟的媳妇可以不可以？管弟弟的媳妇的……声带可以不可以？好像不可以。但是，不管行吗？这算不算干涉别人的私生活？算不算干涉别人的性生活？可是，不干涉他们的屌生活，别人还生活不生活！他要郑重地通知三民，从今以后，谨请您的媳妇闭嘴。不许她叫唤！不许她故弄玄虚！严禁她忘乎所以地制造这种奇怪的噪声。总之，这是受害者最低最低的要求了。她哪怕唱京剧说快板儿他都可以不管她，他和云芳可以装听不见，呜呼哀哉妈呀之类的无论如何是不行了，再也不行了。

我们受不了了！

张大民含着酒，像含了一口别人的尿。三民吃得很香，满面春风，根本不考虑请他吃饭的人的心情。张大民想把尿喷在三民的鼻梁上，咕咚一声，自己给咽进去了。

“哥，再给我来一个腰花儿。”

“我带的钱……算了！来一个就来一个。”

“刚开始臊，吃着吃着就不臊了。”

“这就叫身在臊中不知臊啊！”

“哥，你什么意思？”

“三民，你见过公鸡踩蛋儿吗？”

“听说过，没见过。”

“咕咕咯咯的，热闹着呢。”

“是吗？”

“你们比公鸡踩蛋儿还热闹。”

“哥……你到底什么意思？”

“公鸡往母鸡背上一踩，母鸡吱吱嘎嘎胡叫唤，就跟有谁要宰它似的，德行大了。”

“哥，你到底想说什么？”

三民慢慢放下筷子，笑得很难看，从耳朵到胳膊全红了。张大民不动声色，目光坦然，心里很紧张，手心儿和脚心儿都在冒汗，尾巴骨也隐隐作痛，有点儿坐不住椅子了。本想说三合板隔断北边的房事，怎么说到公鸡踩蛋儿上去了？这么说合适吗？合理吗？张大民语重心长地看着三民，给三民夹了一片半生不熟的腰花儿，觉得自己顾不了那么许多了。

“三民，你觉得幸福不幸福？”

“挺幸福的。怎么了？”

“不管多幸福，眼里也不能没别人。”

“我们怎么了？”

“大家都是过来人。吃过猪肉，见过猪跑，也跟着一块儿跑过，谁瞒谁呀！可是，为什么我们能做到的，你们就做不到呢？”

“你们做到什么了？”

“我们从来不叫唤！”

张大民很压抑，嗓音猛了些。三民木呆呆的，似乎没听懂，嘴唇上挂着一片腰花儿，就像刚刚咬掉了一块舌头。小饭铺静了片刻，不多几个人都朝这边看着。张大民有点儿不自在，压低了嗓音，眼睛却盯着别处。

“我们从来不出声儿。你嫂子什么时候叫唤过？不是不想叫唤。节骨眼儿上高兴了，脑瓜子晕了，谁还不会叫唤！高级动物么，叫唤叫唤是正常的，也是允许的。可是……三民，我得正正经经告诉你，这么叫唤，不符合国情，也不符合咱的身份。您要在外国有一大别墅，别外国了，您就是在郊区弄一小别墅，您和您媳妇都可以随便叫唤，你们把手拢在嘴上大声嚷嚷也不碍事，高兴么，舒服么，嗓子眼儿痒痒么！

可是，如果七八口子挤在一间半破屋子里，我看咱们还是得慎重。不管多高兴，咱们在心里高兴。哪怕两口子都飞起来了，上不着天下不着地了，咱也别随便叫唤。你说是不是？高级动物么，只要明白了叫唤的不是地方，忍一忍，也就不叫唤了。我和你嫂子已经挺过来了。你们打算怎么办？你能不能跟你媳妇好好谈一谈，照顾一下大局，告诉她不出声儿，请她别那么干了，行不行？”

张大民的目光追着一只苍蝇，飞飞停停，最后很不情愿地落在三民的脸上。三民的脸发紫，嘴唇更紫，有点儿缺氧。他闭着嘴，牙疼似的皱紧眉毛，夹起一片炒腰花儿看了看，又放下了。

“我们叫唤了吗？”

“当然叫唤了。”

“真的叫唤了吗？”

“确实叫唤了。”

“那能算叫唤吗？”

“不算叫唤算什么？”

“我觉得那不算叫唤。”

“算打喷嚏？算诗朗诵？”

“我觉得我们没叫唤。”

“谁叫唤了？驴吗？”

“哥，你别激动。我还没激动呢。按你的说法，好像我们特别不懂事，特别牲口。我们的情况你了解吗？每天上床我们都互相叮嘱，小声点儿小声点儿千万小声点儿，你知道吗？我趴在那儿像趴在一块豆腐上面，脑袋上顶着一碗水，屁股上也顶着一碗，好像一动弹水就洒出来了。我们容易么！我们小心得不能再小心了，我们又不是木头，控制不住了哼哼几声都不许吗？”

“那也叫哼哼？真会哼哼！”

“哥，你别激动。”

“只许你们哼哼，不许我激动？你们把自己的幸福建立在别人的痛苦之上，你们激动得连自己的叫唤都听不出来了，还不许我激动？我们也是人，我们不是木头，我们都有耳朵，我们倒想不激动，行吗？人家让吗！小姐，再来一盘炒腰花儿，别洗，越臊越好。”

“哥，我不吃了，我够了。”

“我吃！我的肾还没补呢！”

三民不说话了，捂着脑门儿叹气。张大民一边吃一边激动，一边激动一边算着花了几个钱，越算越心疼，越心疼越激动得受不了，胳膊和手抖得厉害，下巴也跟着抖，筷子说什么也夹不住东西了。

“哥，你别这样。”

“我生气。”

“你生气，我也没办法。”

“你有办法。”

“我有什么办法？”

“剥个煮鸡蛋放在盘子里，把盘子放在枕头旁边。她一叫唤，你就用煮鸡蛋堵上她的嘴，不就完了？用松花蛋也可以！她一出声儿，你赶紧拿松花蛋塞上她的嘴，不就没声儿了吗？你在枕头底下藏一根胡萝卜也行……”

“哥，你醉了！”

回家的路上，张大民几次想吐没吐出来。他不让三民搀着，三民一松手，他就笔直地奔着马路中间去了。三民追上去拽他，他不让拽，打三民的手，冲着鸣笛的公共汽车大声嚷嚷，还笑。

“你丫叫唤什么？给你丫一松花蛋！”

回家就上床了，翻来覆去的，怎么也睡不着。他口中念念有词，听不清说什么。李云芳推他问他，他一概不理，继续嘟囔。月到中天的时候，他推醒了李云芳，想说什么半天没说出来。月光映着他的额头，表情非常痛苦，好像他整个肚子里的东西都被人挖走了。

“你怎么了？”

“云芳，亏了。”

“亏什么了？”

“他们多收了一盘腰花儿钱！”

“闹了半天你算账呢！”

“怎么算怎么不对，多收了我七块钱！”

“我给你七块钱。睡吧。”

张大民还是睡不着。三合板隔断的北边静悄悄的，静得让人不放心，好像有人故意跟他捣鬼似的。他又一次推醒了李云芳，小声说你听你听，神秘兮兮的样子令人恼火。

“听什么？什么也听不见。”

“这就对了。云芳，这说明花钱花得值，我们一点儿也不亏。我不心疼。他们多收两盘炒腰花儿的钱，我也不心疼。我们花钱买的是什么东西，他们谁也不知道，只有我们自己心里明白。多花七块钱又算得了什么呢？云芳，我真的不心疼。我就是有点儿堵得慌，这儿，就是这儿……堵得慌。不是腰花儿，好像是一个特别大的猪腰子，整个堵这儿了。”

张大民指了指脖子下边的某个地方。李云芳敷衍了事地给他揉了揉，知道他醉着，也知道他是心疼钱，又好气又好笑，真想把他从床上掀下去。

“你别嘟囔起来没完没了，快睡！”

“我睡我睡，值了太值了……这就睡。”

可惜，他想睡也睡不成了。

战斗突然之间就打响了。

哇！

噢！

张大民一骨碌爬起来，三步两步跑到院子里，一摸便摸到了垃圾桶，埋头就吐。钱白花了。他吐得很仔细，把一肚子腰花儿和一腔悲愤全都吐出来了。李云芳跟到院子里给他捶背，听见他满嘴臊烘烘的却还在不停地嘟囔，好像跟那个垃圾桶有说不完的悄悄话似的。

“没辙了。就是这个品种。谁也没辙了。人家就是这个叫唤的品种！我们得想想别的办法了。不让人家叫唤是不行了。我们要想不出好办法只好跟着人家一块儿叫唤了。云芳，你会叫唤吗？我反正不会叫唤。我跟他们不是一个品种。我是人，我不是鸟，我多高兴也叫唤不出来。怎么吐不完了？哪儿来这么多腰花儿？我想起来了，他们没有多收钱，是我多吃了一盘腰花儿。我吃了好多腰花儿，我一点儿没亏，是他们亏了。云芳，我好不容易算明白了。我花了很多钱，等于一分钱没花，你明白我意思了吗？我好像赚大了……”

李云芳把一桶凉水浇在他脑袋上。张大民嗷地怪叫一声就蹲在那儿不动了，陷入了沉思。这声叫唤响彻了大杂院，就像远处飞来了一只猫头鹰，刚一落地就踩在耗子夹上了。这个倒霉的品种也太倒霉了。

第二天早晨，张大民爬上了墙头，在上边呆立了半个小时。墙外是一棵石榴树，没有石榴，长着密密麻麻的树叶。墙皮上爬满了牵牛花，开着俗气的粉色的花朵，一些花朵开到树上去了，石榴树外面是过道，邻居们走进走出，纷纷昂起下巴，看着墙头上的人，猜不透他要干什么。他老婆有毛病。他也有毛病了吧？张大民抱着胳膊，眯缝着睡眼，不屈不挠地盯着前方偏下的某个地方，一副做梦做不醒要永远做下去的样子。往他胳膊上缝两个翅膀，这小子呼扇几下，说不定就迷迷瞪瞪飞起来了，说不定就像大蚂蚱一样飞到无边的美丽的原野里去了！总之，他要不想往外飞，戳在墙头上摆那个臭架势干什么用呢？

半个钟头之后，张大民爬下了墙头，找了一把铁锨，开始拆他们家的院墙。他把院门整着卸下来，发现墙体很松，拿肩膀头一顶，半堵墙轰隆一声就塌到外面了。一股烟尘笼罩了石榴树，就像有人在天上瞄准儿，很凑巧地往那儿丢了一颗大炸弹。张大民真的飞起来了。他不是蚂蚱。他是一架轰炸机。不知道从哪儿载了那么多仇恨，轰轰隆隆，咚咚锵锵，只几下就把他们家的院墙炸平了。家里人很默契。没有谁阻拦他，也没有谁帮助他，似乎在遵循某种秘密的部署。果然不出所料，对门儿邻居家的大儿子跳出来了。

“你丫干吗呢你?”

“我拆墙呢。亮子，你有事儿吗?”

“你丫拆墙干吗?”

“憋得慌，透透气。”

“有你丫这么拆的么?”

“拆慢了，怕你跑出来帮忙。快点儿拆，等你跑出来帮忙，已经拆完了，想帮忙也帮不上了。没别的意思。亮子，我是不想麻烦你。屁大的事儿，我自己撅撅屁股就干了，不麻烦你了，你快点儿回家歇着去吧。”

“谁跟你丫贫呢?”

“你不歇着，帮我捡砖头得了。”

“你丫到底想干吗?”

“不好意思，想盖间小房儿。”

“你丫是蛆呀还是屎巴橛子?茅坑儿大的地方也想盖房!石榴树戳这儿，你丫往哪儿盖?我看你丫往哪儿盖!”

“亮子，您就别操心了。”

“想砍树是不是?你前脚砍我后脚就告办事处去，罚个千八百的，罚死你丫的!大民，我说话算话，你丫信不信?”

“我信，我怕你。”

“怕我就别砍树。”

“我不砍树。”

“怕我就别往我们家这边盖!”

“怕你我也得盖。离你们家还远着呢。我不砍树。我真的不砍树。我把石榴树盖在房子里，让它从房顶中间穿过去。我整个早晨都在想这件事。这件事对谁都没有坏处，对你也没有坏处。你快点儿告到办事处去，就说这个爱树的绝招儿是你琢磨的，他们一感动说不定能奖你个千八百的。我一分都不要。我的目的不是钱，我只想盖一间四平方米的小屋，把我的双人床摆进去。亮子，我说的是真心话。办事处和居委会每年都评爱树模范。这个荣誉我不要，我让给你了。一棵破石榴树，看把你急的，眼珠子都快瞪出来了。亮子，我觉得不管办事处给你点儿什么，不管给多给少，哪怕他们不搭理你呢，你都是当之无愧的了！我不砍树。我把它盖在我的房子里。这个主意就像你给我出的一样。我觉得咱们俩完全想到一块儿去了。我要替这棵石榴树请你喝啤酒，我……”

“傻×！我抽你丫的你信不信?”

“你抽我干吗?”

“我这就抽你丫的你丫信不信?”

“咱别急，咱先抽支烟吧。”

张大民递出一支烟，被打飞了。他追过去弯腰拾起来，吹了吹土，自己点上，愉快地吸了一口，又愉快地吸了一口。他笑得很友好，心说你才傻×呢，你不抽我事情还麻烦了呢。亮子高高大大，在轧钢厂做翻砂工，是个塔一样的人。

两个人站在一起，就像一头驴和一头象站在一起，前景很不美妙。张大民略微有些担心，他要真抽我，我受得了吗？把我牙打掉了怎么办？把我鼻子打歪了怎么办？他一边抽烟一边得出了结论，受不了也得受着，打成什么样儿是什么样儿，为了双人床为了安宁为了受罪的耳朵根子，豁出去了。他故意把烟屁股扔在对方脚边，抬眼看了看蔚蓝色的天空，就像抓紧时间抒发最后一下的烈士一样。

我……我我我要豁出去了！

“亮子，知道什么叫主航道中心线吗？”

“我知道你媳妇裤裆里的中心线！”

“嘴这么糠，你不抽我我都得抽你了。”

“抽我？你丫敢！”

“我不敢，你敢。你不是想抽我吗？我站在这儿，我让你抽，你随便抽，我要哼哼一声儿我都不是人！可有一样儿，咱俩现在就说清楚，你抽完就完了，我转过身儿去盖房，你可别吱声儿。你要吱一声儿你都不是人养的，你就是王八蛋！”

“我拿砖头花了你丫的！”

翻砂工终于暴跳起来了，真的捡了半块砖头。张大民心头一惊。他用砖头拍我脑袋怎么办？他把我拍成了大傻子怎么办？翻砂工的眼神儿稍稍往旁边躲了一下。张大民备受鼓舞，脑袋又烈士一样昂起来了。

“你花！我把脑袋搁这儿，你快花！”

“……我拍死你丫的！”

“拍扁了我我也得盖房。树南边两米多，我占一米，还剩一米多，长两条腿儿的长俩轱辘的都能过去，你有什么不乐意的？这棵石榴树是我爸种的，我把它盖在屋里，是对我爸的纪念，你凭什么说三道四？”

“废话！我妈胖，你丫装不知道！”

“你妈胖跟我有什么关系？”

“废话！我妈胖，我妈过不去！”

“一米多，你妈过不去？汽油桶都能过去，你妈过不去？你妈腰围四尺四，是腰围！展开了量摊平了量，四尺四当然过不去，一围不就过去了吗？四尺四也甭除四，也甭除了，你就除以二，能过不去？两个你妈都过去了！当然，其中一个得侧着身子……亮子，你认为我分析的有道理吗？”

翻砂工站在废墟上浑身哆嗦。

“我妈腰围多少？”

“四尺四，胡同口儿裁缝说的。”

“你丫再说一遍！”

“不是四尺四？四尺六？”

“你丫敢再说一遍？”

“四尺八？”

“我他妈……”

翻砂工要哭出来了。

“真是四尺八？那就不好办了，两个妈都得侧着身子才能过去了。”

“我他妈……！”

啪！

不轻不重，犹犹豫豫，却发出了很乖巧的一声——啪！张大民脑袋嗡的一下，跟有回声一样。他记得躲了一下，可能没躲好，躲到砖头上去了。黏糊糊的东西淹住了一只眼，他用另一只眼哀怨地看来看去，看见了许多胳膊和许多腿，发现自己不知何时已经躺平了。他真的把我给拍了。他怎么真的把我给拍了，像拍一个生西瓜一样？张大民听见了亮子的胖母亲在骂人，没骂别人，是骂自己的儿子不是东西不是人揍的，骂得很纯朴，听不出有指桑骂槐的味道。血还在流。完了，他把我的主要血管给拍破了，我要死了！听见有人想去派出所，张大民拼命挣扎，睁大了那只独眼，像扭亮了一个电灯泡，照照这边，照照那边。

“谁想去派出所？去派出所干吗？谁去派出所我跟谁急！谁报案我跟谁玩儿命……”

许多只手把他抬起来了。这些手要把这个英雄人物抬到医院的急诊科里面去了。张大民听见了母亲的哭声和李云芳的几声抽泣。他从那些手上抬起头来，把那只血淋淋的眼睛和那只干净的眼睛一块儿转过去，鬼使神差地摇着一条胳膊，就像革命者要远走他乡了。

“没关系！一切都会好起来，明天就开始干！妈，你把砖头挑出来，摞在树旁边儿。云芳，把你们家那袋水泥也搬过来，上小山子他家借两个瓦刀……等我回来！我没事。我感觉很好。你们抓紧时间准备吧……”

不到两个小时他就自己走回来了。他脑袋特别大，有篮球那么大，缠满了纱布，只露着前面一些有眼儿的地方，别的地方都包着，连脖子都包着了。其实只破了一个小口子。医生不给缝，他偏要缝，医生就不缝。不光不给缝，还不给包，打算用纱布和橡皮膏糊弄他。他偏要包，医生就不包，他死活也要包，不包不走，医生一着急，就把他的脑袋恶狠狠地彻底地包起来了。他要再不走，医生就把他的屁股也一块儿包上了。张大民很高兴，进了大杂院就跟人寒暄，做出随时都准备晕倒的样子。

“没事！就缝了十八针，小意思。别扶我！摔了没事，摔破了再缝十八针，过瘾！我再借他俩胆儿，拿大油锤夯我，缝上一百零八针，那才真叫过瘾呢！你问他敢吗？我是谁呀！我姓张，我叫张大民，姥姥！”

他一头撞进亮子家的屋门，示威似的举着大白脑袋，把亮子肥硕无比的母亲吓得倒吸了一口凉气。

“大妈，亮子呢？”

“上夜班了。”

“回来吗？”

“不回来了，住集体宿舍了。”

“哟，我这儿还缺个和泥的呢。”

“把他叫回来？”

“算了，别吓着他。”

“今儿这事儿……”

“大妈，我们闹着玩儿呢您看不出来？”

“大民子，你说我裤腰四尺八，不是寒碜我嘛！记住喽，我的裤腰不是四尺八，是三尺六！往后别胡咧咧。”

“太好了，来三个您也过去了！”

张大民的宫殿就这样落成了。床架子勉勉强强塞进去，放不下床屉，让石榴树拦住了。张大民抽了半盒烟，想出了一个好办法。他把床屉竖着锯开，在两边各挖了一个半圆，像古代用刑的木枷，往床架子上咔嚓一合，犯人的脖子——那石榴树就从双人床中间长长地伸出来了。为了适应这种独特性，李云芳对褥子、床单等床上用品进行了适度的改造。她还往石榴树上糊了一层白纸，让树干与墙皮保持近似的颜色。屋里剩了窄窄的一条儿，什么也放不下，就搁了一盆绿萝，顿时春意盎然。邻居们过来参观的时候，张大民正趴在床底下，两条腿伸到门外边。大家问你干什么呢，他不说话。又问你趴在那儿干什么呢，他才轻轻地叹了一口气。

“我给石榴树浇水呢。”

两口子躺在这张床上怎么也睡不着觉。第一个晚上成了节日。张大民躺在外边，李云芳躺在里边，中间是那棵石榴树。他们说呀，笑呀，说到要紧处，李云芳还掉了几滴眼泪。他们坐起来，躺下，又坐起来，再躺下，还是丢不开这棵石榴树。它愣磕磕地竖在两个腰之间，真是太奇怪了，也太有趣了。李云芳把一条长腿搭在树上，用手指头寻找张大民的伤疤，在头发里摸了半天也没摸着。

“你那十八针呢？”

“我也找呢，我的十八针哪儿去了？”

“坏！半夜，这棵树可别吓死我。”

“一睁眼，嘿，插了个第三者！它要是男的，我哪儿打得过它呀！”

两个人叽叽咕咕笑到小半夜。张大民把手放在李云芳肚皮上，发现又鼓了不少，儿子正茁壮成长呢。他的手像一只挂了帆的小船，沿着主航道中心线向下游驶去，向美丽的湍急的下游驶去，驶去，驶去了。

哇！

怎么回事？张大民问李云芳你跟谁学的，你也有毛病了吗？两个人抱着脑袋，无声地笑成了一团。张大民甜蜜地叹息着，把李云芳的耳垂儿叼住了。

噢！

“云芳，学坏可太容易啦！”

两个人又过上幸福的生活了。

有了自己的房子，房子里还有一棵树，张大民和李云芳就觉得万事俱备只欠东风了。他们为肚子里的孩子取名——张树，然后踏踏实实地等着张树准点儿爬出来，与肚子外面的这棵树会合。等得无聊的时候，张大民又有了新的牵挂，发现两个人挣钱两个人花和两个人挣钱三个人花不是一回事，是完全不同的两回事了。他把死期存单摆在床单上，把活期存折放在枕头上，左手拿着现金，右手攥着国库券，依照不同的顺序一遍一遍往上加，越加越无法控制情感，对钱的热爱像潮水一样涌进胸膛，一直涌到了嗓子眼儿，让他数着数着就数不出声音来了。钱真好，真是好，就是好，只是太少了，再多一点点就好了，不过多那么一点点一点点也还是太少了。

他们的积蓄很分散，加起来只有九百八十元，颠三倒四加了无数遍还是九百八十元，世上有那么多公母，钱却没有公母，否则处境就会大不一样了。张大民盯着李云芳奇妙的大肚子；承认了自己的限度，知道自己没有别的本事了。不过他又立刻安慰自己，钱是有公母的，钱要没有公母，利息从哪儿来呢？他想算算九百八十元的利息，算不出来，小家伙难产了。

钱好是好，少了就不好了。

他们婚前没有积蓄。他们跟多数穷孩子差不多，挣了薪水交给父母，自己不留钱，花多少要多少。张大民和李云芳稍有不同，是两种风格。李云芳娇气，想花就要，随花随要。张大民不是这样。张大民是这样——他根本就不花钱！除了买饭票，他连根冰棍儿都不买。不想花当然不想要，不想要想花也不要。他对钱的珍惜是从骨子里来的，又渗到血管里去了。后来上夜班熬不住，染了烟瘾。烟德却不好，从来不敬烟，又染了蹭烟的瘾，比烟瘾还大。他只抽四毛钱以下的烟，通货膨胀以后他自己也没有膨胀，长时间在一块钱以内一盒的水平伤感地徘徊。他为花钱抽烟难受，在别的方面就更不肯花钱了。

婚后他们建立了自己的财政系统。先由李云芳负责，她也爱钱，可是爱得不深，钱也不知都逃到哪儿去了。后来张大民篡权，把爱洒向每一个角落，像磁铁一样，一分钱一分钱又一分钱，纷纷被他吸过去嘬过去，情况就大为改观了。

只攒了九百八十元，不是不狠心，是挣得不多的缘故。一个月不到一百块，拿了多少年？每月每人交伙食费三十元；孝敬双方老人各二十元；支援五民读书十五元；他抽烟不到十五元，她怀了孩子每个礼拜吃一只鸡腿儿加起来绝对不止十五元；洗个澡一元；剃个头又一元；她的头不止一元；她去医院让大夫摸肚子，骑不了车，坐公共汽车公共电车再换地铁，来回多少元？他不能不陪她去医院让大夫摸肚子，也骑不了车，来回又是多少元？如果挤不上车打出租车，再碰上个比你还爱钱的司机拉着你兜圈子，那可真要了人的命了，那就是血流不止了，什么也剩不下了。

九百八十元，是一堆金子。

第二年春天，天气还有点儿凉，张树先来到医院，然后就回到那棵石榴树身边去了。他大声哭着，特别不高兴，对生活特别有意见，闭着眼就是不睁开。张大民扒张树的眼皮，先扒开一只，扒了扒，又打开一只，把他乐得嘴都合不上了。

“我儿子是个天才，他拿眼斜我呢！”

天才更愤怒了。大杂院的猫循声凑过来，五六只，七八只，高高低低挤了一窗台儿，都歪着脑袋往里看，想研究研究这只猫凭什么跟自己不一样，凭什么叫得这么傻，想吃老鼠了吗？

“真是个天才，眼珠儿还动呢！”

眼珠儿要不动这位就是棵死树了。

李云芳不下奶。那么好的身材，该凹的凹，该凸的凸，就是不下奶。张大民心里直哆嗦，花钱如流水的岁月终于来到啦！他买了五条鲫鱼，五个猪蹄儿，熬呀熬呀，把李云芳的脖子都给灌长了，还是不下奶。母牛不下奶，能叫母牛吗？张大民很纳闷，只好向真牛求救，给儿子订了几袋儿鲜奶。不行，张树拉稀，拉一种像芥末油一样的稀。马上换奶粉，还不行，改拉一种白色儿的像色拉油一样的稀了。张大民在商店里痛苦地转来转去，把钱包都攥出汗来了。这不是欺负我吗？这不是欺负我不趁钱吗？他一咬牙一闭眼，买了一桶很贵很贵的美国奶粉，捧回家刚刚迈进家门的时候，整个人看上去都快不行了。

“我让你拉！我让你拉！”

他如丧考妣，像捧着一个骨灰盒。张树还算争气，也有良心，没往死里逼他爸爸。他吃了这种奶粉就踏实了。他停止拉稀，开始拉黄酱，灿灿的，软软的，黏黏的。懂行的都说，这是好屎，是屎中最正常的一种屎，谨向你们表示最衷心的祝贺了。

“我儿子是个天才，都会拉人屎了！”

张大民想笑，一捏钱包，发现还没到笑的时候，且得哭一阵儿呢。吃中国奶粉拉稀，吃美国奶粉不拉稀，什么肠子！三天吃半桶，五天吃一桶，九天吃两桶，什么肚子！崇洋媚外不说，一桶桶吃下去，哪天断了顿儿，就该吃他的中国爸爸了。

张大民蹲在地上算账，把钱没完没了地扔给美国的牛奶公司，不如把钱一次性地扔给自己家的奶牛。他握握李云芳左边的乳房，又握握李云芳右边的乳房，就像给自己挑馒头，又嫌馒头太大，生怕一口把自己给噎死。奶牛绝对是好奶牛，只不过哪个零件出了问题，有根筋没有转过来。他又买了五条鲫鱼，五个猪蹄儿，炖啊炖啊，灌哟灌哟，两个乳房像两个乳白色的气球一样胀起来，还是不下奶。他气势汹汹地拎回来一个王八，摔在菜墩子上，举刀就剁，大卸了八块也不住手，接着剁，咚咚咚咚，就像什么也没剁，只是砍菜墩子，砍一个怎么砍也砍不动的菜墩子。李云芳一听就明白了，王八便宜不了。

母亲说我菜墩子还要呐。

二民也给震得不高兴了。

“你媳妇不下奶，你拿王八撒什么气呀！王八招你惹你了，剁那么碎干吗?”

“知道多少钱一斤吗?”

“多少钱一斤也没听说拿王八吃馅儿的。”

“我还吃它骨头呢!”

“有这么节约的吗?”

“它没长毛，它长毛我连毛一块儿吃!”

“知道的是剁王八，不知道的还以为你剁媳妇呢。不就是不下奶么。你剁王八王八也不下奶，王八就是王八。明儿我给我外甥儿买几桶美国奶粉，贵就贵，谁让他倒霉呢，摊上个没奶的。”

“二民，你别来劲!”

李云芳在床上想，不是省油的灯啊。

张大民不剁了，端着刀运气。母亲说剁差不多行了，得有二两木头末子了。二民躲进屋里，还嘴硬，嘟嘟囔囔不肯罢休。

“本来就是！整天鱼啊鱼啊，吃了多少鲫瓜子了？你给咱妈买过吗？咱妈半年都吃不上一回鱼！又来王八了，成皇后了！你心那么细，买好的吃也想着妈点儿，比什么不强！我来什么劲了？我就是看不惯！”

张大民哑口无言。他看着菜刀，想把它举起来，在自己后脖颈上狠狠地来一下。他脑袋一昏，就说起胡话来了。

“妈又不下奶！”

“可妈是妈！”

“我上个月刚买过一回鱼！”

“那不叫鱼！”

“就是鱼，是带鱼！”

“比表带儿宽点儿有限！”

“那也是带鱼！”

“还是臭的！”

“不赖我，我钱不够！”

“买王八够！”

“二民，你跟我来劲！”

“你媳妇才来劲呢！”

母亲说小兔崽子你们都给我闭嘴！

张大民和他的妹妹张二民都不想闭嘴。张大民发现张二民越来越古怪了。张大民急了。张大民知道应该说什么了。

“二民，你不就是嫉妒云芳吗？你从小儿就恨她，闹了半天现在还恨她，恨得连虎牙都快长到门牙这边儿来了。小时候，别人叫她大美妞儿，叫你丑八怪，你就哭。哭有什么用？哭得眼泡儿都大了，到现在也没消肿。她腿长点儿，你腿短点儿，有什么关系？长的短的不都得骑着自行车上班吗，她骑二八，你骑不了二六骑二四，腿再短点儿有二二，你怕什么？你嘴大点儿，她嘴小点儿，这有什么要紧？她嘴小吃东西都困难，恨我了想咬我都张不开牙，哪儿像你呀，一嘴能把我脑门儿给咬没喽，她应该嫉妒你，你说是不是？你头发比她黄，比她少，再黄再少也是头发，也没人拿它当使了八年的笤帚疙瘩……”

母亲说给我闭上臭嘴！

二民趴在床上哇呀一声就哭起来了。

张大民听着，又回到了童年，回到早已消逝的无忧无虑的甜蜜岁月中去了。

“二民，你还跟我来劲吗？”

“活该活该！没奶活该！”

“二民，你还买美国奶粉吗？”

“没钱活该！报应报应！”

“二民，你别买。你敢买我们也不敢吃。我还怕你往里边儿掺耗子药呢！”

二民哇呀呀哭得更加惨痛。母亲说老大，你个混账东西，越说越没谱儿了！张大民耷拉着脑袋，拎着菜刀，盯着被剁成肉酱的王八，喘气越来越粗，越来越急，似乎要当着母亲的面抹脖子剖肚子以表明心迹，让母亲亲眼看看他的赤胆忠心和满腹柔肠了。

“妈，冰箱里还剩一条鲫瓜子。您想红烧还是清蒸还是糖醋？我这就给您做。”

母亲说把我奶打下来你喝吗？

张大民热泪盈眶，什么也不想说了。他把煮好的王八端给李云芳，她老半天不敢张嘴。它颜色发红，稠乎乎的，像山楂酱或草莓酱一样，散发着生猛的腥味儿，里面还掺杂了一小股清新的甜丝丝的菜墩子的味道。

“吃吧，这就是偏方上说的王八膏子了。”

“对不起。大民，真对不起。”

“对不起我没事，你得对得起这个王八。”

“要是还不下奶怎么办？”

“你说呢？让张树嘬嘬我的奶头儿试试？”

“真对不起了！”

一夜无话。天快亮的时候，张大民被哭声惊醒。他翻身爬起来，发现不光孩子在哭，孩子的妈也在哭。李云芳楚楚动人地看着他，表演似的把手往乳房上一搭，嗖，一股奶射到石榴树上，再一搭，嗖嗖，两股奶白花花地一块儿射到石榴树上，整个屋子都让浓烈的奶香塞满了。张大民抱紧李云芳，觉得不妥，分开又舍不得，就用自己的手换掉她的手，嗖嗖嗖，把奶水喷了一脸。本来有跟着哭一鼻子的念头，这么一闹分散了注意力，也弄不清湿乎乎的鼻梁上有没有自己的泪珠儿了。

“您的下水道堵的时间也太长啦！”

“大民，真对不起你。”

“别往树上滋了，快换一棵树吧。”

张树叼住奶头就不撒嘴了。

“真是天才！我还没教他他自己就会了。”

“大民，我想吃鸡腿儿。”

“知道我兜里还剩多少钱吗？”

“多少钱？”

“四块钱。买鸡爪子可能还够。”

“那就给我买两个凤爪吧！”

“凤爪也贵。云芳，你吃鸡脑袋吗？”

“鸡脑袋有毛。”

“我给你买两根鸡脖子吧？”

“不用了，我一想就没有食欲了。”

“我也是。我都起鸡皮疙瘩了。”

“我现在不想吃鸡腿儿了。”

“我赞成，想吃以后再吃。”

两个人头挨着头，亲嘴儿，叹气，接着亲嘴儿，继续叹气，显露了幸福过后的疲乏。张大民仍然平静不下来，为李云芳湿润的奶头儿激动，也为李云芳想吃鸡腿儿的念头而困惑。他自己什么都不想吃。现在，有张树一个人吃就够了。亲娘的奶水终于把美国奶粉打败了。不对！是一只中国的王八，一只变成了糨糊的大王八，把美国的牛奶托拉斯给彻底击溃了。它们再也别指望从张大民的裤兜里往外掏钱了。谢天谢地，孩子的妈通啦！

我们自己有奶了！

两个人亲嘴儿亲得牙床子都疼了。

“我不想吃鸡腿儿了。”

“鸡皮疙瘩刚下去。”

“大民，我想……”

“你想喝白开水吗？”

“我……”

“我早就给你凉好了。”

“好吧。那就来一杯白开水吧。”

“……味道好极了。”

张大民自己先喝了两口，然后把杯子递给李云芳，相信她必有同感。张大民很舒服地闭上眼睛，听见白开水在李云芳喉咙里发出咕咕的声音，暗自想道，除了不花钱的白开水，她还需要点儿什么呢？这个儿子要吃奶母亲想吃鸡腿儿父亲打算舔掉碗底儿的王八渣子的家庭，到底还需要点儿什么呢？

张树过满月那天，张大民做了一锅卤，请全家吃了一顿捞面条。吃到半截儿，张大民用筷子捅了捅张三民，我跟你说件事。张三民笑着说，怎么这么寸呐，我也想跟你说件事。两个人躲在小厨房谦让起来，你先说，你先说，还是你先说，我先说就我先说。张大民凑近张三民的脑袋，压低了声音，像一只哼哼着的大蚊子，要在三民的耳朵上叮一下。他说你能借我二百块钱吗？张三民僵住了，含着一嘴面条，就像十几条蛔虫正从牙缝里爬出来。张大民连忙解嘲，算了，算了，就算我什么都没说，该你说了。张三民把蛔虫咽回去，很困难地闭着嘴，似乎生怕它们再钻出来，过了半天才从牙缝儿里挤出几个字。我们看中了一台音响，钱不够，想跟你借三百块钱。张大民挥挥手，算了，算了，就算咱们俩什么都没说，就算你放了一个屁，我也放了一个屁，一风吹了，行了，没有味儿了。

回到屋子里继续吃面条。张大民看见张二民去厨房加卤，也装着要加卤，蹑手蹑脚地跟到灶台旁，脸上洋溢着谄媚的笑容。张二民越来越古怪了，大脸浓妆艳抹，像扑了三层没加水的淀粉，眉毛又粗又黑，像两条毛毛虫，一犯犟毛毛虫就一耸一耸地动起来了。张大民轻轻地笑着，二民，我想跟你说个事。话一出口便有些后悔，不行呀，太直露啦，赶快绕个弯子补救一下吧！

“二民，你的妆化得越来越地道了。”

“我没钱！有钱也不借给你！”

张二民突然张开大嘴，要吃了他，至少是要把他的脑门子咬下来。张大民被彻底噎住，明白自己被人民币遮住了双眼，又一次错误地估计了形势了。不错，血浓于水，可卤还浓于血呢，只要自己吃着合适，还把血做成血豆腐拌在卤里呢！不错，人嘴能说人话，可说着说着高兴了或不高兴了，这张嘴还会放屁呢，比真屁都劲大，还能砸人一溜儿跟头呢，能砸得你半天爬不起来哭不出来明白不过来呢！张大民真的蒙了。不过，他迅速地爬起来，掸掸身上的土，擦擦脸上的唾沫星子，沿着自己的思路继续摸索着前进了。

“二民，不是钱的事儿，是你搞对象的事。听说你在肉联厂搞了个临时工，大家很关心你。听说临时工是个农村户口，还是山西的农村户口，大家更关心你了。我们知道你在恋爱上遇到很多挫折，不是一般的多，还净碰上有眼无珠的人，里边儿还有几个狼心狗肺的人，这都不是你的责任呀！而且也无损于你的形象呀！你还是你。你还叫张二民。你还像从前一样，朴素、善良、丰满、坚强……话不多，句句都能说到点儿上；不爱笑，在心里笑也有办法让人看出来；爱哭，哭一会儿就不哭了，哭完了比哭以前更懂事儿了。你有这么多优点，凭什么不自信呢？你应该好好想想，是把这么多优点交给一个有户口的人呢，还是交给一个从山西冒出来的爱吃醋的人呢？我要是你，我就张开大嘴告诉他，别往前凑，离老娘远点儿！二民，你可千万别糊涂。早市上萝卜三毛一斤，到中午两毛一斤，天一黑就一毛一斤了。这时候过来个家伙，问你五分卖吗，你一不耐烦心一软，说不定就卖了。你不能卖！你得等着。这时候又来了一个家伙，问你一毛五卖吗，你就可以考虑考虑了。不管天多黑了，你都得凑近了看看他的脸，看看他是谁，闻闻他嘴里有没有醋味儿有没有蒜味儿。二民，我敢跟你打包票，这家伙是个有城市户口的人，别说一毛五，八分也应该卖了。可是你看你，你看你，五分就卖了。太贱了！二民，我们都很难过。我们不是为自己难过。五分钱里没有一分钱是我们的。你白给人家我们也没有办法。我们就是觉得不能这么早就泄气，价儿高一点儿不碍事，从早上已经都到晚上了，再蹲两个小时怕什么？你蹲不了我们替你蹲。怎么拍拍屁股就跟人走了呢？你也太不自信了。你看我，我都蹲到后半夜了，我就不走，怎么样，李云芳还不是自己爬到我秤盘子里来了。你好好等等，说不定能等个什么东西呢。二民，我就说这个事，我不说钱的事。你还有一个优点，刚才忘说了。你喜欢攒钱，谁也不知道你攒了多少钱。慢慢攒吧，我们根本不想知道，又不是我们的钱。不过我还是要提醒你，千万别告诉山西人你的存折放在什么地方！也别带在身上，他摸你的时候顺手给摸走了就惨了。让他给摸走了，还不如自己花呢，还不如借给别人花呢，还不如借给……”

张二民眼含泪花，把面条全戳烂了。

“张大民，我谢谢你。”

声音很低，然后突然抬高了八度。

“张大民，我有钱也不借给你！”

停顿了片刻，轰隆，又抬高一个八度。

“张大民，我嫁给一只山西猴儿，你管得着吗？我乐意！我拿存折喂一头山西的大叫驴，我气死你，张大民！”

母亲说怎么了怎么又掐上了！

张大民说没事没事醋瓶子掉卤里了。

张树一辈子只有一个满月，本想吃一次胜利的面条，团结的面条，朝气蓬勃的面条，结果吃成了一次失败的面条，分裂的面条，垂头丧气的面条。面条堵在张大民的心口上，像铁丝一样支棱着，半个月都没有消化。他在保温瓶厂申请了困难补助。补助有三档，五十元，四十元，三十元。申请很踊跃，比申请入党还踊跃。他怕打破脑袋，没申请五十元，申请了四十元。班组筛了一道，工段筛了一道，筛到车间这一道四十元一档的只剩下两个人。张大民和那个人去工会介绍情况，一边走一边生了幻觉，看见自己捡了个钱包。钱包瘪瘪的，以为什么也没有，打开一看，是四十块钱，十块钱一张，一共四张。他看四下无人，就把钱包偷偷揣起来，心里很高兴。他在工会的椅子上坐下来的时候，脸都红了。那个人开始介绍情况，父亲偏瘫，母亲白内障，岳父糖尿病，岳母让车撞了，老婆心动过速，大儿子多动症，二儿子血色素偏低，还缺钙，半夜老抽筋儿……张大民站起来，扭头儿向外走。工会干事叫他，该你了，你干吗去？他说你们爱给谁给谁吧，我钱包丢路上了，我得捡钱包去了！

过了一些日子，李云芳老在家里闻到油漆味儿，起初不在意，不料油漆味儿越来越浓，半夜醒过来闻闻，呛眼睛，还呛鼻子。她把脸贴在墙上，贴在床单上，闻着闻着就闻到张大民的头发里去了。她推醒他，让他坦白，他不坦白。她使劲儿拧他，让他说，他就不说。她就用两个指甲片掐住他米粒儿大的一块肉，慢慢往起提溜。他说哎哟，饶命啊，我说我说，油漆商店一个站柜台的大美妞儿看上我了，她老拿手摸我头发，还摸我别的地方，不信你闻，味儿都串到后臀尖上去了。哎哟！李云芳，把我掐死了有你什么好儿啊！有本事掐我一嘟噜，掐我的汗毛眼儿算干吗呀！张树，张树，醒醒。快咬你妈奶头！快点儿，咬一个抓一个，别撒嘴，儿子！咱俩一人咬一个，别跟我抢！哎哟，给我报仇啊，你妈把你爸掐死了，你妈把你爸的麻筋儿都给掐出来了，你妈把你爸的水儿都给挤出来了……

闹累了，夫妇俩静静地躺着，谁也不说话。李云芳给张大民揉着刚刚掐过的地方，张大民咝咝地往嘴里吸气，像吃多了辣椒一样。

“云芳，我调到喷漆车间去了。”

那边不言语。

“有岗位补贴，每个月多挣三十四块。”

还是不言语。

“都说有毒。我看没毒。喷漆车间都是农民工，一个个壮得驴似的，有什么毒？我才不怕呢！人家都没事，我能有什么事？有人说我有病，他才有病呢！我没病。我就是想多挣钱。多挣钱也算病，我愿意天天得病，只要别病死，一辈子有病才好呢！云芳，三十四块！一个人生活费有了，鸡腿儿也有了，不是挺合适么！漆味儿怕什么？闻几天就闻惯了。我刚进喷漆车间老头晕，一个礼拜就不晕了。油漆有股苹果味儿，有的有股栗子味儿，闻惯了不闻都不行，不闻头晕。云芳，你别拦着我。我要想挣钱，老虎都拦不住我。我就是老虎，我是玩儿命挣钱的老虎，谁拦着我，我吃谁！你要拦着我，我天天晕俩大马趴给你看，我晕在大街上不起来，你得乖乖地把我抬到喷漆车间去。云芳，我说话算话，你信不信？”

“我把你抬到火葬场去！”

李云芳笑着，噗噜一声，终于哭了。

“烧一次给我多少钱？便宜了不干。”

“你有病！”

“我没病。”

“你就是有病！”

“咱俩都有病就等于谁也没病了。”

“大民，你真傻呀！”

“你知道了？祝贺祝贺。”

“你真蠢呀！”

“再说我蠢我把你鼻子咬下来！”

李云芳轻轻抽泣，无力说话了，张大民笨拙地抱着她，一遍一遍地给她胡噜背，往她的眼睛上鼻子上嘴上眉毛上耳朵上吹气，一遍一遍地吹气，轻轻吹气，像一个被吓坏了的仍在顽强嬉戏的孩子。

“明天拿洗衣粉洗头试试，再有味儿就没办法了。他们说用碱也可以。你说行吗？我记得蒸窝头才用碱呢。云芳，我是不是记错了？我记得碱是发面用的，不是洗头用的。倒不妨试一试。往头发上撒点儿碱面儿再上班，下了班拿水一冲，没味儿了更好，有味儿肯定也不是过去的味儿，说不定满脑袋都是窝头味儿了。云芳，你爱吃棒子面儿吗？我……”

李云芳睡着了。张大民一手搂着李云芳，一手搂着张树，陷入了一股绵绵不绝的油漆的清香之中。他沉醉地闭上眼睛，幻想着一个满身碱味儿的张大民昂首阔步地走在挣钱的路上，突然捡到了一个钱包，数了数有三十四块钱。他把钱包据为己有，一点儿也没脸红，继续昂首阔步地向前迈进了。从此以后，他们又过上幸福的生活了。用了很多肥皂，用了很多洗衣粉，还用了不少碱面儿。可是有什么用呢？什么东西能阻挡幸福的脚步呢？谁也无法阻止张大民用五彩油漆来粉刷他们的幸福生活了。

他们的幸福生活是油漆味儿的了。

张树周岁那年，张二民结婚了。全家人都不赞成她的婚事，她收拾了自己的东西，冷冰冰地扫了全家人每人一眼，扬长而去，去了便很少回来了。她先跟着山西人去了山西，在一个叫霍县的地方完了婚事。霍县是什么地方，全家人谁也没听说过，是个每人每顿儿都得来一碗醋的好地方吧？后来山西人在顺义包了个猪场，她就辞了工作，跟着喂猪去了。据说发了，发了跟全家人也没有什么关系了。张大民老想，哪天她赶着一头大肥猪回娘家，我就把她连人带猪一块儿轰出去！可是她始终不露面，说明发了——所谓发了，不过是没安好心的谣言罢了。我们还没发呢，她凭什么就发了！没错，谣言罢了。

张树两岁那年，张四民从护校毕业，实习也结束了，分到九院的妇产科做了助产士。她还在家里住，在家里吃早饭和晚饭，中午带饭盒。饭盒上老有一种淡淡的来苏水味儿，身上和床铺上也有这种味儿。张四民也越来越古怪了。她和张二民不一样，不往脸上扑粉儿，不画眉毛，也不涂嘴。她不让别人坐她的床，也不让别人碰她的被子，坐了碰了，她就不高兴。她不高兴别人看不出来，脸上平平静静的，只是不说话。也不是完全不说话，只是不主动说话，别人跟她说话她还是很有礼貌的，她的不高兴便十分隐蔽。那天张大民堵在大门口想心事，忘了给张四民让路，她就那么悄悄地站着，不说话，等了有十分钟。张大民醒悟之后连忙闪开，她笑了笑，侧着身子过去了，还是不言语。张大民奇怪，哪儿得罪她了？事后才知道，他用了她的擦脸毛巾。张大民向李云芳哀叹，她跟你属于同一个品种，比你还瘮人！李云芳指点他，这叫洁癖。张大民由哀叹转向哀鸣，咱们这种破家也出这号儿人？洁……洁癖？这不等于从下水道里蹦出个卫生球儿吗！张大民由此卫生了不少，变得格外小心了。除了洁癖，张四民还有工作癖，业务上很钻研。她交际少，不贪玩儿，老看产科方面的书，还弄来一个塑料骨盆，没事儿就拨拉拨拉，很投入。骨盆像一个树墩子，平时搁在铺底下，下面垫块板儿，上面罩个塑料袋儿。那天家里没人，张大民拿开塑料袋儿，吓了一跳。怎么跟从哪儿剁下来的一块碎尸一样？唇呀，蒂呀，道呀，毛呀，什么都有，还挺全，真的似的！正看得有趣，李云芳不知何时来到背后，铆足了劲照他屁股就是一脚，差点儿把他踹到床底下去。张大民爬起来嘻嘻笑着，不好意思不好意思，跟赤脚医生手册不一样，闹不明白闹不明白，好像跟你也不一样……李云芳追上去，一脚把他踹到厨房里去了。那一年，张四民做了先进工作者，以后她便年年都是先进工作者了。

张树三岁那年，张五民从西北农大来了一封信，信不长，每个字有枣儿那么大。信的开头说，他仍旧不回来过暑假，他要去体验民情。母亲说什么叫体验民情，张大民说我也不知道，是到村儿里看看热闹吧。母亲叹息一声，他就不想看看我？信的中间说，他补选了学生会副主席，半年以后，争取竞选正主席。母亲乐了，主席的官儿有多大？张大民说没多大，跟居委会主任差不多吧。母亲撇撇嘴，不乐了。信的结尾说，我要考研究生，我需要很多书，书是知识的海洋，我迫切需要在里面自由地游泳。然后笔锋一转，信的最后一句话豁然写道——听说你们都长了两级工资，请每个月多给我寄三十块钱，切切！母亲停了一会儿才说，我管十块钱，剩下的你们管。张大民说我也管十块钱，剩下的三民管。张三民说我不管，我正攒钱买摩托车呢，在食堂吃咸菜都吃了一年了。张四民说我管吧。母亲叹息一声，你才挣几个钱？先进工作者微微一笑，我一个人花不了多少钱，又微微一笑，三十块钱都让我管吧，就算五民替我读研究生了。张大民很难过，他从小就喜欢这个妹妹，现在更喜欢这个妹妹了。母亲问自由地游泳是什么意思，看样子对五民很不放心。张大民说自由地游泳就是游自由泳，就是狗刨儿，当主席了，大风大浪了，学会狗刨儿了！年底，主席来信报捷，竞选已经成功，开始全面地总地负责学生会的具体工作了。这一次没提钱。张大民松了口气，只要别加钱，您开始负责全国全党全军全国人民的工作我们也管不着您呐！母亲还老跟邻居显摆，我儿子当主席了，好像家里出了个居委会头儿多光荣似的，多不容易似的，多给祖宗脸上贴金似的！太愚昧了。

张树四岁那年，张三民的媳妇毛小莎不知动了哪根儿筋，开始频频地调工作。先从百货商店调到轻工局，又从轻工局跳到文化馆，最后在文化馆一拧屁股，又踅到哪个旅游公司里去了。张三民对着家人疑惑的目光，乱挑大拇哥，我媳妇有路子！不久借到一套楼房，一室一厅，搬家的时候，张三民牛气得不行，连大拇脚指头都挑起来了，我媳妇有路子！张大民心说，整天跳槽，不老老实实在一个地方撒尿，有路子也是屌路子。一天下午，张大民正在喷漆车间喷漆，传话说外边有人找，连忙跑出去，一看是张三民。喝了不少酒，舌头转不动，眼珠儿转不动，傻子一样转着一只大拇哥，眼泪唰一下子就下来了。他说哥，就说不下去了。他说哥，又说不下去了。张大民心里一紧，谁死了？他摇晃三民的肩膀，拧三民的左耳朵，最后给了三民一个大嘴巴，啪嚓！三民的喉头跳了一下，就哭出声音来了。

“我媳妇……”

“你媳妇怎么了？”

三民继续晃着那只大拇哥。

“我媳妇……”

“你媳妇有路子，我知道。”

“我媳妇……”

“我明白，她有路子。”

“路子……婊子！”

“你媳妇……”

“我媳妇是个婊子！”

张三民哭倒在大哥的肩膀上。张大民不知为什么，有点儿欣慰。早就听出来了，不是一只好鸟，是一只浪鸟！张大民在张三民的后腰上拍了拍，想起了儿时的情景，三民脖子里让人灌了沙土，跑回家也是这样哭的。现在，他无法领着三民追出去，灌对方一脖子沙土了。鸟固然不是好鸟，可毕竟是一只鸟啊！歌喉婉转，羽毛美丽，是做小婊子，还是竖大牌坊，人家有人家的自由啊！张大民说别哭了，挺起来，擤擤鼻涕，说说，怎么好好的就成了婊子了？张三民说了两个小时也没说清楚。大意是肚子疼，请了半天假，打开单元门一看，媳妇正领着一个男的穿裤子呢，跟军训时候的紧急集合一样。张大民劝他想开点儿，别以为就自己倒霉。这种鸟很多，有越来越多的趋势，随便挑一座居民楼看看，隔一个笼子一只，可能邪乎点儿，隔两个笼子一只，那是一定不会错的，不信就拉出来遛遛。张三民没想到有这么多战友，听大哥一说，觉得有道理，慢慢就平静了。他底气不足地嘟囔，真恨不得杀了她。张大民说千万别杀她，你要么放了她，爱飞哪儿飞哪儿，要么就给她拔拔毛，告诉她不老实，拔光了算，别让她不知道你是谁！我建议你重找一只。不会叫唤都没关系，关键是要品德优良，死蹲一个茅坑儿不起来，得是真正的好品种，就像我媳妇那样。张三民没有正面回答他，走的时候只是连连叹息，早一点儿给她拔毛就好了，早一点儿拔就好了。晚上刚回家，张三民就来了传呼电话。张大民没有醒过味儿来，兴冲冲地说怎么着，你给她拔毛了吗？

“哥，我们和解了。”

张大民差点儿没背过气去。

"哥，别告诉咱妈。"

手能从电话线伸过去，就抽他了！

"哥，我原谅小莎了。"

"什么鸟儿东西！"

张大民摔了电话，气得眼冒金星。那只鸟往三民嘴里拉了一摊屎，吧噔儿一下，丫没给吐出来，丫给吃进去了！妈怎么给生了这么一个弟弟呀，生得太没水平了，早知道这样，直接给生个小王八不就完了么！爸早晚得从骨灰盒里爬出来，没别的，给气活了，让吃鸟粪的儿子给气活了。

秋天，张五民回来了。完全变了一个人。个子高大，肩膀结实，眉清目朗，谈笑自如，嗓音嗡嗡的，听着特别厚实，特别舒服。母亲一见他就哭了，抱着不撒手。他很得体，显然见了不少大世面，不怕别人哭，用低沉的喉音管自说道，老人家，身体怎么样，这几年您受苦啦！张大民站在旁边纳闷，又钻出一只，是哪儿飞来的呆鸟呢？不论从内容到形式，这一位怎么看怎么不一般，颠过来倒过去，揉开了掰碎喽，怎么看怎么不是凡人，也不是张大民他们家的人。他没有考研究生，直接参加分配，准备到农业部下边的一个司下边的一个处里去做事。他很快就去报到，并很快住进部里的单身宿舍了。他用浑厚的嗓音提出建议，家里要尽快装个电话，否则多不方便，有事都没法儿通知你们。张大民的脑袋嗡一声就大了。

"不是正等着您挣钱交初装费呢么。"

张五民一愣，很有风度地笑了笑，没有接话。主席不白当，会察言观色了。

“你不用通知我们，部长想接见了，你直接把他拉咱家来不就完了么。”

“大哥，你越来越风趣了。”

“你不是想去新疆种苜蓿种向日葵么？怎么不去了？人家给种满了，新疆没你地儿了吧？新疆没地儿了，扭头儿奔内蒙古呀，怎么一脑袋扎到水泥大楼里去了，不嫌憋得慌了？”

“那时候我的想法很幼稚，很可笑。”

“怎么也没考研究生啊？”

“大家都认为我适合走仕途。”

“身上多带俩保险钩儿。”

“怎么呢？”

“爬两步就挂一个，小心别掉下来！”

“我借大哥的吉言了。”

小子向外走的时候，脚步咚咚直颤，好像是一辆坦克开到社会上去了。母亲说我们老五最有出息了，又问仕途是什么意思，什么叫仕途，是泥道儿吗？张大民说您甭问我们，您肯定看见过。场子中间戳一根杆儿，一敲锣，一群猴儿抢着往上爬，中间那根杆儿就叫仕途。咱家老五的出息大了去了。

母亲说比喷漆的活儿强点儿不？

“您寒碜我干吗？”

张大民灰溜溜地找石榴树就伴儿去了。石榴树样子没变，粗了不少，撑裂了屋顶的油毡。外面一落雨，树皮就跟着流水，缠上毛巾不管用，把儿子的毛巾被裹上，居然管用了。张大民看着水淋淋的石榴树，觉着一个人的眼泪在流，永远也流不完了。

张树五岁那年，家里出了一件大事。除夕下午，全家人包饺子。母亲拿了十块钱，上街买醋，买蒜。张树像小尾巴儿一样跟着她。先到副食店买醋，然后拎着醋瓶子去菜市买蒜。蒜挑好了，搁在秤盘里也约好了，一摸没钱。赶紧回副食店，我买了一瓶醋，你们没找钱。那边说不可能，您的醋呢？赶紧回蒜摊儿，我的醋呢？那边说啥醋，俺们就卖蒜，俺们不卖醋。母亲回到家里，失魂落魄，喃喃自语，老糊涂了把钱给丢了把醋也给丢了。张大民说没事没事，丢了就丢了，张树呢？母亲哼哼了一声，就坐在地上了。

张树没有走远。李云芳哭天抹泪地来到街上，发现儿子正在菜市溜达，背着小手儿，看看茄子看看扁豆，视察得正来劲呢！他不慌不忙地向众人汇报，奶奶跑了，奶奶没影儿了。后来奶奶回来了，奶奶又往那边跑了，奶奶又没影儿了。奶奶上哪儿了？

奶奶一个人儿回家了。

大家笑过之后，没有当回事。老人记性不好不是一天两天了，多了个笑话而已。上街别带孩子，买东西少带钱，炒菜别忘了关火，还能让老太太怎么样呢？总不能让她和孙子一块儿上幼儿园吧？半个月之后，母亲失踪了。

那天正好张五民回来，母亲说你爱吃茄子，我给你做烧茄子，我给你上街买茄子去。谁也没拦她，一去便失了踪影。

起初都不在意，张大民还开玩笑，妈买俩茄子，丢了一个，正满世界找呢，找什么，自己给吃了！后来过了吃饭时间，突然觉得不妙了。晚上，大家坐在派出所走廊里等消息，张大民把张五民骂了个狗血喷头。吃什么烧茄子？不吃烧茄子你烧得慌？不吃烧茄子你拉不出屎来？不吃烧茄子你爬不上去是不是？想吃自己烧去！妈丢了，我看你吃什么！妈要找回来，你爱吃什么吃什么！妈要找不回来，我……我吃你！我烧了你个大瘪茄子，我吃你！哥儿俩都哭了。大学生，知识分子，机关工作人员，仕途的跋涉者——张五民同志无法忍受羞辱与悲伤，终于跳起来了。

“这是命运！能赖我吗？”

“不赖你赖谁！”

“应该诅咒的是命运！”

“拉不出屎赖茅房！你不馋烧茄子，命运能这样儿吗？你不在家，妈命运挺好的，你一回家，妈就不走运了，你还说什么呀？赖人命运干吗呀？这事儿从头到尾我都看着，不赖命运，就赖你！一听吃烧茄子，哈喇子都下来了，您还仕途呢您，快找个小饭铺跑堂儿去吧！您不嫌寒碜，我们还嫌寒碜呢。命运跟谁过不去，也应该找你这样儿的，找爱吃烧茄子的，找咱妈干吗？”

“我不就这一种爱好嘛！”

“一种爱好就把妈弄没了，多俩爱好，把大家都弄没了，你就踏实了！”

“你不能这样跟我说话！”

“我还能跟谁这么说话？”

“我现在是科长，不许你伤害我！”

“爬得够快的！科……长，好好，很好，科长……我没别的爱好，我就爱吃科长！我现在就烧了你！我吃红烧科长！还真拿自己当道菜呢？你给我边儿待着去吧，还科科科……科长呢！茄茄茄……茄子！大生茄子！”

值班民警推门出来，很不高兴，吵什么吵什么，分遗产早点儿了吧？张大民抓住民警一条胳膊，哈着满嘴酒气，凑近了往人家脸上喷，露着一脸套近乎的纯朴的傻笑。

“拜托了！说什么也得帮我们找回来，不找回来我们不答应！人民的警察爱人民，人民的警察找母亲！我们兄妹几个就这么一个妈……我们的妈也是你们的妈，你们得快点儿找，不快点儿找，碰上人口贩子，把咱妈卖了，咱们还对得起人民吗？同志……”

“灌了几泡尿？有一百个妈也让你丢了！”

“我就一个妈，加上你的妈才俩妈。”

“我妈是我妈，瞎扯什么！”

“谁瞎扯了？我妈不是你妈是谁妈？”

民警把他搡开，与五民小声说话。

“这小子是谁？”

“……我大哥。”

“平时对老妈不上心，丢了又装洋蒜？”

“……他就那德行！”

“酒鬼？把老妈的钱偷着喝了，是不是？”

“……他人就那德行！”

“他会不会找个没人的地方……我的意思是，他会不会把你妈给扔了？”

“那倒不会！”

张五民脸红了，又补了一句。

“他还没有坏到那种程度。”

“没准儿，去年我办过一个，跟我这儿装洋蒜，拉着我认干妈，让我一眼看穿了。”

“我向您保证，我大哥是好人。”

“是好人？”

“好人！”

“……怎么看不大出来呀？”

民警朝张大民的傻脸摇摇头，回屋去了。兄弟俩在派出所的长椅上睡了一夜。没有消息。爱吃冰的母亲说话短促有力的母亲——真的失踪了！张大民找到母亲的相片，放在相框里，摆到冰箱上。全家人围着圆桌坐着，不敢看母亲的笑容，都看着冰箱。张五民很难过，朝冰箱鞠了三个躬就出去了。

“妈，我再吃一口烧茄子我就不是人。”

张大民不信，狗改不了吃屎，张五民改不了吃烧茄子。农业部食堂一出味儿，汪汪汪，头一个冲上去的不是别人，肯定是年轻有为的张科长。部长爱吃烧茄子那就另说了。

张大民也给母亲鞠了三个躬。

“妈，您就这样走了。您为了让小五儿吃一顿烧茄子，就这样匆匆地离开了我们。哪儿都能找到茄子，找不到鲜茄子也能找到茄子干儿，可是我们上哪儿去找您呢……”

张四民说别说了，就趴在桌子上哭了。

五天以后，在河北省的一条乡间公路上，风尘仆仆走着一个老太太。她满头草屑，一步三摇，像啃苹果一样啃着一个茄子，网兜儿里还拎着一个茄子。巡警把车停下来问她，大娘，这是去哪里呀？老太太一嘴京腔儿，我们家搬家了，我找不着家了。老太太一上车便催，快走，我儿子等着吃烧茄子呢！

“您儿子是谁呀？”

“我儿子是主席。”

“什么主席？”

“正主席，什么都管。”

巡警们互相看了看。

“……是政协主席吗？”

“是。”

“他叫什么名字？”

“老五。”

巡警们又互相看了看。

“您家在哪儿住？”

“前边儿，房子里长棵石榴树的就是。”

巡警们就什么都不说了。

第二天上午，保温瓶厂厂长办公室接到一个电话，公安局打来的。先问有没有一台会飞的锅炉，又问有没有一个人让这台锅炉给弄死了，最后说有这么一个老太太……办公室的老干事跳起来，我操，这不是张大民他妈嘛！干事像鹰一样飞进喷漆车间，落在迷迷瞪瞪干活的张大民背后。

“你妈没丢！你妈在河北呢！”

张大民差点儿栽到油漆桶里去。母亲被搀进家门的时候，连自己的相片都认不出来了。她扒着冰箱看了又看，老问这是谁家的闺女呀，真俊！医院下了诊断书，二期老年进行性痴呆症，据说到三期就该吃自己拉的屎了。母亲的病情没有恶化，时好时坏，好的时候比好人差不远，坏的时候比最坏的孩子都差得多了。她没事老开冰箱。不拿东西，打开看一看，歪着脑袋想一想，再关上。过五分钟又打开，还不拿东西，想一想，看一看，笑一笑，就关上。张大民很恼火。他去电器修理部打听，能不能给冰箱上把锁？人家小心翼翼地看着他，您有非常贵重的食品需要保存吗？他说没有，就是点儿剩菜。人家就用蔑视的目光看着他了。

“您想把冰箱改保险箱？”

“不是。我就是想省电。”

“省电？您把插销拔下来不就行了么。”

“拔下来我找你干吗？”

“谁知道你找我干吗，吃多了！”

张大民生了一肚子气，回家找根行李绳子，捆犯人一样把冰箱给捆上了。添了许多麻烦，省电省了不少，也算不是法子的法子，好歹把母亲玩儿冰箱的毛病给治住了。晚上，没人敢陪她睡觉，张大民就陪她睡觉。她半夜爬起来，四处摸索，不知要干什么。找尿盆吗？张大民不说话，想找找规律。母亲摸进了厨房，摸完了水缸摸锅，不是找尿盆。母亲把铝锅放在地上，窸窸窣窣弄了半天，然后哗，撒了一泡尿。还是找尿盆去了！

张大民操心的事情便越来越多了。

张树六岁那年，家里又出了一件大事。张二民不生孩子，让山西人打得鼻青脸肿，自己跑回来了。母亲不认识她老问你是谁呀，哪庙的，老在这儿坐着干吗？二民脾气强多了，说话不梗脖子，三五句说到伤心处，便闷着头儿吧嗒吧嗒掉眼泪。张大民陪着她一块儿叹气，你看你，不听我的，非要嫁一山西猴儿，让猴儿给挠了吧？非要拿存折喂一山西大叫驴，还要气死我，我还没气死呢，山西大叫驴一尥蹶子，把您给踢背过去了。现在怎么办？我倒想杀驴卖肉，给我妹妹出口气，可是法律不允许我那么做呀！嫁狗随狗，你嫁了一头驴，也只能随他去了吧？从他屁股后头过的时候，离他远点儿，我看也就这样了。

“大哥，我的命好苦啊！”

这是过去那个张二民么？不过，尽管她左手俩戒指，右手仨戒指，胳膊上一根镯子，脖子上一条链子，金灿灿的一嘟噜，身上却还是原先那股味道。在肉联厂大肠组的时候，都说是肠子味儿，那是客气。现在猪场的干活，八格牙路，用不着客气，就直说那是猪粪是臭大粪的味道了！金子都冒出屎味儿来了，她的命能不苦么？张大民还有一个意思不跟别人说，只在半夜扪着心口跟自己说，戴多少金子也是鼻青脸肿，我们云芳一粒金子没有，我们云芳不鼻青脸肿！再者说了，那是金子吗？谁敢保证那是金子？拿几块烂铜充数罢了！

罢了。

山西人来了。灰西服，大戒指，大镏子，大链子，也是一片金光，那叫土！一张嘴，出来俩大金牙，土上添土！他把点心和水果放在桌子上，把酒放在冰箱上，把两条烟放在凳子上，突然不知道应该坐哪儿了。他朝老太太鞠了一躬，妈！口音很浓，舌头上像勒着两根儿线一样。妈不理他，只是郑重地发问，你是谁？哪庙的？他立刻不知所措，脸红脸白，像进了校长室的小学生了。这个山西人给张大民留下了非常美好的印象。最美好的印象便是，山西人也鼻青脸肿，比张二民鼻还青脸还肿，真是彼此彼此，女貌郎才，皆大欢喜啦！张大民看张二民不理他，便把他请到自己的小屋里，缓和一下气氛，也想顺便跟他谈一谈。山西人吃惊地看看石榴树，小心地在床边坐下了。

“先生贵姓？”

“免贵，姓李。”

“怎么称呼？”

“李木勺。”

“勺儿？什么勺儿？”

“舀蜂蜜的勺儿，我爹是养蜂的。”

“木勺先生……”

“你就叫我勺子吧，二民叫我勺子。”

“勺子……咱俩是头一回见面。上次你把我妹妹娶走了，也没打招呼，我就不追究了。这回你把我妹妹脑门子打个大包，都青了，跟白洋淀的咸鸭蛋似的，我可就不想饶你了。我这当哥哥的要好好批批你了。”

“该批该批！打也不冤！”

张大民对他的印象便越发美好了。

“贫下中农爱打老婆，这我们知道。可是，你跑到工人阶级家里来打老婆，这合适吗？你也不问问，我们工人阶级同意吗？想打人，上了街看谁不顺眼，你打谁不行，干吗躲在屋里打自己的老婆呀？工人阶级一专政，往死里打你一顿，你受得了吗？往后别打老婆，手痒痒了给自己几个大嘴巴，舍不得打嘴巴就扇自己的屁股蛋子，又解了自己的气，还过了打人的瘾，也没什么后遗症，多好！实在憋不住，你拿脑袋撞电线杆子，你跳到水库里喝一肚子水，你哪怕拎根棍子跳到猪圈里揍老母猪一顿，把它揍残废喽……你也别打老婆！老婆是谁呀？陪你干活儿，给你做饭，帮你出主意，甜的留给你吃，苦的留给自己吃，剩一口饭了也给你多半口，她吃小半口，老婆容易吗？白天忙够了，晚上还陪你乐和，她自己不乐和都装得比你还乐和，好让你乐和。你乐和够了，爬起来就打老婆，你算什么东西？你还是个人么你？你要再打我妹妹，我把你木头勺子撅两截儿喽！我上山西霍县刨你们家祖坟去！”

山西人的眼睛闪烁着悔恨的泪光。

“该刨该刨！你是个好嘴！道理明，道理通。悔死啦，对不住二民，她是个好老婆！大哥，你是不知道……我打她可比不上……比不上她干我凶哩！”

“我妹妹揍你了吗？”

“我不说。我丢人！”

“女的打男的我就管不着了。跟自卫有关的事我也不管。你们两口子的事还是得你们两口子管，我说多了就不合适了。”

“你会说！说得明！大哥，你说说看……她扬着铁锹追我，我绕了三排猪圈也躲不过。我一追她，她一翻就翻到猪场墙外面去哩！你给说说看……”

“上蹿下跳的，都着什么急呢？”

“我们俩都想孩子！”

“想能想出来？打能打出来？得踏踏实实做工作，还得碰运气，蛮干不行。”

“运气赖！她赖我，我赖她。”

“给二民瞧过病吗？”

“瞧过三个医院，都没有病。”

“那就是你的毛病了。”

“我没有病。我家伙好使！”

“你得瞧病去。”

“我不瞧，我这里好使得不行！”

“好使也不行。骡子好使，管什么？光撒种不长东西。想孩子就赶紧瞧病！”

“你好嘴。你说咋着就咋着。”

山西人答应瞧病。张大民答应陪山西人瞧病。两个人脾气相投，分手之际像刚刚拜了把子的兄弟一样。出门的时候，李木匀指指石榴树，屋子不大，咋还下个柱？张大民谦虚地告诉他，那不是柱，那是棵树。李木匀不胜唏嘘，你们城里人的日子真是不容易啊！

贫下中农终于觉悟了。

张大民在鼓楼附近打听了一家医院。第一次去，居然没挂上号。第二次两人天不亮就去了，又差点儿没挂上号。骡子太多啦！进诊室的时候，李木匀腿肚子转筋，非要拉着张大民一块儿进去不可。张大民先好言相劝，见说不通，就把他往门里一推，玩儿去！不久便出来了，捏着一个手指头粗细的玻璃管儿，探头探脑地四处找茅房。

“验尿？”

“……他们要我的屄。”

“查精液？管儿太细了，进得去吗？”

“你可说哩？”

两人一进公共厕所就傻眼了。每一段墙壁都对着一个人，肩膀挨着肩膀，叹息跟着喘息，摇头伴着点头，都在垂首努力，目标对准了同样的细细的玻璃管儿。天呐，太不文明啦，太惨无人道啦。怎么背着人干的事情，竟然当着人干呢？骡子们想儿子想疯啦！李木匀对着拖把弄了片刻，脸似猪肝，筛糠一样抖着脚后跟，都快哭了。

“大哥，我不行。我当着大伙儿说啥也不行，弄不惯。去旅社开个房吧，我慢慢弄。”

“来不及了。这儿有一坑儿，快来！”

张大民把李木勺塞进了木头隔断，听他在里面叹气，呻吟，又叹气，嘬牙花子，对他充满了同情和怜悯。为了有个孩子，妹夫你辛苦啦，别着急慢慢弄吧。李木勺咚一声推开门，满头大汗，眼神儿绝望了。

“不行，说啥也不行！去旅社开个房吧，把二民接来……”

“黄花菜都凉了！挂个号容易吗？进去，接着来。连这都不会，长这么大都干吗了！”

张大民把李木勺关回去，跳到大街上买了一本电影杂志。女明星看着还顺眼，估计李木勺看着也不会不顺眼，就是她了。他把她从隔断下边送进去，小声说这回看你的了，再不行鬼都帮不上忙了。李木勺行了，出来了。他一只手端着试管儿，一只手攥着杂志，露出软绵绵的笑容，人基本上已经虚脱了。

“还不快扔了！你扔它干吗，我让你把杂志扔喽！把管儿拿好。我算知道愚公怎么移山了，太他妈伟大了！兄弟，咱们走！”

女明星躺在纸篓子里，对肮脏的男人们发出了蔑视的嘲讽的深恶痛绝的微笑。男人们从厕所逃出去了。但是，男人们胜利了。晶莹的玻璃管儿里已经充满了温柔的液体了。

四个月之后，李木勺领着张二民来报喜。他先给岳母鞠了一个躬，然后扑通跪下了，抱着张大民的大腿就不停眨巴眼睛，想掉眼泪。张树在一边看着，突然冒了一句，卑躬屈膝！把众人吓了一跳，这叫什么话？

“天才！我儿子会说大人话了！”

“大哥，他不是天才，是天才的娃儿，你是天才！大哥，二民怀上了，我谢谢你啦！”

“她怀上了你谢我干吗？”

“没有你她就怀不上！”

“闭嘴！怎么连屁都不会放了！”

“我嘴笨……”

“我知道你笨。我见过。”

“没有你，我吃不上神仙药。他们吃六百服药都怀不上，我吃了六十服就怀上了！没有你就没有我，这事就咱俩知道……没有我，她就怀不上。大哥，我不给你磕头让我给纸上的小娘们儿磕头啊？大哥，受我一拜！”

咚，真磕了一个头。爬起来，掏出了一把戒指，有五六个。张大民只看了一眼，眼就花了。他想干吗？全给我吗？

“大哥，拿着！你家三口人，六只手，一手一个。没啥送，小意思，多喂几口猪就有了，圈里几千口，卖不清！这东西不赖，我看你们哪个手都空着，就缺它。大哥，你嫌少？你嫌少我给你换几个金镯子，我……”

“我倒不嫌少……不是铜的吧？”

李木勺急得张嘴就咬，挨着咬。

“铜的？大哥，咱俩是生死之交！铜的？大哥，你救了我一条命啊！铜的？大哥，你还救了我老婆一条命啊！铜的？大哥……”

“别咬了！别咬坏喽！真不是铜的，我……我就挑一个，就一个！剩下的，你爱给谁给谁。你看老母猪顺眼，愿意给它套蹄子上，我也管不着。我的话你别不爱听，什么东西多了都不行，多了就俗了。我就挑一个。”

“你不贪。大哥，你是一个善人！”

“勺子，这回算你舀到本质了。”

张大民挑了一个小巧的，夜里往李云芳的手指上一箍，严丝合缝，蓬荜生辉。云芳高兴得不得了，却小声嘟囔，这合适吗？张大民说这是我的报酬，用仁慈和智力换来的，我一说你就明白了……便叙述了一切细节，李云芳笑得要死，捂着肚子喘不上气来了。

勤俭节约外带抠门儿的张大民让艰苦朴素外带寒酸的李云芳戴上金光灿灿的9999成色的大戒指了！他们的脸上露出了满足而欣喜的笑容。他们过上更加幸福的生活了。不仅如此，他们让妹妹和妹夫也过上幸福的生活了。

普天之下皆幸福了。

张树是高才生，不是天才，也差不多了。他功课好，爱琢磨事，喜欢刨根问底儿。小学二年级的时候，拿着语文书，问了爸爸两个近义词，也许是两个同义词。

“爸，赤条条是什么意思？”

“赤条条就是光膀子。”

“那赤裸裸呢？”

“赤裸裸……就是光屁股。”

张树耸耸鼻梁便走开了。

几年来，经常守着病母过夜，耽误了张大民的性生活。从前比较勤，是因为新鲜，身体好。如今是王小二过年，一年不如一年，一月不如一月，一次不如一次了。张大民便有些担心，不知是云芳老了，还是自己老了。想弄个究竟，看看到底谁老了，次数竟又勤了起来，大有返老还童之状了。那天，张大民吩咐张树，跟奶奶睡吧，爸爸跟妈妈说个事。

半夜，张大民正和李云芳说事，说咱俩真年轻啊，张树推门进来了。张大民来不及下来，又够不着灯绳，连忙抓了条毛巾被遮上屁股，连脚后跟儿都凉了。

“爸，你刚才是赤裸裸。”

两口子屏住呼吸听着。

“现在又赤条条了。”

张树替他们把灯关上了。

“爸，你在吃奶吗？”

“我……回奶奶屋吧，明儿再告诉你！”

“我都不吃奶了。”

张树鼻子嗤了一下就出去了。两口子彻底无眠，后悔不迭。一个怪一个瘾大，没事找事，一个怪一个没记性，开灯不算，还忘了关门。埋怨够了，把没说完的事接着说完，静下来想明天怎么办，怎么跟孩子对付。一想怎么也没法儿说，又嘟嘟哝哝地埋怨起来了。

张树的眼神儿跟大人一样，让张大民不敢张嘴。吃了晚饭，他领着张树上街，给儿子买了一个冰激凌。吃得高兴了，父子俩在便道上追着跑，相互胳肢。张大民认为机会来了。

“树儿，爸昨晚胳肢你妈来着。”

张树的笑声一下就低了，过一会儿就不笑了。张大民暗想，知道我骗他呢，真他妈天才，小嘎巴豆子什么都懂了，以后的日子没法儿过了。后来，张大民在电视里看到一个老红军，三天两头儿给学生们做报告，表情非常凝重。老红军也叫张树。张大民再看儿子，看儿子那双早熟的眼睛，就有点儿浑身不自在了。两口子商量妥当，给张树改名张林。张大民去派出所改户口本儿，半道进厕所小便。小便池的墙上写着——张林是我儿！又写着——张林是……不写是什么，直接画了一只四条腿的小王八！不行。不能叫这个惨名儿。张大民从厕所出来的时候，他儿子已经叫张小树了。

张小树有一个好朋友，是张四民。张四民不爱说话，跟张小树却有说不完的话。吃饭的时候，张小树老使唤别人。妈，给我姑盛一碗饭，爸，给我姑舀一碗汤。举着一双小筷子，老给他姑夹粉条儿。云芳逗他，不给我夹我不要你了！他说我姑爱吃粉条儿，你爱吃肉，妈，我给你夹肉。敷衍了事地夹了一块肉，又忙着去扒拉粉条儿了。张四民很疼这个孩子，老给他买这买那，让张大民很不高兴。

“你老给他买。我们老不给他买。我们成心不买，就等着你买，不就是这样吗？”

“下次不买了。这孩子真好，知道心疼别人。你和嫂子好福气……”

下次接着买。张大民有时探她的口风，让她把男朋友带家来，给大伙儿看看，参谋参谋。她就红了脸，半天不说话。

等别人把这个话茬儿忘了，她才小声说，我哪儿有男朋友啊，就像自己跟自己叹气似的。张大民认为她有，这么好的女孩儿不可能没有，只是脸皮儿薄，不熟不摘罢了。

第九次被评为先进工作者之后，张四民晕倒在九院的产房里。起初以为是贫血，深入地一查，却是白血病，已经到不易救治的程度了。自从锅炉工被烫死之后，家庭再一次迎来了严重的危机。痴呆症救了母亲，使她看不懂发生的灾难，也没有一丝痛苦。她到了嗜睡的阶段，离吃屎的阶段已经为期不远了。剩下的人轮流到医院看护，老大三天，老二两天，老三一天。老五忙，只在星期天与全家聚到医院，陪姐姐坐半个小时，说几句伤感话，或者说几句转移注意力的话，说的听的都很难受。家里早就装了电话，老五出了一部分钱，别人出了一部分钱。电话很好使，没有杂音，老五厚实的声音嗡嗡地传过来，就像没走远，就躲在冰箱后头说话似的。装了这个电话之后，张副处长——他又爬上去一截儿——就很少回那个叫作家的令人憋闷的地方了。

张三民坐在病房外边的走廊里，有医院的酒精味儿挡着，身上的酒气稍稍降低了一些，脸却是酗酒者的脸，无论如何也是遮挡不住的了。这个没有出息的弟弟呀！张大民可怜他，又恨他，懒得管他家里那些丑事。见了面就心软，不知道能不能帮帮他了。

“还不离?”

“不离。我耗死她!”

“耗死你自己了。”

“死也不离！”

“有什么劲呐。”

“我不离，她就是我老婆。”

“管什么用？”

“管用，是我老婆就得跟我睡觉！”

“恶心不恶心！”

“睡婊子不掏钱，挺好。”

“不怕得病？”

“都他妈烂了才好呢！”

“三民，跟她离了吧。她这么欺负你都不像欺负一个人了！揍她一顿，让她滚蛋吧！”

“哥……我离不开她。”

他用布满血丝的眼睛看着哥哥，就像一个输光了的赌徒，随时准备伸手借钱。张大民懒得搭理他了。三民朝四民的病房那边偏了偏头，玩世不恭地哼哼着，人活着有什么劲呀，想明白喽，混一天算一天完了！张大民心说滚你的蛋吧，思路却跟着顿了一下，是呀，人活着有什么劲呢？该死的不死，不该死的却眼睁睁地要死去了！

人活着有什么意思呢？

张二民和李木勺给病房带来了清新的味道，猛一闻好像医院没有人味儿，倒是健康的猪粪散发着人间的气息了。李木勺把张大民拉到一边，说一些把兄弟的心窝子话，吃什么好药，吃什么好东西，跟我说，我买！张大民难过得不行，拍着木勺的胳膊肘子只想哭，兄弟，吃什么也没有用了。

张四民却很平静，只要家人在，只要同事在，脸上永远挂着苍白的笑容，像灿烂的纸扎的花朵。生命正从她年轻的眼角悄悄溜走，她大睁着眼睛，要不停地凝视人间，让目光多多地留下来。她拉着张小树的小巴掌，反反复复地摩挲，眼神儿令人不忍目睹，像告诉爱子的亲娘一样。每逢此时，李云芳便拉着张大民出去，在走廊里乱转，不说话，怕一说话失声哭出来。

张小树对病没有意识，以为小姑住几天便要回家，去过几次便知道事情严重了。毕竟是聪明孩子，很直接很有力地触到了生死，一举一动都含着深深的畏惧了。

“姑，你不会死吧?”

“你说呢?”

“姑不会死!”

“为什么?”

“姑是好人!”

“好人就不死吗?”

“好人都不死!”

“说得对！好人永远活着!”

张小树振奋了片刻，又害怕了。

“姑，你要死了怎么办?”

“姑不死。”

“万一死了怎么办?”

“那姑就永远没有男朋友了。”

“姑，你有了男朋友再死，行吗?”

“行。我男朋友是谁呀？”

“我还没想好呢。”

张四民亲着张小树的手背，湿润的眼睛盯着孩子的小指甲，叮嘱自己别忘了告诉嫂子，该给孩子剪剪指甲了。

“姑，你觉得我爸怎么样？”

“挺好的。”

“你喜欢他这样儿的吗？”

“他话太多了。”

“那你喜欢什么样儿的？”

“姑喜欢个子高高的。”

张小树点点头。

“姑喜欢说话少的人。”

张小树陷入了沉思。

“姑，我要长得高高的高高的，行吗？”

“行！”

“姑，我要做说话少的人，行吗？”

“行！”

“姑，我要做你的男朋友，行吗？”

“行！”

“你喜欢我吗？”

“喜欢！好孩子……”

“姑，我永远喜欢你！”

“姑也是……姑忘不了你！”

张四民忍了多时的泪水缓缓地流下来，滴在孩子的手背上。这冰凉的泪水惊吓了孩子，恐惧和哀伤终于爆发了。

“姑，你别死!”

“姑不死。”

“姑，你别死呀！姑!”

孩子在病房中号啕大哭，显得十分突然。李云芳赶来拽走他，哭声更大了。李云芳低叫怎么这么不懂事呀，把他拽得跌跌撞撞，一进电梯却抱紧了孩子的脑袋，给你姑争口气呀，给你姑争口气呀，说着说着自己也号啕了。

灾祸降临之际，也伴随着两件喜事。车间领导找张大民谈话，说干的年头儿不短了，嘴损点儿，活儿地道，准备提他做副段长，已经报上去了。张大民芝麻大的官儿都没当过，一听便有点儿晕头转向，连干不了让别人干吧之类的客气话都没说出来。走开以后颇为后悔，觉得自己显着太馋了一点儿，好像盼当官盼了八百辈子了，实际上确实一次也没有想过，戴领巾的时候想当小队长没当上，明显是不算数的。一想自己也要当官了，没有任何不舒服，哪儿也不难受，脚丫子好像比过去还轻点儿了。正品着这件好事，突然想到天命不定，生死无常，官儿算个屁呀！再大的官也是屁，是大屁！更何况一个破工段长，还是副的，领着一群人一天到晚撅着屁股喷漆罢了!

另一件好事却不同，张大民先是震惊，随后便心花怒放，整夜没睡踏实，中间笑醒了好几次。居民区要拆迁了。从消息下来，到户户落实，像一场秋风荡过，街墙上到处都是拆、拆、拆的白灰大字，像往昔皇朝令人惊心动魄的斩、斩、斩了！

拆迁公司到家里来过四回，和蔼可亲，似乎处处都想为住户着想，做出要和住户联合起来，一块儿占国家便宜的样子。量完了面积，核定了户口，给张大民家标定了一个三层的三居室。老人一间，大龄女青年一间，三口之家一间。大家都说结局很好，不可能再好了，张大民却不干。他的标准是一套三居室加一套一居室，或两套两居室。人家说你没有根据。他说我有根据。人家问你有什么根据。他说我的根据是这样的——我儿子是天才，他已经跳了一级，我准备让他再跳两级，他得找个地方踏踏实实地温功课，我儿子需要一间……书房。说到书房，张大民觉得绕嘴，话一出口便羞羞答答的了。人家说国家没有给天才儿童准备书房，他一生下来就大学毕业也没有用。再说他才十二岁。张大民一着急竟然说了实话，我儿子都碍事了！都一米六六了，比我还高！人家就笑了，他身高两米，你们两口子也得跟他在一个屋里对付。张大民非常痛心，这么对付天才，国家迟早得后悔啊！拆迁公司的人深表同感，咱们先把合同签了，让他们后悔去吧！张大民坐下来签合同，真实的念头只是略感不足而已。三居室是烙饼，书房是大葱，天上掉烙饼卷大葱固然很美妙，光掉个大烙饼也可以了，总算比饿肚子要强得远了。

好消息带到病房，引出了始料不及的后果。明明知道住不成了，张四民却描绘了未来的房间，叮嘱周围的人为她布置。看不见的屋子成了美景，在临终前深深地吸引了她，也满足了她。弥留之时，心中已经没有别的事物，只有断断续续的两个字，窗帘。买了贵重的窗帘拿来，她摸着，轻轻摇头。突然想到她喜欢绿色，赶紧换了绿丝绒的一种，她小心摸着，又轻轻摇头。李云芳心思细微，去布店撕了一块最便宜的混纺布，淡淡的绿色，很薄，几乎要透明。张四民手指一触便不撒手了，抓到离眼睛很近的地方一寸一寸地看着，就像看自己度过的一个又一个平凡的日子一样。她说不出话，只露出一丝淡淡的笑容，似乎与淡淡的布融为一体了。死前回光返照，竟然清晰地吐出了几个字。那是她一生的总结，也是赠给张小树最真切的遗言了。

"姑走了以后，你要帮我打扫房间啊！"

张小树拉着姑的手，已经不会哭了。追悼会很隆重，来了很多人，净是不认识的人。张大民没有让母亲去，怕她出丑，结果却是自己出了丑。家人在医院哭的时候，他没有哭。往围满鲜花的遗体身旁一站，他觉得不对劲了。来了那么多人，却没有人是她的男朋友。他总认为她是嘴上说没有男朋友，他还认为她没有男朋友也没什么。现在他知道她是真的没有男朋友，而没有男朋友对她来说真是太不公平了，对这么好的女孩儿太不公平了，对我妹妹太不公平了！张大民像村妇一样大哭起来。他看着妹妹苍白凄苦的侧脸，哭得昏天黑地，把张小树都吓坏了。

事后，九院的同事们纷纷议论，张四民挺漂亮的，她哥怎么长那样呀，矮得跟坛子似的。还有人说，那人是谁呀，是她乡下的大表哥吧，哭得跟傻帽儿似的！张大民确实出尽了丑。然而，秀丽而不幸的先进工作者，毕竟在哥哥高亢而粗鲁的哭声中平静地远去了。她哥哥对得起她了。

拆迁公司的人来到家里，先给活人鞠了一躬，又给死人的相片鞠了一躬，然后说对你们的不幸表示最衷心的慰问，谨请节哀，坐下来签合同吧。张大民一愣，签什么合同？不是签过合同了吗？

“那是草签，不算数的。”

“够啰唆的，签就签吧，签哪儿？”

“……把名字写这儿。”

“等等……什么时候三间变变变变……变两两两……两两两间了！操你们的姥姥，我们还没销户口呢！我妹妹骨灰还烫手呢！”

没有家里人拦着，张大民就把那穿西装的黄口小儿剁了。邻居们也很吃惊。张大民举着菜刀满院乱追，拆迁公司的小伙子满世界乱窜，大皮鞋都跑掉了。这不像大民子干的事儿呀？他是砖头拍脑袋上都不知道还手的主儿，今天这是怎么了？明白了，心疼她妹妹呢，受刺激了！

强制拆迁那天，张大民抱着石榴树不下来。推土机把小房都推塌了，他还挂在树枝上摇晃，像一只死心眼儿不开窍的土猴子。他像煽动暴乱一样慷慨陈词，一字一泪——我妹妹把沙发都挑好了；我妹妹把壁挂都挑好了；我妹妹把窗帘布都挑好了；我妹妹……你们不能这样对待我妹妹呀！你们把房子还给我妹妹吧！同志们，我妹妹死不瞑目呀！

强制人员一点儿也不生气，不慌不忙地凑过来，都笑话他。活人的房子都不够住，还给死人要房子，做什么梦呢！

把糊涂虫从树上捏下来，让丫好好醒醒！五六个大小伙子揪住四肢，七手八脚地把他给抬下来了。张大民找不着台阶，索性破釜沉舟，鲤鱼打挺儿，杀猪一样号起来了。

“你们不能夺我妹妹房子！把三居室还给我们！那棵石榴树是我爸爸种的，你们不能铲了它！把三居室还给我们吧！您就让我们住个三居室吧，我儿子是天才，我得给我儿子拾掇一间书房呀……求求你们啦！大叔大爷祖宗哎，可怜可怜我们吧……”

强制人员更笑话他了。待会儿妹妹，待会儿爸爸，待会儿儿子，您惦记得还挺全？有本事惦记点儿自己的脸面呀？这会儿求爷爷告奶奶了，晚了！舔我们脚丫子也没用了！吃窝头去吧，你！

恰好一位视察的领导干部在场，远远地看着，十分忧虑。这个同志怎么这么不懂法！怎么这么不懂法！你们要加强普法宣传，重在教育，重在和风细雨，雨露滋润。当然，对那些害群之马和胡搅蛮缠的人，绝不能心慈手软，要毫不留情，加强力度，狠狠打击，从而发展大好形势，维护安定局面，把我们的各项工作推向前进，向……献礼！哗，鼓掌！

害群之马张大民咎由自取，被行政拘留，给关到黑乎乎的铁笼子里去了。哗，鼓掌！进了笼子冷静一想，觉得实在出丑，比在追悼会上还丑，不胜懊悔。笼子里有人问他，犯了什么事儿？他说我宰了一个人儿。你宰了个什么人儿？我宰了这么这么这么一个人儿。你怎么宰的？我那么那么那么宰的。你怎么进来的？我这么这么这么就进来了。人家懒得问他了，准是一大骗子，揣了二百多公章满天飞，骗到中南海才让人逮着了。没错。丫就是一大骗子，唾沫星子都是假的！

两个礼拜之后，害群之马兼大骗子姗姗归巢，面孔微黑，胳膊稍细，两眼炯炯有神，就像刚从海滨度假归来一样。他担心老婆会披着被面儿迎接他，结果发现两居室井井有条，老婆正扎着围裙给他做鱼呢！老婆用锅铲杵他的脑门子，恨得咬牙切齿，你一个小蚂蚱，乱蹦什么呀！

“就算我乱蹦，就算我蹦水里了！可是……谁也没告诉我那水是开的呀！”

张大民坐下来，老觉得屋子里缺东西。噢，想起来了，石榴树不见了。今非昔比，在一间没有树的屋子里过日子，是一件多么无聊多么无趣的事情啊！张大民想他亲爱的树了。

车间领导又把张大民叫去了。张大民正襟危坐，叮嘱自己别当回事，不就是个副段长吗。领导说你要正确对待。他耸耸肩膀，我尾巴再长也翘不到天上去。领导说你一定要正确对待。他心说，操，您看我像骄傲自满目空一切自以为是贪污腐败的人吗？我要当了副段长，我首先……

“张大民同志，我现在正式通知你，经车间领导研究决定，并报请厂长办公室批准，从即日起……您下岗了！”

张大民让雷给劈死了。

半个月之后，北城一带的居民小区里出现了一个神秘的人物。他身材短粗，满面愁容，用一个特制的网袋挎着一大堆暖壶，前胸五六个，后背五六个，品种还不一样。他见了老太太就凑过去，露出巴结的笑容，像受够了邪气的小媳妇一样。

“我们厂快倒闭了，积压了很多暖壶。您要要我给您便宜点儿，就算您发善心，就算您支援我了。我们厂开不出支来，每人发了七百个暖壶，其他什么都不管了。您说孙子不孙子？一个暖壶还没卖呢，先得租厂子里的地儿搁它们。您说缺德不缺德？您看这暖壶多好，像胖娃娃不像，您还不抱一个回去，就算捡个搭拉孙儿跟您就伴儿了……”

“不要！我们家有。”

“来一个，多一个是一个！”

“是真的吗？”

“依您的意思是纸糊的？”

“有胆吗？”

“哟！我摔一个您看看？”

“不要！要买商店买去。”

“我比他们便宜！”

“便宜没好货。不要！”

“不要我也不生气，我生气也没用。大妈，您走好，赶明儿暖壶瓶了找我！”

“还不撂下歇歇，一脑袋汗。”

“不敢歇。我得找个坎儿再歇着，撂这儿我就拎不起来了。您要真心疼我，别买这个大的，你买个小点儿的吧？”

“不要不要！”

张大民终于把老太太吓跑了。他钻进塔楼，谎称给领导送礼品，蹭电梯到顶层，然后逐户敲门，一层一层往下敲。敲开一扇门扉，里面站着一位英俊少年，比儿子大不了多少。

“我是新兴技术开发研究所的，我们发明了一种新型的保温产品，质量优良，品种繁多，花色齐全，实行三包……”

“……去去去去去去去！”

再敲开一扇门，站着个美丽少妇，比老婆年轻多了，漂亮多了，漂亮多了。

“我是……”

“滚！”

张大民逃到黑洞洞的楼梯里，实在不想动了，真有身心交瘁之感。他放下暖壶，坐在台阶上吃面包，一个挎着十几个鸟笼子的人悄悄走过去。大哥，你要鸟笼不？张大民看见了自己，轻声说伙计，刚才谁骂你了？

“狗汪汪怕甚，能咬俺一嘴不中？”

张大民填饱了肚子，又继续袭击剩下的屋门去了。他从北城转到西城，给许多人留下了新鲜的印象，以致一栋楼丢了一袋大米，人们立刻想到他。肯定是那小子，他把大米灌在暖壶里背走了！人们布下天罗地网，等他吃回头草，他却不屈不挠地转到东城去了。

两个月卖了十四个暖壶。他把烟戒了，缩头缩脑，又矮了一大块。李云芳怕他自悲，鼓动他去香山爬山，带全家一块儿去。他说不想爬山，没脸爬山，让香山爬我吧，把我这个废物点心埋了吧！李云芳逗他，天塌了个儿高的顶着，你那么矬，怕什么？他也逗李云芳，天塌了个儿高的全趴下了，我趴不下去，我背着一嘟噜暖壶，不砸我砸谁呀！两口子还像从前那样畅快地笑着，却含了酸酸的味道了。

那年夏末，毛巾厂的技术员回来了。可能有衣锦还乡的意思吧，要请厂里的朋友吃饭，也请了李云芳。她不想去，同事们说你必须去，给他一个面子，他敢来劲，我们帮你掀桌子，不信他不把尾巴夹起来。李云芳告诉了张大民，问去还是不去，满以为他会说又不是没吃过饭，吃他的饭干吗，不去！听到的却恰恰相反，去！快去！干吗不去！挑最贵的菜点，好好敲他一顿！平时逮不着美国鬼子，好不容易逮着一个，死吃！菜不够，把他也蘸酱油咽喽！别忘了给我带条胳膊，我想嚼他不是一天两天了，我倒满了酒杯等你！张大民嘻嘻哈哈，像往日一样没正经，李云芳就不再说什么，开始打开柜门儿给自己找裙子了。她的后脑勺没长眼睛，没看见他的脸一下子阴云密布，目光也暗下去，灰下去，惶惶然如丧家之犬了。

“……在哪儿请？”

“鸿宾楼。”

李云芳前脚走，张大民后脚就跟出来了。没干过这种事，知道是丑事，知道不该干，可还是硬着头皮干下去了。盯梢儿吗？吃醋吗？怕最后一根稻草离开自己飘走吗？下起了小雨。不久便下大了，变成了瓢泼大雨。张大民落汤鸡一样站在树底下，看着鸿宾楼的灯光和大玻璃后面的红男绿女，陷入了一生中最大的精神危机。折腾了半辈子，三十六拜都拜了，最后一哆嗦也哆嗦了，还是一事无成啊！

张大民在雨中走到半夜，一推家门发现李云芳在客厅坐着，饭桌上搁着一沓钱，绿不叽的，不是中国钱。

“你干什么去了？”

“看你们吃饭去了。”

“你……”

“钱都付了？”

“急死我！真有你的！”

“他想买你什么？”

“你……”

“还是你已经卖了？”

“……你浑蛋！”

李云芳给了张大民一个嘴巴。那沓外国钱，把张大民残存的最后一点儿自尊给击碎了。怪就怪技术员自作多情，把八百八十八美金放在礼品衬衣里，要给受赠人一个惊喜，殊不料吓坏了李云芳，还打碎了他们家的醋坛子，把男主人逼得悲痛欲绝，差点儿打开窗户从阳台跳下去。长夜难眠，夫妻俩倾心长叙，一个扒开肋骨让对方看心脏红不红，一个扒开肚子让对方看肠子直不直，不免相拥而泣，说了哭，哭了笑，笑了再说。晕头转向的当口，又不免目邪神移，颠鸾倒凤，效尽于飞之乐，云雨直冲霄汉了。悲乎哉？极乐也！这时候突然咚咚咚，有人敲卧室的门。

“爸，你们干吗呢？”

“……你妈胳肢我呢。”

“妈胳肢你，你哭什么？”

“……乐极生悲啦。”

“小点儿声。”

“你妈不胳肢了，睡去吧。”

“……注意点儿影响！”

天才！这日子没法儿过了。

张大民和技术员在京伦饭店大堂见面的时候，离飞机起飞的时间不多了。技术员接过装钱的信封，十分腼腆，脸涨得通红，一边看表一边吞吞吐吐的不知要说什么。张大民没想到对方是这种风格，正所谓见了尿人压不住火，一张嘴，嗓子眼儿蹿出一只狗，汪汪汪汪，连他自己都不知道叫的是什么了。

“在美国年头儿不短了吧？学会刷盘子了么？美国人真不是东西，老安排咱们中国人刷盘子。弄得全世界一提中国人，就想到刷盘子，一提刷盘子，就想到中国人。英文管中国叫瓷器，是真的么？太孙子了！中文管美国叫美国，国就得了，还美！太抬举他们了！你现在是美国人，你心里最清楚，那儿美吗？是人待的地方吗？他们叫咱们瓷器，咱们管美国叫盘子得了！赶明儿多去点儿中国人，好好刷他们丫挺的，让丫美！”

“对不起，我要去赶飞机了。”

“我送送你。以后别这么随便给人钱。你要塞给这儿的一位小姐，她就跟您钻耗子洞了。你塞给我们云芳，我们云芳都哭了，觉得受了侮辱，以为您想怎么着似的。我知道你对不起她，心里有愧，想补偿补偿，可是这点儿钱拿不出手呀。

等您发了大财，拿出十万八万的，用红带子扎上，单腿儿一跪，把它们当面交给云芳，不比你现在藏着掖着的强？这点儿钱你留着回美国买汽油使吧，别瞎耽误工夫了。赶明儿钱不够花了跟我说，我让云芳寄给你，咱就甭客气了，谁跟谁呀？哪儿跟哪儿呀？你说是不是！”

“对不起，车来了，再会！”

“我给您开门。上飞机小心点儿，上礼拜哥伦比亚刚掉下来一架，人都烧焦了，跟木炭儿似的。到了美国多联系，得了艾滋病什么的，你回来找我。我认识个老头儿，用药膏贴肚脐，什么病都治……回纽约上街留点儿神，小心有人用子弹打你耳朵眼儿，上帝保佑你，阿门了。保重！妈了个巴子的！”

出租车开出老远了，他才住嘴。嗓子眼儿发干，太阳穴嘣嘣直跳。张四民去世以来，下岗以来，吃醋以来，一切一切的憋闷都随着这通胡说八道吐出去了。天蓝了，云白了，走在大街上两只脚一颠一颠的又飘起来了。

“大民，你怎么跟他说的？”

“我说很高兴认识你，欢迎您下次来家中做客，拜拜！”

“真的？”

“骗你我是王八蛋。”

“总算会说人话了！”

中秋节前夕，张大民在一位厂长家里一口气推销了六百个暖壶。他怕那位厂长有脚气，否则就趴下来亲吻那两只大脚丫子了。普通的居民楼，普通的单元门，普通的肥头大耳的汉子，看不出脑袋上有什么光环。张大民一边防备挨踹，一边念经似的发布广告词，我是保温瓶厂的推销员，我们的保温瓶举世无双……

“卖暖壶的么？进来进来！”

张大民的生活由此掀开了新的一页。厂长说他们厂水质有污染，刚刚更换了输水设备，职工家属贪几个小钱却不肯换暖壶，他要扣他们的奖金买暖壶，他要逼他们换暖壶！张大民确实看了看厂长的脚，他颤抖着说，我敲了足有一万个门了，终于看见了一个人，一个真正的人，一个伟大的人。中国有救了。中国的工人阶级有救了。我们靠暖壶吃饭的人有救了！出门的时候他跟厂长开玩笑，我打了一年猎，就指望哪天逮只兔子，今天一进山，撞上个熊猫儿！厂长哈哈大笑！

“国宝啊？不敢当！也就是一狗熊吧！”

张大民领着全家去爬香山了。在鬼见愁下面的索道站，他又犯了抠门儿的毛病。单程多少钱。双程多少钱。大人多少钱。儿童多少钱。掰着手指头算乱了套。李云芳不理他，越理他越乱，干脆走到一边，等着他从雾里走出来。他爬出来了。

“让妈和小树坐缆车，咱俩爬吧？”

“你不怕掉下一个去？”

“可也是。那你跟他们坐，我自己爬？”

“仨人坐得下吗？”

“可也是。那你跟妈坐，我和小树爬？”

“小树惦记坐缆车惦记多少日子了？”

“可也是。那你跟小树坐，我和妈爬？”

"怎么爬？"

"我背着我妈爬。"

"大民，别抠那几个钱啦！"

"我不是怕吓着咱妈么！"

李云芳和张小树坐着缆车不见了。张大民背着老母亲攀上了林间石道，省了几个钱令人欣慰，后背让母亲的身体偎着，更让他心胸舒泰。母亲能看见什么呢？一想到母亲的目空一切，不免又嘲笑自己的孝心之迂了。他大声说，妈，那片树都烧红了，您看见了么？

母亲一语不发。

四个人在山顶聚合了。风很大，黄栌的颜色已经到了暗淡的时辰，那一片一片的大火不久便要熄灭了。张大民又大声说，妈，您看见那片大火了么？树林都着起来了，过一会儿就烧过来了，您看见了么？

母亲说了两个字，锅炉。

锅……炉！

母亲念起遥远的父亲来了。

张小树托着腮帮，看远山的云影，进了天才必入的境界，目光正摇上去摇上去，跃然于云端之外了。

"爸，人为什么会死呢？"

"我也不太懂，问你妈。"

"妈，人活着有什么意思呢？"

"有时候没意思，刚觉得没意思又觉得特别有意思了。真的，不信问你爸。"

“爸，人活着没意思怎么办?”

“没意思，也得活着。别找死!”

“爸，为什么?”

“我说不大清楚，我跟你打个比方吧。有人枪毙你，你再死。只要没人枪毙你，你就活着。我的意思你明白了吗?”

“请重复一遍。”

“有人枪毙你，没辙了，你再死，死就死了。没人枪毙你，你就活着，好好活着。儿子，我的儿子，你懂了吗?”

“OK！爸爸你真棒!我懂啦!”

“云芳，你懂了么?”

“没懂!”

“那我再揉碎了给你说一遍……”

“就你懂?德行!”

“我也是刚刚弄明白的。都是天才闹的!守着个天才，长学问了。”

母亲用清晰的声音说道——锅炉!张大民恍惚看到父亲和四民在云影里若隐若现，老的问日子好过吗?小的问孩子可爱的孩子幸福吗?待要端详却又飘然不见了。日子好过极了!孩子幸福极了!有我在，有我顶天立地的张大民在，生活怎么能不幸福呢!张小树雀跃着在林火中引路，红叶如一片血海。张大民背起白发苍苍的母亲，由李云芳在一旁小心翼翼地搀护着，缓缓向山下走去。母亲朝着迷茫的远方再一次重复了两个字——锅炉!

他们消失在幸福的生活之中了。

刘恒的中篇小说《贫嘴张大民的幸福生活》最初发表于《北京文学》1997年第10期，获得了第一届北京市文学艺术奖、第一届老舍文学奖。2000年，刘恒担任编剧的同名电视剧《贫嘴张大民的幸福生活》开播，获得第十八届中国电视金鹰奖优秀奖等诸多奖项。小说《贫嘴张大民的幸福生活》围绕张大民以及他的“贫嘴”展开。“贫”是一种北京话的语言智慧，也意味着诚恳、实在劲儿和乐观精神。“贫嘴”虽然不能直接解决住房空间狭小等现实生活中的苦难，但“贫嘴”背后的乐观心态让张大民一家度过了困难时刻。刘恒用妙趣横生的京味语言勾勒出了一个北京底层平民的生动形象，彰显出了普通老百姓的幸福哲学，是当代文学史上书写北京生活的重要代表作。

——胡诗杨

悬铃木枝条上的爱情

李　洱

总台服务员转来了她的条子，上面还有她的签名。像往常一样，她只用拼音留了个名字的简写——hou。她原名叫王菲，在大学时代，她曾参加过一次选美比赛，在预选赛中，她独领风骚。因为姓氏的缘故，当时就有人称她为王后，还有人简称她为“后”。其实她后来并没有戴上美后的桂冠，预选赛之后，她就去了北京，那时候她的父亲正在北京协和医院等着动手术。她在北京待了三个星期，父亲死了之后，又过了将近一个月，正式的比赛才开始。她没有再参赛，我曾经以为她这是出于对选美比赛中的请客送礼之风的厌倦，或是因为她还沉浸在悲伤之中，不便登场亮相，后来才知道，她对这种活动本来就毫无兴趣。当初，她是在辅导员的劝说下，才报名的。她的辅导员我也认识，是个转业军人，很为班上有几个漂亮女孩自豪，生怕养在深闺人未识。她曾对我说，如果那个辅导员反对她参赛的话，她可能还会参加。说这话的时候，她的样子是很顽皮的，这使得你无法知道她说的是真还是假。不过，从那时候起，她就喜欢上了“后”这个字，准确地说，她是喜欢这个字的发音——hou。她说，没有什么理由，只是喜欢而已。

我没有立即给她打电话。服务员说，她离开没多久，所以我想她这时候一定还在路上。她正在往什么地方走，我是不知道的。虽然命运经常安排我们相逢，但我从来不知道她住在什么地方，我也没有问过她，就像她从来不问我的生活一样。算下来，她这次来找我（接着我又找了她），应该算是我们第一次自觉的相遇。是的，我们往常的几次相见，只能说是一种邂逅（“邂逅”这个联绵词的最后一个音节，刚好和她的名字相同）。我记得我第一次像别人那样称她hou的时候，她做出很惊奇的样子问我，你怎么知道我叫hou。我问她是不是“后”这个字，她说，她查过辞典，hou这个拼音下面的字她都喜欢。多天之后，我买了一台电脑，我请的那个老师问我是想学双拼、五笔还是自然码，这位老师向我说了说这三种打字法各自的优劣，然后又向我演示了一番。他让随便说一个汉字、词组，他把它打出来。我记得那天我说了好几个词组和几个比较生僻的汉字，后来我想起了王菲的“后”。我的电脑老师把发音为hou的字全打了出来，最常用的是“候”“猴”“喉”“厚”“吼”“后”，还有一个字就是邂逅的“逅”。是的，就是这个单独放存时没有什么意义的字，提示了我们接触的性质。在冷淡、散漫、次要，隔绝诺言和预先的期待中，又仿佛有着一种忧伤的喜悦。当然，它同样还是淡漠和慵懒的，就像我这会儿拿着她留下的条子站在窗口，透过没有拉严的帘子间的缝隙，所看到的午后的时光。

我是来北京参加一个小型学术讨论会的。会议已经结束，朋友们已经各奔东西。我之所以没走，是因为我的妻子也在北京开会，她开的是一个医学年会，要在一星期之后，才能结束。妻子说，如果你想在这里等，你就等好了，你可以出去见见朋友，或去爬爬长城。我告诉她，如果能拿到明天的车票，我明天就走。我不愿去爬什么长城，也不愿去见什么朋友。这话是早上说的，午后，我从外面吃饭回来，就看到了王菲留下的条子。

条子说得很明白，她是从我妻子艾伦那里得知我的住处的。王菲喜欢和艾伦聊天。最初，王菲喜欢的是艾伦的名字，觉得那像个外国女人的名字。在她上了瘾似的想出国的时候，她曾和艾伦商量，出国之后，她就用艾伦这个名字算了，一来省事，二来可以纪念她和我们的友谊。不消说，在她和艾伦商量此事的时候，我有一种微妙的感觉。那天晚上，我和艾伦脱衣就寝的时候，我的那种感觉就变得愈加微妙起来了。

这天下午，我和王菲联系了一次。我是打了几个电话才找到她的，因为她的条子上留了好几个号码（你看，我有多笨，我是打到最后一个才找到她的）。她说她现在是在小刚家里。我以为罗小刚回来了，就对她说，把他领来让我过过目。她笑了，说小刚还待在大洋彼岸呢，刚才接电话的是小刚的父亲。她说，她见到艾伦了，“艾伦就比你好，她一到就与我联系，可你呢，还正儿八经地开什么会，你是不是比以前更傻了？等着挨批评吧。好吧，给我说再见吧”。我笑了起来，这个王菲，好像还跟以前一样率真。艾伦的说法没错：她是一个不戴面具的人。艾伦还说，她之所以愿同hou交往，就是因为她讨厌那些戴着面具生活的人。艾伦说，有两种面具，一种是正人君子的面具，一种是流氓的面具。放下电话，我才想起来，王菲并没有说什么时候过来“批评”我，这不是让我在旅馆里瞎等吗？其实这并不是什么难题，因为你再把电话打过去就行了。我没有再打电话，而是拿着旅店里发的《北京晚报》看了起来。

我不知道该怎样看待她和罗小刚的关系。就我所知，她和罗小刚至今还没有见过面。有一次（大概是在去年冬天吧），我在朋友家里见到了王菲。我们围在一起吃火锅的时候，朋友对她说：“hou，你到底在北京混什么呀，还是回来吧，朋友在一起热热闹闹多有意思啊。”说这话的时候，朋友甚至还夸张地在她身上拍了一下。朋友的妻子也在旁边，她看到了这一幕，可她并没有不高兴，还和王菲碰了一杯。要知道，朋友的妻子可是个有名的醋坛子，平时看到他和别的女人多说几句话，回来就要拐弯抹角地查询一番的。我后来才感觉到，其实朋友们的妻子在面对王菲的时候，几乎都不设防，大多都还喜欢她。这是一个奇迹。据说妒忌是女人的本能，亚里士多德甚至说女性就是残缺不全的男性，可在王菲她们相处的时候，我对这些说法都产生了根本的怀疑。说到奇迹，我干脆把她和罗小刚的关系也称作奇迹算了，因为我实在找不到更好的词了。

就是在那一天吧，她首次提到了罗小刚。她的讲述让我们都听迷糊了。她说这次她是真的爱上了一个人，就等着结婚了。这话以前她又不是没说过，所以我们都并不当真。她讲了罗小刚小时候的一些故事，那些故事我现在已经忘了，只记得和我的经历相同的那一个：母亲的奶水怎样不够吃，只好去吃别人的奶。我还记得她也提到，小刚的父母和她的父母一样，都是第一批下乡的知青。我所说的迷糊是指，在她那么讲了一通之后，她才告诉我们，她还没有见过罗小刚，罗小刚现在还待在国外。

不用说，当时我们都认为她是在和我们开玩笑。她说："那好吧，你们就等着瞧吧，等着接我的国际长途吧。"一般的女孩子说出这种话，你肯定会觉得她粗俗、浅薄，可同样的话从王菲嘴里说出来，味道就变了。我想这可能和她语气中若隐若现的自我反讽有关。自我反讽是这个时代最微妙的解毒剂，它能巧妙缓解你和世界的紧张关系，并使你的真实像海上冰山的那一角闪闪发光。我现在还记得，当她说出这番话的时候，朋友们都笑了。朋友的妻子开玩笑说："等你取到了绿卡，我就聘请你做我们杂志社的海外顾问。"

当时艾伦不在场，回来之后，我把见到王菲的故事给她说了。艾伦的看法和我们一样，她也认为王菲是在开玩笑。她很想见到她，立即和她取得了联系。在电话中，她对王菲说："hou，听说你真的找了个假洋鬼子?"王菲说了什么我没听清，我只听到她在电话那头笑得很欢，好像在谈什么开心事。第二天，她来到了我们家，艾伦去买菜的时候，她对我说："你的嘴真快啊。"我说，快什么，到快结婚了，还怕别人知道吗?"艾伦对你好吗？我看她挺贤惠的也很聪明。"我一直以为她现在和艾伦的关系要更近一些，听了这话，我才感觉到，某种隐秘的东西其实还一直存在于我们之间。它就像是这个城市街道上到处都是的悬铃木树上的嫩芽，虽然一层秋霜使它停止了生长，但它还是在那里留下了一个小小的疤痕。“疤痕”这个词有点重了，或许应该换一个说法，称之为可以忽略不计的芽眼更为合适。

其实那件事情，现在谈起来，甚至称不上是什么隐秘了。就在这一天，当我和王菲相处的时候，那件事又在我的脑子里闪现了一下。这很自然，你在什么地方看到了有趣而美好的景色，某种牵动了你的神经的景色，虽然在以后的忙碌中，你很快把它给忘了，但保不准哪一天，它又会在你的脑子里闪现。让我再说一遍，这很自然，因为对我们来说，某种激情可能转瞬即逝，但曾经有过的美好愿望却仿佛万古长存。

没有（或者说不需要）回忆，有的只是那个一闪念。如果我觉得有那个必要，我甚至可以问她，她脑子里闪现出的情景是否与我相似（这不是试探，它没有目的，不寻求什么证明）。几年前，我曾经和她一起，陪同她的父母到过一次乡下（那个时候，我还跟着她的父亲读研究生）。对她的父母来说，那是对青春的凭吊，对我和她来说，那只是一次寻常的郊游。只是后来发生的那件事，给这次郊游增添了某种东西。我记得那是一个午后，当她的父母还在和老乡们嘘寒问暖的时候，我和她走出庭院，来到了打谷场上。如果在远景处建一座小教堂，如果让薄暮和马车同时在这里出现，这里就有点像托马斯·哈代笔下的英格兰的乡村景色了。我提到哈代，是因为王菲的父亲是研究哈代的学者，她和我对哈代也较为熟悉。当然这里没有教堂，有的只是千篇一律的用红砖砌成的两层小楼，和午后那白花花的暖烘烘的阳光。阳光下的打谷场显得很空寂，我和她靠着草垛坐着，后来怎么抱到一起的，我已经忘了。她嘴里的薄荷的清香，以及那滑到一边去的乳罩的带子，是那个午后留给我的唯一印象。当我们互相帮对方拣去身上的草籽的时候，我们已经能用开玩笑的口气来谈论刚才的一幕了，当然，其中不乏故作的成分，至少对我来说，我的身体和我的语气之间，还横着一个小小的王国。可说它小吧，一只鸟似乎也并不能轻易飞出它的疆域。

直到艾伦去买酒回来，我都没有跟王菲提起此事。这似乎给我前面说过的那句话留下了一个注脚（“如果有必要……”），说明我现在觉得没有这个必要，或者说没有这方面的动机，要跟她重温旧事。我和艾伦一样，都乐于听她谈谈罗小刚的事。她真的又说了起来，她说罗小刚从小就是个西部牛仔迷，后来终于如愿以偿地去了美国的西部。她讲的一个小故事，让我和艾伦笑得把酒都喷出来了：罗小刚上学的时候，一到晚上就不睡觉，家里人拿他一点办法都没有，后来，他的母亲摸出了一个窍门，就是拿一把玩具枪顶着他的后脑勺，将他押到床上，把他放平之后，再朝他开上一枪，将他送进梦境。这个故事是不是她临时想出来，我不得而知。即便是她信口胡编的，我们听了也很开心。她见到我们那样开心，自然也很开心，这使得我们的那个小小的客厅像个开心馆。

那个飞速行驶的大转轮，还在我们身边旋转着。“大转轮”只是我对它的称谓，它具体叫什么玩意儿，我也不知道。我和王菲刚从那上面下来。刚才尽管是在高空，尽管我们是钻在那个用钢筋、玻璃搞得严严实实的小房子里（它就像一只鸽笼），但微尘（也可能是像微尘那么小的飞虫）还是进入了她的眼帘。不光是她，别的人也遇到了这个小小的难题。她翻着眼皮，像孩子那样在地上蹦着，想把它震出来。后来，还得我上阵。我朝她的眼睛里使劲一吹，那个东西就没了。“你得少抽烟了，满嘴都是烟气，你是不是想死啊。”她说。这个情景发生在北京的一个公园里，距我们上次见面只有两个多月。

我每次来北京都是只作短暂的停留。让我顺便拿那个大转轮做个比喻吧，比喻一下我对北京的体认。对我这样一个外乡人来说，北京就像那个大转轮。你上去，然后钻进那个“鸽房”，然后和别人一起体验那由不得自己做主的悸动。我的感觉是，自己既是坐在那里的人，又是那被飞速旋转的大转轮招引来的昆虫。有的昆虫当场就被反弹了回去，而有的却吸附在了玻璃或者钢筋和玻璃接头的缝隙里。

我被反弹了回去，而王菲，这个喜欢被朋友们称作hou的姑娘，却留了下来。我和她的一次次偶然相遇，其实就像两只昆虫或者是两粒微尘在大转轮上的邂逅。然后我将返回郑州，而她将继续留在这里。类似的比喻不用细心去找，就会撞到身上来。比如，你一走出公园，就可以看到一家商场的旋转门，它吞吐自如，有人被它吐了出来，有人同进被它吞了进去。我没有把这个比喻给她讲，我当时只是对她说，要到那边去一下，给艾伦买一个小纪念品带回去。不光是罗小刚，别的人也能成为我们的话题。买了纪念品（买的是什么东西，我现在已经忘了）出来，在一辆夏利牌出租车上，她突然给我说，她最近和一个法国人成了朋友。“男的还是女的？”我问。她笑了笑，她一定觉得不需要回答，因为我自己也觉得我的发问是多此一举。

那个法国人是干什么的，我也没有问她。她和这个法国人的结识其实只是她类似曲目中的一个，此类曲目中，不乏动人的旋律，在低音部的某个小小的回旋，同样会使听者动容。不过，事情过去之后，连最明亮的颜料，也会成为被后来的色彩所遮掩的背景中的一点，或者一段细细的线条。

出租车的钱是她付的，她现在不缺钱，我也用不着和她争。她告诉我，前段时间，她刚给罗小刚汇了一笔钱。“你这倒好，别的都是寄钱回来，你却是往外寄。”她很惊讶：“是吗？从外面往回寄？”这世上的大多数东西都是需要怀疑的，但我知道她的这句话不需要怀疑。不久之后，我的这个想法得到了证实，是从罗小刚的哥哥那里得到证实的。罗小刚的哥哥告诉我，王菲先后给罗小刚汇过三次钱，当然她汇去的都是美元。

是的，我每次在北京的短暂停留，都是以见到王菲为标志的。我这句话的意思是，如果我没有见到王菲，北京之行就不会给我留下任何记忆。因为她，我才去爬了长城。也因为她我才看到了北京残存的四合院，它们的主人要么是社会的名流，要么是真正的皇城根的遗民——他们那卷舌的儿化音仍能使我想起老舍先生笔下的民俗风情，可现在我看到的那些由底层人居住的四合院，已经没有任何诗意可言。在某个节假日，临近中午的时候，你可以看到端着尿（用瓦盆或塑料壶盛着）的妇女，从四合院里出来，向某个街角走去。她们慵懒的脸上注释着“忍耐”二字的精妙要义。从火车站或地铁站那里购买的北京市地图上，这些都是被省略掉的风景。它们其实并不远，就在那些皇宫、大厦、地铁站、深墙大院的背后，推铁环、玩变形金刚、奔赴钢琴考级的儿童就迎面从那里出来。多亏了王菲，我才见识到了这些地理人文。今年春天，王菲领我去她住的地方的时候，我就是从这些地理人文中穿过的。

王菲那时暂住的那个小四合院，离罗小刚家并不远。据她说，只需要走几分钟，就可以到那里蹭一顿饭。我们说话的时候，一个男人来了。王菲说他就是罗小刚的哥哥，在一家杂志社当美术编辑。他还真的从身上取了几张图片给我看，那是他的作品的照片。我只看了一眼，就认定他是一个平庸的家伙。我坦率地对他说，你这些图片没有一幅能打动我。他说，他寻求的并不是感动。我竟然不顾王菲的情面，说，我说的打动并不是感动，而是眼睛和对象之间隐秘的摩擦，作品应该具备这种召唤性。我的话，或者说我的语气过于直截了，让他有点尴尬。只要王菲不觉得尴尬，我就觉得很好。

后来，他撇开了我，和王菲谈了起来。他也称王菲为hou。他对王菲说，小刚收到了你的钱，最近可能会回国探亲。说了这话，他小坐了一会儿，就走了。我记得王菲问小刚究竟会什么时候回来，“准不准啊，别让我空等，”她说，“我得事先去做次美容，给他留下一个好印象。”她说得那么郑重，可她的语气却相当轻松，就像在和一个无关紧要的朋友谈一件无关紧要的事。

两天之后，她跟着我回到了郑州。她说她要陪母亲住一段时间。有一天，我给她的母亲打了个电话，说要找她。她的母亲说已经好长时间没有她的音讯了。那个时候，她的母亲已经又结了婚，她说，王菲再回来时，她一定通知我，让王菲带着朋友一起来家里玩玩。又过了几天，我接到了王菲的电话，那时候她已经又到了北京。我问她是否见到了小刚，她说小刚并没有回来。“他正在拿学位，时间蛮紧的。”她说。

她来了，在晚上八点多钟，我听见了敲门声，接着我听见服务小姐用钥匙开门的声音。同时我还听见她在问服务小姐，我的车票是否订在明天。小姐的声音我没有听清楚，我倒听见了她的：“去查一下，如果是明天的，就给他退掉。”

能说出这话的只能是她。她进来之后，先用卷起来的报纸在我的头上敲了一下。“敲”这个字还不是很恰当，或许应该说扫了一下。“我把车票给你退了。”她说。她坐下来就给艾伦打电话。她把电话打到了会务组，要人家帮忙去叫一下。“叫她干什么?”我说。“我得给你请个假。”她说，同时把报纸在膝盖上摊开（我后来才搞清楚，她是在查看这天股市的收盘情况）。“小刚要回来了。”她突然说了一句。

“明天回来?”

“应该是明天，也可能是后天。”她说，“他们家忘记把具体的航班记下来了。”

艾伦找到了，我不知道艾伦在电话中是怎么说的，大概是同意王菲借用我一天，因为王菲用的词就是“借用”。这个词真是有点不伦不类。她们两个一定也拿这个词开了开玩笑，否则，她们不会那样发笑。王菲一边笑，一边还把我从上到下打量了一番，搞得我心里直发毛。“你也过来吧，舞有什么好跳的，明天我领你去JJ迪厅跳个晕头转向。”她对艾伦说。艾伦是怎么说的，我不知道，我只知道艾伦这天晚上并没有过来，艾伦还有另外一个朋友圈子，她一定觉得在那边玩也很有意思。

她在这天晚上的谈话，因为一个确定的事实的临近，而显得混杂和慌乱。其实小刚长得丑还是长得好（要知道她还没有见过他），并无关紧要。重要的是她可以凝望他，他远隔重洋，就像在一个虚净的时空里。“我没想到他，这个傻瓜怎么真的要回来了。”她说着就笑了起来，但在笑声的尾音里，有着一种不易察觉的叹息。

她告诉我，在罗小刚之前，她已经和一个在美国留学的人谈过一阵恋爱，那个人通过家人向她索要照片。“见到照片。那个没出息的家伙就匆匆赶回来了，还说待在国内挺好，不出去算了。他出去不出去，跟我有什么关系呢。”说到这里，她似乎轻松了许多，她的笑真是无比的纯洁。如果谁认为“纯洁”这个词更适用于小女孩的话，那我就换成“贞洁”好了。

艾伦还是赶来了，在北京机场，我们一共有十来个人。“我如果不来，他们还会认为你和hou有什么瓜葛呢?”艾伦指了指罗小刚的家人，悄声对我说，然后把在路上买的一束鲜花送给王菲。“拿着，hou。”她对王菲说。

“他如果今天不回来，那肯定是病了。”王菲说。

她的说法引起了罗小刚家人的不安。王菲赶快做了个解释，说即便生病，也不会是什么大病，顶多是身上长了疹子，脸上长了青春痘，害怕见人。王菲说了这话，大家都笑了。艾伦笑的时间最长，她想起来了一件事。几个月前，王菲还问过她，是不是有一种茶叫王老吉茶。王老吉茶产自广东，喝那种茶，对疹子和青春痘确有一定的疗效。艾伦通过朋友搞到了两斤，王菲上次回去把它们全都带走了。

李洱的短篇小说《悬铃木枝条上的爱情》发表于《山花》1998年第3期，收录于2013年出版的小说集《喑哑的声音》。李洱的写作聚焦当代学院知识分子的精神疑难与文化姿态，蕴含着探索小说叙事形式的激情。《悬铃木枝条上的爱情》是关于来北京参加学术会议的知识分子“我”、妻子艾伦和好友王菲之间的交往诸事，在平静的叙述里暗藏着微澜。当事件的碎片缓缓汇聚至智性的思考中，小说朝向面具、反讽、言语与真实之间的关系展开发问。

——易彦妮

黄和平

徐小斌

婚后第二年，乔终于在院子里清扫出一个角落，种了几株月季。枝子是邻居给的。在柳树叶子发出亮绿的季节，乔把这些小小的枝子栽进泥土，扣上一个个玻璃罐儿，像一堆闪闪发亮的大蘑菇。每天出入院子的时候，乔就悄悄地掀开玻璃罐儿看一下，带着种战兢兢的喜悦。就像小孩儿掀开门帘儿，忽然发现里面是个五彩的玩具世界似的。有一天，她忽然发现了一棵绿芽。又过了半年，玻璃罐便再也扣不住那蓬蓬勃勃的绿枝叶了。那一种明净的绿，在这个灰蓬蓬的小院子里特别惹眼。

可她终于不敢碰那棵长满虫子的老槭树。婆婆棕黄色的瞳子常嵌在窗帘漾开的缝上，一见到那道棕黄色的光，她的脖子就发软，总想突然长出一身硬壳，把脖子缩进腔子里去。刚过门儿时的那两条老丝瓜已经萎成碎片被风吹走，烂棉花似的灰瓤子裹着蛛网和蛹钻入泥土，化作别的什么物质，深夜，时常发出一种磷火般幽蓝的光芒。

乔把一顶薄得不能再薄的塑料薄膜罩在花上。月光溶溶地流过，那丛花就透明地浸在里面。偶尔地，乔也想起那两条脆裂发黑的老丝瓜。不过那是在洗澡的时候，婆婆棕黄色的瞳子转过来，一条干毛巾拉锯似的揩着后背的水珠，那两只扁而长的乳房湿漉漉地挂着，一直吊到肚脐上。

太婆和公公婆婆都没说什么。那花泼剌剌地长。远志放了心。有时也悄悄松一松土，浇一点水。晚上和乔单独在一起的时候，就谈花，一直谈到乔再也不想说什么。于是大家面壁。远志就打来洗脚水，催着快睡。乔迷迷糊糊地睡去，恍惚间却看见有个黑衣老太婆站在床前，一张灰脸上没有五官，死呆呆地望着她。乔喑哑地叫一声，睁开眼，屋角那里立着个挂着黑衣的衣架。屋里暗暗的。窗帘静静地掀起，又软软地落下。——不知什么时候，窗子被吹开了。乔趿了鞋去关窗。外面下着雨。雨声把所有细小的声音都遮没了。沙啦啦地。乔模模糊糊地望见，窗下墙角那丛月季正在悄悄地绽开花蕾。一朵，接着一朵。展开半透明的花瓣儿。淡淡的雨滴像是从星星上摇落下来的，发出那样一种奇妙的音响。叶子闪着黑黝黝的光泽。花蕊是金的，在夜的深浓中绽出星星点点的暗金色。乔看得呆了。一动也不敢动。不知过了多久，夜幕把一切都遮住了。乔这才轻轻嘘了口气，心里，好像动了一动。

第二天，乔早早出了院门。只见墙角那丛月季果然都开了花。红白黄粉，罩在阳光曚昽的淡金色里。半透明的花瓣儿飘飘闪闪的，耀花了人的眼。乔扶住花枝轻轻一摇，摇落一脸的雨水。远志眼屎没揩净就趴在窗上看，乔藏在花丛中给他飞去一个妩媚的笑。心想这院子起码有一半属于自己了。

太婆仍是常常到厨房里偷嘴吃，然后放很响的屁。那个老砂锅上的油垢越积越多，每刷一回锅乔就犯一回恶心。有一天，当太婆从肥白的浓汤里捞出肘子的时候，乔“哇”的一声吐出来。然后跑到厕所的抽水马桶前吐了又吐，乔奇怪她吐的比吃的要多。而且莫名其妙的全是些浊水。远志慌了神，满院子转着不知怎么才好。太婆和公公也呆了。只有婆婆把两条膀子往平板的胸前一抱，歪嘴笑笑说：“怕是有了吧。”顿时，公公便咧开了嘴。公公的牙齿很好，叫人想起老玉米里叫“白马牙”的那号品种。

乔从此吐得昏天黑地。远志到底是老实人，听人说吃水果好，便大堆大堆地买来广柑，然后又大堆大堆地烂掉。乔吐得剩了个空壳儿。婆婆却突然挂起脸，再无笑容。远志也不知是什么缘故，也不敢问。只是陪太婆抹牌的时候，玩得高兴，太婆才哼出一句：“吐得厉害，怕是个女伢儿哩！”几个人便不再作声。听着乔在厕所里高一声低一声地吐，婆婆便投一个眼风，远志讷讷地站起来，又讷讷地把门关上。

院子里的花忽然变蔫儿了。个个垂头耷脑。乔硬撑着去看，见老槭树上的虫子密密麻麻地爬满了丝瓜架，又扑向那丛月季，熙熙攘攘的，拥挤着挺得意地吮着花叶的浆汁。乔急得要哭，远志才壮起胆子找到太婆，老太太听说要砍了槭树，扯了丝瓜架，便用枯树枝似的手指向远志的鼻子，说不出话来。于是远志的鼻尖儿留下了一个月牙形的指甲印，几天都不下去。乔只好从窗口看着那一朵一朵半透明的花被小虫吞噬掉，她惊奇那些虫子的能量。它们的侵入和吞噬全在不知不觉之间。她知道这些虫子是灭不了的。即使灭了，还能生出来。一点儿法子也没有。

终于有一天，乔突然觉得体内的浊物都吐完了似的，忽然遍体清爽起来。摇摇晃晃地走进院子，见那堆残花败叶之间，竟还挺挺地立着一枝黄和平！绿翡翠的枝叶，顶着一朵浅黄色的花。阳光斜斜地照过来，看上去竟像一顶纯金的冠冕。乔一动不动地站了好一会儿。没有流泪。她知道窗子上有四双眼睛在盯着她和这枝古怪的黄和平。

乔的孩子生在秋天。是男孩。公公绽出了“白马牙”。婆婆也堆下一脸的笑。从产院抱回来，孩子的眼睛是睁着的。太婆便咬着牙巴骨说：“睁眼的伢儿怕是不好养哩!”又问：“叫什么名?”乔笑一笑，低低地说：“我想叫他淘淘，他在我肚子里就翻跟头，淘气得很哩!”远志也笑了。见三人都不说话，急忙说：“还是太婆给起一个吧，太婆起的名字是添福添寿的！四世同堂，也算是这孩子的造化！——”太婆用长指甲拈起片山楂放进嘴里，闭起眼睛嚼。公公便说：“按家谱这一辈应是忠字辈，就叫忠华吧。”婆婆撇撇嘴：“叫大了哟！上小学时候叫也不晚!”太婆突然睁开一只眼，满脸的褶子很滑稽地流淌开，变了形，悠悠地说：“就叫‘丑’吧，好养。”乔伸了伸脖子，眉毛扬得老高看远志，远志“咕噜”咽下一大口唾沫，垂了头。

于是孩子的名字始终未定。乔背着人，仍叫他淘淘。一天给他唱十八支歌，喂十九次奶，洗二十次尿布。乔的奶水特别丰足，喷泉似的常扫射在孩子的脸上，一吮便呛得红头涨脸。孩子能吃却不能睡，常在睡梦中突然惊醒，像是听见了什么可怕的声音似的。一对小黑眼珠常惊恐地盯着那个衣架。乔想起自己做的梦，便叫远志把衣架搬了出去。有一个太阳特别好的中午，乔抱着孩子在窗口晒太阳，孩子娇嫩的脸蛋像是敷了层粉，带着种懒洋洋的舒坦劲儿倒在乔的怀里。乔低低地哼着一支曲子。

突然，孩子像是感到了什么，使劲儿地往上挣，乔急忙把他立着抱起来。见他一双水汪汪的眼睛紧紧盯着窗外，乔回头看，什么也没有。于是抱着他走开，他却突然哇哇大叫，乔只好立住不动。好一会儿，孩子忽然笑了。两片小嘴唇绽开一个极甜极美的笑容。那笑容可真是美极了。乔忍不住就贴在那两片小嘴唇上亲了一口。她觉得自己的嘴唇像是碰上了芳香柔嫩的月季花瓣儿。

婆婆走进来。婆婆和太婆喜欢穿黑衣服。到了炎夏，便一人穿一身黑色香云纱。太婆那件已经有些旧了。发赭石色。带着股樟脑味儿。婆婆的衣裤穿起来却俏皮得了不得。瘦瘦精精的。扁而长的屁股在细腰底下一摆一摆。乔生孩子之后体形还没复原。婆婆走路就越发风摆荷叶一般，弄得公公常张大了嘴，不知想吞点儿什么。

“哟，这么大的太阳，把伢儿头皮晒坏了！”婆婆嚷着，“唰”的一声闭上窗帘。孩子“哇”的一声哭了。伤心得不得了，竟哭出了眼泪。“伢儿饿得慌哩！”婆婆耷拉着眼皮。“妈，我是刚喂过了的。”乔轻轻拍着孩子，摇晃着。“刚喂过，为么事哭？伢儿是要叼着奶嘴儿的，你为么事舍不得喂?”婆婆棕黄色的瞳子睁成正三角形，锥子似的一闪，把乔刺了个正着。乔垂头丧气地解开怀，孩子却不睬那红樱桃似的奶头，仍是哇哇哭着，执拗地往窗外看。婆婆挥起两条长胳臂：“伢儿受委屈喽！一定是你的奶不好，快自己尝尝是不是苦的？”

乔恨不得躲进那堆残枝败叶里，要么，就把婆婆推进去。半晌，她才低低地说：“妈，他是要看窗外的花哩！”“胡扯！月窝里的伢儿，懂得看花？你是念书念昏了头吧？”婆婆风摆荷叶地迈着小碎步一路走出去，带起一股风，吹落了晾在椅子背上的尿片子。

从此，乔天天趁婆婆午睡的时候把窗帘打开。男孩一双水汪汪的眼睛总是执拗地望着窗外。乔知道他在看什么。在窗口这个位置其实并不能看见那株金光灿烂的黄和平。可乔知道她的儿子能看见。大概所有的小孩儿都能看见大人看不见的东西。何况淡淡的秋风老是卷进一股股月季的芳香，把人都弄得痴痴迷迷的。

喝过了满月酒，淘淘真正成了个美丽无比的袖珍小人儿。水色的脸蛋敷上一层淡粉的绒毛，嘴巴上常常挂着一种懒洋洋的微笑。两颗黑水晶似的眼睛只要那么一闪，就像是把世界都给看透了。公公婆婆笑得合不拢嘴，以为得了龙孙，只有太婆咬着下沉的牙巴骨一声不响。眼光变得越来越阴沉。

淘淘两个月会翻身，四个月便坐得很稳，等到乔歇满产假的时候，胖胖的男孩便能在床上翻来滚去了。就是乔和远志结婚用的那张床，缎被依然闪着大红大绿的光，可早已换给公公婆婆睡了。现又变成了淘淘的行宫。淘淘随便抓起一样儿，玩一阵，“啪”地一扔，自有人来捡。他对新玩意腻得很快，一腻了，就望着窗外哇哇哭，怎么哄都不行。乔悄悄按一下录音机的按钮，叮叮咚咚的乐声滚过来，淘淘便止了眼泪，绕着那架小录音机爬来爬去。一双黑水晶似的眼珠骨碌着，一双小手就伸过去按那按钮。乐声一响，男孩就拍着小手咧嘴笑。太婆把舌头伸得老长。

乔上班了，请了个小阿姨。小阿姨是河北农村人，能背着淘淘做饭洗衣，把一家人的活儿都揽下来了。太婆看了喜欢，便常塞给她几个体己钱。她也就越发地尽心。

有一天，邻家阿姨送来一只彩色的玩具小狗，是可以拆下来拼接的，像七巧板那样。淘淘接在手里，十个小手指就在那光亮亮的小狗身上划来划去，连奶也不想喝。小狗被他一片片地拆开了，又拼接。他趴在那儿，撅起带着青色胎记的胖屁股，黑发油油的脑袋像一朵盛开的菊花。

乔下班走进院门的时候，老远就看见太婆和婆婆穿着一式黑色香云纱的裤褂，凛然站在老槭树下。乔马上把身子往里缩。恨不能立时长出一身甲胄来，把身子包住。可婆婆锥子似的目光毫不留情地在她身上划来划去。她侧身进门，到了儿还是碰了一下太婆那黑色宽大的袖子。乔的手腕立即起了淡淡的红斑点，奇痒难熬。

“到底……出什么事了？”

“没，也没啥……”远志结结巴巴，一面瞟着三位老人的脸色，“你……咳，……淘淘，不，这孩子……这孩子是怎么怀上的呀？！”

乔睁大了眼睛。她没听懂远志的话。却听到太婆在里屋连放了几个响屁，接着，又是一声沉重的叹息。

“你莫愁了，把身子愁坏了哟!”是婆婆的声音。

淘淘已睡得很甜，柔嫩的小嘴喇叭花似的半张着，翘起的小鼻翼在轻轻翕动。那黑色的长睫毛盖过了眼窝，一直垂到粉嘟嘟的脸蛋上。身旁，是个彩色拼接的长耳狗。

“他自己把那玩意儿拼上的，”小阿姨咬乔的耳根儿，“太婆担心他太精怪了，不好养哩!”

院子里那株黄和平倒是长得很茂，说也奇怪，四旁那些月季连根都被虫子咬烂了。黄和平却是一个劲儿地发枝疯长，朵朵花苞都美得玲珑剔透。院子里太阳好的时候，小阿姨便抱着孩子出去晒太阳。男孩一双水汪汪的眼睛盯着黄和平不肯走。婆婆从窗子里看见，出来随手掐了一朵让他拿着，他两只小手倒来倒去的，花朵上的露珠便滚落下来。金丝绸般和软的阳光罩着那黄花，露珠一滴滴地干涸，花蕊像蝶须一般卷曲起来，男孩盯着那花朵，突然轻轻地叫了一声:“妈!”

声音虽轻，婆婆和小阿姨却是都听见了。婆婆忙忙地把胖孙子接过去:“乖哟，那是花，不是妈！……你说‘花’!”

淘淘于是又叫了一声，这一声清清脆脆的:“妈!”

婆婆眼皮耷拉下来了，叫着那小阿姨的名字:“你也该教教他喊人了！也该教他喊老太！喊爷爷奶奶啦!”

男孩会叫妈了，乔搂着他亲个没完。可淘淘把花也叫作妈。渐渐地小阿姨听出来了，每天清早，淘淘娇滴滴地叫一声“妈”，那是叫乔。午后又要死要活地连叫数声“妈”，那便是要去看花了。婆婆纠正了几次，终于没有用，便不似先前那般疼爱孙子。“像是个逆种哩！”晚上，婆婆在公公耳边从齿缝里道出担忧，然后竟挤出一汪白花花的眼泪。

太婆自打添了重孙，偷嘴吃的次数竟少了，因此屁也放得少。人倒像是精神了些。那小阿姨是精灵到顶的人，见太婆日日守在眼前，便温言款语地教淘淘喊：“老太！爷爷！奶奶！……”太婆一高兴，就把砂锅里浮着肥油的猪脚连白汤盛上一碗给小阿姨。小阿姨唏溜溜一碗下肚，还想吃。渐渐地，想吃的时候便自己去盛，想拿什么就自己去拿。太婆也不大管她。小阿姨肚里有了油水，竟鲜艳起来，精力也旺得很。见了远志便没完没了地笑。咯咯咯很响。

男孩会叫老太、爷爷、奶奶了。反不再叫妈。婆婆特意进了趟城，给小阿姨捎来两块七寸布票一尺的花布，叫乔给她做几身衣裳。那花布明明是做窗帘用的，上下两道凤尾，中间是极艳的花，质地虽薄却还像浆过了似的挺括。小阿姨见了，眼睛弯成月牙，抿了嘴甜甜地笑。乔量了又量，小心翼翼地铰了，锁边，又轧好，布买得抠，拼了又拼，小阿姨穿上还是绷绷紧，胸前突起一对小山包，裙边硬挺挺的馄饨皮似的支棱着。男孩歪着脑袋看了又看，一对黑眼珠滴溜溜地转个不停。半晌，歪起一边的小嘴角微微一笑，像什么都知道似的，活活把众人笑倒。“这孩子鬼坏哩！”婆婆挥起两条黑色香云纱宽袖管。“将来早些让他接媳妇，太婆要见第五代人哩！”公公笑得像马嘶。于是众多的声部一起笑得喘不过气来，倒把房间里轧衣裳的乔吓了一跳。

男孩周岁生日那天，乔下了班便小跑着去商场买了玩具。怀着那样一种战兢兢的喜悦，乔轻轻推开门，却看见一屋子的人，儿子被众人栅栏似的围在里头，头上生出鲜红的肉冠子，软囊囊地在阳光下变色儿。屁股后头滴里嘟噜地挂起一串大尾巴，五彩缤纷油光锃亮地耷拉着，乔惊得要喊出来，急忙把一根指头堵住嘴，咬着。忽见那栅栏慢慢散开，这才看清男孩原来戴着顶朱红缎帽，向后耷拉着的是一扇绣得极精美的龙形图案的棉屁帘儿。胖乎乎的被打扮得动弹不得，四仰八叉坐在藤椅上，俨然有天子状。见了乔，也只淡然处之，只用黑眼珠斜斜地扫了她一眼。乔拎着一包玩具僵在那里。并没有什么人认出她是孩子的妈，也没人为她介绍。

众人饱了眼福又饱口福，一直吃到满天星云飘来晃去。乔坠着细长的颈子来收拾残席，并不向谁望一眼。一个五十岁上下的老媳妇拈起一根牙签剔着牙，眼睛一闭一闭，嘴唇一翻一翻地："这孩子可真是水灵！不知吃什么奶长大的？"婆婆看了一眼公公，愣一下又笑一下："就是吃牛奶嘛！"那老媳妇歪一歪嘴："好哟！吃牛奶的孩子长得这么好，可真没见过！"乔瞪大眼睛看公婆，又去盯远志，远志低了头。乔只顾盯着他，把鱼骨头都撒了一地。

乔得了种奇怪的病，总觉得颈子发软，老想缩进腔子里去。见了男孩也不敢伸展。男孩粉嘟嘟的脸上渐有了种讥讽的表情，乔反觉得自己全身的皮都渐渐变硬，甲胄似的，很难被什么所伤。又极懒，每日蓬头垢面的并不去装饰，连那株心爱的黄和平也不去管，于是那院子又成了老样子，爬满虫子的丝瓜架蔓延过来，把黄和平吞没了。乔却并不在乎，饭量倒比先前多了些，人也胖了，趁上厕所的时候，她常悄悄照一照镜子。那镜子后面的水银都快褪尽了，只中间模模糊糊地照出个人影儿。胖了，脸上的线条都拉直了，绷得紧紧的像个蜡人。她试着转了转眼珠，觉得挺艰难，心里有点儿怕，又连着转了几回，忽然发现镜子里的那个人并不是她自己，那是个假人，不是真实的。她从来不认识那个人。她贴近镜子想仔细地看看，可呵出的气云雾似的罩住了那张脸，只留下一个影子，灰白的没有五官。

男孩常坐在外屋的那个长桌子旁画画。他两岁半了，上幼儿园。会画很多的画。小阿姨早已走了，说是回去结婚。太婆把娘儿们的旧衣裳清出来送她，念她农村人可怜。第二天却发现那些衣裳原封不动地放在那儿，现款倒是少了几十块。太婆叹了一回气，和婆婆唧唧哝哝的，竟也没张扬。

乔坐在长桌子的另一头儿打毛衣。有个晚上，她忽然很郑重地看着男孩说："淘淘，你给妈妈画一枝花吧。""什么花？""就是咱院子里原来那枝黄和平。你小时候顶喜欢的。""什么黄和平？"男孩冷冷地问。乔忽然发现那两颗黑水晶变成了两块冰，咕噜噜地从井底冒上来，游离着，然后撞成碎末，散开来，根本无法拼接。乔回到自己的房间，把毛线一圈圈地拆开来，铁屑似的弯弯曲曲，盘成绛红色的蛛网，灰蓬蓬地把她罩在里面。她想起刚过门儿时那两条发黑脆裂的老丝瓜和满院子的虫蛹蛛丝，怀着种恶毒的快意，笑了。

男孩画得越来越好。有一天他画了一大一小一肥一瘦两只黑乌鸦，一匹大马和一只小耗子。跑来跑去地拿给人看。欢喜得太婆、婆婆、公公、远志围了一圈儿。太婆已年近九十，两只三角形的小眼睛仍亮得逼人。男孩给大家讲解，说那两只黑乌鸦是老太和奶奶，那匹大马是爷爷，爸爸便是那只小耗子，只是没有妈。

几个人愣了半晌，看了又看，还是婆婆精灵，忽然悟出真谛，喜笑颜开地把手按在太婆那青筋突起的胳臂上，两只黑色香云纱袖管蹭来蹭去，亲密地绞在一处。“妈，伢儿把我们画成鸟，把他爷爷画成千里马哩！”婆婆欢天喜地地嚷，“这孩子是给你添福添寿的，画的都是吉祥物哩！”

太婆觑着眼细细地看了一回，点头笑道：“嗯，这伢儿倒是个有心的！看看，把远志倒画成一只虎！”

“可不是！”婆婆笑得露出满嘴三角形的尖牙齿，乔也悄悄地走出来，悄悄地在一旁看。

“啊哈哈，孩子是把你们画成凤凰鸟哩！你们还没看出来，哈哈哈……没看出来……”公公怪声笑起来，像马嘶。笑得太过，连粉红色的牙龈也暴露出来，乔这才看清原来公公是满口假牙。那牙床活活摇摇的，好像马上就要整个儿掉下来。于是乔也跟着笑，直笑得流出了眼泪。婆婆一边笑一边抱着孩子又晃又亲，淘淘粉嘟嘟的脸被慈爱的唾沫淹得变了形。一双黑眼珠惊恐万状地盯着这个成人大笑的世界，却突然大哭起来。

男孩再也不画了。别的孩子干什么，他也就干什么。太婆这才一块石头落了地。“伢儿们，就要这样。太精怪了就不好养!"

后来，男孩大了，上小学了，特别守规矩。人缘也好，又有孝心。非常听大人的话。人人见了都夸他是个乖孩子。邻居家训诫孩子都以他为楷模，动不动就说："你看看人家淘淘!"公公婆婆便红光满面。

太婆仍活得很精旺。重孙子的一举一动她都很关心。那个油垢的砂锅有天炖煳了一只鸡，乔刷了又刷，可从此却刷不掉那股煳味。太婆常常一边抱怨一边从锅里舀出带煳味的肥汤，然后放出恶臭难闻的屁。隔着两层门乔也能闻得见。她忽然想到大概那株黄和平也是被熏死的，就在一个晚上悄悄扒开花来看。手电的蓝光照出一窝白生生的蛆虫。拥挤着，碰撞着，互相碾轧着，有时又偶尔汇成一股合力，直往地底下钻。乔三下两下把土拍得死死的，从此不再想那株月季花了。

男孩越来越讨人喜欢。见了太婆、爷爷、奶奶亲得不得了。和爸爸也过得去。只和妈妈形同路人。偶尔叫一声"妈"，也是迟迟疑疑的，还带着种莫名其妙的难为情。不过这孩子的眼珠却不似先前那么亮了。仍很漂亮。只是眼光冷冷的像凝固的冰霜。

有一天晚上乔睡不着，听见隔壁房间里的床又在咯吱咯吱地响。

"……我早就看出来了，孙子跟人家的孙子不一样哩!"是婆婆精力旺盛的声音。

"么不一样法?"公公的嗓子混混沌沌的，像是马上要睡死过去。

“不一样就是不一样……”

“噢。”

“派头蛮大的，将来不知要做到几品官哩!”乔听见婆婆压低的笑声。

然而乔并不知道，男孩也有男孩的秘密。他有时做一个梦。梦见一棵极大的月季花。不，简直是月季树，梢上顶着一朵巨大的浅黄色的花。阳光玻璃般地罩在花上，透明的花丛就像是一点一点地消融在那曚昽的淡金色中。风轻轻地吹，花一抖动，便发出奇妙的叮叮咚咚的音响。细看，原来那每一片叶子都变成了透明的小铃铛，叶上的露滴成了一颗颗飘游不定的小星星，绕着花丛静静地飞。挨近了，能听见花朵在轻轻地叹息。摸摸，叶子竟还是温热的。那根金色的雄蕊很神气地伸展出来，四周的雌蕊在围着它翩翩起舞……那朵浅黄色的花是那么美丽，男孩跷起脚跟儿，拼命地蹿高儿，却无论如何够不着。他搬来一架梯子，搭上去，一步步地爬，爬到中腰，梯子却突然塌了，软绵绵地倒下。男孩“哇”地哭醒，叫了一声“妈”。

可惜乔已睡死，没有听见。

徐小斌的《黄和平》原载于《北京文学》1988年第8期，后收录于2012年作家出版社出版的小说集《蜂后》。徐小斌以北京居民杂院里的月季花“黄和平”为抓手，记录下乔一家女性成员的日常点滴。小说细致地呈现出太婆、婆婆、乔以及小保姆几代女性成员之间的相处过程，语调平实且生活气息浓厚。在乔的家庭关系里，难以言说的灰色和“黄和平”美好灿烂的花语形成对照，其中既有对女性现实的体悟，也闪烁着梦幻的光点。

——刘溁德

永远有多远

铁　凝

你在北京的胡同里住过吧？你曾经是北京胡同里的一个孩子吧？胡同里那群快乐的、多话的、有点缺心少肺的女孩子你还记得吧？

我在北京的胡同里住过，我曾经是北京胡同里的一个孩子。胡同里那群快乐的、多话的、有点缺心少肺的女孩子我一直记着。我常常觉得，要是没了她们，胡同还能叫胡同么？北京还能叫北京么？我这么说话会惹你不高兴——什么什么？你准说。是啊，如今的北京已不再是从前，她不再那么既矜持又恬淡、既清高又随和了。她学会了拥抱，热热闹闹、亦真亦假的拥抱，她怀里生活着多少多少北京之外的人啊。胡同里那些带点咬舌音的、嘎嘣利落脆的贫北京话也早就不受待见了——从前的那些女孩子，她们就是说着这样的一口贫北京话出没在胡同里的。她们头发干净，衣着简朴（却不寒酸），神情大方，小心眼儿不多，叫人觉得随时都可能受骗。二十多年过去了，每当我来到北京，在任何地方看见少女，总会认定她们全是从前胡同里的那些孩子。北京若是一片树叶，胡同便是这树叶上蜿蜒密布的叶脉。要是你在阳光下观察这树叶，会发现它是那么晶莹透亮，因为那些女孩子就在叶脉里穿行，她们是一座城市的汁液。胡同为北京城输送着她们，她们使北京这座精神的城市肌理清明，面庞润泽，充满着温暖而可靠的肉感。她们也使我永远地成为北京一名忠实的观众，即使再过一百年。

当我离开北京，长大成人，在B城安居乐业之后，每年都有一些机会回到北京。我在这座城市里拜访一些给孩子写书的作家，为我的儿童出版社搜寻一些有趣的书稿，也和我的亲人们约会，其中与我见面最多的是我的表妹白大省（音xǐng）。白大省经常告诉我一些她自己的事，让我帮她拿主意，最后又总是推翻我的主意。她在有些方面显得不可救药，可我们还是经常见面，谁让我是她表姐呢。

现在，这个六月的下午，我坐在出租车上，窗外是迷蒙的小雨。我和白大省约好在王府井的"世都"百货公司见面，那儿离她的凯伦饭店不远。她大学毕业后就分配在四星级的凯伦，在那儿当过工会干事，后来又到销售部做经理。有一回我对她说，你不错呀刚到销售部就当领导。她叹了口气说哪儿呀，我们销售部所有的人都是经理，销售部主任才是领导呢，主任。我明白了，不过这种头衔印在名片上还是挺唬人的：白大省，凯伦饭店销售部经理。

出租车行至灯市西口就走不动了，前方堵车呢。我想我不如就在这儿下来吧，"世都"已经不远。我下了车，雨大了，我发现我正站在一个胡同口，在我的脚下有两级青石台阶；顺着台阶向上看，上方是一个老旧的灰瓦屋檐。屋檐下边原是有门的，现在门已被青砖砌死，就像一个人冲你背过了脸。我迈上台阶站在屋檐下，避雨似的。也许避雨并不重要，我只是愿意在这儿站会儿。踩在这样的台阶上，我比任何时候都更清楚我回到了北京，就是脚下这两级边缘破损的青石台阶，就是身后这朝我背过脸去的陌生的门口，就是头上这老旧却并不拮据的屋檐使我认出了北京，站稳了北京，并深知我此刻的方位。“世都”“天伦王朝”“新东安市场”“老福爷”“雷蒙”……它们谁也不能让我知道我就在北京，它们谁也不如这隐匿在胡同口的两级旧台阶能勾引出我如此细碎、明晰的记忆——比如对凉的感觉。

从前，二十多年前那些夏日的午后，我和我的表妹白大省经常奉我们姥姥的吩咐，拎着保温瓶去胡同南口的小铺买冰镇汽水。我们的胡同叫驸马胡同，胡同北口有一个副食店，店内卖糕点罐头、油盐酱醋、生熟肉、豆制品、牛羊肉、鲜带鱼。店门外卖蔬菜，蔬菜被售货员摆在淡黄色竹板拼成的货架上，夜里菜们也那么摆着不怕被人偷去。干吗要偷呢？难道有人急着在夜里吃菜么？需要菜，天一亮副食店开了门，你买就是了。胡同南口就有我说的那个小铺。如果去北口副食店，我们一律简称“北口”；要是去南口小铺，我们一律简称“南口”。

“南口”其实是一个小酒馆，台阶高高的，有四五级吧，让我常常觉得，如果你需要登这么多层台阶去买东西，你买的东西定是珍贵的。南口不卖油盐酱醋，它卖酒、小肚、花生米和猪头肉，夏天也兼卖雪糕、冰棍和汽水。店内设着两张小圆桌，铺着硬挺的、脆得像干粉皮一样的塑料台布的桌旁，永远坐着一两位就着花生米或小肚喝酒的老头。我觉得我喜欢小肚这种肉食就是从“南口”开始的。你知道小肚什么时候最香吗？就是售货员将它摆上案板，操刀将它破开切成薄片的那一瞬间。快刀和小肚的摩擦使它的清香“噗”地迸射出来，将整间酒馆弥漫。那时我站在柜台前深深吸着气，我坚信这是世界上最好闻的一种肉。直到售货员问我们要买什么时，我才回过神儿来。“给我们拿汽水！”这是当年北京孩子买东西的开场白，不说“我要买什么”，而说“给我们拿……”“给我们拿汽水！”“冰镇的还是不冰镇的？”“给我们拿冰镇的，冰镇杨梅汽水！”我和白大省一块儿说，并递上我们的保温瓶。我已从小肚的香气中回过神儿来了，此时此刻和小肚的香气相比，我显然更渴望冰凉甘甜的杨梅汽水。在切小肚的柜台旁边有一只白色冰柜，一只盛着真冰的柜。当售货员掀开冰柜盖子的一刹那，我们及时地奔到了冰柜跟前。嗬，团团白雾样的冷气冒出来，犹如小拳头一般打在我们的脸上痛快无比，冰柜里有大块大块的白冰，一瓶瓶红色杨梅汽水就东倒西歪地埋在冰堆里。售货员把保温瓶灌满汽水，我和白大省一出小酒馆，一走下酒馆的台阶——那几级青石台阶，就迫不及待地拧开保温瓶的盖子。通常是我先喝第一口，虽然我是白大省的表姐。以后你会发现，白大省这个人几乎在谦让所有的人，不论是她的长辈还是她的表姐。这样，我毫不客气地先喝了第一口，那冰镇的杨梅汽水，我完全不记得汽水是怎样流入我的口中在我的舌面上滚过再滑入我的食道进入我的胃，我只记得冰镇汽水使我的头皮骤然发紧，一万支钢针在猛刺我的太阳穴，我的下眼眶给冻得一阵阵发热，生疼生疼。啊，这就是凉，这就叫冰镇。没有冰箱的时代人们知道什么是冰凉，冰箱来了，冰凉就失踪了。冰箱从来就没有制造出过刻骨的、针扎般的冰凉给我们。白大省紧接着也猛喝一大口，我看见她打了一个冷战，她的胖乎乎的胳膊上起了一层鸡皮疙瘩。她有点喘不过气似的对我说，她好像撒了一点尿出来！我哈哈笑着从白大省手中夺过保温瓶又喝了一大口，一万支钢针又刺向我的太阳穴，我的眼眶生疼生疼，人就顿时精神起来。我冲白大省一歪头，她跟着我在僻静的胡同里一溜小跑。我们的脚步惊醒了屋顶上的一只黄猫，是九号院的女猫妞妞，常串着房顶去找我们家的男猫小熊的。我们在地上跑着，妞妞在房顶上追着我们跑。妞妞呀，你喝过冰镇汽水么？哼，一辈子你也喝不着。我们跑着，转眼就进了家门。啊，这就是凉，这就叫冰镇。

白大省从来也没有抱怨过在路上我比她喝汽水喝得多，为什么我从来也不知道让着她呢？还记得有一次为了看电影《西哈努克访问中国》，我和白大省都要洗头，水烧开了，我抢先洗，用蛋黄洗发膏。那是一种从颜色到形状都和蛋黄一样的洗发膏，八分钱一袋，有一股柠檬香味。我占住洗脸盆，没完没了地又冲又洗，到白大省洗时，电影都快开演了。姥姥催她，洗好头发的我也煞有介事地催她，好像她的洗头原本就是一个无理的举动。结果她来不及冲净头发就和我们一道看电影去了。我走在她后边，清楚地看到她后脑勺的一绺头发上，还挂着一块黄豆大的蛋黄洗发膏呢。她一点儿也不知道，一路晃着头，想让风快点把头发弄干。我心里知道白大省后脑勺上的洗发膏是我的错误，二十多年过去，我总觉得那块蛋黄洗发膏一直在她后脑勺上沾着。我很想把这件往事告诉她，但白大省是这样一种人：她会怎么也弄不明白这件事你有什么可对她不起的，她会扫你要道歉的兴。所以你还是闭嘴吧，让白大省还是白大省。

我就这样站在灯市西口的一条胡同里，站在一个废弃的屋檐下想着冰镇汽水和蛋黄洗发膏，直到雨渐渐停了，我也该就此打住，到“世都”去。

我在“世都”二楼的咖啡厅等待白大省。我喜欢“世都”的咖啡厅。临窗的咖啡座，通透的落地玻璃使你仿佛飘浮在空中，使你生出转瞬即逝的那么一种虚假的优越感。你似乎视野开阔，可以扬起下颏看远处夕阳照耀下的玻璃幕墙和花岗岩组合的超现实主义般的建筑，也可以压着眼皮看窗外那些出入“世都”的人流在脚下静静地淌。我的表妹白大省早晚也会出现在这样的人流里。

现在离约定时间还早，我有足够的时间在这儿稳坐。喝完咖啡我还可以去二楼女装区和四楼的家庭用品部转转，我尤其喜欢各种尺寸和不同花色的毛巾、浴巾，一旦站在这些物质跟前，便常有不能自拔之感。我要了一份“西班牙大碗”，这厚墩墩的大陶杯一端起来就显得比“卡普契诺”之类更过瘾。我喝着“西班牙大碗”，有一搭无一搭地看身边过往的逛“世都”的人，想起白大省告诉过我，她看什么东西都喜欢看侧面，比如一座楼，比如一辆汽车、一双鞋、一只闹钟，当然也包括人，一个男人或一个女人。白大省的这个习惯有点让我心里发笑，因为这使她显得与众不同。其实她有什么与众不同呢，她最大的与众不同就是永远空怀着一腔过时的热情，迷恋她喜欢的男性，却总是失恋。从小她就是一个相貌平平的乖孩子，脾气随和得要死。用九号院赵奶奶的话说，这孩子仁义着呐。

一

白大省在70年代初期，当她七八岁的时候，就被胡同里的老人评价为“仁义”。在70年代初期，这其实是一个陌生的、有点可疑的词，一个陈腐的、散发着被雨水洇黄的顶棚和老樟木箱子气息的词，一个不宜公开传播的词，一个激发不起我太多兴奋和感受力的词，它完全不像另外一些词汇给我的印象深刻。有一次我们去赵奶奶家串门，我读了她的孙女、一个沉默寡言的初中生的日记。当时她的日记就放在一个黑漆弓腿茶几上，仿佛欢迎人看的。她在日记中有这样几句话：“虽然我的家庭出身不好，但我的革命意志不能消沉……”是的，就是那“消沉”二字震撼了我，在我还根本不懂消沉是什么意思时，我就断定这是一个奇妙不凡的词，没有相当的学问，又怎能把这样的词运用在自己的日记里呢。我是如此珍视这个我并不理解的词，珍视到不敢去问大人它的含义。我要将它深埋在心，让时光帮助我靠近它明白它。白大省仁义，就让她仁义去吧。

白大省也确实是仁义的。她上小学一年级的时候，就曾经把昏倒在公厕里的赵奶奶背回过家（确切地说，应该是搀扶）。小学二年级，她就担负起每日给姥姥倒便盆的责任了。我们的姥姥不能用公厕的蹲坑，她每天坐在屋里出恭。我们的父母当时也都不在北京，那几年我们与姥姥相依为命。白大省小学三年级的时候，中国很多城市都在放映一部名叫《卖花姑娘》的朝鲜电影，这部电影使每一座电影院都在抽泣。我和白大省看《卖花姑娘》时也哭了，只是我不如她哭得那么专注。因为我前排的一个大人一边哭，一边痛苦地用自己的脊梁猛打椅子背，一副歇斯底里的样子。他弄出的响动很大，可是没有人抱怨他，因为所有的人都在忙着自己的哭。我左边那个大人，他两眼一眨不眨地盯着银幕，任凭泪水哗哗地洗着脸，一条清鼻涕拖了一尺长他也不擦。我的右边就是白大省，她好像让哭给呛着了，一个劲儿打嗝儿。就是从看《卖花姑娘》开始，我才发现我的表妹有这么一个爱打嗝儿的毛病。单听她打嗝儿的声音，简直就像一个游手好闲的老爷们儿。特别当她在冬天吃了被我们称为“心里美”的水萝卜之后，她打的那些嗝儿呀，粗声大气的，又臭又畅快。“老爷们儿”这个比喻使我感到难过，因为白大省不是一个老爷们儿，她也不游手好闲。可是，就在《卖花姑娘》放映之后，白大省的同学开始管她叫“白地主”了，只因为她姓白，和《卖花姑娘》里那个凶狠的地主一个姓。有时候一些男生在胡同里看见白大省，会故意大声地说：“白地主过来喽，白地主过来喽！”

这绰号让白大省十分自卑，这自卑几乎将她的精神压垮。胡同里经常游走着一些灰色的大人，那是一些被管制的“四类分子”。他们擦着墙根扫街，哈着腰扫厕所。自从看过《卖花姑娘》，白大省每次在胡同里碰见这些人，都故意昂头挺胸地走过，仿佛在告诉所有的人：我不是白地主，我和他们不一样！她还老是问我：哎，除了和白地主一个姓，你说我还有哪儿像地主啊？白大省哪儿也不像地主，不过她也从未被人比喻成出色的人物，比如《卖花姑娘》里的花妮，那个善良美丽的少女。我相信电影《卖花姑娘》曾使许多年轻的女观众产生幻想，幻想着自己与花妮相像。这里有对善良、正义的追求，也有使自己成为美女的渴望。当我看完一部阿尔巴尼亚影片《宁死不屈》之后，我曾幻想我和影片中那个宁死不屈的女游击队员米拉长得一样，我唯一的根据是米拉被捕时身穿一件小格子衬衣，而我也有一件蓝白小格衬衣。我幻想着我就是米拉，并渴望我的同学里有人站出来说我长得像米拉。在那些日子里我天天穿那件小方格衬衣，矫揉造作地陶醉着自己。我还记住了那电影里的一句台词，纳粹军官审问米拉的女领导、那个唇边有个大黑痦子的游击队长时，递给她一杯水，她拒绝并冷笑着说：“谢谢啦，法西斯的人道主义我了解！”我觉得这真是一句了不起的台词，那么高傲，那么一句顶一万句。我开始对着镜子学习冷笑，并经常引逗白大省与我配合。我让她给我倒一杯水来，当她把水杯端到我眼前时，我就冷笑着说：“谢谢啦，法西斯的人道主义我了解！”

白大省哧哧地笑着，评论说“特像特像”。她欣赏我的表演，一点儿也没有因无意之中她变成了“法西斯”就生我的气，虽然那时她头上还顶着“白地主”的“恶名”。她对我几乎有一种天然生成的服从感，即使在我把她当成“法西斯”的时刻她也不跟我翻脸。“法西斯”和“白地主”应当是相差不远的，可是白大省不恼我。为此我常作些暗想：因为她被男生称作了“白地主”，日久天长她简直就觉得自己已经是个地主了吧？地主难道不该服从人民么？那时的我就是白大省的“人民”。并且我比她长得好看，也不像她那么笨。姥姥就经常骂白大省笨：剥不干净蒜，反倒把蒜汁沤进自己指甲缝里哼哼唧唧地哭；明明举着苍蝇拍子却永远也打不死苍蝇；还有，丢钱丢油票。那时候吃食用油是要凭油票购买的，每人每月才半斤花生油。丢了油票就要买议价油，议价花生油一块五毛钱一斤，比平价油贵一倍。有一次白大省去北口买花生油，还没进店门就把油票和钱都丢了。姥姥骂了她一天神不守舍。“笨，就更得学着精神集中，你怎么反倒比别人更神不守舍呢你！”姥姥说。

在我看来，其实神不守舍和精神集中是一码事。为什么白大省会丢钱和油票呢，因为九号院赵奶奶家来了一位赵叔叔。那阵子白大省的精神都集中在赵叔叔身上了，所以她也就神不守舍起来。这位姓赵的青年，是赵奶奶的侄子，外省一家歌舞团的舞蹈演员，在他们歌舞团上演的舞剧《白毛女》里饰演大春的。他脖颈上长了一个小瘤子，来北京做手术，就住在了赵奶奶家。“大春”是这胡同里前所未有的美男子，二十来岁吧，有一头自然弯曲的鬈发，乌眉大眼，嘴唇饱满，身材瘦削却不显单薄。他穿一身没有领章和帽徽的军便服，那本是“样板团”才有资格配置的服装。他不系风纪扣，领口露出白得耀眼的衬衫，洋溢着一种让人亲近的散漫之气。女人不能不为之倾倒，可与他见面最多的，还是我们这些尚不能被称作女人的小女孩。那时候女人都到哪儿去了呢，女人实在不像我们，只知道整日聚在赵奶奶的院子里，围绕着“大春”疯闹。那“大春”对我们也有着足够的耐心，他教我们跳舞，排演《白毛女》里大春将喜儿救出山洞那场戏。他在院子正中摆上一张方桌，桌旁靠一只略矮的机凳，机凳旁边再摆一只更矮的小板凳，这样，山洞里的三层台阶就形成了。这场戏的高潮是大春手拉喜儿，引她一步高似一步地走完三层“台阶”，走到“洞口”，使喜儿见到了洞口的阳光，惊喜之中，二人挺胸踢腿，做一美好造型。这是一个激动人心的设计，这是一个激动人心的场面，是我们的心中的美梦。胡同里很多女孩子都渴望着当一回此情此景中的喜儿，洞口的阳光对我们是不重要的，重要的在于我们将与这鬈发的“大春”一道迎接那阳光，我们将与他手拉着手。我们躁动不安地坐在院中的小板凳上等待着轮到我们的时刻，彼此妒忌着又互相鼓励着。这位“大春”，他对我们不偏不倚，他邀请我们每人至少都当过一次喜儿。唯有白大省，唯有她拒绝与“大春”合作，虽然她去九号院的次数比谁都多。

为了每天晚饭后能够尽快到九号院去，白大省几次差点和姥姥发火。因为每天这时候，正是姥姥出恭的时刻。白大省必得为姥姥倒完便盆才能出去。而这时，九号院里《白毛女》的“布景”已经搭好了。啊，这真是一个折磨人的时刻，姥姥的屎拉得是如此漫长，她抽着烟坐在那儿，有时候还戴着花镜读大三十二开本的《毛主席语录》。这使她显得是那么残忍，为什么她一点儿也不理会白大省的心呢？站在一边的我，一边庆幸着倒便盆的任务不属于我，又同情着我的表妹白大省。“我可先走了。”——每当我对白大省说出这句话，白大省便开始低声下气而又勇气非常地央求姥姥：“您拉完了吗？您能不能拉快点儿？”她隔着门帘冲着里屋。她的央求注定要起反作用，就因为她是白大省，白大省应当是仁义的。果然门帘里姥姥就发了话，她说这孩子今天是怎么啦，有这么跟大人说话的吗，怎么养你这么个白眼儿狼啊，拉屎都不得消停……

白大省只好坐在外屋静等着姥姥，而姥姥仿佛就为了惩罚白大省，她会加倍延长那出恭的时间。那时我早就一溜烟似的跑进了九号院，我内疚着我的不够仗义，又盼望着白大省早点过来。白大省总会到来的，她永远坐在一个不起眼的角落，虽然她是那么盼望“大春”会注意到她。只有我知道她这盼望是多么强烈。有一天她对我说，赵叔叔不是北京户口，手术做完了他就该走了吧？我说是啊，很可惜。这时白大省眼神发直，死盯着我，却又像根本没看见我。我碰碰她的手说，哎哎，你怎么啦？她的手竟是冰凉的，使我想起了冰镇杨梅汽水，她的手就像刚从冰柜里捞出来的。那年她才十岁，她的手的温度，实在不该是一个十岁的温度，那是一种不能自已的激情吧，那是一种无以言说的热望。此时此刻我望着坐在角落里的白大省，突然很想让“大春”注意一下我的表妹。我大声说，赵叔叔，白大省还没演过喜儿呢，白大省应该演一次喜儿！赵叔叔——那鬈发的“大春”就向白大省走来。他是那么友好那么开朗，他向她伸出了一只手，他在邀请她。白大省却一迭声地拒绝着，她小声地嘟囔：“我不，我不行，我不会，我不演，我不当，我就是不行……”这个一向随和的人，在这时却表现出了让人诧异的不大随和。她摇着头，咬着嘴唇，把双手背到身后。她的拒绝让我意外，我不明白她是怎么了，为什么她会拒绝这久已盼望的时刻。我最知道她的盼望，因为我摸过她的冰凉的手。我想她一定是不好意思了，我于是鼓动似的大声说你行你就行，其他几个女孩子也附和着我。我们似乎在共同鼓励这懦弱的白大省，又共同怜悯这不如我们的白大省。“大春”仍然向白大省伸着手，这反而使白大省有点要恼的意思，她开始大声拒绝，并向后缩着身子。她的脑门沁出了汗，她的脸上是一种孤立无援的顽强。她僵硬地向后仰着身子，像要用这种姿态证明打死也不服从的决心。这时“大春”将另一只手也伸了出来，他双臂伸向白大省，分明是要将她从小板凳上抱起来，分明是要用抱起她来鼓励她上场。我们都看见了赵叔叔这个姿态，这是多么不同凡响的一个姿态，白大省啊你还没有傻到要拒绝这样一个姿态的程度吧。白大省果然不再大声说“不”了，因为她什么也说不出来了，“咕咚”一声她倒在地上，她昏了过去，她休克了。

很多年之后白大省告诉我，十岁的那次昏倒就是她的初恋。她分析说当时她恨透了自己，却没有办法对付自己。直到今天，三十多岁的白大省还坚持说，那位赵叔叔是她见过的最好看的中国男人。长大成人的我不再同意白大省的说法，因为我本能地不喜欢大眼睛双眼皮的男人。但我没有反驳白大省，只是感叹着白大省这拙笨之至又强烈之至的“初恋”。那个以后我们再也未曾谋面的赵叔叔，他永远也不会知道，当年驸马胡同那个十岁的女孩子白大省，就是为了他才昏倒。他也永远不会相信，一个十岁的女孩子，当真能为她心中的美男子昏死过去。他们那个年纪的男人，是不会探究一个十岁的女人的心思的，在他眼里她们只是一群孩子，他会像抱一个孩子一样去抱起她们，他却永远不会知道，当他向她们伸出双臂时，会掀起她们心中怎样的风暴。他在无意之中就伤了胡同里那么多女孩子的心，当他和三号院西单小六的事情发生后，那些与他“同台”饰演喜儿的小女孩才知道，他其实从来就没有注意过她们，他倾心的是胡同里远近闻名的那个西单小六。为什么一个十岁的小女孩能为一个大男人昏过去呢，而西单小六，却几乎连正眼都不看一下那“大春”，就能弄得他神魂颠倒。

二

西单小六那时候可能十九岁，也可能十七岁，她和她的全家前几年才搬到驸马胡同。他们家占了三号院五间北房，北房原来的主人简先生和简太太，已被勒令搬到门房去住，谁让简先生解放前开过药铺呢，他是个小资本家，而西单小六的父亲是建筑公司的一名木匠。

西单小六的父母长得矮小干瘪，可他们是多么会生养孩子啊，他们生的四男四女八个孩子，男孩子个个高大结实，女孩子个个苗条漂亮。他们是一家子粗人，搬进三号院时连床都没有，他们睡铺板。他们吃得也粗糙，经常喝菜粥，蒸窝头。可他们的饮食和他们的铺板却养出了西单小六这样一个女人。她的眉眼在姐妹之中不是最标致的，可她却天生一副媚入骨髓的形态，天生一股招引男人的风情。她的土豆皮色的皮肤光润细腻，散发出一种新鲜锯末的暖洋洋的清甜；她的略微潮湿的大眼睛总是半眯着，似乎是看不清眼前的东西，又仿佛故意要用长长的睫毛遮住那火热的黑眼珠。她蔑视正派女孩子的规矩：紧紧地编结发辫，她从来都是把辫子编得很松垮，再让两鬓纷飞出几缕柔软的碎头发，这使她看上去胆大包天，显得既慵懒又张扬，像是脑袋刚离开枕头，更像是跟男子刚有过一场鬼混。其实她很可能只是刚刷完熬了菜粥的锅，或者刚就着腌雪里蕻吃下一个金黄的窝头。每当傍晚时分，她吃完窝头刷完锅，就常常那样慵懒着自己，在门口靠上一会儿，或者穿过整条胡同到公共厕所去。当她行走在胡同里的时候，她那蛊惑人心的身材便得到了最充分的展示。那是一个穿肥裆裤子的时代，不知西单小六用什么方法改造了她的裤子，使这裤子竟敢曲线毕露地包裹住她那紧绷绷的弹性十足的屁股。她的步态松懈，身材却挺拔，她就用这松懈和挺拔的奇特结合，给自己的行走带出那么一种不可一世的妖娆。她经常光脚穿着拖鞋，脚指甲用凤仙花汁染成恶俗的杏黄——那时候，全胡同、全北京又有谁敢染指甲呢，唯有西单小六。她就那么谁也不看地走着，因为她知道这胡同里没什么人理她，她也就不打算理谁。她这样的女性，终归是缺少女朋友的，可她不在乎，因为她有的是男朋友。她加入了一个团伙，号称西单纵队的，“西单小六”这绰号，便是她加入了西单纵队之后所得。究其本名，也许她应该被称为小六吧，她在兄弟姐妹中排行老六。“西单小六”的这个团伙，是聚在一起的十几个既不念书（也无书可念），又不工作的年轻人，都是好出身，天不怕地不怕的，专在西单一带干些串胡同抢军帽、偷自行车转铃的事。然后他们把军帽、转铃拿到信托商店去卖，得来的钱再去买烟买酒。那个时代里，军帽和转铃是很多年轻人生活中的向往，那时候你若能得到一顶棉制栽绒军帽，就好比今日你有一件质地精良的羊绒大衣；那时候你的自行车上若能安一只转铃，就好比今日你的衣兜里装着一只小巧的手机。“西单小六”在这纵队里从不参加抢军帽、偷转铃，据说她是纵队里唯一的女性，她的乐趣是和这纵队里所有的男人睡觉。她和他们睡觉，甚至也缺乏这类女人常有的功利之心，不为什么，只是高兴，因为他们喜欢她。她最喜欢让男人喜欢，让男人为她打架。

她的种种荒唐，自然瞒不过家人的眼，她的木匠父亲就曾将她绑在院子里让她跪搓板。这西单小六，她本该令她的兄弟姐妹抬不起头，可她和他们的关系却出奇地好。当她跪搓板时，他们抢着在父亲面前替她求情。她罚跪的时间总是漫长的，有时从下午能跪到半夜。每一次她都被父亲剥掉外衣，只剩下背心裤衩。兄弟姐妹的求情也是无用的，他们看着她跪在搓板上挨饿受冻，心里难受得不行。终于有一次，她的那些同伙，西单纵队的哥们儿知道了她正在跪搓板，他们便在那天深夜对驸马胡同三号搞了一次“偷袭”。他们翻墙入院，将西单小六松了绑，用条红白相间的毛毯裹住扛出了院子。然后，他们骑上每人一辆的凤凰18型锰钢自行车，再铆足了劲，示威似的同时按响各自车把上那清脆的转铃，紧接着就簇拥着西单小六在胡同里风一样地消失了。

那天深夜，我和白大省都听见了胡同里刺耳的转铃声，姥姥也听见了，她迷迷瞪瞪地说，准是西单小六他们家出事了。第二天胡同里就传说起西单小六被“抢”走的经过。这传说激起了我和白大省按捺不住的兴奋、好奇，还有几分紧张。我们奔走在胡同里，转悠在三号院附近，希望能从方方面面找到一点证实这传说的蛛丝马迹。后来听说，给西单纵队通风报信的是西单小六的三哥，西单小六本人反倒从不向她那些哥们儿讲述她在家里所受的惩罚。谁看见了他们是用条红白相间的毛毯裹走了西单小六呢，谁又能在半夜里辨得清颜色，认出那毛毯是红白相间呢？这是一些问题，但这样的问题对我们没有吸引力。我们难忘的，是曾经有这样一群男人，他们齐心协力，共同行动，抢救出了一个正跪在搓板上的他们喜爱的女人。而他们抢她的方式，又是如此的震撼人心。西单小六仿佛就此更添了几分神秘和奇诡，几天之后她没事人似的回到家中，又开始在傍晚时分靠住街门站着了。她手拿一支钩针，衣兜里揣一团白线，抖着腕子钩一截贫里贫气的狗牙领子。很可能九号院赵奶奶的侄子、那鬈发的“大春”就是在这时看见了西单小六吧，西单小六也一定是在这样的时候用藏在睫毛下的黑眼珠瞟见了“大春”。

这一男一女，命中注定是要认识的，任什么也不可阻挡。听赵奶奶跟姥姥说，那鬼迷心窍的“大春”手术早就做完了，单位几次来信催他回去，他理也不理，不顾赵奶奶的劝阻，竟要求西单小六嫁给他，跟他离开北京。西单小六嘻嘻哈哈地不接话茬儿，只是偷空跟他约会。后来，西单纵队的那伙人，就是在赵奶奶的后院把他俩抓住的。照例是个夜晚，他们照例翻墙进院，用毛毯将裸体的西单小六裹了走，又把那“大春”痛打一顿，以匕首威胁着将他轰出了北京。

胡同里有人传说，说这回西单纵队潜入赵奶奶家后院，是西单小六故意勾来的。她一挑动，男人就响应。她是多么乐意让男人在她眼前出丑啊。这传说若是真的，西单小六就显得有点卑鄙了。美丽而又卑鄙，想来该是伤透了“大春”的心。

赵奶奶哭着对姥姥说，真是作孽啊，咱们胡同怎么招来这么个狐狸精。姥姥陪着赵奶奶落泪，还嘱咐我们，不许去三号院玩，不许和西单小六家的人说话。她是怕我们学坏，怕我们变成西单小六那样的女人。

我就在这个时期离开了北京，回到了B城父母的身边。那时我的父母刚刚结束在一座深山里的五七干校的劳动，他们回家之后第一件事就是把我从姥姥家接回来，要我在B城继续上学。他们是那样重视与我的团聚，而我的心，却久久地留在北京的驸马胡同了。我知道胡同里那些大人是不会想念我这样一个与他们无关的孩子的，可我却总是专心致志地想念胡同里一些与我无关的大人：鬈发的“大春”，西单小六，赵奶奶，甚至还有赵奶奶家的女猫妞妞。我曾经幻想如果我变成妞妞，就能整日整夜与那“大春”在一起了，我还能够看见他和西单小六所有的故事。我听说西单纵队的人去赵奶奶家后院抓“大春”和西单小六时，妞妞在房顶上好一阵尖叫。她是喊人救命呢，还是幸灾乐祸地欢呼呢？而我想要变成妞妞，究竟打算看见“大春”和西单小六的什么故事呢？以我那时的年龄，我还不知道一个男人和一个女人在一起要做什么事。我的心情，其实也不是嫉妒，那是一团乱七八糟的惆怅和不着边际的哀伤。因为我没像白大省那样“爱”上赵奶奶的侄子，我也不厌恶被赵奶奶说成狐狸精的西单小六。我喜欢这一男一女，更喜欢西单小六。我不相信那天夜里她是有意让“大春”出丑，就算是有意让“大春”出丑又怎样？我在心里替她开脱，这时我也显得很卑鄙。这个染着恶俗的杏黄色脚指甲的女人，她开垦了我心中那无边无际的黑暗的自由主义情愫，张扬起我渴望变成她那样的女人的充满罪恶感的梦想。十几年后我看伊丽莎白·泰勒主演的《埃及艳后》，当看到埃及妖后吩咐人用波斯地毯将半裸的她裹住扛到凯撒大帝面前时，我立刻想到了驸马胡同的西单小六，那个大美人，那个艳后一般的人物，被男男女女口头诅咒的人物。

在很长的时间里我都没把对西单小六的感想告诉我的表妹白大省，我以为这是一个忌讳：当年是西单小六“夺”走了白大省为之昏过去的“大春”。再说，到了80年代初期，三号院那五间大北房又回到了住门房的简先生手中，西单小六一家就搬走了。她已经消失在驸马胡同，我又有什么必要一定要对白大省提起西单小六呢。直到有一次，大约两年前，我和白大省在三里屯一个名叫“橡木桶”的酒吧里见到了西单小六。她不是去那儿消遣的，如今她是“橡木桶”的女老板。

那是一间竭力模仿异国格调的小酒吧，并且也弥漫着一股异国餐馆里常有的人体的膻气和肉桂、香叶、咖喱等调料相混杂的味道。酒吧看上去生意不错，烛光幽暗，顾客很多——大都是外国人。墙上挂着些兽皮、弓箭之类，吧台前有两个南美模样的女歌手正弹着西班牙吉他演唱《吻我，吉米》。我就在这时看见了西单小六。尽管二十多年不见，在如此幽暗的烛光下我还是一眼就把她认了出来。我为此一直藐视那些胡编乱造的故事，什么某某和某某十几年不见就完全不认识了并由此引出许多误会什么的，这怎么可能呢，反正我不会。我认出了西单小六，她有四十多岁了吧？可你实在不能用“人老珠黄”来形容她。她穿一条低领口的黑裙子，戴一副葵花形的钻石耳环；她的身材丰满却并不臃肿，她依旧美艳并对这美艳充满自信；她正冲着我们走过来，她的行走就像从前在驸马胡同一样，步态悠然，她的神情只比从前更多了几分见过世面的随和。她看上去活得滋润，也挺满足，虽然有点俗。我对白大省说，嗨，西单小六。这时西单小六也认出了我们，她走到我们跟前说，从前咱们做过邻居吧。她笑着，要侍者给我们拿来两杯“午夜狂欢”——属于她的赠送。她的笑有一种回味故里的亲切，不讨厌，也没有风尘感。我和白大省也对西单小六笑着，我们的笑里都没有恶意，我们对她能一下子认出从前胡同里的两个孩子感到惊异。我们只是不知道怎样称呼她，只好略过称呼，客气又不失真实地夸赞她的酒吧。她开心地领受这称赞，并扬扬手叫过了一个正在远处忙着什么的宽肩厚背的年轻人，那年轻人来到我们面前，西单小六介绍说这是她的先生。

那个晚上我和白大省在“橡木桶”过得很愉快。西单小六和她那位至少小她十岁的丈夫使我们感慨不已。我们感叹这个不败的女人，谜一样的不败的女人。白大省就在那个晚上告诉我，她从来就没有憎恨过西单小六。她让我猜猜她最崇拜的女人是谁，我猜不着，她说她最崇拜的女人是西单小六，从小她就崇拜西单小六。那时候她巴望自己能变成西单小六那样的女人，骄傲，貌美，让男人围着，想跟谁好就跟谁好。她常常站在梳妆镜前，学着西单小六的样子松散地编小辫，并三扯两扯扯出鬓边的几撮头发。然后她靠住里屋门框垂下眼皮愣那么一会儿，然后她离开门框再不得要领地扭着胯在屋里走上那么几圈。她看着镜子里的自己，亢奋而又鬼祟，自信而又气馁。她是多么想如此这般地跑出家门跑到街上，当然她从来就没有如此这般地跑出过家门跑到过街上，也从没有人见过她模仿西单小六的怪样，包括我。

那个晚上我望着走在我身边显得人高马大的白大省，我望着她的侧面，心想我其实并不了解这个人。

三

我的这位表妹白大省，她那长大之后仍然傻里傻气的纯洁和正派，常常让我觉得是这世道仅有的剩余。在中学和大学里她始终是好学生，念大三时她还当过校学生会的宣传部长。她天生乐于助人，热心社会活动，不惜为这些零零碎碎的活动耽误学习。我窃想也许她本来就不太喜欢学习本身。她念的是心理系，有时候她会在上课时溜回宿舍睡大觉，不过这倒也没有妨碍她顺利毕业。她毕了业，进了四星级的凯伦饭店，后来就一直固定在销售部。在那儿得卖房，单凭散客和旅行社的固定客户是不够的，得主动出击寻找客源。她的目标是京城的合资、独资企业以及外国公司的代表处，她须经常在这些企业的写字楼里乱串，登门入室，向人家推销凯伦的客房，并许以一些优惠条件。凯伦的职员把这种业务形式统称为“扫楼”。听上去倒是有一种打击一大片的气势，扫视或者扫射吧，这可不是闹着玩儿的。我简直想不出白大省拿什么来作为她“扫楼”的公关资本，或者换个说法，白大省简直就没有什么赖以公关的优势。她相貌一般，一头粗硬的直短发，疏于打扮，爱穿男式衬衫。个子虽说不矮，但是腰长腿短，过于丰满的屁股还有点下坠，这使她走起路来就显得拙笨。可是她的“扫楼”成绩在他们销售部还是名列前茅的，凭什么呢白大省？难道她就是凭了由小带到大的那份“仁义”么？凭了她那从里到外的一股子莫名其妙的待人的真情？

我领教过白大省待人的真情。那年她念大二，到我们B城一所军事指挥学院参加封闭式的大学生军训。军训结束时，我给她打电话，让她先别回北京，在B城留两天，到我家来住。那时我刚结婚，幸福得不得了，我愿意让白大省看看我的新家，认识我对她说过一百遍的我的丈夫王永。白大省欣然答应，在电话里跟王永姐夫长姐夫短的好不亲热。我们迎她进门，给她做了一大堆好吃的。回想起小时候在驸马胡同南口买冰镇汽水的时光，我还特意买来了小肚，这曾经是我和白大省小时候最爱吃的东西。我的父母——白大省的姨父和姨妈也赶来我家和我们一起吃饭。大家异口同声地说军训使白大省黑了，也结实了。话题由此开始，白大省就对我们说起了她的军训时光。毫无疑问她是无限怀恋这军训的，她详细地向我们介绍她每天的活动，从早晨起床到晚上睡觉，背包怎么打，迷彩服怎么穿，部队小卖部都卖些什么，他们的排长人怎么怎么好，对他们多么严格，可是大家多么服他的气，那排长是山东人，有口音，可是一点儿也不土，你们不知道他是多么有人情味儿啊，别以为他就会“立正”“稍息”“向右转”，就会个匍匐前进，就会打个枪什么的，那个排长啊，他会拉小提琴，会拉《梁祝》，噢，对了，还有指导员……

整整一顿饭，白大省沉浸在军训的美妙回味中。她看不见眼前的饭菜，看不见我特意为她买来的小肚，看不见她的姨父姨妈，看不见她的姐夫王永，看不见我们明快、舒适的新家。除了军训、排长、指导员，她对一切都视而不见。此时此刻仿佛她身在何处、与谁在一起都是不重要的，哪怕你就是把她扔到街上，只要能允许她讲她的军训，她也会万分满足。到了晚上，白大省去卫生间洗澡时，我给她送进去一块浴巾，谁知这浴巾竟引得她把自己关在卫生间里哭了一场。我隔着门问她怎么啦怎么啦，她也不答话。一会儿，她红头涨脸、眼泪汪汪地出来了，她说我告诉你吧，我现在见不得绿颜色，什么绿颜色都能让我想起部队，想起解放军。话没说完，她把脸埋在那块绿浴巾里又哭起来，好像那就是他们排长的军服似的。

白大省这种不加克制的对几个军人的想念，实在叫人心烦，也使她看上去显得特别浑不知事。我不想再听她的军训故事，我也担心王永不喜欢我的这位表妹。第二天早饭后我提议和白大省上街转转，她还不知道B城什么样呢。白大省答应和我一起上街，可是紧接着她就问我附近有邮局么，她说她昨天夜里给排长他们写了几封信，她要先去邮局把信发出去。她说告别时她答应了他们一回去就写信的，她说要说话算数。我说可是你还没有回到北京啊，她说在当地发信他们不是收到得更快么——唉，这就是白大省的逻辑。幸亏不久以后驸马胡同发生了一系列变化，要不然她对亲人解放军的思念得持续到何年何月啊。

先是我们的姥姥去世了，姥姥去世前已经瘫痪了三年。

姥姥一直跟着白大省的父母，也就是我的姨父和姨妈生活，可是因为姨父和姨妈80年代初才从外地调回北京，所以姥姥和白大省在一起的时间最长。在我的记忆里，她指责、呲打白大省的时间也就最长。特别当她瘫痪之后，她就把指责白大省当成了她生活中一项重要的乐趣。她指责的内容二十多年如一日，无非是我从小就听惯的“笨”呀，“神不守舍”什么的，而这些时候，往往正是白大省壮工似的把姥姥从床上抱上抱下给她接屎接尿的时候。白大省的弟弟白大鸣从不伸手帮一帮白大省，可是姥姥偏袒他，几个舅舅每月寄给姥姥的零花钱，姥姥全转赠给了白大鸣。白大鸣什么时候往姥姥床前一栖乎，姥姥就从枕头底下掏钱。有一次我对白大省说，姥姥这人最大的问题就是偏心眼儿，看把白大鸣惯的，小少爷似的。再说了，他要真是小少爷，你不还是大小姐么。白大省立刻对我说，她愿意让姥姥护着白大鸣，因为白大鸣小时候得过那么多病。可怜的大鸣！白大省眼圈儿又红了，她说你想想，他生下来不长时间就得了百日咳；两岁的时候让一粒鱼皮豆卡住嗓子差点憋死；三岁他就做了小肠疝气手术；五岁那年秋天他掉进院里那口干井摔得头破血流；七岁他得过脑膜炎；十岁他被同学撞倒在教室门口的台阶上磕掉了门牙……十一岁……十三岁……为什么这些倒霉事儿都让大鸣碰上了呢，为什么我一件都没碰上过呢，一想到这些我心里就一阵阵地疼，哎哟疼死我了……

白大省的这番诉说叫人觉得她一直在为自己是个健康人而感到内疚，一直在为她不像她的弟弟那么多灾多病而感到不好意思。我还有什么可说的呀，我再说下去几乎就成了挑拨他们姐弟的关系了，尽管我一百个看不上白大鸣。

姥姥死了，白大省哭得好几次都背过气去。我始终在猜想她哭的是什么呢，姥姥一生都没给过她好脸子，可留在她心中的，却是姥姥的一万个好。有一回她对我说，姥姥可是个见过大世面的老太太。那会儿，70年代末，商店的化妆品柜台刚出现指甲油的时候，白大省买了一瓶，姥姥就说，你得配着洗甲水一块儿买，不然你怎么除掉指甲油呢？白大省这才明白，洗指甲和染指甲同样重要。她又去商店买洗甲水，售货员说什么洗甲水，没听说过。白大省对我说，哼，那时候她们连洗甲水都不知道，可是姥姥知道。你说姥姥是不是挺见过世面？我心说这算什么见过世面，可我到底没说，我不想扫白大省的兴。我只是觉得一个人要想得到白大省的佩服太容易了。

姥姥死后，姨妈的单位——市内一所重点中学又分给他们一套两居室的单元房，属于教师的安居工程。全家做了商量：姨父姨妈带着白大鸣搬去新居，驸马胡同的老房留给白大省。从今往后，白大省将是这儿的主人，她可以在这儿成家立业，结婚生子（或女），永远永远地住下去。在寸土寸金的北京西城商业区，这是招人羡慕的。白大省就在这时开始了她的第二场恋爱（如果十岁那次算是第一场的话）。那时她念大四，她的很多同学都知道她有两间自己的房子。有时候她请一些同学来驸马胡同聚会，有时候外地同学的亲戚朋友也会在驸马胡同借住。同班男生郭宏的母亲来北京治病，就在白大省这儿住了半个月。后来，郭宏就和白大省谈恋爱了。郭宏是大连人，这人我见过，用白大省的话说，“长得特像陈道明或者陈道明的弟弟”。这人话不多，很机灵，凭直觉我就觉得他不爱白大省。可我怎么能说服白大省呢，那阵子她像着了魔似的。你只要想一想她怀念军训的那份激情，就能推断出在这样的一场恋爱里她的情感会有怎样的爆发力。

四

那时候白大省经常问我，要是你和一个男人结婚，你是选择一个你们俩彼此相爱的呢，还是选择一个他爱你比你爱他更厉害的呢，还是选择一个你爱他比他爱你更厉害的呢？——当然，你肯定选择彼此相爱，你和王永就是彼此相爱。白大省替我回答。我问她会选什么样的，她说，也许我得选择我爱他比他爱我更……更……她没再往下说。但我从此知道，事情一开始她给自己制定的就是低标准，一个忘我的、为他人付出的、让人有点心酸的低标准。她仿佛早就有一种预感，这世上的男人对她的爱意永远也赶不上她对他们的痴情。问题是我还想接着残忍地问下去，问我自己，这世上的男人又有谁对白大省有过真的爱意呢？郭宏和白大省交朋友是想确定了恋爱关系毕业后他就能留在北京。我早就看出了这一层，我提醒她说郭宏在北京可没家，她说我们结了婚他不就有家了么。

也许郭宏本是要与白大省结婚的，他们已经在一块儿过起了日子。白大省把伺候郭宏当成最大的乐事，她给他买烟，给他洗袜子，给他做饭，招一大帮同学在驸马胡同给他开生日party，让所有的人都知道他们的恋爱是认真的，是往结婚的路上走的那种。郭宏家的人来北京她是全陪，管吃管住还管掏钱买东西。她开始厚着脸皮跟家里多要钱，有一次为了给郭宏的小侄子买一只“沙皮狗”，她居然背着姨父和姨妈卖了家里一只旧电扇。真是何苦呢。可是忽然间，就在临近毕业时，郭宏又结识了学校一个日本女留学生，打那儿以后郭宏就不到驸马胡同来了。他是想随了那日本学生到日本去的，郭宏一好友曾经透露。这是一个打定了主意要吃女人饭的男人，当他能够去日本的时候，为什么还要留在北京呢。用不着留在北京，他就不必和白大省结婚。

直到今天我还记得白大省向我哭诉这一切时的样子，她膀眉肿眼，奓着头发，盘腿坐在她的大床上，咬着牙根（我刚发现白大省居然也会咬牙根）说我真想报复郭宏啊我真想报复他，让他留不成北京，让他回他们东北老家去！接着她便计划出一大串报复他的方式，照我看都是些幼稚可笑没有力量的把戏。说到激动之处她便打起嗝儿来，凄切而又嘹亮，像是历经了大的沧桑。可是，当我鼓动她无论如何也要出这口恶气时，她却不说话了。她把自己重重地往床上一砸，扯过一条被子，便是一场蒙头大睡。我看着眼前的这座“棉花山”，想着在有些时候，棉被的确是阻隔灾难的一件好东西，它能抵挡你的寒冷，模糊你的仇恨，缓解你的不安，掩盖你的哀伤。白大省在棉被的覆盖下昏睡了一天，当她醒来之后就再也不提报复郭宏的事了。遇我追问，她就说，唉，我要是有西单小六那两下子就好了，可我不是西单小六啊，问题是——我要真是西单小六也就不会有眼前这些事儿了。郭宏敢对西单小六这样么？他敢！这话说的，好像郭宏敢对她白大省这样反倒是应当应分的。

白大省就在失去郭宏的悲痛之中迎来了她的毕业分配，在凯伦饭店，她开始了人生的又一番风景。她工作积极，待人热诚，除了在西餐厅锻炼时（去餐厅锻炼是每个员工进店之后的必修课）长了两公斤肉，别处变化不大。她还是像个学生，没有沾染大酒店假礼貌下的尖刻和冷漠之气。偶尔受了同事的挤对，她要么听不出来，要么哈哈一笑也就过去了。她赢了个好人缘，连更衣室的值班大妈都夸她：别看咱们饭店净漂亮妞儿，我还就瞧着白大省顺眼。多咱见了我们都打招呼，大妈长大妈短，叫得人心里热乎乎的。不怕您笑话呀，现如今我儿媳妇叫我一声妈都费老劲了，哎，我说白大省，今儿个你干吗往衬衫领子下头围一块小绸巾呀，绸巾不是该往脖子上系的吗……更衣室大妈不拿白大省当外人，逮着她就跟她穷聊。

过了些时候，白大省开始了她的又一次恋爱。这一回，对方名叫关朋羽，凯伦饭店客房部的，比白大省小一岁，个子和白大省差不多。他俩是在饭店圣诞晚会的排练时熟起来的，关朋羽演唱美声的《长江之歌》，白大省的节目是民歌《回娘家》。这首《回娘家》白大省大学时就唱熟了。她还有一个优点就是不憷台，这跟在学生会做过宣传部长有关。只是在排练过程中她总是出一些小麻烦，比如当唱到“左手一只鸡，右手一只鸭，身上还背着一个胖娃娃”时，她理应先伸左手再伸右手，她却总是先伸右手后伸左手。麻烦虽不大，但让人看着别扭。那时坐在台下的关朋羽就悄悄地冲她打手势，提醒她“先左，先左”。白大省看见了关朋羽的手势，也听见了他的提醒，他的小动作使她心中涌起一种莫可名状的感动，也就像有了靠山有了仗势一样地踏实下来，她遵照关朋羽的指示伸对了手——“先左”。到了后来，再遇排练，还没唱到“左手一只鸡，右手一只鸭”时她就预先把眼光转向了台下的关朋羽，有点像暗示，又有点像撒娇。她暗示关朋羽别忘了对她的暗示：我可快要出错儿了呀，你可别忘了提醒我呀。到了伸手的关键时刻，她其实已经可以顺利地“先左”了，可她却还假装着犹豫，假装着不知道她的手该怎么伸。台下的关朋羽果真就急了，他腾地向她伸出了左手。白大省就喜欢看关朋羽着急的样子，那不是为别人着急，那是专为她白大省一人的着急。白大省乐不可支，她的“调情”技巧到此可说是达到了一个小高潮——也仅此而已，她再无别的花招。

关朋羽和郭宏不同，他是一种天生喜欢居家过日子的男人，注意女性时装，会织毛衣，能弹几下子钢琴，还会铺床。第一次随白大省到驸马胡同，他就向她施展了来自客房部的专业铺床和“开床”技术。他似乎从未厌烦过他平凡的本职工作，甚至还由此养成了一种职业性的嗜好：看见床就想铺它、“开”它。他吩咐白大省拿给他一套床单被单，他站在床脚双手攥住床单两角，哗啦啦地抖开，清洁的床单波浪一般在他果断的手势下起伏涌动，瞬时间就安静下来端正地舒展在床垫上。然后他替白大省把枕头拍松，请她在床边坐下，让她体味他的技术和劳动。他们——关朋羽和白大省，此刻就和床在一起，却谁也没有意识到他们能和这床发生点什么事情，叫人觉得铺床的人总是远离床的，就像盖房的人终归是远离房。白大省只从关朋羽脸上看到了一种劳动过后的天真和清静，没有欲望，也没有性。

他们还是来往了起来。饭店淘汰下一批家具，以十分便宜的价格卖给员工，三件套的织锦缎面沙发才一百二十块钱。白大省买了不少东西，从沙发、地毯、微波炉，到落地灯、小酒柜、写字台，关朋羽就帮她重新设计和布置房间。白大省想到关朋羽喜欢弹琴，还咬咬牙花五百块钱买了饭店一架旧钢琴（外带琴凳）。白大省向父母要钱或者偷着卖老电扇的时代过去了，她远不是富人，可她觉得自己也不算缺钱花。她在新布置好的房间里给关朋羽过了一次生日，这回她多了个心眼儿，不像给郭宏过生日那回请一堆人。这回她谁也没请，就她和关朋羽两个人。她从饭店西餐厅订了一个特大号的“黑森林”蛋糕，又买了一瓶价格适中的“长城干红”。那天晚上，他们吃蛋糕，喝酒，关朋羽还弹了一会儿琴。关朋羽弹琴的时候白大省就站在他身边看他的侧面。她离他很近，他的一只耳朵差不多快要蹭到她胸前的衣襟。他的耳朵红红的，像兔子。白大省后来告诉我，当时她很想冲那耳朵咬一口。关朋羽一直在弹琴，可是越弹越不知自己在弹什么。

身边的一团热气阻塞了他的思维，他不知道是一直看着琴键，还是应该冲那团热气扭一下头，后来他还是冲白大省扭了一下头。当他扭头的时候，不知怎么的，他的头连同他那只红红的耳朵就轻倚在白大省的怀里了。这是一个让白大省没有防备的姿势，也许她是想双手搂住怀中这个脑袋的，可是她膝盖一软，却让自己的身子向下滑去，她跪在了地上。她的跪在地上的躯体和坐在琴凳上的关朋羽相比显得有点肉大身沉，尽管这样看上去她已经比他显得低矮。她冲他仰起头，一副要承接的样子。他也就冲她俯下身子，亲了亲她的嘴，又不着边际地在她身上抚摸了一阵。她双手勾住了他的不算粗壮的脖子，她是希望一切继续的，他应该把她抱起来或者压下去。可是他显然有点胆怯，他似乎没有抱起她的力气，也没有压住她的分量。很可能他已经后悔刚才他那致命的一扭头了。他好像是再也没事干了才决定要那么一扭头的，又仿佛正是这一扭头才让他明白眼前的白大省其实是如此巨大，巨大得叫他摆布不了。或者他也为自己的身高感到自卑，为自己的学历感到自卑？白大省是大本文凭，他念的是旅游中专。也许这些原因都不是，关朋羽，他始终就没有确定自己是不是爱上了白大省。他终于从白大省的胳膊圈儿里钻了出来。他坐回到桌旁，白大省也坐回到桌旁，两个人看上去都很累。

忽然白大省说，要是咱们俩过日子，换煤气罐这类的事肯定是我的。

关朋羽就说，要是咱们俩过日子，换灯泡这类的事肯定是我的。

白大省说，要是咱们俩过日子，我什么都不让你干。

关朋羽就说，你真善良，我早看出来了。

他说的是真话，他明白并不是每个男人都能碰见这份善良的。就为了他早就发现的白大省这份赤裸裸的善良，他又亲了她一次。然后他们平静、愉快地告了别。

他们还没有谈到结婚，不过两人都是心照不宣的样子。销售部的同事问起白大省，她只是笑而不答。白大省到底积累了点经验，她忍耐住了她自以为的幸福。要是我们的另一位表妹小玢不来北京，我判断关朋羽会和白大省结婚的。可是小玢来了。

小玢是我们舅舅的女儿，家住太原。一连三年没考上大学，便打定主意到北京来闯天下。她的理想是当一名时装设计师，为此她选择了北京一家没有文凭、不管食宿，也不负责分配的服装学校。她花钱上了这学校，并来到驸马胡同要求和白大省同住。她理直气壮，不由分说。

五

小玢没来过北京，她却到哪儿也不憷，与人交往，天生的自来熟。她先是毫不忸怩地把驸马胡同当成了自己的家，她打开白大省的衣橱，唰啦啦地把白大省挂在衣杆上的衣服“赶”到一边，然后把自己带来的“时装”一挂一大片。她又打量了一阵写字台，把白大省戳在桌面上的几个小镜框往桌角一推，接着不同角度地摆上了几只嵌有自己玉照的镜框；其中一帧二十四寸大彩照，属于影楼艺术摄影那种格调的，她将它悬在了迎门，让所有人一进白大省家，先看见墙上被柔光笼罩的小玢在作妩媚之笑。最后她考虑到床的问题，她看看里屋唯一一张大床，对白大省说她睡觉有个毛病，爱睡“大”字，床窄了她就得掉下去。她要求白大省把大床让给她，自己再另支折叠床。白大省没有折叠床，只好到家具店现买了一张。剩下吃饭的问题，小玢也自有安排：早饭自己解决；晚饭谁早回来谁做（小玢永远比白大省回家晚）；中饭呢，小玢说她要到凯伦饭店和白大省一块儿吃，她说她知道白大省他们的午饭是免费的。白大省对此有些为难，毕竟小玢不是饭店的员工，这是个影响问题。小玢开导白大省说，咱们不要双份，咱俩合吃你那一份就行，难道你不觉得你该减肥了么，再不减肥，以后我给你设计服装都没灵感了。白大省看看自己的不算太胖、可也说不上婀娜的身材，一刹那还想起了比她文弱许多的关朋羽，就对小玢作了让步。女为悦己者瘦啊，白大省要减肥，小玢的中饭就固定在了凯伦饭店。说是与白大省合吃，实际每顿饭她都要吃去一多半，饿得白大省顶不到下午下班就得在办公室吃饼干。

凯伦饭店的中饭开阔了小玢的视野，她认识了白大省所有的同事，抄录下他们所有的电话、BP机号码。到了后来，她跟他们混得比白大省跟他们还熟。她背着白大省去饭店美容厅剪头发做美容（当然是免费）；让客房部的哥们儿给她干洗毛衣大衣；销售部白大省一个男同事，自己有一辆“富康”轿车的，居然每天早上开车到驸马胡同接小玢，然后送她去服装学校上学，说是顺路。这样，小玢又省出了一笔乘坐中巴的钱。她心安理得地享受着这些方便，当然她也知道感谢那些给她提供方便的人。她的习惯性感谢动作是拍拍他们的大腿，之后再加上这么一句：“你真逗！”男人被她拍得心惊肉跳的，“你真逗”这个含意不清的句子也使他们乐于回味，可他们又绝不敢对她怎么样。动不动就拍男人大腿本是个没教养的举动，可是发生在小玢身上就不能简单地用没教养来概括。她那一米五五的娇小身材，她那颗剪着“伤寒式”短发的小脑袋瓜，她那双纤细而又有力的小手，都给人一种介乎于女人和孩子之间的感觉，粗鲁而又娇蛮，用意深长而又不谙世事。她人小心大，旋风一般刮进了驸马胡同，她把白大省的生活搅得翻天覆地，最后她又从白大省手中夺走了关朋羽。

那是一个下午，白大省和福特公司的客户在民族饭店见面之后没再回到班上，就近回了驸马胡同。这次见面是顺利的，那位客户，一个谢顶的红脸美国老头已经答应和凯伦签合同，他们代表处将在凯伦饭店包租一年客房。这也意味着白大省可以从租金中得到千分之二的回扣。白大省这天的确用不着再回班上了，白大省实在应该回家好好庆祝庆祝。她回家开了门，看见小玢和关朋羽躺在她的大床上。

不能用鬼混来形容小玢和关朋羽，真要是鬼混，事情倒还有其他的一些可能。问题是小玢不想和关朋羽鬼混，关朋羽也觉得他应该娶的原来是小玢。这样，本来可能是白大省丈夫的关朋羽，没出两个月就变成了白大省的表妹夫。

想来想去，白大省不像恨郭宏那样恨关朋羽，让她感到揪心疼痛的是，她和关朋羽交往一年多了都没打过床的主意，可关朋羽和小玢没见过几次面就上了床。那是她的床啊，她白大省的床！

小玢搬出了驸马胡同，一句道歉的话也没跟白大省说，只给她留下一件她亲自为遮掩白大省那下坠的臀部而设计制作的一件圆摆衬衫，还忘了锁扣眼儿。倒是关朋羽觉得有些对不住白大省，有一天他跟小玢要了驸马胡同的钥匙——还没来得及还给白大省的钥匙，趁白大省上班，他找人拉走了白大省的旧床，又给白大省买来一张新双人床，还附带买了床罩、枕套什么的。他认真为她铺好床，认真到比铺他和小玢的婚床更多一百分的小心。他不让床单上有一道褶痕，不让床裙上有一粒微尘。接着他又为她开了床，就像他在饭店客房里每天都做的那样，拍松枕头，把罩好被单的薄毯沿枕边规矩地掀起一角，再往掀起的被角上放一枝淡黄色的康乃馨。就像要让白大省忘却在这个位置上发生的所有不快，又像是在祝福白大省开始崭新的日子。

白大省下班回来看见了新床和床上的一切，那是关朋羽技术和心意的结合，是他这样一个男人向她道歉的独特方式。白大省坐在折叠床上遥望这新大床一阵阵悲伤，因为她怀念的其实正是关朋羽让人搬走的那张旧床，那张深深伤害了她的旧床。倘若她能重返旧床，哪怕夜夜只她单独一人，至少她也能体味关朋羽曾经在过这床上的那一部分——就算不是和她。另一部分，小玢占据的那一部分她甚至可以遮起来不想。在旧床上她的心和身体都会感到痛的，可那是抓得住的一种伤痛，纵然痛，也是和他在一起的。眼前的新床又算什么呢，一堆没有来历的木头罢了。

关朋羽的新床带给驸马胡同的是更多的凄清。好比一个男人，早就打定了主意要背离爱他的女人，告别之前却非要给这女人擦一遍桌子，拖一拖地板，扶正墙上的一个镜框，再把漏水的龙头修上一修。这本是世上最残忍的一种殷勤，女人要么在这样的殷勤里绝望，要么从这样的殷勤里猛醒。

我的表妹白大省，她似乎有点绝望，却还谈不上就此猛醒，她只是久久不在那新床上睡觉就是了。第一次睡她那新大床的是我。那次我来北京参加一个少儿读物研讨会，有天晚上住在了驸马胡同。我躺在白大省的新床上，她躺在那张折叠床上，脸朝天花板跟我讲着小玢和关朋羽。她说小玢和关明羽结婚后就不念那个服装学校了，两人也没房，就和关朋羽的父母一起住。他家住在一幢旧单元楼的一楼，辟出一间临街开了个门，小玢开起了成衣店，生意还挺不错。白大省说他们结婚时她没去，她是想一辈子不搭理他们的，那时候天天下班回家就发誓。白大鸣为了支持白大省，自己先作了姿态，他不与他们来往。可也不知怎么的，临近婚礼时白大省还是给他们买了礼物，一只消毒碗柜，托客房部的人转给了关朋羽。白大省说关朋羽又托客房部的人给她送了一袋喜糖。她说你猜我把那喜糖放哪儿去了，我说你肯定没吃。她指指房顶说我告诉你吧，让我站在院里都给扔到房上去了。

我闭眼想着我们头上那滋生着干草的灰瓦屋顶，屋顶依旧，只是女猫妞妞和男猫小熊早已不在了，不然那喜糖定会引起它们的一阵欢腾。最后白大省又埋怨起自己，她说全怪她警惕性不高啊，一不留神啊……我说这和留神不留神有什么关系，白大省说那究竟和什么有关系呢。

我没法回答白大省的问题，我于是请她看电影。那次我们看了一个没有公演的美国电影《完美的世界》，研讨会上发的票。看电影时我们都哭了，虽然克制但还是泪流满面。我们尽量默不作声，我们都长大了，不像从前看《卖花姑娘》的时候那么抽抽搭搭的。白大省偶尔还打一个嗝儿，憋成很细小的声音，只有我这么亲近的人才能觉察出她是在打嗝儿。《完美的世界》，那个罪犯和充当人质的孩子之间从恐惧憎恨到相亲相近的故事使白大省激动不已，仅在销售部，她就把这部电影给同事讲了四遍。我回B城后还接到过她一个长途电话，她说她从来没有像看了《完美的世界》以后那样热爱孩子，她第一次有点从心里羡慕我的职业了，她问我有没有可能托关系把她调到一个儿童出版社，她已经开始考虑改行了。我劝她说别神神经经的，出版社的活儿也不是那么好干。白大省后来没再坚持改行，她不是听了我的劝，那是因为，她仿佛又开始恋爱了。

六

白大省认识夏欣是在驸马胡同，夏欣骑车拐弯时撞了正在走路的白大省。撞得也不重，小腿擦破了一点皮，夏欣一个劲儿向白大省道歉，还从衣兜里掏出一片创可贴，非要亲手按在白大省小腿上不可。后来白大省听夏欣说，那天他是去三号院看房的，三号院的简先生要把他那间八平方米的门房租出去。本来夏欣有意要租，希望简先生在租金上做些让步，但简先生分毫不让，他也就放弃了。

夏欣认为自己是一个才华横溢的人，只是生不逢时，社会上的好机会都让别人占了去。他毕业于一所社会大学，多年来光跟人合伙办公司就办过八九个，开过彩扩店，还倒腾过青霉素。样样都没长性，干什么也没赚了钱，跟父母的关系又不好，索性就想从家里搬出来。他让白大省帮他物色价格合理的房，他说他简直一天也不想再看见他父母的脸。白大省给夏欣提供了几则租房信息，有两次她还陪他一道去看房。看完了房，夏欣要请白大省吃饭，白大省说还是我请你吧，以后你发了财再请我。

白大省把夏欣领进了驸马胡同，从此夏欣就接长不短地在白大省那儿吃饭。他吃着饭，对她说着他的一些计划，做生意的计划，发财的计划，拉上两个同学到与北京相邻的某省某县开化工厂的计划……他的计划时有变化，白大省却深信不疑。比方说到开化工厂缺资金，白大省甚至愿意从自己的积蓄里拿出一万块钱借给夏欣凑个数。后来夏欣没要白大省的钱，因为他忽然又不想开化工厂了。

我非常反感白大省和夏欣的交往，我不喜欢一个大老爷们儿坐在一个无辜的女人家里白吃白喝外加穷“白话”。我对白大省说夏欣可不值得你这么耽误工夫，白大省说我不如她了解夏欣，说别看夏欣现在一无所有，她看中的就是夏欣的才气。噢，夏欣居然有才气，还竟然已被白大省“看中”。我让白大省将夏欣的才气举出一二例，她想了想说，他反应特快，会徒手抓苍蝇。我问她说，你们俩现在究竟是一种什么关系呢？她说还谈不上什么关系，夏欣人很正派，有天晚上他们聊天聊到半夜，夏欣就没走，白大省在里屋睡大床，夏欣在外屋睡折叠床，两人一夜相安无事。

这样的相安无事，可以说洁如水晶，又仿佛是半死不活。是一男一女至纯的友谊呢，还是更像两个男人的哥们儿义气？白大省也许终生都不会涉足这样的分析。她渴望的，只是得到她看中的男人的爱。夏欣无疑被她看中了，她却怎么也拿不准他那一方的态度。有了郭宏和关朋羽的教训，加上我对她的毫不掩饰的警告，她是要收敛一下自己的，很可能她也假模假式地伪装过矜持。她告诫过自己吧，要慢一点，慢慢的斯斯文文的；她指点过自己吧，要沉稳千万别显出焦急；她也打算像个会招引人的女人那样修饰自己吧，小玢的娇蛮、西单小六的风骚，都来上那么一点……可惜的是，理论与实践的结合总是不妥帖的时候居多。当她想慢下来的时候她却比从前更快；当她打算表演沉稳的时候她却比从前更抓耳挠腮；当她描眉打鬓、涂胭脂抹粉时，她在镜子里看见的是一个比平常的自己难看一千倍的自己。她冲着镜子“温柔”地一笑，类似这样的“温柔”并非白大省与生俱来，它就显得突兀而又夸张，于是白大省自己先就被这突兀的温柔给吓着了。

转眼之间，白大省和夏欣已经认识了大半年，就像从前对待郭宏和关朋羽一样，她又在驸马胡同给夏欣过了一次生日。白大省这人是多么容易忘却，又显得有点死心眼儿。谁也弄不清她为什么老是用这同一种方式企图深化她和男性的关系。这次和前两次一样，是她要求给夏欣过生日，夏欣是一个答应的角色，他答应了，还史无前例地对她说了一声："你真好。""你真好"使白大省预感到当晚的一切将至关重要，她暗中给自己设计了一个从容、懂事、不卑不亢的形象，可事到临头，她却比以往更加手忙脚乱并且喧宾夺主。没准儿正是"你真好"那三个字乱了她的手脚。那是一个星期六，她几乎花了一整天给自己选择当晚要穿的衣服。她翻箱倒柜，对比搭配。穿新的她觉得太做作；穿旧的又觉得提不起精神；穿素了怕夏欣看她老气；穿艳了又唯恐降低品位。她在衣服堆里择来择去，她摔摔打打，自己跟自己赌气。最后她痛下决心还是得出去现买。燕莎、赛特都太远无论如何去不成，最近的就是西单。她去了西单商场，选中一件黑红点儿的套头毛衣才算定住了神。她觉得这毛衣稳而不呆，闹中有静，无论是黑是红，均属打不倒的颜色。哪知回家对着镜子一穿，怎么看自己怎么像一只"花花轿"。眼看着夏欣就要驾到了，饭桌还空着呢。她脱了毛衣赶紧去开冰箱拿蛋糕，拿她头天就烹制好的素什锦，结果又撞翻了盛素什锦的饭盒，盒子扣在脚面上，脏污了她的布面新拖鞋。她这是怎么了，她想干什么？疯了似的。

好不容易餐桌上的那一套就了绪，她才发现原来自己一直戴着个胸罩在屋里乱跑。她就顺便低头看了一眼自己的胸，她总是为自己的胸部长成这样而有些难为情。不能用大或者小来形容白大省的乳房，她的乳房是轮廓模糊的那么两摊，有点拾掇不起来的样子。猛一看胸部也有起伏，再细看又仿佛什么都没有。这使她不忍细看自己，她于是又重返她那乱七八糟的衣服堆，扯出一件宽松的运动衫套在了身上。

那个晚上夏欣吃了很多蛋糕，白大省喝了很多酒。气氛本来很好，可是，喝了很多酒的白大省，她忽然打乱自己那“沉着、矜持”之预想，她忽然不甘心就维持这样的一个好气氛了。她的焦虑，她的累，她的没有着落的期盼，她的热望，她那从十岁就开始了的想要被认可的心愿，宛若噼里啪啦冒着火花的爆竹，霎时间就带着响声、带着光亮释放了出来。她开始要求夏欣说话，她使的招数简陋而又直白，有点强迫的意思。仿佛过生日的回报必是夏欣的表态，而且刻不容缓。她就没有想到，这么一来，他人并不曾受损，而她自己却已再无退路。

说点什么吧，白大省对夏欣说，总得说点什么。夏欣就说，我有一种预感，我预感到你可能是我这一生最想感谢的人。白大省追问道：还有呢？夏欣就说，真的我特感谢你。他的话说得诚恳，可不知怎么总透着点儿不吉利。白大省穷追不舍地又发问道：除了感谢你就没有别的话要说了么？夏欣愣了一会儿说，本来他不想在生日这天说太多别的，可是他早就明白白大省想要听见的是什么。本来他也想对他们的关系作个展望什么的，不是今天，可能是明天、后天……可是他又预感到今天不说就过不去今天，那么他也就顾不了许多了干脆就说了吧。这时他一反吞吐之态，开始滔滔不绝。他说他和白大省的关系不可能再有别的发展，有一件事给他留下的印象太深刻了：那天他来这儿吃晚饭，白大省烧着油锅接一个电话，那边油锅冒了烟她这边还慢条斯理地进行她的电话聊天；那边油锅着了她仍然放不下电话，结果厨房的墙熏黑了一大片，房顶也差点着了火。夏欣说他不明白为什么白大省不能告诉对方她正烧着油锅呢，本来那也不是什么重要的电话。她也可以先把煤气灶闭掉再和电话里的人聊天。可是她偏不，她偏要既烧着油锅又接着电话。夏欣说这样一种生活态度使他感觉很不舒服……白大省打断他说油锅着火那只不过是她的一时疏忽和生活态度有什么关系啊。夏欣说好吧就算这是一时的疏忽，可我偏就受不了这样的疏忽。还有，他接着说，白大省刚跟他认识没多久就要借给他一万块钱开化工厂，万一他要是个坏人呢是想骗她的钱呢？为什么她会对出现在眼前的陌生男人这样轻信他实在不明白……

夏欣的话匣子一开竟难以止住，他历数的事实都是事实，他的感觉虽然苛刻却又没错儿。他，一个连稳定的工作都没有的男人，一个连养活自己都还费点劲的男人，一个坐在白大省家中，理直气壮地享用她提供的生日蛋糕的男人，在白大省面前居然也能指手画脚，挑鼻子挑眼。那可怜的白大省竟还执迷不悟地说：我可以改啊我可以改！

他们到底无法谈到婚姻。夏欣在这个生日之后就离开了白大省。白大省哭着，心里一急，便冲着他的背影说，你就走吧，本来我还想告诉你，驸马胡同快要拆迁了，我这两间旧房，至少能换一套三居室的单元，三居室！夏欣没有回头，聪明的男人不会在这时候回头。白大省心里更急了，便又冲着他的背影说，你就走吧，你再也找不到像我这么好的人了！你听见了没有？你再也找不到像我这么好的人了！听了这话，夏欣回头了，他回过身来对白大省说："其实我怕的也是这个，很可能再也找不到了。"这是一句真话，不过他还是走了。白大省这叫卖自己一般的挽留只加快了夏欣的离开。他不欠她什么，既不属于说了买又不买的顾客，也不属于白拿东西不给钱的顾客，他连她的手都没碰过。

很长一段时间，白大省既不收拾饭桌也不收拾床，她和夏欣吃剩的蛋糕就那么长着霉斑摆在桌上，旁边是两只油渍麻花的脏酒杯。夏欣生日那天她翻腾出来的那些衣服也都在里屋她的床上乱糟糟地摊着，晚上下班回来她就把自己陷在衣服堆里昏睡。有一天白大鸣来驸马胡同找白大省，进门就嚷起来："姐，你怎么啦！"

七

白大鸣对白大省当时的精神状态感到吃惊，可他并无太多的担心。他了解他的姐姐白大省，他知道他这位姐姐不会有什么真想不开的事。白大省当时的精神只给白大鸣想要开口的事情增设了一点小障碍，他本是为了驸马胡同拆迁的事而来。

白大鸣已经先于白大省结了婚，女方咪咪在一所幼儿师范教音乐，白大省是两人的介绍人。白大鸣结婚后没从家里搬出去，他和咪咪的单位都没有分房的希望，两人便打定主意住在家里，咪咪也努力和公婆搞好关系。虽然这样的居住格局使咪咪觉出了许多不自如，可现实就是这样的现实，她只好把账细算一下：以后有了孩子，孩子顺理成章得归退休的婆婆来带，她和白大鸣下班回家连饭也用不着做，想来想去还是划算的，也不能叫作自我安慰。要是没有驸马胡同拆迁的信息，白大鸣和咪咪就会在家中久住下去，咪咪已经摸索出了一套与公婆相处的经验和技巧。偏在这时驸马胡同面临着拆迁，而且信息确凿。白大省已经得到通知，像她这样的住房面积能在四环以内分到一套煤气、暖气俱全的三居室单元。一时间驸马胡同乱了，哀婉和叹息、兴奋和焦躁弥漫着所有的院落。大多数人不愿挪动，不愿离开这守了一辈子的北京城的黄金地段。九号院牙都掉光了的赵奶奶对白大省说，当了一辈子北京人，老了老了倒要把我从北京弄出去了。白大省说四环也是北京啊赵奶奶，赵奶奶说，顺义还是北京呢！

三号院的简先生也是逢人就说，人家跟我讲好了，我们家能分到一梯一户的四室两厅单元房，楼层还由着我们挑。可我院里这树呢，我的丁香树我的海棠树，我要问问他们能不能给我种到楼上去！简先生摇晃着他那一脑袋花白头发，小资本家的性子又使出来了。

白大省对驸马胡同深有感情，可她不像赵奶奶、简先生他们，她打定主意不给拆迁工作出一点难题。新的生活、敞亮的居室、现代化的卫生设备对白大省来说，比地理方位显得更重要。况且她在那时的确还想到了夏欣，想到他四处租房，和房东讨价还价的那种可怜样儿，白大省在心中不知说了多少遍呢：和我结婚吧，我现在就有房，我将来还会有更好的房！

驸马胡同的拆迁也牵动了白大鸣和咪咪的心，准确地说，最先反应过来的是咪咪。有天晚上她翻来覆去睡不着觉，就把白大鸣也叫醒说，早知道驸马胡同会这样，不如结婚时就和白大省调换一下了，让白大省搬回娘家住，她和白大鸣去住驸马胡同。这样，拆迁之后的三居室新单元自然而然便归了他们。白大鸣说现在说什么也晚了，再说咱们这样不也挺好吗。咪咪说好与不好，也由不得你说了算。敢情你是你爸妈的儿子，我可怎么说也是你们家的外人。你觉着这么住着好，你知道我费了多少心思和技巧？一家人过日子老觉着得使技巧，这本身就让人累。我就老觉着累。我做梦都想和你搬出去单过，住咱们自己的房子，按咱们自己的想法设计、布置。白大鸣说那你打算怎么办呀，咪咪说这事先不用和爸妈商量，先去找白大省说通，再返回来告诉爸妈。就算他们会犹豫一下，可他们怎么也不应该反对女儿回家住。白大鸣打断咪咪说，我可不能这么对待我姐，她都三十多岁了，老也没谈成合适的对象，咱们不能再让她舍弃一个自己的独立空间啊。咪咪说，对呀，你姐一个人还需要独立空间呢，咱们两个人不更需要独立空间么。再说，她老是那么一个人待着也挺孤独，如果搬回来和爸妈住，互相也有个照应。白大鸣被咪咪说动了心，和咪咪商量一块儿去找白大省。咪咪说，这事儿我不能出面，你得单独去说。你们姐弟俩说深了说浅了彼此都能担待，我要在场就不方便了。白大鸣觉得咪咪的话也对，但他仍然劝咪咪仔细想想再作决定。咪咪坚决不同意，她说这事儿不能慎着，得赶快。她那急迫的样子，恨不得把白大鸣从床上揪起来半夜就去找白大省。又耗了几天，白大鸣在咪咪的再三催促下去了驸马胡同。

白大鸣坐在白大省一塌糊涂的床边，屁股底下正压着她那团黑红点点的毛衣。他知道他的姐姐遭了不幸，他给她倒了一杯水。白大省喝了水，按捺不住地对白大鸣说起了夏欣。她说着，哭着，眼泪像断了线的珠子，白大鸣看着心里很难过。他想起了姐姐对他几十年如一日的疼爱，想起小时候有一次他往院子里扔了一只香蕉皮，姥姥踩上去滑了一跤，吓得他一着急，就说香蕉皮是白大省扔的。姥姥骂了白大省一整天，还让白大省花了一个晚上写了一篇检讨书。白大省一直默认着自己这个“过失”，没有揭穿也没有记恨过白大鸣对她的“诬陷”。白大鸣想着小时候的一切，实在不知道怎么把换房的事说出口。后来还是白大省提醒了他，她说大鸣你是不是有什么事来找我？

白大鸣一狠心，就把想和白大省换房的事全盘托出。白大省果然很不高兴，她说这肯定是咪咪的主意，一听就是咪咪的主意，咪咪天生就是个出这种主意的人。她说她早就后悔当初把咪咪介绍给白大鸣，让咪咪变成了他们白家的人。她质问白大鸣，问他为什么与咪咪合伙欺负她——难道没看见她现在的样子吗，还是假装不知道她从前的那些不如意。她说大鸣你真可恶真没良心你真气死我了你是不是以为我这人从来就不会生气呀你！她说你要是这么想你可就大错特错了现在我就告诉你我会生气我特会生气我气性大着呢，现在你就回家去把咪咪给我叫来，我倒要看看她当着我的面敢不敢再重复一遍你们俩合伙捏鼓出的馊主意！

白大省的语调由低到高，她前所未有地慷慨激昂滔滔不绝，她就像换了一个人似的言辞尖刻忘乎所以。她不知道什么时候白大鸣已经悄悄地走了，当她发现白大鸣不见之后，才慢慢使自己安静下来。白大鸣的悄然离去使白大省一阵阵地心惊肉跳，有那么一会儿她觉得他不仅从驸马胡同消失了，他甚至可能从地球上消失了。可他究竟犯了什么错误呢她的亲弟弟！他生下来不长时间就得了百日咳；两岁的时候让一粒鱼皮豆卡住嗓子差点憋死；三岁他就做了小肠疝气手术；五岁那年秋天他掉进院里那口干井摔得头破血流；七岁他得过脑膜炎；十岁他摔在教室门口的台阶上磕掉了门牙……可怜的大鸣！为什么这些倒霉事儿都让他碰上了呢，从来没碰上过这些倒霉事儿的白大省为什么就不能让她无比疼爱的弟弟住上自己乐意住的新房呢。白大省越想越觉得自己对不住白大鸣，她是在欺负他是在往绝路上逼他。她必须立刻出去找他，找到他告诉他换房的事不算什么大事，她愿意换给他们，她愿意搬回家去与父母同住……

她在白大鸣的单位找到了白大鸣，宣布了她的决定。想到数落咪咪的那些话她也觉得不好意思，就又给咪咪打电话，重复了一遍她愿意和他们换房的决定。她好言好语，柔声细气，把本来是他们求她的事，一下子变成了她在央告他们，甚至他们答复起来若稍有犹豫，她心里都会久久地不安。

她献出了自己的房子，驸马胡同拆迁之日，也就是她回到父母身边之时。这念头本该伴随着阵阵凄楚的，白大省心中却常常升起一股莫名的柔情。每天每天，她走在胡同里都能想起很多往事，从小到大，在这里发生的她和一些“男朋友”的故事。她很想在这胡同消失之前好好清静那么一阵，谁也不见，就她一个人和这两间旧房。谁敲门她也不理，下班回家她连灯也不开，她悄悄地摸黑进门，进了门摸黑做一切该做的事，让所有的人都认为屋里其实没人。有一天，当她又打着这样的主意走到家门口时，一个男人怀抱着一个孩子正站在门口等她。是郭宏。

郭宏打碎了白大省谁也不见的预想，他已经看见了她，她又怎么能假装屋里没人？她把他让进了门，还从冰箱里给他拿了一听饮料。

这么多年白大省一直没有见过郭宏，但是她知道他的情况。他没去成日本，因为那个日本女生忽然改变主意不和他结婚了。可他也没回大连，他决意要在北京立足。后来，工作和老婆他都在北京找到了，他在一家美容杂志社谋到了编辑的职务，结婚几年之后，老婆为他生了一个女儿。郭宏的老婆是一家翻译公司的翻译，生了女儿之后不久，有个机会随一个企业考察团去英国，她便一去不复返了，连孩子也扔给了郭宏。这梦一样的一场婚姻，使郭宏常常觉得不真实。如果没有怀里这活生生的女儿，郭宏也许还可以干脆假装这婚姻就是大梦一场，一切都可以重新开始，作为一个男人他还算不上太老。可女儿就在怀里，她两岁不到，已经认识她的父亲，她吃喝拉撒处处要人管，她是个活人不是梦。

此时此刻郭宏坐在白大省的沙发上喝着饮料，让半睡的女儿就躺在他的身边。他对白大省说，你都看见了，我的现状。白大省说，我都看见了，你的现状。郭宏说我知道你还是一个人呢。白大省说那又怎么样。郭宏说我要和你结婚，而且你不能拒绝我，我知道你也不会拒绝我。说完他就跪在了白大省眼前，有点像恳求，又有点像威胁。

这是千载难逢的一个场面，一个仪表堂堂的大男人就跪在你的面前求你。渴望结婚多年了的白大省可以把自己想象成骄傲的公主，有那么一瞬间，她心中也真的闪过一丝丝小的得意，一丝丝小的得胜，一丝丝小的快慰，一丝丝小的晕眩。纵然郭宏这“跪”中除却结婚的渴望还混杂着难以言说的诸多成分，那也足够白大省陶醉一阵。从没有男人这样待她，这样的被对待也恐怕是她一生所能碰到的绝无仅有的一回。一时间她有点糊涂，有点思路不清。她低头看着跪在地上的郭宏，她闻见了他头发的气味，当他们是大学同学时她就熟悉的那么一种气味。这气味使此刻的一切显得既近切又遥远，她无法马上作答，只一个劲儿地问着：为什么呢这是为什么？

跪着的郭宏仰起头对白大省说，就因为你宽厚善良，就因为你纯、你好。从前我没见过、今后也不可能再遇见你这样一种人了你明白么。

白大省点着头忽然一阵阵心酸。也许她是存心要在这晕眩的时刻，听见一个男人向她诉说她是一个多么美丽的女人，多么难以让他忘怀的女人，就像很多男性对西单小六、对小玢、对白大省四周很多女孩子表述过的那样，就像我的丈夫王永将我小心地拥在怀中，贪婪地亲着我的后脖颈向我表述过的那样。可是这跪着的男人没对白大省这么说，而她终于又听见了几乎所有认识她的男人都对她说过的话，那便是他们的心目中的她。就为了这个她不快活，一种遭受了不公平待遇的情绪尖锐地刺伤着她的心。她带着怨忿，带着绝望，带着启发诱导对跪着的男人说，就为这些么！你就不能说我点别的么你！

跪着的男人说，我说出来的都是我真心想说的啊，你实在是一个好人……我生活了这么些年好不容易才悟透这一点……白大省打断他说，可是你不明白，我现在成为的这种“好人”从来就不是我想成为的那种人！

跪着的男人仍然跪着，他只是显得有些困惑。于是白大省又说，你怎么还不明白呀，我现在成为的这种“好人”根本就不是我想成为的那种人！

跪着的男人说，你说什么笑话呀白大省，难道你以为你还能变成另外一种人么？你不可能，你永远也不可能。

永远有多远?！白大省叫喊起来。

我坐在“世都”二楼的咖啡厅等来了我的表妹白大省。我为她要了一杯冰可可，我说，我知道你还想跟我继续讨论郭宏的事，实话跟你说吧这事儿很没意思，你别再犹豫了你不能跟他结婚。白大省说，约你见面真是想再跟你说说郭宏，可你以为我还像从前那么傻吗？哼，我才没那么傻呢，我再也不会那么傻了。噢，他想不要我了就把我一脚踢开，转了一大圈，最后怀抱着一个跟别人生的孩子又回到我这儿来了，没门儿！就算他给我跪下了，那也没门儿！

我惊奇白大省的“觉悟”，生怕她心一软再变卦，就又加把劲儿说，我知道你不傻，人都会慢慢成熟的。本来事情也不那么简单，别说你不同意，就是你同意，姨父姨妈那边怎么交代？再说，你把自己的房都给了大鸣，就算你真和郭宏结婚，姨父姨妈能让你们——再加上那个孩子在家里住？白大省说，别说我们家不让住，郭宏他们一直住他大姨子的房，他大姨子现在都不让他们爷儿俩住。所以，我才不搭理他呢。我说，关键是他不值得你搭理。白大省说，这种人我一辈子也不想再搭理。我说，你的一辈子还长着呢。白大省说，所以我要变一个人。她说着，咕咚咕咚将冰可可一饮而尽，让我陪她去买化妆品。她说她要换牌子了，从前一直用“欧珀莱”，她想换“CD”或者“倩碧”，可是价格太贵，没准儿她一狠心，从今往后只用婴儿奶液，大影星索菲娅·罗兰不是声称她只用婴儿奶液么。

我和白大省把“世都”的每一层都转了个遍，在女装部，她一反常态地总是揪住那些很不适合她的衣服不放：大花的，或者透得厉害的，或者弹力紧身的。我不断地制止她，可她却显得固执而又急躁，不仅不听劝，还和我吵。我也和她吵起来，我说你看上的这些衣服我一件也看不上。白大省说为什么我看上的你偏要看不上？我说因为你穿着不得体。白大省说怎么不得体难道我连自己做主买一件衣服的权利也没有啊。我说可是你得记住，这类衣服对你永远也不合适。白大省说什么叫永远也不合适什么叫永远？你说说什么叫永远？永远到底有多远！

我就在这时闭了嘴，因为我有一种预感，我预感到一切并不像我以为的那么简单。果然，第二天中午我就接到白大省一个电话，她告诉我她是在办公室打电话，现在办公室正好没人。她让我猜她昨晚回家之后在沙发缝里发现了什么，她说她在沙发缝里发现了一块皱皱巴巴、脏里巴叽的小花手绢，肯定是前两天郭宏抱着孩子来找她时丢的，肯定是郭宏那个孩子的手绢。她说那块小脏手绢让她难受了半天，手绢上都是馊奶味儿，她把它给洗干净了，一边洗，一边可怜那个孩子。她对我说郭宏他们爷儿俩过的是什么日子啊，孩子怎么连块干净手绢都没有。她说她不能这样对待郭宏，郭宏他太可怜了太可怜了……白大省一连说了好多个可怜，她说想来想去，她还是不能拒绝郭宏。我提醒她说别忘了你已经拒绝了他，白大省说所以我的良心会永远不安。我问她说，永远有多远？

电话里的白大省怔了一怔，接着她说，她不知道永远有多远，不过她可能是永远也变不成她一生都想变成的那种人了，原来那也是不容易的，似乎比和郭宏结婚更难。

那么，白大省终于要和郭宏结婚了。我不想在电话里和她争吵或者再规劝她，我只是对她说，这个结果，其实我早该知道。

这个晚上，我和我丈夫王永在长安街上走路，他是专门从B城开车来北京接我回家的。我从来也没有像今天这样渴望见到王永，我对我丈夫心存无限的怜爱和柔情。我要把我的头放在他宽厚沉实的肩膀上告诉他“我要永远永远待你好”。我们把车存在民族饭店的停车场，驸马胡同就在民族饭店的斜对面。我们走进驸马胡同，又从胡同出来走上长安街。我们没去打搅白大省。我没有由头地对王永说，你会永远对我好吧？王永牵着我的手说我会永远永远疼你。我说永远有多远呢？王永说你怎么了？我对王永说驸马胡同快拆了，我对王永说白大省要和郭宏结婚了，我对王永说她把房也换给白大鸣了，我还想对王永说，这个后脑勺上永远沾着一块蛋黄洗发膏的白大省，这个站在水龙头跟前给一个不相识的小女孩洗着脏手绢的白大省是多么不可救药。

就为了她的不可救药，我永远恨她。永远有多远？

就为了她的不可救药，我永远爱她。永远有多远？

就为了这恨和爱，即使北京的胡同都已拆平，我也永远会是北京一名忠实的观众。

啊，永远有多远啊。

一九九八年秋

铁凝的中篇小说《永远有多远》发表于《十月》1999年第1期，收录于2000年出版的同名小说集《永远有多远》。小说获第二届鲁迅文学奖中篇小说奖。在世纪之交的众声喧哗里，面对日渐消逝的胡同生活记忆，在铁凝笔下，一位女性的成长与北京的城市记忆之间构成了深有意味的映照关系。小说讲述了生活在驸马胡同里的北京姑娘白大省的成长过程，她热情、宽厚、待人真诚，虽然渴望成为深具风情的“西单小六”，但总是在恋爱和日常生活中不断奉献自我。以白大省这一女性形象为象征，小说探寻着北京胡同文化的仁义精神在都市生活里所面临的承续与失落的命运，《永远有多远》是当代文学史上深具影响力的经典中篇小说。

——易彦妮

梦也何曾到谢桥

叶广芩

一

旗袍垂挂在衣架上，与我默默地对视。

已经是凌晨三点了，我仍没有睡意。台灯昏黄的光笼罩着书桌，窗外是呼呼的风。稿纸铺在桌上，几个小时了，那上面没有出现一个字。我的笔端凝结着滞重，重得我的心也在朝下坠。我不知道该怎样往下写，写下去会是什么……

精致的水绿绲边缎旗袍柔软的质地，在灯光的映射下泛出幽幽的暗彩，闪烁而流动，溢出无限轻柔，让人想起轻云薄雾、碎如残雪的月光来。旗袍是那种20世纪40年代末北平流行的低领连袖圆摆式样，古朴典雅，清丽流畅，与现今时兴的，以服务小姐们身上为多见的上袖大开衩儿旗袍有着天壤之别。

其实，这件旗袍的诞生不过是昨日的事情，与那40年代，与那悠远的北平全没有关系，它出自一位叫作张顺针的老裁缝之手。老裁缝今年六十六岁了，六十六岁老眼昏花的裁缝用自己的心缝制出了这件旗袍，自然是无可挑剔的上品，是他五十年裁缝生涯的精华集结，是一曲绵长慢板结尾的响亮高腔。

这一切都送给了我。

这是我的荣幸和造化。

今天下午，他让他的儿子把衣服送了过来。他的儿子是有名的服装设计师，是道出名来就让人如雷贯耳的人物。如雷贯耳的人物来到我这即将拆迁的戏楼胡同的寒酸院落，难免有着降贵纡尊的委屈，有着勉为其难的被动。从他那淡漠的表情，那极为刻薄的言语中，我感到了彼此的距离，感到了被俯视的不自在。

那儿子将衣服搁在我的床上说，你这件旗袍让我们家老爷子费的工夫忒大了，真不明白你是用什么招数打动他的。我听清楚了，那儿子跟我说话的时候用的是“你”，而不是“您”。这让我反感，让我有种说不出的厌恶。

那儿子说，我父亲已经有十多年没摸针了，他有青光眼你知道不？你们这些人，为了自个儿的漂亮，不惜损害别人的健康，自私极了。

我看了那儿子一眼，将衣服包默默地打开，旗袍水一样地滑落出来，我为它的质地、色彩、做工而震惊。

绝品！

那儿子不甘地说，你给了我们家老爷子多少工钱？

我用眼睛直视着那儿子，实在是懒得理他。他见我这模样，说，我知道，我们家的老爷子又上了一回当。

我说，多少钱，你回家问问你的父亲吧！

那儿子已经走到门口，出门前又回过身来郑重地说道，奉劝您一句，以后您再不要上我们家了，我父亲不是干活儿收钱、摆摊儿挂牌的小裁缝，就为您这件袍子，看来我还得买房搬趟家。

这回来人终于用了“您”，但这个“您”字里边，有着显而易见的挖苦和讽刺，噎得人喘不过气来。

门砰的一声关上了，听着气愤的远去的脚步声，我想，谁能相信这就是在电视上常露脸的那个著名设计师？镜头前的那高贵、那矜持、那艺术、那清雅都到哪里去了？一旦伪装的面纱撕下，他和街上摆摊儿挂牌的小裁缝有什么不同？那一脸的小家子气模样，甚至连小裁缝都不如。一个人的艺术水平到了一定境界以后，拼的是文化积累、人格锤炼和道德修养，我料定此君的艺术前程也就到此为止。他绝做不出他父亲这样的旗袍。

旗袍在衣架上与我默默地对视。

那剪裁是增之一分太肥、减之一分太瘦的恰如其分。其实老裁缝只是用眼神不济的目光淡淡地瞄了我一眼，并没有说给我做衣服，也没有给我量体，而只那一眼，便将一切深深地印在心底了，像熟悉他自己一样地熟悉我，这一切令我感动。

顺针——舜针。

我的六兄，谢家的六儿。

本该是一个人的两个人。

二

在金家的大宅院里，父亲有过一个叫作舜针的儿子，那个孩子在我的众多兄弟中排行为六，出自我的第二个母亲，安徽桐城的张氏。据说这个老六生时便与众不同，横出，胎衣蔽体，只这便险些要了张氏母亲的命，使他的母亲从此元气大伤，一蹶不振。这也还罢了，更奇的是他头上生角，左右一边一个，就如那鹿的犄角一般。我小时问过父亲，老六头上的犄角究竟有多大？父亲说，枝枝杈杈有二尺多高。我说，那不跟龙一样吗？不知老六身上有没有鳞？父亲说，老六没有鳞，有癣，浑身永远地瘙痒难耐，一层一层地蜕皮。我说，那其实就是龙了，龙跟蛇一样，也是要蜕皮的，要不它长不大。父亲说，童言无忌，以后再不许出去胡说，你溥大爷还活着，让他知道了你这是犯上……父亲说的“溥大爷”，指的是已经被关押在国外的溥仪，尽管他早已不是皇上了，父亲对他还是充满了敬畏。明明溥仪比父亲辈分还低，年龄还小，父亲仍是将他称为“溥大爷”。皇上是真龙，我们家要再出一条龙，那就是图谋篡位造反，犯忌！

所以，我们家的老六真就是龙，也不能说他是龙。

于是，我将有角的老六想得非常奇特，想象他顶着一双怎样的大犄角在院子里走来走去，想象他怎样痛苦地蜕皮，那角是不断地长，那皮是不停地蜕，总之，那该是一件很有意思的事情。

有一天，我在床上跟我的母亲探讨老六睡觉的姿势，我认为老六睡觉应该像蟒一样地盘在炕上，而不是像我一样在被窝里伸得直直的。母亲说，你怎么知道老六不是直直的？我说，大凡长虫一类，只要一伸直就是死了。母亲问这话从哪儿说起。我说，咱家槐树上的"吊死鬼儿"被我捉在手里，从来都是翻卷着挣扎，跟蛇一样的。拿我阿玛的放大镜在太阳下头一照，吱的一声，那虫儿就焦了，就挺了，挺了就是死了。母亲听了将我一下推得老远，说怪道我身上老有一股焦臭的腥味儿，让人恶心极了。我说，您搂着我还嫌恶心，我到底还是一个小丫丫，我二娘搂着老六都没嫌恶心，老六可是一条长癣的癞龙，那腥湿溜滑的龙味儿想必不会比槐树上的"吊死鬼儿"好闻。母亲还是不想靠近我，于是我就用头去抵母亲，企望我的脑袋上也能长出一对美丽的、梅花鹿一样的犄角。母亲闪过我那乱糟糟的脑袋，说其实老六头上并没有我想象中的大角，只不过他的头顶骨有两个突起的棱儿罢了，摸起来像两个未钻出的犄角。就是到死，也未见那两个犄角长出来。我愣了半晌，对"未长出的犄角"很遗憾，想象老六要是再多活几年，长到我父亲那般年纪，一定能生出很不错的角来。人和鹿是一样的，小鹿是不生角的，鹿到了成年才会生出犄角，西城沁贝勒家园子里养的鹿就是如此。

我们家有关老六的话题虽然不多，但都很精彩。传说老六落生时眼目大开，哭声深沉，遍身黑鳞，异相昭著。他是在偏院的北屋降生的，说是生时浓云密布，雷声轰隆，众人在其生母的昏厥中惴惴不安，不知这驾着雷霆而来的麟儿预示着这个家族的何种命运。我们家舅老爷私下说，看这天相，所来的料不是个等闲人物。金家是天潢贵胄，龙脉相延，该是不错的。然龙生九种，九种各一，其中必定有一个是佞种，但愿不要应在了这个老六身上。

老六身上的那层鳞苦苦地折磨着他，使他痛苦不堪，需时时地将他浸泡在水盆里才能使他安静下来。听说那鳞乌黑发亮，有花纹斑点，时常成片脱落，很是吓人。二娘抱着老六去医院看过，老六这身皮把那些护士吓得躲得远远的，不敢近前。医院给开了不少药水，抹了只是杀得疼，根本不管用。舅老爷说，不必治了，凡有成勋长誉者，必附以怪异。他还说，他的父亲与曾国藩曾同朝共事，知那文正公也是终身癣疥如蛇附，每天用两手抓挠，必脱下一把皮屑，这实则是贵人之相。

老六两岁的时候，有一天白云观的武老道来我们家找父亲聊天，父亲着人将老六抱出来让老道看。老六一见老道，立时在老妈子身上翻滚打挺，大哭不止，一刻也不能消停。武老道捻着胡子坐在太师椅上冷冷地看，一口一口地喝茶，并不理睬闹得地覆天翻的老六。父亲只好让人把哭泣的老六抱走，老六的一路哭声直响到后院深处，许久不能止。父亲请老道对孩子的未来给予指点。老道说，四爷的茶很好，是上等的君山银毫……

武老道在京城不是寻常人物，据云能过阴阳，通声气，更兼有点金之术，奔走者争集其门。武老道论命相堪称奇验，京师某王爷曾微服请相，所示为光绪和宣统的八字，武老道看过后说，先者论命当穷饿以终，后者则有破家之祸。王爷初时以为荒谬，后来一细想，果不其然。现今老道对老六的前程既不肯点明，父亲也不便多问，越发觉得六儿子的神秘不可测。老道喝透了茶，才款款说道，令公子有胎衣包养，生虽有惊而命大，日主有火，盛则足智多谋，欠则懦弱胆怯，大畏财旺，若生在贫贱之家当贵不可言。父亲问如今生在金家又当如何。老道说，水一、火二、木三、金四、土五，戊见甲，当在三、八岁。父亲问三、八岁当怎样。老道说，四爷这茶没味儿了……

事后父亲将武老道的话学给老六的母亲听。二娘说，一个孩子家，三、八岁能怎么样呢？咱们的六儿眼瞅着虚岁过了三周，也没见有什么不好，他一个花老道，故弄玄虚地瞎说罢了。父亲说，还是要留神些才好。二娘说，留神自要留神，家里的孩子们咱们哪个又不留神了？只是不要看得太神圣太娇贵了才好，小孩子唯得中和才能健康成长，旺不得也弱不得，旺则不能任，弱则不能禁，只待至十五成人，才可以分别贵贱。现在抱在怀里就论前程，实实地是有些荒诞了。

话是这样说，但父亲对这个生有异状的儿子仍是情有独钟，常常将老六抱在膝上，抚弄着他那一对硬硬的角，说些“当今之世，舍我其谁”的屁话。彼时，家中的老七舜铨已经出世，而父亲对他那个弱得像猫一样的七儿子是连看也不看的。

老六不负父望，果然生得聪慧伶俐，讨人喜欢，特别是那对角更是提神，不知被多少好奇的人摸过。亲戚朋友谁都知道，金家养了一条龙，那时虽已进入了民国，可在那些前清遗老遗少的心目中，何尝不盼着北京东城金家的宅院再像醇王府一样，成为又一座潜龙邸！

老六进出都随着父亲，他可以跟着父亲吃小灶，食物的精美远远超过了他兄弟姐妹们的淡饭粗茶。他还可以坐父亲的马车，并且他还要永远地一个人占据正座，让父亲打偏。他一个小人儿，坐在车上的威严神气，让所有的人看了都倒吸一口冷气，似乎他早已就这样坐过，连父亲也显得黯然无光、形容惭愧了。

于是就有了舜针是德宗转世再生的说法，神乎其神，跟真的似的。

对此，父亲不予解释，在他的心里大概乐于人们这样说道。他讳莫如深的态度无疑是一种变相的推波助澜，在他的默认下，老六不是龙也变成了龙。

持坚决反对观点的是二娘。她不允许人们这样糟蹋她的儿子，她说儿子就是儿子，他还是个未成年的孩子，你们不要毁他。二娘是汉人，对一个汉族小老婆的话，人们尽可不听。娘儿们家就知道傻疼孩子，懂个屁！

就这样，我们的老六有了不少干爹干妈，谁都希望能沾点儿龙的光，在龙还没有腾起来的时候他们是爹和妈，一旦真龙成了气候，封王封侯，那简单的爹妈岂能打发得了？未雨绸缪是必要的，临渴掘井是傻瓜干的事情，早期的投资是精明远见的体现。很难说在老六那些“爹”“妈”的思维中，没有今日期货买卖的投机成分在其中。

"爹""妈"们送的钱财、物件大概够老六吃一辈子的。

玉软香温、锦衣玉食中的老六，因了他的相貌，因了众人的推崇惯纵，在金家变得各色而乖戾，落落寡欢地不合群，这使他的母亲时时处在哀愁之中。她虽然不相信武老道的胡诌，但却牢牢记着"这孩子应该生在贫贱之家"的断语。这个断语在她的心里是个时刻挥不去的阴影，她总预感到要有什么不祥的事情发生……

民国十年，我们的父亲漂洋过海去周游列国。对于父亲的远游，金家人谁也不以为意，因为这个家里有他没他是一切照常的。父亲在我们家里从本质上来说就是个尊贵的客人，不理财，不拿事，他所熟悉的就是吃喝、会友，起着门面的作用。父亲走了，孩子们在某种程度上得到了放松，是件求之不得的好事。

感到失落的是老六，失了依赖的老六有种无助的恐惧和孤独，他的心只系着父亲，没有别人。每每父亲来信，信中所关注的也只有老六，仿佛他的其他儿子都是无足轻重的陪衬。当然，儿子们对父亲的来信也从来不闻不问。老六则不然，老六要让他的母亲把父亲的信一遍一遍地读，不厌其烦地听得很认真。这使人感到，老六与父亲的关系在父子之外又添加了某种说不清的情愫，不能细想，细想让人害怕。

春天的一个上午，天气晴好，金家的孩子们要在看门人老张的带领下到齐化门外东大桥去放风筝。孩子们托举着风筝，揪扯着线绳，你喊我叫，闹哄哄地拥出了二门。出门时被站在台阶上的二娘叫住了，二娘由屋里拽出了满脸不痛快的老六，将他推进孩子群中，让他和大家一块儿去放风筝。老六不想去，转过身就往屋里走，被矮他一头的老七一把拉住。老七刚缝上开裆裤没有两年，却小大人儿似的很能体恤人。老七说，六哥别走，我带着你。二娘说，让小的说出这样的话来，老六你羞不羞？老六低头不语。二娘说，到野地去，让风吹吹，把一身懒筋抻抻，是件再好不过的事儿了，你怎么还不愿去？说着二娘向老张使了个眼色，老张就将一个沙燕风筝塞给老六，连推带搡地护着金家的小爷们出了门，奔东而去。

二娘在廊下深深地叹了口气。

依着二娘的意思，是有意将老六混在金家的哥儿们中间摔打摔打，目前她的这个儿子过于细腻软弱了，这不是金家人的性情，也不是她的愿望。在她的思想深处，很怕真应了老六是德宗转世的说法。她嘴上说不信，心里也难免不在打鼓，把她的儿子和那个窝囊又悲惨的光绪皇帝连在一起，她这个做母亲的何以能心甘情愿！为此她希望她的儿子能粗糙一些，能随和一些，能平平安安地长大成人。她没有给人说过，夜深人静之时，她常常用手使劲地按压老六头上那两个突起的部位，她唯恐那两个地方会生长出什么意想不到的东西来。

那天，放风筝的一干人等热气腾腾地回来了。刘妈站在门口挥着个布掸子挨着个儿地拍打，拍哪个，哪个的身上尘土冒烟，呛得刘妈捏着鼻子不敢喘气。刘妈说，这哪儿是去放风筝，明明地是去拉套了，瞧瞧这一身的臭汗，夹袄都湿透了。末了，刘妈拽过冻得直流清鼻涕、浑身瑟瑟发抖的老六，拍打了半天，没见一丝土星。刘妈笑着说，这可是个坐车的，没出力。老张说，这小子有点儿打蔫儿，那帮驴们在河滩里疯跑，就他一个人在大桥桥头上傻坐着，喊也喊不下来。刘妈摸了摸老六的脑袋说，有点儿烧，得给他再吃两丸至宝锭。

金家虽是大宅门儿，对孩子却是养得糙，从不娇惯，这大概也是从祖上沿袭下来的习惯。金家的子弟是正儿八经的八旗子弟，老辈儿们崇尚的是武功，讲的是勇猛精进、奋搏无倦。到了我们的阿玛这儿还能舞双剑，拉硬弓，骑马撂跤。祖辈的精神自然是希望千秋万代地传下去，不颓废，不走样儿，发扬光大直至永远。这个历经争战，在铁马金戈中发展起来的家族，自然要求他的子弟也要勇武强壮，禁得起风吹雨打。所以，我们家的孩子们从小都很皮实，都有着顽强的忍耐力和吃苦精神，谁有头疼脑热多是凭自己的体力硬扛，很少请过大夫。遇有病情严重的，特殊的照顾只是冲一碗藕粉。病人喝下藕粉，也就知道自己的病已经到了极点，再没有躺下去的必要，该好了。下人刘妈充任着我们的保健医师的角色。刘妈带过的孩子多，经验丰富，她对小儿科疾病的治疗方法往往比医院的大夫还奏效。我们每一个孩子出生后，都穿过她用老年下人们的旧衣裤改制的儿衣。她认为，下贱才能健康，才能长寿，越是富贵家的孩子越应如此。她还认为，有钱人家的父母都是锦衣玉食，所以生下的小孩子百分之百内火大，不泻火就要生事，就要出毛病。为此，她天天早晨要给我们家的大小孩子吃至宝锭，一边喂一边念叨：至宝锭，至宝锭，吃了往下挺。

至宝锭的形状像大耗子屎一般，上面有银色的戳迹，以同仁堂的为最佳。同仁堂的至宝锭化成汤喝到最后有明显的朱砂沉淀，那是药的精华。刘妈必定要监视着我们将那个红珠珠一般的东西一点儿不剩地吞下去，还要将药盏舔净。如没有红珠，刘妈就要向管事的发脾气，说他弄虚作假，买的不是同仁堂的正宗货。

放风筝回来的老六在刘妈的安排下吃了两丸至宝锭，晚饭也没吃就睡去了。半夜忽然发起高热，浑身烧得像火炭一般。第二天，喝过了藕粉也没见退烧，人已经开始昏迷，说胡话，叽叽咕咕，如怨如诉，还哀哀地哭。刘妈说，这孩子该不是撞客了什么，东大桥那儿是什么地方？那儿是北平的刑场，是处决犯人的地方。这个六儿他不比别的孩子，他太弱……二娘听了，就让老张拎着两刀纸拿到东大桥烧了，想的是真有鬼魅，给些通融，让它且饶过我们家六儿。纸烧过，并不见老六病情有所好转，反倒从喉咙里发出呼呼的声响。二娘害怕了，让人请来胡同口中药铺坐堂的大夫为老六看病。大夫看过后说老六寸脉洪而溢，君火与相火均旺，旺火遇凉风热结于喉，是为喉痹，民间又叫闹嗓子的便是，不是什么大病。大夫开了当归、川芎、黄檗一类滋阴降火的方子，说煎两服吃下去就好了。

两服药吃下，老六并不见起色，咽喉症状继续加剧，常常喘不出气，憋得一张脸青紫，脖子的皮肤也被抓得鲜血淋淋。家里先后又请了几个大夫，各样方法使了不少，老六的病只是一日重似一日。二娘急得没办法，托人给在欧洲的父亲打电报，那人回来说联系不上，说那边朋友回电说，四爷上个月在法兰西，这个月又去了英吉利，漂漂泊泊毫无定踪，下半年能转回德意志也说不定。

老六病得在炕上抽搐、翻白眼，二娘急得在屋里一圈圈转磨，如今是想灌藕粉也灌不下去了。

舅老爷来家，二娘向舅老爷求主意。舅老爷见了老六摇头说怕是不好。二娘说孩子阿玛不在家，无论如何也得舅老爷做主，这是他阿玛最喜欢的一个，真有什么怎么向他阿玛交代？舅老爷说，再喜欢也不行，死生有命，富贵在天，打针吃药，救得了病却救不了命，这都是有定数的。二娘说，真就没办法了吗？舅老爷说，容我算算看。说罢摸出一把麻钱，在桌上一把撒开，上为艮，下为坤，合而为剥卦。二娘也是懂得易经的人，一见这卦象眼泪就扑簌簌往下直淌。舅老爷说，你也看见了，这是天意。老天爷要收他回去，谁也没办法，挡也挡不住。二娘说，舅老爷是高人，万望想个变通的法子，救您外甥一命。舅老爷说，我有什么法子？你看这卦，艮为山为止，坤为地为顺，顺从而止，上实下空，是困顿危厄之象。从卦上看，鬼在本宫，外方得病，更在上三爻，必是外感风邪。外宫也有暗鬼，伺机而动，上下有鬼，内伤兼外感，是为杂症。鬼动卦中，药力也难扶持，虽良医也不能救……

舅老爷说得没错，那天没过半夜，老六就被那二鬼挟持着奔了黄泉之路。

老六生生是被憋死的。临死前，他在炕上辗转反侧，怪声号啕，真如一条喝了雄黄的大长虫，几个人也按捺不住。那时金家的孩子们各个敛声屏气，缩在自己的房内不敢出来，静听着偏院里发出的长一声短一声的哀号。老六折腾到天黑，渐渐地没了气息，挺了。直到偏院传出话说，六少爷走了，大伙儿才长长地松了一口气，有种如释重负的感觉，好像金家宅门儿里没有老六才是正常的。

二娘抚着僵了的老六尸身哇哇大哭，大家劝也劝不住。第二天，二娘让老张去白云观请武道长派几个道士过来做法事。老张去了又回来了，说老道没派来道士，却让带回一张画得花里胡哨的符，让贴在偏院的门口。老张传达老道的话说，什么法事也不要做，金家这个老六从根儿上来说就不是什么正经东西。老道没有道破它的来龙去脉就已经是很给它面子了。让它知趣一点儿，赶快上它该去的地方，别再祸害人。亲戚们此时谁也不再说什么“贵人自有天相”的话了。舅老爷说，一个未成年的孩子，没落住终不能算这个家里的人，给他一副薄棺材好歹葬了就是，也算他没白到世上走一遭。

那副寒碜的白皮棺材抬进院来的时候，二娘见了几乎心疼得昏了过去。她说从没见过这么破烂穷酸的棺材，连漆也不上一道，用这样的棺材来装殓她的儿子，让她何以心安！我母亲也说，这棺材太差了点儿，装街上冻饿而死的倒卧还差不多，装金枝玉叶的哥儿忒不合适，于金家的身份也不相称。二娘让管事的去换，被刘妈拦了。刘妈说，太太糊涂了，哪儿有空棺材抬进又抬出的道理？舅老爷的主意没错，太太忘了哥儿“应该长在贫贱之家”的话吗？命中注定就是命中注定的，还哥儿一个舒坦自在吧，让他顺顺当当地托生，比什么都好。

二娘不再坚持，眼瞅着四个杠夫抬着那口薄棺材吱吱扭扭地出了门。

老六死的那年是八岁，他没能过了阴历冬月初十他的九岁生日。

应了武老道“三、八岁”的预言，父亲当年还问过人家“三、八岁当怎样？”当怎样呢？就当这样。老道没有直着说罢了，天机不可泄露。

以现在的观点来看，我们家老六的死因当是白喉，是白喉杆菌引起的一种传染病。搁今天，配以抗生素治疗绝不至于引起死亡，就是到了老六最终的窒息阶段，只需将气管切开也不是没救。可在七十多年前，医疗条件有限，老六就那么匆匆忙忙、稀里糊涂地走了，想来让人遗憾。

最遗憾的是我的父亲。据我母亲说，父亲从国外回来以后，知道了老六的事情，大病了一场。经过那场病，父亲的头发全部脱光，终日迷茫恍惚，走路打晃儿，得两个人架着才能从屋里北炕走到南炕。对父亲这场很著名的病，北平的小报上有过报道，说他老人家因为失子悲伤过甚，得了伤寒。我后来想，伤寒的确是个很可怕的传染病，它是由伤寒杆菌而传染的，跟老六怕没有什么直接联系。那时候的人把伤寒跟老六挂在一块儿，实在是有些不伦不类。

三

我在这个家里长成一个混沌的小丫头的时候，二十多年已经过去，就是我们家最小的男孩老七舜铨，也进入了青壮年的行列，成了古城名画家。随着时间的消磨，人们对老六的传说已经淡而又淡了，金家已经没有几个人还记得那个忧郁的、早逝的男孩。

偏偏我是个爱幻想的孩子，在孩童时候，想象在我的生活中占了很大成分，我常想的人物就是那个神奇的、半人半龙的老六。他和母亲给我说的老麻猴子，和大家时常谈论的院里的狐仙，和我所向往的一切神神怪怪一起，活跃在我的精神生活中，成为不可分割的一部分。

有一回，父亲领着我去一个叫作“桥儿胡同”的所在。以我粗通文字的水平，已经能认出胡同口墙上的蓝色搪瓷标牌，是“雀儿胡同”，不是“桥儿胡同”。而父亲偏说是“桥儿”不是“雀儿”，让我回家对母亲也务必要说是“桥儿”，不能说是“雀儿”，否则以后就再不带我出来遛弯儿。在北京人的发音中，“桥儿”和“雀儿”实在没有什么不同，前者是二声，后者是三声，往往说快了就“桥”“雀”不分了，但父亲则嘱咐我一定要将两个字分清楚，万不可弄含混了。

既然父亲喜欢，我心里也乐得真把“雀儿”当“桥儿”了。父亲去桥儿胡同没坐他那辆马车，坐的是三轮，我坐在父亲身边，听着身底下链条的啦啦响声，从小洞里看着车夫一弯一弯的背影，只感到困倦，想睡觉。父亲拍着我的肩说，别睡啊，留神着凉。我嗯了一声，并没有多少清醒。父亲说，马上就到你谢娘家了，你要听话，别淘，跟你六哥好好玩儿。我问哪个六哥……父亲说就是那个长犄角的六哥，还能有谁！我听了一激灵，困意全消。我说，真是咱们家的老六吗？父亲说，当然。

胡同很小，没有雀也没有桥，只有一堆堆的烂布，臭气熏天地堆在各家的房前、门口，让人恶心。事后我才知道，这些破布都是从脏土堆捡来的，靠收破烂儿收来的，晾晒干了，用糨子打成袼褙，卖给做鞋的鞋场。一块袼褙能卖八大枚，八大枚能买一斤杂面。这片地面，家家都打袼褙，家家都吃杂面汤，成了“桥儿”的一道风景。

父亲领着我来到一个略微干净点儿的小院里，院里北房三间，东房塌了，南面是一溜墙，有棵歪斜的枣树，半死不活地戳在那里。树底下有个半大小子在撕铺陈①，往板子上抹糨子，将那些烂布一块块贴上去。墙下一排打好的袼褙，在太阳的照耀下反射着亮光，冒着腾腾的水汽，显得很有点儿朝气蓬勃。那半大小子见我们进来了，头也没抬，一双沾满了糨子的手，依旧灵巧地在那块板上抹来抹去，没受到丝毫影响。

父亲叫了一声六儿，半大小子嗯哪了一声，没有显出热情。

① 铺陈：老北京话，指糟烂的破布。

这时，从北屋里闪出个四十岁左右的白净妇人来，脑后缩了个元宝鬏儿，穿了件蓝夹袄，打着黑绑腿带，一双蓝地儿蓝花的绣花鞋不沾一点儿土星，浑身上下透着那么干净利落，透着那么精神。

父亲让我管她叫谢娘，我叫了，谢娘把我揽在怀里，夸我是个懂事的丫儿。谢娘身上有股好闻的胰子味儿，跟我母亲身上的“双妹”牌花露水绝不相同。相比较，还是这胰子味儿显得更平淡，更家常，更随和一些。

我喜欢这种味道。

我们被谢娘让进屋里，屋里跟谢娘一样，收拾得一尘不染，炕上铺着白毡子，被卧垛垛得整整齐齐，八仙桌上有座钟，墙上有美人画，茶壶茶碗虽是粗瓷，也擦抹得亮晶晶的，东西归置得很是地方，摆设安置得也很到位。

谢娘是个很能干的人。

从谢娘和父亲的谈话中我了解到，她对我们家里的情况相当熟悉，对我几个母亲的情况也是了如指掌的。我还听出来了，谢家搬到这儿的时间并不长，是父亲给找的房。谢娘还跟我父亲商量要把塌了的东厢房盖起来，说六儿大了，该有他自己的屋子了。谢娘说这些的时候，完全是把父亲当作了这家的主人，那份柔情、那份依赖和对父亲的那份神态，是我几个母亲都没有的。

父亲很舒坦地喝着一种叫作“高末儿”的茶。所谓“高末儿”，就是茶叶铺将卖剩的各类茶的渣子归拢在一起，以极便宜的价格卖出的一种茶。这种茶很香，可只能喝一遍，第二遍就没了颜色。父亲喝着这种茶，和谢娘说着话，所谈均离不开柴米油盐，离不开东家长李家短。父亲对这院房，对谢家的投入精神令我吃惊。在我的眼中，这完全是另一个父亲，一个陌生的、我从不了解的父亲。在金家，谁都知道父亲是个不管不顾的大爷，他搞不清我们院有几间房，搞不清他到底有多少财产，更搞不清他十四个孩子的排列顺序和生日。人们说四爷真是出世的散仙，洒脱得可以，言外之意则是“四爷真是糊涂得可以”。

“糊涂”的父亲索性以糊涂装糊涂，很充分地利用了“大智若愚”这个词。

见我很注意他们的谈话，谢娘显得有些不自在了。她将院里的半大小子喊进来，推到父亲跟前，让那小子管父亲叫“四爹”。

小子很不情愿地看了他妈一眼，嘴唇动了动，终没张嘴。

谢娘说，叫呀，没你四爹能有这个家吗?

那小子被逼不过，闷声闷气地迸出一个“四爹”来，连我也听得出，这个“四爹”叫得勉强极了，被动极了，很大程度他是冲着他的母亲叫的。我毕竟年纪小，对这个“爹”的含义相当模糊，在我们家里，没有人管父亲叫爹，我们都叫阿玛。现在桥儿胡同有人管父亲叫“四爹”，我只是觉得新奇。

被叫了四爹的父亲很激动，他把那个叫作六儿的小子拉到跟前，很动情地细细打量着。我敢说，我的父亲看我们中的任何一个都没有用过这种眼光，都没有透出过这种温情。

单单在这个莫名其妙的小子身上，流露出了这么多的爱，让人不能不嫉妒了。

父亲让我管他叫六哥。

我说，我得摸摸他的那两只角！

父亲就叫六儿弯下身来让我摸，六儿低下头的时候狠狠地瞪了我一眼。我才不管他高兴不高兴，一双巴掌毫不犹豫地伸向了那个长得并不周正的脑袋。

在粗硬的头发中间，我摸到了一左一右两个突起，尖而硬，有半拉枣那么大。我很兴奋，用手捏着那两个硬疙瘩使劲地掐，六儿很粗鲁地用胳膊把我搪开了。我恼了，说我明明还没有摸好，他就这样，这次不算，我得重摸！

谢娘嗔怪六儿不懂事，说小格格要摸你就让她摸摸怎的了，也摸不坏；又说六儿挓挲着一双糨子手，也不洗干净了就进来，一股馊臭的味道，留神把格格熏坏了。谢娘说这些话的时候，六儿就愣愣地站着，一副傻相。谢娘对父亲说，不让他打袼褙，他偏要打，拦也拦不住。这都是受了近处街坊的影响，跟着什么就学什么。父亲说，近朱者赤，近墨者黑，还是得念书。学而优则仕，要想将来能出人头地，学问是第一的。说罢，他让谢娘明日打听附近有没有什么像样的学校，送他去念书。

六儿说，我不念书。

谢娘说，你这叫不识抬举！

六儿说，我不让人抬举。

谢娘说，是你四爹让你念的，你四爹能害你？

六儿不说话了。

谢娘让我继续摸六儿头上的两只角，我说不想摸了。

我对六儿脑袋上的两个硬包已经失去了兴趣。

父亲打发我和六儿出去玩儿，谢娘让六儿带我到小摊儿上买些酸枣面儿、铁蚕豆什么的零食，还特意嘱咐他，别让街上那些野孩子欺负我。

六儿站在原地没听见一般，谢娘塞给他几张小票子，推了他一把。六儿说摆小摊儿的今天没出来。谢娘说出来了，她早晨看见了摆摊儿的老赵跟他媳妇推着车过去了。

我说我要吃酸枣面儿。

谢娘对六儿说，你就带小格格去看看，当哥哥就得有当哥哥的样儿，都这么大了，怎么还这么不懂事！

六儿用眼翻了翻我的父亲，父亲冲他温和地笑着，六儿一梗脖子，推开门出去了。

我紧跟着六儿出了北屋，他并没有带我去买酸枣面儿的意思，依旧蹲在南墙根儿打他的袼褙，连看也不看我一眼。我想着那酸枣面儿和铁蚕豆，心里就对他充满怨恨，一个又臭又穷的烂小子，有什么了不起呢？就是我们家的胖狗阿利也比他懂事，比他会讨人喜欢。

呸！我狠狠地往地上啐了一口。

他没理我，将一块块破布抹平整了，贴在抹了糨糊的板子上，一层又一层。

北屋的窗帘拉上了。

六儿的脸更阴了，他把手里的糨糊摔得啪啪响。

我想看看父亲和那个谢娘在窗帘的遮挡下做什么。孩子的好奇心驱使着我，我悄悄向那窗户迂回过去。

就在我刚刚贴近窗户，把舌头伸出来，要舔那窗户纸的时候，我的辫子被人揪住了。一双黏糊糊的手，毫不留情地拽着我的小辫，直把我拉到南墙。我疼得龇牙咧嘴，对脸色铁青的六儿喊道：你要干吗?!

六儿压低声音，恶狠狠一字一顿地说：我、要、操、你、妈!

在金家，没有人对我说过这样的话，也没有人对我表现出过这样的憎恶，这些令我惊奇。特别对“操你妈”意思的理解，作为一个大宅门儿里的小丫丫来说还十分欠缺。我说，我有三个妈，你操哪个?

六儿说，我都操!

从他那猥亵无耻的神态里，我推断出这不是一句好话，就一脚踢翻了他的糨子盆，将那些没有眉眼的破布扬得满院都是。发脾气是大宅门儿孩子的拿手戏，我们家的孩子不会“操你妈”，但我们家的孩子都会发脾气。我们要发起脾气来，能让天塌下来。

我呼呼地喘着气，掀倒了晾在墙根儿的所有袼褙，我在那些袼褙上使劲踩，又把那棵树踹得哗哗响，把糨子盆踢得在院里滴溜溜转。六儿叉着腰，冷冷地看着我在院里折腾，当我掂起半块砖，准备向着北屋的玻璃砸过去的时候，六儿过来干涉了。他拧住我的胳膊，把我的手使劲往后背。砖是扔不出去了，我伸出空着的手，冲着六儿那张讨厌的脸，自上而下，狠狠地来了一下子，立时，那张脸花狸虎一般，出现了几道血印。六儿不吭声，提着我的脖领子将我拎出了大街门……

父亲和谢娘走出北屋的时候，我已经安静地坐在树底下剥铁蚕豆了。谢娘看着六儿脸上的伤，问是怎么了。六儿没言语。

我说是我抓的。

父亲看着洒了一地的糨子说，你这个丫儿又犯浑了，这儿可不是你闹腾的地方。谢娘说，小格格倒是憨直得可爱，是我们六儿太古怪了。父亲指着我对谢娘说，你不知道这孩子的脾气，跟王八一样拗，家里任谁都怵她，采取惹不起躲得起的态度。不过我有时候还真爱看这丫头犯浑的样子，熊崽子似的。

谢娘听了就笑。

谢娘笑的时候从腋下抽出一块手绢，用它来捂着嘴，那张脸就只留下两个弯弯的细眼睛，很好看。她的这副模样让我想起了蹦蹦儿戏“小老妈儿在上房打扫尘土”里的小老妈儿。

那天我们在谢家吃的是炸酱面。跟我们家的香菇小鸽子肉炸酱不同，谢家的酱是用虾米皮炸的，面码儿是一碟萝卜丝、一碟煮黄豆。面是杂面，捞在碗里有一股淡淡的豆香，勾得人馋虫往上翻。六儿捞了一大碗面蹲在一边去吃了，他不跟我们一起坐，大约是觉得拘束。我看见六儿从缸盖上头揪了一大头蒜，很细心地剥了丢在碗里，白胖胖的蒜瓣晶亮圆润，在面的搅拌中上下翻动，在六儿的嘴里发出嚓嚓的声响……

我说我也要吃蒜。

谢娘就剥了几瓣给我，说这是京东的紫皮蒜，是她留着做腊八蒜用的，让我留神别辣着。我们家也吃蒜，都是厨子老王用小钵将蒜砸了，刮在青瓷小碟里，润上小磨香油，远远地搁在桌角，谁要吃，拿过来用筷子点那么一下就行了，没见有谁捏着蒜瓣张着大嘴咬的。

我也学着六儿的样子狠狠地咬了口蒜，不管不顾地大嚼起来。没嚼两下，一股辣气直冲头顶，连眼泪也下来了，一张嘴已经分明不属于我。谢娘和父亲慌得丢下手里的饭来照顾我这张嘴。泪眼蒙眬中，我看见六儿蹲在门边，低着头无动于衷，照旧吃他的面。看他那冷漠神情，我恨不得再在那张脸上抓一把。

又吃了面，又喝了水，总算将那轰轰烈烈的辣压了下去。谢娘要将剩下的蒜拿走，我说，别拿，我还要吃。谢娘说，你不怕辣呀？我看了一眼六儿说，不怕。父亲说，我说这孩子拗，她就是拗，瞧，她的王八劲儿又上来了。

蒜的香是无法抗拒的，特别是那辣，更具备了一种挑战的魅力，吃过了这样的蒜，我才知道，我们家饭桌上那碟子里的物件，简直不能叫作蒜。炸酱面我吃过不少，却从来没有吃得这么酣畅淋漓、荡气回肠过。谢家的炸酱面是勾魂儿的炸酱面。

走的时候父亲将一沓钱塞给谢娘，谢娘死活不要。我和六儿站在一边，看着他们推让。我觉得他们俩的动作很像一出叫《锔大缸》的小戏。六儿大概没有这样的感觉，他咬牙切齿地靠在门框上运气。后来父亲把钱搁在桌上说，眼瞅着就立冬了，你得多备点儿劈柴和硬煤，给六儿添件棉袍，买双棉窝，别把脚冻了。

六儿插言道，我冻不死。

谢娘狠狠瞪了六儿一眼，六儿一摔门出去了。

谢娘最终当然留下了父亲的钱。

带着满嘴的蒜味儿，我跟着父亲坐车回家了。在车上，父亲对我说，回家你娘要问你吃了什么，你千万别说炸酱面。我说，不说炸酱面说什么呢？父亲说，你就说在隆福寺后头吃的灌肠。父亲又说，也别提桥儿胡同这家人，省得你娘犯病。我说，我绝不会提，我提他们干什么！父亲说，这就对了，要是这样，以后我就常带你出来玩儿，你想上哪儿咱们就上哪儿。想及六儿的嘴脸，我对父亲说，谢家这个六儿不是东西，他比咱们家的老六差远了。父亲说，你怎说他不是老六？他就是咱们家的老六托生来的，你没看他的眉眼、神态、性情跟咱家的老六整个儿是一个模子刻出来的，不差分毫？他也有角，比老六强的是他生在了贫贱之家，占了个好生日。咱们家那个死了的老六不傻，他是算计好了日子才托生来的。我问这个六儿的生日怎的好。父亲说，他是二月二呀，是龙抬头的日子，龙春分而升天，秋分而入川，这是顺。可咱家的老六，生在冬月，时候不对，他不弯回去等什么？

这个六儿是我们家老六托生来的，他与老六是一个人！

这事让我不能接受。

我问父亲，六儿也是您的孩子吗?

父亲说，你说呢?

我说不知道。

父亲说，我也不知道。

那天回家，母亲在二门里接了我和父亲。母亲嗔怪父亲带着孩子一走走一天，让她在家里惦记。父亲只是用掸子掸土，不说话。刘妈摸着我的辫子说，我的小姑奶奶，您哪儿弄来这一脑袋糨子呀?我说是六儿抓的。母亲问六儿是谁，没等我张嘴，父亲接过来说，是东单裱画铺的学徒。刘妈说，他一个裱画儿的，裱我们孩子的脑袋干什么?真是的!母亲说，准是丫儿淘气了。父亲说，让你说着了。

父亲说完冲着我笑了笑。

看父亲“演戏”，我觉得挺有意思。

四

以后我常和父亲到桥儿胡同谢家去。谢家院里东房三间已经盖起来了，一抹青灰的小厦房，由六儿住着。树上的枣也结了，微小而丑陋，个个儿像是没长大就红了，急着赶着要去办什么事情似的。

我很快熟悉了我的角色。父亲之所以把他的隐秘毫无保留地袒露给我，是对我的信任，他把我当成了出门的幌子，当成了障眼的法宝。他带着我出去，我母亲能不放心吗?其实我母亲很傻，她就没想到我和父亲是穿一条裤子的，我早已为父亲所收买，成了他的死党。

父亲收买我的条件也很低，几个糖豆儿、大酸枣就封住了我的嘴。这使我从小就相信，吃人家的嘴短，拿人家的手短，这是放之四海而皆准的真理。

到谢家去的次数多了，慢慢地，我对他们的情况也多少有了些了解。谢家当家的男人叫谢子安，死了有些年头了，听说活着的时候做得一手好针线，是宫里内务府广储司衣作的裁缝匠。广储司衣作是司下属七作（音zuō）之一，七作是染、铜、银、绣、衣、花、皮，应承着皇宫内部和主要宗室的衣物手使。慈禧时期衣作最繁盛，有匠役三百余人，到了溥仪的小朝廷，承职的也有二三十。我们家瓜尔佳母亲穿的蟒纹四爪命妇朝服，就是出自广储司的衣作。据我母亲说，谢子安本人是个很活络的人，聪明而善解人意，凭着别人不能比的手艺，他时常走动于大宅门儿之间，受到了宅门儿里夫人、小姐们的欢迎和喜爱。请谢子安做衣服的人都是有根有底的人家，图的是他做工精致、名气大。当然，人们也不乏有想了解一点乾清门里服装流向的好奇，诸如逊了位的皇上每天穿西装还是穿马褂，皇后衣服上的绦子兴的是什么花样，等等。随同谢子安出入大宅门儿的还有他的妻子，一个被大家称为谢娘的美丽小媳妇。谢子安之所以带着媳妇，是为了跟女眷打交道方便，避嫌。有做不过来的活计，谢娘也搭着手做，我父亲出门常穿的兜边镶着刚钻的外国缎一字襟坎肩和二蓝宁春绸夹袍就是出自谢娘之手。相比之下，谢娘和家里的母亲们更熟，往来也更密切。

那是皇上被赶出紫禁城的前一年，宫里发生了这么一件事。

有一天早晨，天阴欲雪，北风正紧，溥仪的贴身太监伺候溥仪起床，因为变天，要将贴里的小衣换作绒布小褂。太监将衣服在烘炉上烤热了，将小褂趁热恭进，为缩在被窝里的溥仪穿上。溥仪将手伸进袖筒，像被什么蜇了一样，呀的一声，猛然坐起，抽出胳膊一看，胳膊上已经划出了长长的一道血印。太监吓得立即翻检衣服，发现衣服的袖口别着一根缝衣针。这本是件微不足道的小事，搁溥仪这儿就成了了不得的大事，生性多疑的溥仪说这是有人刻意要谋害他，责令追查，严加惩办。追查的结果，就追到了裁缝谢子安的身上，算溥仪开恩，没要了谢子安的命，就这也受到鞭打四十、枷号一个月的惩罚。时值寒冬腊月，滴水成冰的天气，身受重伤的谢子安，在大牢里羞愤交加，没出十天就咽了气。

谢娘年纪轻轻就守了寡，为了生计，照旧走动于大宅门儿之间，揽些针线活。然而毕竟不如她丈夫手艺精湛，所承接的活计便渐渐有限；又因为丈夫横死，有人视为不吉，对她也就冷淡了许多。她所能走动的人家，到最后就剩了东城的两三家，我们家是其中之一。

我母亲们的衣服都是由谢娘承包的。谢娘给我的母亲们做活就住在我们家后花园的小屋里，有时一住能住半年，因为我母亲们要做的衣服实在太多。谢娘很懂得大宅门儿的规矩，在我们家做衣服的时候从来不出后花园一步，也不跟我们家的男人搭讪。低眉敛目，只是一人飞针走线，谁瞅着这个小媳妇都觉得怪可怜的。我母亲问过她有没有再往前走的想法，谢娘直摇头，眼圈也红了，说，太太您再别替我往这儿想了，那死鬼才走，坟上的土还没干呢……我母亲就不好再说什么了。

后来，谢娘到我们家来的次数逐渐减少，慢慢地竟变得杳无音信了。母亲们说，多半是嫁了人，一个年轻小媳妇，怎能长期守着？能寻个人家儿终归是好事，没人再来做衣服就没人吧……

我跟父亲到谢家的时候，谢娘已经不是什么小媳妇了，从相貌上看，她比我母亲还显老。我想父亲之所以肯和她亲近，愿意到桥儿胡同来，大概图的就是她的温馨可人，图的就是类似虾米皮炸酱这种小门小户的小日子，这种氛围是大宅门儿的爷们儿渴望享受又难以享受到的。已经拥有三个妻子、十四个子女的父亲，还要将精力偷偷摸摸地倾泻在桥儿胡同这座小院里，倾泻在姿色并不出众的谢娘和她那拧种般的儿子身上，究竟为了什么，这是我一直想不通的。

在金家什么心不操的父亲，在谢家却成了事无巨细都要管的当家人，连桌上的座钟打点不准，他都要认真给予纠正。我看着他在谢家的窗台下，光着膀子挥汗如雨地帮着谢娘和泥、搪炉子，谢娘亲昵地替他摘掉脖颈上的头发，我就想，这人是我阿玛吗？是金家大院里那个威严肃整的阿玛吗？

但是父亲很快活。

谢娘也很快活。

我当然更快活。

父亲在回家的车里常摇头晃脑地对我念着：一箪食，一瓢饮，在陋巷，人不堪其忧，回也不改其乐……我马上会接上一句：贤哉回也！

父女相视一笑。

金家知道父亲这个秘密的还有厨子老王，他常常秉承父亲的旨意给谢家送东西。老王是父亲的心腹，嘴很严，很讲义气。老王在我跟前从来没提过谢家半个字，我、父亲和老王对谢家的关系，用后来很著名的样板戏上的一句词儿是“单线联系”。能与某个人共同保守一个秘密是很刺激、很幸福的事情，那种心照不宣的感觉让我快乐，让我时时地处于兴奋状态。

谢家吸引我的另一个原因是那些袼褙。打袼褙是件近似游戏的轻松活，首先要将那些烂布用水喷湿，第一层尽量挑选整块儿的，用水贴在板子上，以便将来干了好往下揭。第二层才开始抹糨子，然后像拼七巧板一样，将那些颜色不一、形状纷杂的小布块儿往一起拼。要拼得平整而恰到好处是件很不容易的事，往往要经过一番周密的思考和设计，一张袼褙要打三层才算成功。这个过程是很有意思的，通过自己的手，将那一堆脏而烂的破布变成一块块硬展展的袼褙，再揭下来，一张张地摞在屋里的炕上，最终变成一斤斤香喷喷的杂面，就着大瓣蒜吃进肚里。想想真不可思议，神奇极了。

我对这个工作很着迷，开始是蹲在六儿跟前看他操作，后来是给他打下手，将布淋湿，将那些缝纫的布边撕去。后来慢慢从形状上挑选出合适的递给他，供他使用。六儿对我的参与呈不合作态度，常常是我递过去一块，他却将它漫不经心地扔在一边，自己在烂布堆里重新翻找，另找出一块补上去。开始我以为他是成心气我，渐渐地我窥出端倪，他是在挑选色彩。也就是说，六儿不光要形状合适，还要色彩搭配，藏蓝对嫩粉，鹅黄配水绿，一些乱七八糟的破烂儿经六儿这一调整，就变得有了内容，有了变化，达到了一种出神入化的境界。

六儿的袼褙打得精美绝伦。

六儿的书念得一塌糊涂。

六儿都十五了，还背不出“床前明月光”，他将“举头望明月，低头思故乡”永远念成“举头望明月，低头撕裤裆”。父亲纠正了他几次，均未改过来，看来是有意为之。

谢娘从附近收揽些针线活，以维持家用，穷杂之地的针线活毕竟有限，加之谢娘的眼神已然不济，花得厉害，做不了细活了，所从事的也不过是为些拉车的、赶脚的单身做些缝缝补补的简单活计；或是给某家的老人做做装裹什么的，收入可想而知。谢家之所以还能经常吃到虾米皮炸酱面，这多与父亲的资助有关。至于这院房与父亲究竟有什么关联，我说不清楚。六儿拼命地打袼褙，其中难免没有要摆脱虾米皮炸酱面笼罩的成分在其中，他要自立。他要挣脱出这难堪与尴尬，就必须苦苦地劳作，将希望寄托在那些袼褙上。

毕竟是能力有限，毕竟是太难了。

他很无奈，焦急而忧郁，命运的安排是如此的残酷无情，这是他与我注定不能融洽相处、不能平等相待的原因。

我那时不懂，后来就懂了。

我老觉得我很聪明，但后来的事实证明，我比起我的母亲来差远了。

我身上常常出现的糨子嘎巴儿和那不甚好闻的气息引起了母亲的注意。一天，我和母亲在老七舜铨房里，母亲摸着我那被糨糊粘得发亮的袖口说，又跟你阿玛去裱画铺了吗？我说，是呀。母亲问，都裱了些什么画呀？是不是老七画的那些啊？老七舜铨正在纸上画鸭子，他一边画一边说，我是不会把我的画拿出去让我阿玛糟蹋的，您看看丫丫身上的糨子，您闻闻这股馊臭的糨子味儿，料不是什么上档次的裱画铺。母亲问，你上回说的那个叫六儿的，他们家哥儿几个呀？我说，哥儿一个。母亲说，哥儿一个怎么会叫六儿呢？我说，因为他像咱们家的老六，他脑袋上也长了角。舜铨突然停了画，惊奇地看着我，一脸严肃。母亲问，那个六儿在哪儿住哇？我牢记着父亲的嘱咐，脸不变色心不跳地朗声答道：桥儿胡同。我特别注意了“桥”的发音，让它尽量与“雀”远离。母亲说，是雀儿胡同啊，那是在南城了。我慌忙辩道，您搞错了，是桥儿不是雀儿。母亲笑了笑说，上回你阿玛不是说六儿在东单吗，怎么又到了雀儿胡同呢？我急赤白脸地争辩道，是桥儿，不是雀儿！

我们家人都说老七傻，其实我比老七还傻。老七在旁边都听出破绽来了，直冲我瞪眼，我却还没心没肺地嚷嚷什么桥儿、雀儿。母亲不耐烦地挥挥手说，算了，你别跟我争了，我早看出来了，你是一只养不熟的白眼儿狼，我是白疼你了。

我说，我怎么是白眼儿狼了？怎么是白眼儿狼了？

母亲叹了口气，神情黯淡，歪过脸再不理我。我还要跟母亲理论“白眼儿狼”的问题，老七从后头把我拦腰抱起，三步两步出了屋。我在老七身上踢打哭闹，让他把我送回母亲身边去。老七不听，我就往他的袍子上抹了一把又一把的鼻涕，唾了一口又一口的唾沫，直到他把我夹到后花园的亭子里，狠狠地撂在石头地上。

老七点着我的鼻子说，你胡说了些什么！我说，我怎胡说了？我什么也没说。老七说，你个缺心眼子的二百五，你还嫌这个家里不乱吗?！老七说“家里乱”是有原因的。不久前，他的“媳妇”柳四咪刚跟着我们家的老大金舜铻跑了，他心里烦，气儿不顺。我说，你媳妇跟着老大跑了，你去找老大呀，挟持我干什么？老七听了我这话气得脸也白了，嘴唇直哆嗦，反不上一句话来。我看老七没了词，越发来劲了，说，连自个儿媳妇都看不住，还有脸说我呢。老七想了一会儿，终于伸出手来，啪地抽了我一个嘴巴子。

真挨了打我反倒不哭了，我学着六儿的样子，显出一副无耻与无赖相，也像六儿那样一字一顿地说：我、操、你、妈！

老七愣了，他像不认识我一样地看了我半天，结结巴巴地说：你说……说……什么……我母亲她……怎么你了？

我很得意，我觉得六儿真是一个伟大的人物，他创造的这句箴言可以降伏我们家任何一个老儿，我的那些虾米皮炸酱面可真是没有白吃。

我把发呆卖傻的老七扔在园子里，自己晃晃悠悠转到厨房来。厨房里，大笼屉冒着热气，那里面传出了肉包子的香味。老王正在熬红小豆粥，豆还没烂，他正坐在小凳上剥核桃仁。我在核桃仁碗前蹲下来，老王把碗端开了。

我说，刚才老七打我了。

老王没言语，也没有表情。

我说，老七打了我一个嘴巴。

老王将一颗硕大而美丽的核桃仁丢进碗里。

我说，这事儿我跟老七没完。他说我给家里添乱……

老王说，小格格您到前头玩儿去吧，您也甭给我这儿添乱了。

我说，老王你客气什么？咱俩谁跟谁呀！

老王说，不是客气，是怕太太们怪罪。不管怎么着，老王也是下人，是伺候人的人，你们的事儿跟我没关系。

我说，老王你今天怎么变得这么生分？咱们俩平时的关系可是不错！

老王一边把我往外推一边说，谁敢跟您不错呀！您是《捉放曹》里的曹操，我是里头的陈宫，我不跟着您跑啦，我改辙啦！

我傻乎乎地问，我是曹操，那谁是吕伯奢，我把谁杀啦？

老王说，你把你阿玛杀啦！

我说，我阿玛跟老三上琉璃厂看古玩去了，他活得好好儿的。

老王说，今儿晚上他就好好儿不成了，你等着吧，有场好闹呢！

我说老王是替古人操心，说完瞅个空当儿，抓了一把核桃仁，撒腿就跑。

老王追出厨房跳着脚地嚷嚷，我大半天的工夫，让你一把抓没了！

那天，我一个人在院里进进出出，却没一个人理我，使我感到自己不是只好鸟。后来实在没事干，我就跑到老姐夫的院里去陪老姐夫喝酒了。

晚上，并没有老王说的“好闹”，父亲从琉璃厂买回来一个会闹鬼的洋钟，一到点，两个小鬼轮番出来打鼓，挤眉弄眼的，还会扭屁股。父亲说这是从宫里流散出来的物件，因为钟背后有英吉利敬献孝和睿皇太后的字样，推算起来该是道光时候的东西。母亲似乎也很高兴，让那俩鬼打了一遍又一遍鼓，还说其中的一个长得像厨子老王。

我没心思看鬼打鼓，我为肚子里的三个包子两碗粥一盘白肉而折腾，愁眉苦脸地弯在炕桌边上，没完没了地哼哼。刘妈说，这孩子今儿是吃撑着了，让老王给她沏碗起子水喝吧。母亲说行，又说以后我吃饭不能跟着大人们在一起混，得给我单拨出来，否则没数，说我像这样地撑着已经不是第一回了。刘妈一边搅着起子水一边说，要光是包子和肉也用不着喝这个，要紧的是她肚子里还有半肚子酒呢，下午在五姑爷那儿喝了个肚儿圆，不是我进去看见，她还喝呢！母亲说，这个占泰，真是的，怎的给个小孩子灌酒？我得说说他了。母亲说着，捏住我的鼻子，刘妈将那碗起子水毫不含糊地全灌进了我的肚子里，她们俩配合得默契而熟练，已经成了一套完整程式，这说明她们对我进行这样的摧残绝不是一次了。灌进我肚里的“起子”，其实就是苏打，发面用的，她们让我肚子里的包子们像面一样地起泡发酵，这招儿真是绝得不能再绝了。

喝了那又苦又涩的起子水，我回去睡了。

五

我照旧跟着父亲去桥儿胡同，照旧吃那炸酱面，照旧吃那廉价的糖豆儿、大酸枣。不同的是，六儿不打袼褙了，他拿起了针线。这么一来，院里树底下再没了他的踪影，他老在东屋的案子前为一堆堆布而忙碌，当然，那些布较他打袼褙的布有了很大进步。谢娘跟他一块儿干，谢娘是他的师傅，也是他的帮手。

他还是不理我，脸上对我的厌恶依然如故。

我对他当然也没有什么好印象。

我常想，要是别人大概会对父亲的援助感激涕零了，但六儿并不因这而增加对父亲的了解，清除他们之间固有的隔膜，这真是一个执拗的、奇怪的人。

这天，下着大雪，我和父亲又来到了桥儿胡同。

谢娘对我说六儿给我缝了一个好看的小布人儿，让我快过去看看。我说，那娃娃穿的什么衣裳呀？谢娘说穿的是水缎绿旗袍。我说如此甚好，我就喜欢水缎绿旗袍。谢娘说，那你还不去看，让六儿再给你做个粉红的短袄、琵琶襟儿的……没等谢娘说完，我已飞了出去。

六儿果然在他的房里，但没有缝小布人儿，他在缝一条裤子，又粗又短的土灰裤子。见我进来，他说，你来干什么！我说，我来看看。六儿说，我的屋不让你看。我说，你这儿又不是皇上的金銮殿，还不许人看了？六儿说，可我这儿也不是谁想进就进的大车店。我说我是来要我的小布人儿的，并没有想在他的屋里多待。六儿说没有小布人儿，让我哪儿凉快哪儿歇着去。我说，你这儿就凉快，我就在你这儿歇着，你把那个穿水缎绿旗袍的小布人儿给我！六儿说他不知道什么水缎绿旗袍。我说，你妈说有。六儿说，我妈说有你找我妈去，别在我这儿搅和。我认为六儿是故意跟我找别扭，看来不发脾气是不行了，就在我四处踅摸可以踢砸的东西时，谢娘在北屋大声说，六儿，你给她缝一个！

六儿看了看我，从鼻子里轻轻哼了一声，顺手摸起一块从裤子上铰下来的布头，哧哧哧就又剪又缝起来。缝着缝着，他又从线笸箩里找出两个小红扣钉上，终于，在他手里，那个灰不溜丢的东西有了形状，原来是只长尾巴的红眼耗子。我是属耗子的，六儿这不是骂我吗？我不干了。我说，小布人儿呢？绿旗袍呢？你弄了只耗子搪塞我算怎么档子事儿？

六儿说，给你只耗子就算不错了，你别给脸不要脸！

我说我要穿水缎绿旗袍的小人儿。

六儿说，耗子就不穿旗袍，连裤子也不穿。

我说，六儿你就缺德吧，你的那两个犄角压根儿就长不出来，你甭做当龙的梦了，你成不了龙，你永远是一条泥鳅，臭水坑里的烂泥鳅！

六儿说他从来也没想过要当龙，他连长虫也不想当。

我说，你以为你是谁？你根本就不是我阿玛的儿子！

六儿说，你以为我是你爸爸的儿子吗？我要是你爸爸的儿子那才怪了！末了又找补一句，给谁当儿子也不会给你们金家当儿子，我寒碜！

我揪了那耗子的尾巴到北屋告状去了。

北屋里，谢娘在哭，一抽一抽显得很伤心。我父亲揣着手，皱着眉，在屋里走来走去。看这情景，我明白自己再不宜浑闹，就乖乖地靠着炕沿站了。

外面，雪越下越大，又起了风，天气变得很冷，而屋里似乎比外面还冷。父亲只是低头叹息，谢娘只是低头垂泪，风雪交加中他们是死一样的沉寂。

末了，父亲说，她怎么能背着我这么干……

谢娘说，太太来了也没说什么过头的话，就让我替四爷多想想。

父亲说，那个姓张的就那么可靠……

谢娘说，是个实诚人儿，也喜欢六儿……

父亲说，他一个凿磨的石匠有什么出息！

谢娘说，总算是个手艺人。

父亲低着头又在屋里转，一言不发。半天，谢娘说，六儿大了，他懂事了，那孩子心思重。

父亲说，这孩子可惜了……

那天我们没有在谢家吃饭，谢娘把我们送到门口，神色凄凉，那欲说还休的神情使我不敢抬头看她。父亲也不说话，只是吭吭地咳嗽。我听得出来，那不是真的咳，他是用咳来掩饰自己。车来了，谢娘冲着东屋喊六儿，说是四爹要走了。东屋的门关着，父亲站了一会儿，见那房门终没有动静，就转身上车了。谢娘还要过去叫，父亲说，算了吧。说完就靠着车座闭了眼睛，显得很困，很乏。谢娘掀起车门帘，将那个灰布耗子塞进来，嘱咐父亲要给我掖严实了，别让风吹着了。父亲闭着眼睛点了点头，我看见，清清的鼻涕从父亲的鼻子里流出来，父亲的嘴角在微微地颤抖。我转脸再看谢娘，穿件单薄的小袄，一身的雪花，一脸的苍白，扶着车帮哆哆嗦嗦地站着，在呼呼的北风里几乎有些不稳。一种诀别的感觉在我心里腾起，我对这个南城的妇人突然产生了一种难舍的依恋。我知道，以后我再也不会到桥儿胡同来看谢娘了，那些温馨的炸酱面将远离我而去，那些五彩的袼褙将远离我而去，那可恶的六儿也将远离我而去。满天风雪，令人哽咽，我凄凄地叫了一声“娘!”自己也不知为何单单省了“谢”字。可惜，我那一声轻轻的呼唤刚一出口，就被狂风撕碎，除了父亲，大概谁也没听着。

谢娘慌忙将帘子掩了，我感觉到抱着我的父亲陡地一颤。

车走了，谢娘一直站在风雪里，默默地看着我们，看着我们……

那天，六儿自始至终也没有露面。

父亲一动不动地缩在他的大衣里。他不动，我也不敢动，我怕惊扰了他，我明白，他现在的心情比我还难过。望着忧郁、清瘦的父亲，我感到他很可怜，很孤单。于是，我把他的一双手攥在我的小手里，将我的温暖传递给他。

车过了崇文门，父亲睁开眼睛对前面的车夫说，上前门。

我说，咱们不回家吗？

父亲说，先上前门。

父亲到了全聚德，跟掌柜的说正月十三派个上好的厨子到我们家来做烤鸭，然后又到正明斋饽饽铺买了两斤奶酥点心，这才坐上车往家赶。

这两样东西都是我母亲爱吃的。

大雪扑面而来，世界一片迷茫，我真是看不懂我的父亲了。

六

日子一天又一天，平平常常地过去。

不能到桥儿胡同去，虽然给我添了一些寂寞，但并不影响我的快乐生活。至于六儿给我缝的那只红眼大耗子，早已被我丢得不知去向。有一天，我在厨房看见老王在用那只布耗子逗弄一只刚要来的小土猫，他在训练猫捉耗子的本领。小猫是送水的老孟给老王的，因为老王跟老孟说过，厨房的面口袋被耗子咬了窟窿，老孟是个记事的人，就给老王找了这么只猫。新来的小猫本来就认生，又被那只红眼耗子吓着了，一下钻进米面口袋的夹缝中，可怜巴巴地喵喵，不敢与耗子对阵。老王说，这倒怪了，猫怕耗子，还是只假耗子。

我说，六儿太恶，缝的耗子也恶。老王说，那是因为你恶。我说，我怎会恶？我是一只还没长全毛的小耗子。老王说，你是一只耗子精。耗子精就耗子精，我认为对老王的话大可不必认真，他一个做饭的，能有什么真知灼见呢？

转过年冬天，又到了正月，又是一个大雪天。早晨，纷纷扬扬的雪花从高天之上飘洒而来，我在院子里仰着脑袋看天，冰凉的雪花落在我的脸上，转瞬又化为水。我突然诗兴大发，高声喊道：

燕山雪花大如席，
飞到金家大院里。
天白地白树也白，
晌午咱们吃烧鸡。

我把这首即兴创作的诗喊了一遍又一遍，图的是让父亲听见。我知道，父亲就在北屋里，正和母亲商量今天上吉祥大戏院听戏的事，听说吉祥下午有《望江亭》。《望江亭》是我爱看的戏，里边的小寡妇谭记儿很漂亮，一会儿换一套衣服，一会儿换一套衣服，让人眼花缭乱。如果父亲听了我的诗句，十分欣赏，一准儿会说，瞧，那诗作得多么好，带了那丫儿去吧。那样我不就捡了个便宜？

我的吟唱没有引出父亲倒招来了老七。老七说，你在这儿干吗呢？我说我在作诗，说着又把那诗吟了一遍。老七说，你得了吧，大下雪的，别在这儿散德行了，你这也叫诗吗？

头一句照搬的是李白，三一句剽窃的张打油，就末了一句是你自己的，倒是很有真性情，终归也没离开吃。我就跟老七说了想看《望江亭》的打算。老七听了笑着说，你就是《望江亭》，还用得着再看《望江亭》吗？我问我怎的就是《望江亭》。老七说，您作的那首“咏雪”的诗，跟戏里那位纨绔子弟杨衙内作的“咏月”的诗如出自一个师傅般地相似，可见天下的蠢都是一样的。

我当然记得戏里那位衙内的诗：

月儿弯弯照楼台，
楼高小心摔下来。
今日遇见张二嫂，
给我送条大鱼来。

我说，你不觉得那位衙内的诗也很朴实易懂吗？他比你的那些“子曰”坦诚多了。我爱杨衙内，也爱他的诗。老七说，如此甚好，如此甚好……

我们正说着话，六儿脑袋上顶着一条麻袋跑进来了，见了我和老七，没说话，扑通跪下磕了四个头。我看见六儿的腰里系着白布，脚上穿着孝鞋，我知道，六儿是来报丧了。

老七问他是谁。

六儿说他是雀儿胡同张永厚的儿子。

老七问是谁殁了。

六儿说是他妈。

也就是说，谢娘死了！

我的身上一阵发冷，打了个激灵。

老七将六儿领进北屋，我的父亲和母亲还在谈论下午的戏。六儿按孝子的规矩给屋里的每一个人都磕了头。我特别拿眼睛扫了一下父亲，父亲无动于衷地坐着，表情平静得不能再平静了，他甚至还有心情让刘妈往他的茶碗里续了一回水。

母亲说，谢娘是金家的熟人了，咱们得了人家不少济，就是眼下我穿的这件狐皮坎肩儿也是谢娘做的，咱们应该过去看一看才好。母亲问什么时候出殡，六儿说让人算过了，就是今天下午。母亲说，从来都是早晨出殡，哪儿有挪在下午的?

六儿不说话。

刘妈在一边小声说，太太忘了吗，谢娘是再嫁……我在旁边听得清楚，便明白了，原来寡妇再婚，婚后出殡，那时辰是要与众不同的。错过时间，为的是让她先一个死鬼男人在奈何桥上白等，不让他们在阴间团聚，因为后边还有个活的。

打发走了六儿，母亲说下午让刘妈到桥儿胡同去一趟。刘妈说不认识，母亲就让我跟刘妈一块儿去。我痛快地答应了，在去听戏还是去桥儿胡同这两件事上，我之所以毫不犹豫地选择了后者，我是想，应该去送一送谢娘，就冲她那温和的笑、那喷香的面，就冲她在风雪中为我们的站立……

不能不送。

母亲派刘妈去也是派得很得体的。刘妈是下人，与谢娘的身份对等，我们既没抬了他们也尽了礼数。刘妈是母亲们的心腹，回来后肯定会将桥儿胡同那边的事情一五一十地向母亲描述清楚。至于让我去，明是给刘妈带路，实则是代表着父亲，给父亲一个脸面，母亲的心计是很够用的。我想父亲心里一定很不好过，以他和谢娘的关系，他是应该到场的，如今却要陪母亲去看戏，那种伤情，让人觉得心碎。

出门的时候，我特意在廊下多站了一会儿，想的是父亲能出来对我有什么嘱咐和交代，但是父亲没有出来。

下午，雪停了，我和刘妈冒着严寒来到桥儿胡同。车一拐弯，远远就望见谢家门口挑了烧纸，那纸在风里呼扇呼扇地飞，好像被系住翅膀的鸟儿。

谢家院里搭了个小棚，三两个吹鼓手在灵前吹打，乐声单薄草率，断续的音响在这凄寒萧瑟的小院里颤抖着，连得人的心也发颤。一个腰系白带子的木讷男人把我们迎了，也说不出什么话，两片厚嘴唇翻过来调过去就是俩字，“来了”“来了”。想必这就是六儿的继父，石匠张永厚了。刘妈问及谢娘后来的情况，张永厚说是昨儿擦黑儿咽的气，吃不下东西已经有一个月了。说着就把我们往灵前领。

我看到了那口沉闷的黑漆棺材，我知道那里面装着谢娘，装着可怕可悲的死！六儿跪在棺前，一脸的疲惫，认真地承担着孝子的角色，这个院里，真正穿孝的也就他一个人。一个女人，头上扎块白布条，见我们一走近，就开始了有泪没泪的号啕，不是哭，是在唱，拉着长声在唱，那词多含混不清。据说，这是谢娘的一个远房亲戚，丧事完后，谢娘遗下的衣物、首饰将归其所有，这是她耗在这里不肯离去的原因。几个穿着团花绿衫的杠夫，坐在棚的一角，喝茶聊天，他们在等待起灵出殡的时辰。

我来到棺前，看到了里面的谢娘。

已经不是给我做炸酱面的那个媳妇了，完全变作了一具骷髅、一副骨架，骨架裹着一身肥大厚重的装裹，别别扭扭地窝在狭窄的棺里。谢娘的嘴半张着，眼睛半闭着，像是在等待，像是要诉说。刘妈说，怎能让她张着嘴上路呢？得填上点儿什么才好。趁刘妈去准备填嘴物件的空隙，我扒着棺沿，轻轻地叫了一声："谢娘！"我想，我是替父亲来的，谢娘所等的就是我了，如果有灵，她是应该知道的。

棺里的谢娘没有反应，那嘴依旧是半张，那眼依旧是半闭。

我该怎样呢？我想了想，将兜里一块滑石掏出来，这块滑石是我在地上跳房子画线用的，已经磨得没了形状。最早它原本是父亲的一个扇坠，因其软而白，在土地上也能画出白道，故被我偷来充作粉笔用。现在，我把这个扇坠搁在谢娘僵硬冰凉的手心里，虽然我很害怕，腿也有些发软，但想到谢娘对我诸多的宠爱，想到那温热的炸酱面，想到这是替父亲给谢娘一个最终的安慰，便毫不犹豫地做了。

刘妈用纸包了一个茶叶包，塞进谢娘半张的嘴里。

谢娘的嘴，被刘妈的茶叶堵上了，她再也说不出话了。

杠夫们走过来，要将棺盖盖了，我听见六儿撕心裂肺地哭喊“妈！——”我的眼泪也下来了，我跟他一起大声喊着“谢娘！”也肆无忌惮地张着大嘴哭。刘妈将我拉开了，说是眼泪不能掉到死鬼身上，那样不好。刘妈小声地告诫我：“端着点儿！”她说，这是谁跟谁呀，咱们意思到了就行了，不要失了身份。

我不管，我照哭我的。

六寸长的铁钉，嘭嘭地钉了进去，将棺盖与棺体连为一体。六儿在棺前不住地念叨：妈，您躲钉！妈，您躲钉啊！……那声音之凄、情意之切，感动得刘妈也落了泪。我知道，随着这嘭嘭的声响，谢娘从此便与这个世界隔绝开了，我那块滑石也与这个世界隔绝开了……

杠夫们将棺上罩了一块红底蓝花的绣片，这使得棺木有了些富贵堂皇的气息，不再那样狰狞阴沉。几条大杠绳在杠夫们的手里，迅速而准确地交叉穿绕，将棺材牢牢捆定。杠头儿在灵前喊道：本家大爷，请盆儿啦——

这时，跪在灵前的六儿将烧纸的瓦盆捧起，啪地朝地上砸去。随着瓦盆碎裂的脆响，吹鼓手们提足精神猛吹了起来，棺木随之而起，六儿也跟着棺木的起动悲声大放。

灵前，自始至终，只有一个六儿，未免孤单软弱。他之所以叫作六儿，是父亲按金家子弟的排列顺序而定，暗中承袭着金家的名分。按说，此刻我应该跪在六儿的身后，承担另一个孝子的角色，而现在却只能在一边冷冷地看着，如一个毫无关系的旁观者。

棺木出了小院，向南而去。送殡的队伍除了那些杠夫以外，只有张家父子两人，六儿打着纸幡走在头里，他的继父石匠张永厚，抄着手低着头走在最后头。

乐人们夹着响器散了，回了各自的家。

远房亲戚说要赶紧收拾，不能耽搁，再不招呼我们。

我在路口庄严肃穆地站着，目送着送殡队伍的远去。在雪后的清冷中，在阴霾的天空下，那团由杠夫衣衫组成的绿，显得夸张而不真实……我想，我要把这一切详细地记下来，回去一点儿不落地说给我的父亲。这是我能做到，也是应该做到的。

不知此时坐在吉祥大戏院看《望江亭》的父亲，是怎样一种情景……

七

"生不能相养以共居，殁不能抚汝以尽哀"，这该是多么凄惨的感情缺憾，多么难与人言的酸楚。遗憾的是后来父亲从没向我问及过谢娘的事情，即便在父女俩单独相处的时候，我几次有意把话题往桥儿胡同引，也都被父亲巧妙地推了回来。看来，父亲不愿谈论这个内容了。所以，谢娘最后的情况，父亲始终是一无所知。

为此，我有些看不起父亲。

后来，父亲去世了。

我到桥儿胡同找过六儿。小院依然，枣树依然，他那个当石匠的爹正在院里打磨，我不知道那时候的北京怎会还有人使用这个东西。石匠已经记不得我了，我也不便跟他说父亲的事。打听六儿的情况，知道他在永定门服装厂上班，改名叫张顺针。

我在服装厂的传达室里见到了这个叫作张顺针的人，彼时他已是带徒弟的师傅了。张师傅戴了一顶蓝帽子，表情严峻，进来也不坐，挖挲着手在屋当间站着。我说了父亲殁了的事，本来想在他跟前掉几滴眼泪，但看了他的模样，我的眼泪却怎么也掉不下来了。张师傅说，您跟我说这样的事儿有什么意思吗？这倒是把我问住了，我停了一下说，当初您到我们家说令堂不在了的时候，是不是也有什么意思呢？张师傅看了我一眼，从那厌恶的眼神里，我找到了当年六儿的影子。我说，当初我父亲是很爱您的，他对您的感情胜过了我所有的哥哥。张师傅哼了一声没有说话，任凭着沉默延伸。谈话无法继续下去了，我只好起身告辞，没等我出门，他先拉开门走了。

我回来将六儿的态度悄悄说给老七。老七叹了口气说，怎的把仇结到了这份儿上？兄弟虽有小忿，不废懿亲，更何况还有个父子相亲的情分在其中。既是这样，也只好随他去了。

第二天早上，有人送进来一包衣物，说是一姓张的人让带来的。金家人打开一看，原来是一包长袍马褂的老式装裹，无疑这是送给去世的父亲的。我知道，这是六儿连夜为父亲赶制出来的。说是无情，真到绝处，却又难舍，这大概就是做人的两难之处了。金家没人追究这包衣服，大家谁都明白它来自何处。母亲坚决不让穿这套装裹，她说父亲是国家干部，不是封建社会的遗老，理应穿着干部服下葬，不能打扮得不成体统，让人笑话。

母亲的话有母亲的道理，在父亲的遗体告别式上，穿戴齐整的父亲，俨然是社会名流的“革命”打扮，一身中山装气派而庄重。那是父亲参加各种社会活动的一贯装束，是解放后父亲的形象。至于那个包袱，在父亲入殓之时被我悄悄地搁在了他的脚下。我知道，这个小小的细节除了我的母亲以外，在场的我的几个哥哥都看到了，但大家都不约而同地睁一只眼、闭一只眼。他们都是过来人，他们对这样的事情能够给予充分的理解和宽容。

到底是金家的爷们儿。

与六儿相关的线索由于父亲的死而斩断，从这往后，再没有理由来往了。“文革”的时候，我们听说六儿当了造反派，是的，他根正苗红的无产阶级出身注定了他要走这一步。在我的兄长们因这场革命而七零八落时，六儿是在大红大紫着。我和老七最终成为金家的最后留守，我们提心吊胆地过着日子，时刻提防着红卫兵的冲击。而在我们心的深处，却还时时提防着六儿，提防着他“杀回马枪”，提防着他“血债要用血来偿”的报复。如若那样，我们父亲的这最后一点儿隐私也将被剥个精光。给我们家看坟的老刘的儿子来造了反，厨子老王从山东赶到北京也造了我们的反。唯独六儿，最恨我们的六儿，却没有来。

后来，我从北京发配到了陕西，一晃又是几十年过去。随着兄弟姐妹们的相继离世，六儿在我心里的分量竟是越来越重，常常在工作繁忙之时，会从眼前闪过六儿的影子。有时在梦中，梦见他顶着一头繁重的角，喘息着向我投以一个无奈的苦笑。惊慌坐起，却是一个抓不着的梦。老七给我来信，谈及六儿，是满篇的自责与检讨。他说仁人之于弟，不藏怒，不宿怨，唯亲爱之而已。他于兄弟而不顾，实在是有失兄长的责任，从心内感到不安。老七是个追求生命圆满的人，而现今世界，在大谈残缺美的同时，又有几个人能真正懂得生命的圆满？——包括六儿和我在内。

八

来北京出差，在电视台对某服装大师的专访节目中，我突然听到了张顺针的名字。原来这位大师在介绍自己的家传渊源，向大家讲述从他祖父谢子安起，到他的父亲张顺针，他们一直是中国有名的服装设计之家。他之所以能成为大师，绝对有历史根源、家庭根源、社会根源以及本人的努力……我听了大师的表白，只感到不是说明，是在检查。这样的套路，每一个出身不好本人又有点儿问题的人，在“文革”时都是极为熟悉的。现在换种面目又出现了，变作了“经验”，只让人好笑。

依着电视的线索，我好不容易摸索着找到了张顺针的家，当然已不是昔日的桥儿胡同，而是一座方正的新建四合院。今天，在北京能买得起四合院的人家，家底儿当在千万元以上。也就是说，贫困的谢娘后代，如今已是了不得的富户了。

想起当年武老道“若生在贫贱之家，前程不可量”的断语，或许是有些意思。

朱门紧闭，我按了铃，有年轻人开门，穿的是保安的制服，料是雇来的门房。我说来看望张老先生，看门的小伙子问我是谁，我说是张先生年轻时的朋友。那小伙儿很通融地让我进去了，他说老爷子一人在家快闷出病来了，巴不得有人来聊。

院里有猛犬在吠，小伙子拢住犬，告诉我说，老爷子在后院东屋。

来到后院东屋，推门而进，一股热腾腾的糨子味儿扑面而来，靠窗的碎布堆里，糨子盆前低头坐着一个花白头发的老人，这就是六儿了。

见有人进来，老人停下手里的活计，抬起头，用手托着花镜腿，费劲地看着我。眼睛有些混浊，看得出视力极差，那模样已找不出当年桥儿胡同六儿的一丝一毫。

我张了张嘴，那个“六儿”终没叫出来，因为我已经不是当年使性较真儿的混账小丫头，他也不是那个生冷硬倔的半大小子了。我们都变了，变了很多很多。该怎么称呼他，我一时有些发蒙，叫张先生，有些见外；叫六儿，有些不恭；叫六哥，有些唐突……后来，我决定什么也不叫。

我说，您不认识我了吗?

张顺针想了半天，摇了摇头，笑容仍堆在脸上，他是真想不起来了。

我说我是戏楼胡同金家的老小，以前常跟着父亲上桥儿胡同的丫丫。

听了我的话，对方的笑容僵在脸上。我估摸着，那熟悉的冷漠与厌恶立刻会现出，尽管来时我已做了最坏的心理准备，可心里仍旧有些发慌。但是，对方脸上的僵很快化解，涌出一团和气和喜悦，亲热地让我坐。

我将那些碎布扒开，挑了个地方坐了。

张顺针说，咱们可是有年头儿没见了，有三十年了吧？

我说，整整四十四年了。

张顺针说，一眨眼的事儿，就跟昨儿似的。您这模样变得太厉害，要是在街上遇着了，走对面也不敢认了。说着，顺手从他身边的大搪瓷缸子里给我倒出一碗浓酽的茶来。我喝了一口说，您这是高末儿。

张顺针说，能喝出高末儿的是喝茶的行家。现在高末儿也是越来越难买了，不是我跟“吴裕泰”的经理有交情，我哪儿喝得上高末儿？

我说，您还在打袼褙？

张顺针笑着说，您看看，这哪儿是袼褙？这是布贴画。这张是“踏雪寻梅”，这张是“子归啼夜”，那个是“山林古寺”，靠墙根儿摆的那一溜儿画儿，都是有名字的。

经张顺针一说，我才在那些袼褙里看出眉目来。原来张顺针的这些布贴画与众不同，都是将画面用布填满，用布的花纹、质地贴出图画的效果来，很有印象派的味道。他指着一幅有冰雪瀑布的画对我说，那张布画还参加过美术馆的展览，得过奖。

我说，老七舜铨也是搞画的，您什么时候跟他在一块儿交流交流，您老哥儿俩准能说到一块儿去。

张顺针说，你们家老七那是中国有名的大画家，人家那是艺术，我这是手艺。

我说，老七可是一直念叨着您呢，他想您。

张顺针说，谢谢他还惦记着我，其实我们连见也没见过。

我说，怎么没见过？见过的。

张顺针问在哪儿见过。

我说，那年在我们家的院子里，您上我们家来……天还下着雪……

我本来想说出“报丧”二字，怕伤他自尊心，只说是下雪，让他自己去想。

张顺针还是想不起来。在他思考的时候，他的头就微微地颤动，我看到了他稀薄的头发下那两个明显而突起的包。那曾经是父亲寄予无限希望的两只角。

张顺针见我对着他的脑袋出神，索性将脑袋伸过来，让我看个仔细。他说，不是什么稀罕东西，让医院看过，骨质增生罢了。遗传，天生就是这样。

我说，我们家的老六就是这样，他还长了一身鳞。

张顺针说，长鳞是不可能的，人怎么能长鳞呢？

我觉得再没有什么遮掩迂回的必要了，几十年的情感经过长久理智的熏陶，像是地底潜流中滴滴渗出的精华，变得成熟而深刻。亲情是不死的，它不因时间的相隔而中断，有了亲情，生命才显出它的价值。我激动地叫了一声：

六哥！——

张顺针一愣，他看了我一会儿说，别价，您可千万别这么叫，我姓张，跟金家没一点儿关系。

我说，您跟我死了的六哥是兄弟，您甭瞒着我了，我早知道。

张顺针说，您这是打哪儿说起呢？

我说，就从您脑袋上的包说起，您刚说了，这是遗传。

张顺针说，可有包的不一定就都是你们金家的人；反过来说，你们金家也不一定人人脑袋上都有包。

我说，您甭跟我绕了，我从感觉上早就知道您是谁了。

张顺针说，您的感觉就那么准吗？您就那么相信自个儿的感觉？

我说，当然。

张顺针笑了笑说，一听见您说“当然”，再看您这神情，我就想起您小时候的倔劲儿来了，好认死理儿，不撞南墙不回头，现在一点儿也没变，还是那么爱犯浑。实话跟您说，您父亲是真喜欢我，就是为了我脑袋上的这俩包。可他心里清楚极了，我不是他儿子。

我的脑子突然变得一片空白，不会思索了。

阿玛，我的老阿玛，是您糊涂还是我糊涂啊！

张顺针说，您父亲老把我当成你们家的老六，把我当成他儿子。可从我们家来说，无论是我娘还是我，从来就没认过这个账。

我无言以对。

张顺针说，现在回过头再看，您父亲是个好人，难得的好人……

我说，谢娘也是好人，像妈一样……

张顺针半天没有说话，停了许久，他说，我娘那辈子……忒苦。

我和六儿就这么坐着，坐着，彼此再不说一句话。

我机械地喝了一口水，已经品不出茶的味道，我说我要告辞了。

张顺针让我再坐一坐，他大概是不愿意让我以这种心情离开。他问我什么时候回陕西，我说大概还得半个月，剧本还有许多地方要修改。张顺针问我是写电视的还是演电视的，我说是写电视的。他说还是演电视的好，将来我在电视里一露脸，他就可以对人说，这个角儿他认识，打小就认识，属耗子的，是个爱犯浑的主儿！他说，据他考证，耗子是可以穿旗袍的，迪士尼的洋耗子可以穿礼服，中国的土耗子怎么就不能穿旗袍呢？

我说是的，耗子可以穿旗袍。

九

十天后，张顺针就让他的儿子给我送来了这件旗袍。

水绿的缎子旗袍。

叶广芩的中篇小说《梦也何曾到谢桥》发表于《十月》

1999年第5期，收录于1999年出版的长篇小说《采桑子》。叶广芩出身叶赫那拉氏贵族，同时也与胡同文化有着天然的血缘亲近感。她的写作聚焦民国时期以来那些失势的清朝贵族生活与胡同大杂院里的平民际遇，重新确认了作为“皇城”的北京形象。小说以稚拙的女童视角回顾民国时期以来旗人世家金家的家族故事，思绪在早夭的金舜针与谢家六儿之间展开，糅杂的叙述调性为这份经过岁月沉淀的情感经验赋予了独特的韵致。小说获第二届鲁迅文学奖中篇小说奖。

——易彦妮

烛的泪

梁晓声

这是一条无名的短马路，在北京市区交通图上找不到它。马路左侧，一幢幢高楼比肩耸立；右侧，几乎完全被一座仓库的围墙占据。围墙一人多高，去年国庆节前，被刷成灰色。国庆节后，灰色的围墙上开始出现红的、白的、黄的油漆以各种字体书写的广告，于是围墙有点儿“浓妆艳抹”似的了。这又是一条只有一端可供行人和车辆出入的短马路。它的另一端是小河，否则，它的另一端也许会伸延得很长……

就在它的另一端，在围墙沿河畔转角处，有一间小房子。说那是房子，实在降低了房子的标准。因为它太矮了，房盖比围墙还低。也太小了，从外看，并不比书报亭大。房盖是油毡纸的。窗上无玻璃，木条十字交叉钉着蓝塑料布。在它的旁边，是一个比它大些的棚子。棚子只有油毡纸铺的盖儿，没墙。却也不能说没墙，只不过那若算墙，也降低了墙的标准。所谓的“墙”是用拆散的纸板箱的纸板拼凑成的。下半截拼凑得还挺严实，上半截靠各色塑料布挡风遮雨……

那“房子”里住着一对儿外地来的乡下夫妻，男人三十来岁，女人二十六岁。他们在那棚子里为北京人弹棉花。他们已在那儿住了五年了，他们的临时居住是半合法的。因为他们每年都能办下暂住证来，这是合法的一面，马路对面的街道给他们办的。他们老实得像只会弹棉花的动物，他们一磨，街道的人心一软，每每网开一面地就给办了。但他们那“房子”和那棚子，又实属违章“建筑”，早应当拆除。所幸在路尽头，又在河边，被周围十几株树隐蔽着，一次次地蒙混过关了……

北京虽然是全国消费水平最高的城市之一，却仍有舍不得花一百多元买新被褥，而更愿花十来元钱弹软一床旧棉套的人家。这样一些百姓人家，是那一对儿乡下夫妻的“上帝”。

他们实际上已经有一个女儿了，才两岁，在乡下。由他们的父母轮流抚养着。

春节前，他们原本打算回乡下去与亲人们团圆的。活儿积压得多，就日夜突击地弹。最后一件被人满意地取走了，竟到了四日的下午。而这一天正是除夕呀！

女人说：“你什么也别管了。该收拾的我收拾。快去买晚上的火车票，咱们得争取初一这时候到家是不？”

男人表示也是这么想的。于是带着一头脸一身的棉絮，匆匆地出了门。

他回来时，女人什么也没收拾。女人在床上酣睡着。那是一张旧单人床。他们给一户人家弹了两件棉套，人家用那张床抵手工钱了。单人床睡不开他们两口子，加宽了一块板，用些砖垫着。女人的睡状，像个困极了的孩子。她的头侧枕在枕上，身子伏着，手臂压在胸脯下边。她的另一只手臂垂在床下，另一条腿也垂在床下。而且，脚蹬着地，仿佛那只脚在酣睡的情况下还使着劲儿似的。显然，男人刚一走，她就那样子扑在床上了……

前几天北京寒冷，这女人感冒了。酣睡着的女人，两颊绯红。一线口水，从她半张着的嘴角流在枕上，竟已积成了一个围棋子般大的“珠子”。男人搓了搓手，想伸手去摸他女人的脸颊，看她是不是还在发烧？但他的手并没触到她的脸颊，他俯下头去，用自己的脸颊去贴女人的脸颊了。虽然外边的天气很暖和，虽然他的双手并不冷，虽然搓过了——他却仍怕自己手凉。女人的脸颊热乎乎的，女人还在发着低烧。女人睡得那么香，并没被她男人的脸颊贴醒。

男人的心里，倏忽间涌起对他女人的一种大的爱意。确切地说，那更是一种心疼。正是这女人，才使他在北京的这地方，这小“房子”和这弹棉花的棚子里，坚守了五年啊！这五年里，他们除了睡觉、吃饭，就是弹棉花。他哪儿都没陪她去。她也没单独去过什么地方，更不曾请求他陪自己逛逛北京。他们之间的话语，也一天比一天少了。她最经常说的一句话是：“我胳膊酸死了！”而他最经常说的一句话是：“我就不累吗？”——但是这五年，不唯对他们自己未来的生活，对他们双方的家庭，对他们双方至亲的一些亲人，却是意义极其重大的。他们已为自己积蓄下了两万多元钱。他们靠着在北京弹棉花挣的钱，使双方的父母得以不愁衣食。而且，他们还帮助过他们双方的一些穷亲戚。他们的家乡是个贫困的地方，那儿一百元钱可以使数口之家过一个月。五年多的日子里，他们已几十次地向家乡寄回过一百元了……想到这些，男人鼻子一酸，眼眶不禁有些湿了。

他蹲下去，双手轻轻托起女人的手臂，将她的手臂放到了床上。接着，又那样儿将她的腿也放到了床上。他站起来，望着她犹豫片刻，小心地脱下她的两只鞋。

女人竟一直没醒。一只手臂压在胸脯下，嘴角继续淌着口水。五年来的冬天，她总穿现在穿的这一件上衣。实际上那是他的一件旧上衣，这一件粗布上衣已经快变成“绒”的了。五年里它所附着的棉絮，是水所无法洗去的了。若使之重新变成布的，非靠科技的方法用电子分离器不可了。她也和他一样，满头发满脸都是棉尘，这使她的头发和眉看去像是灰白的。然而这乡下女人的脸却长得怪秀气的，毕竟才二十六岁，又是少妇，女人味儿是棉尘所无法消减的……

男人不由得怀着一腔温柔的怜爱吻他的女人。他起先只不过捧起她的一只手情不自禁地亲。那是一只多么纤小的手呀！像十几岁的少女的手。却又是一只多么粗糙的手呀！手心布满茧子，那是被弹棉花的弓子磨的。五个尖尖的手指尖儿，有三个缠着胶条，那是由于指甲两边儿的皮肤开裂了。他亲着她的手的时候，这男人就心疼得流下眼泪来了。他又亲她的额角，他的眼泪滴在她脸颊上。终于地，他忍不住双手捧着她的脸颊，用自己厚实的双唇严密地封闭住了他女人的嘴。女人一时喘不过气儿来，便醒了。女人睁开眼，懵懂似的仰视着他。明白他是在干什么后，推开他坐了起来。她用手背抹了一下嘴角，一条湿痕显现在她蒙了一层棉尘的脸颊上……

她说："你真烦人！"

她男人无声地笑了，眼里还含着泪光呢！

女人却没发现这一点。

"你脱了我鞋干吗呀！"女人一边穿鞋一边说，"我怎么这么没出息呢？怎么哪哪儿也没收拾就睡过去了呢……"

男人说："没事儿的，一会儿我和你一块儿收拾。"

女人穿好鞋，站起来说："别一会儿，现在就收拾吧！要不该误火车了……"

男人说："今天，咱们……走不成了……"

说得吞吞吐吐。

女人这才将目光望向男人的脸，自己脸上的表情顿时起了变化。

"你哭过？"

"没……没有……"男人掩饰地将头扭向一旁。

"你明明哭过！咱们今晚怎么走不成了？你把买票的钱丢了是不是？你倒说话呀！"

女人急了。

"没丢没丢！今天的票卖光了……"

"你骗我！"

女人的眼里也出现泪光了。三百多元钱对于他们是一笔大数。女人没法儿不急。

"没丢就是没丢嘛！唉，自打咱俩结婚，我什么时候骗过你呀……"

男人赶紧掏出钱给女人看。

女人放心了。女人缓缓坐在床上，失望使这年轻的乡下女人一时发呆。

“有明天的票……可我没买。明天都初一了。春节主要过的就是三十儿和初一嘛。初二下午才到家……那……我考虑来考虑去，咱俩还不如不回去了……就在北京过春节吧！咱俩还没在北京过一次春节呀……”

女人忽然双手捂脸，嘤嘤地哭了。一年十二个月，天天弹棉花，盼就盼的回家过春节啊！这当女儿的女人太想她的爹娘了！这当母亲的女人太想她的女儿了！比以往任何时候都想……但，她男人的话也有一定道理呀！

她除了哭泣，无话可说……

于是男人走到她跟前，将她的头连同她的上身搂在怀里，以哄孩子那一种语调说：“别哭，别哭哇！五年里，咱们不就是这一个春节没能及时赶回去吗？听话别哭！再哭我可不高兴了……”

女人反而哭得更伤感了。

……

爱女人的男人，是她的泪水的“闸”。女人本能地依赖这一点。她有时候哭，也是想试试那“闸”对她的感应还灵敏不灵敏。而爱她的男人，此时的表现则尤其温柔。他抚慰她，亲吻她，替她擦眼泪……

女人不哭了以后，男人用半截铅笔在一页纸上写着什么。那看来是一项须认真对待、反复斟酌之事。他大口大口地吸着一支烟，一会儿写，一会儿划，终于“定稿”了，便抄清在另一页纸上。他将那页纸递给女人看。女人就也走到桌前，拿起铅笔划去几个姓名，添上几个姓名，更改一些姓名后的数字……

再以后，他们点了些钱，揣了那页纸，都顾不上换身衣服，双双赶往邮局。那时已经四点多了，他们怕邮局提前下班，很快地走。男人甚至还扯着女人的手跑了一段路。

邮局工作人员果然已在盘点业务了。但一听说他们是要往家乡寄钱，立刻予以理解。春节，使得中国人之间格外和气了。见他们取了一打汇款单，人家还告诉他们别急，仔细填，一定将他们的汇款单加进当天的业务里……

汇完了款，女人还想往家乡打长途电话。邮车已经开到小邮局的门口了，邮局工作人员已经往外拎邮包了。男人看了一眼收费电话，脸上显出为难的表情来。人家又说——打吧打吧，有多少话只管说，我们等。

很少被这么和气这么友好地理解过，那话使夫妻俩心里暖烘烘的。

十几分钟后才终于有人接电话。当然并不是他们的亲人，而是在村部值班的一个老头儿。一听到乡音，不是亲人也是亲人了。妻子双手抖抖地紧握电话，不停地尽说尽说，总之是解释回不了家乡的原因，让老头儿代问自己的父母及亲人们好的话罢了。说到女儿时，女人又流下泪来……

离开邮局，他们走得从容了。男人低着头，脸上显出怏怏不乐的样子。经女人再三问，男人才说：“打了十几元钱的电话，你光说你爸你妈和你自己了，也不替我问问我爸我妈的情况，也不替我给我爸我妈拜个年……”

女人大惭，一路赔不是。

一回到“家”里，夫妻俩就开始收拾。乡下人也保持着干干净净过春节的习惯啊！“家”是哪儿都收拾干净了，夫妻俩的脸，却快变成黑人的脸了。

她说：“无论如何也得洗个澡。”

他说：“对！咱们也享受一次，去桑拿！”

于是妻子接着水管子里的凉水绞了把毛巾，马马虎虎地擦了擦自己的脸，也替丈夫擦了擦脸，就赶紧和丈夫出门了……

在马路对面，在那片楼群间，有洗桑拿的地方。二十五元一位。女人一听价，犹豫了。男人连考虑都不考虑，把钱交了。女人向人家手指的门犹犹豫豫地走去时，男人跟随着。人家大声说：“嘿那男的，你跟去干吗？男的在二楼！”

他说：“我们两口子……”

人家说：“两口子也不行！”

他曾听别人讲，北京有让两口子一起洗桑拿的单间，叫什么“鸳鸯间”。他所以肯花五十元与他的女人来洗桑拿，正是为的此种享受啊！各洗各的，那还叫享受吗？那还值得花五十元吗？

“放心，你不必陪她，有人陪她。”

男人一听这话，眼睛瞪起来了。走到门前的女人，也不由退回了一步。

人家笑了，说里面正有一个女人在洗着，女人陪女人，你这男人瞪的什么眼睛呀！说如果不是除夕，才不会人这么少呢！

男人也不好意思地笑了。一边往楼上迈，一边回头望他的女人。和自己的女人一起在北京洗一次桑拿，是他五年多的日子里常常梦想之事啊！唉，唉，他沮丧极了……

“多大年龄了？”

“二十六。”

“没结婚吧？”

“结了。”

“那……生过孩子吗？”

“生过了……”

于是坐在高台上的一个肥胖的女人，眼盯着坐在对面矮椅上的年轻的乡下女人的身子，羡慕得啧啧连声。她被盯得不好意思，只有低垂头。肥胖的女人下了高台，坐到她身旁，自暴自弃地喃喃：“我这身子是没治了，喝凉水都长膘儿，再怎么蒸也没用。”见她低垂着头不吱声，以为她不愿理自己，悻悻地返回到高台上坐着，以女巫发咒似的语调又说：“别看你现在身子长得这么好看，过不了几年也准得发胖，兴许比我还胖哪！我有这方面的专门眼光！”她更不知说什么好了。而那肥胖的女人再次下了高台，连往碳热器上泼了几次水，热浪逼人。她觉得窒息，也敏感到对方其实开始嫌她，起身逃了出去……

男人比他的女人洗得还久。因为内心里暗觉二十五元花得亏，就一遍遍往头上用洗发液，往身上打皂。冲净了就蒸；

蒸出汗了又冲。总之他企图将亏了的事儿变成不亏甚而占便宜的事儿……

当他换上带去的一身崭新衣服走到外边时，他几乎不敢认自己的女人了——坐在长椅上望着自己的那个女人，真的是自己的妻子吗？她头发湿漉漉的，她脸儿红扑扑的，她整个人看去水灵灵的。她的眼睛好明亮，仿佛她连眼睛也用香皂洗过了；她的嘴唇那么鲜润，仿佛抹了唇膏似的；她换上的新衣服使她显得更秀气了；那一双半高跟的皮鞋穿在她脚上使他看着怦热心动……

在回“家”路上，男人向女人坦白：其实除夕的火车票最好买了，但他太希望能和她在北京过一次春节了！尽管他也是那么想家乡，想父母，想女儿……

他问：“我是不是做得太不对了呢？”

她叹了口气，依偎着他，有心责备，又那么的不忍……

一回到“家”里，她就翻出新褥单，新被罩，新枕套，一一换上。于是他们在北京这个半合法半不合法的、寒酸简陋根本没个家样的“家”，竟也变得充满了家的温馨……

她那么做时，男人从旁看着，有几分舍不得地说：“不都是要带回家乡去的吗？”

女人被问得害羞起来，微微一笑，瞟了他一眼悄声细语地说：“我这不为了咱们好好儿过个春节么！”

他们相互配合着炒了三四样菜。配合得像他们弹棉花时一样默契。男人想起过“中秋”时还剩下半瓶葡萄酒，找到了，放在桌上。女人就给他和自己各斟了一杯。

他们的“家”里没电灯。电业部门不许他们擅自拉电线。他们是一对儿在北京很安分守己的乡下夫妻，五年多的日子里一直以蜡烛照明。一只破箱盖上的蜡烛快燃尽了。男人想起了什么，伸手从房顶吊着的小篮子里取出了一个报纸包儿。打开来，是一对红烛。比较粗的一对红烛。他有次花五元钱买的。为着这一天，他其实早就在预谋了。

女人说：“两支都点上吧。”

他就将两支红烛都并列着点上了。

在两支烛光的交相辉映之下，在喝了几口酒以后，女人的脸越发显得娇俏了。男人充满爱悦地看着他的女人，就又想起他们到北京第二年夏天的一件事：那时有人主动介绍她去一家不小的饭店当服务员，说一个月可以挣五百，说还管两顿饭，他们欣然同意了。一年干下来就五六千啊！有天她还穿回了饭店发给服务员的衣服裙子，让他看穿在她身上漂亮不。当然漂亮！使她的模样看去活泼青春。可半个月后她不去了。他再三问她原因，她最后被问哭了，说一名是副经理的男人对她不怀好意。他要去打架，她跪下抱住他腿说：“咱们来的时候，不是互相嘱咐了遇事要忍的吗……”

想起这件事，男人内心里对他的女人涌起了无边无限的感激。

当中央电视台的春节晚会开始在电视里播映时，这一个男人和这一个女人早早地睡下了。

在2000年的除夕，他们不说2000年，因为这个话题实在与他们没有任何关系。

他们也不看春节晚会的实况转播，因为他们没有电视。

他们在北京的这一个临时的“家”，那一时刻静悄的。因为他们该弹的棉絮都弹完了，不必像往日连夜加工了。

也没音乐，没相声，没歌曲，没广告介绍，没名人与主持人或名人与名人的侃侃而谈，在寂静之中，在人类已燃用了几千年之久的烛的光耀之下，只闻一个男人对他的女人喃喃喁喁的低语，以及她唇贴着他的耳对他说的话；只有一个男人对他的女人的爱在热烈地进行着，以及她柔情缠绵地奉献给他的……

梁晓声的短篇小说《烛的泪》发表于《北京日报》2000年2月16日，收录于2001年出版的作品集《有裂纹的花瓶》。《烛的泪》是关于一对靠弹棉花挣钱的外地年轻夫妻留在北京一起度过除夕的故事。尽管生活并不富裕，但夫妻二人的相处仍涌动着相濡以沫的淳朴情义。小说书写了生活在社会底层普通人的恒定日常，在漂泊者的生存样态里呈现朴素的情感底蕴。

——易彦妮

外地人

——短篇系列之三

荆永鸣

哭啥

现在人的活动空间越来越大，地球便显得越来越小了。不说在国内，你到了犄角旮旯都有可能会遇上熟人。就是走在纽约的街头上，被人猛不丁拍了一巴掌，大概也算不上是什么天方夜谭了吧。说不定，拍你的人，就是你们村子里惯于偷鸡摸狗的王二也未可知呢。

……

几年前，我初到京城的时候，曾担心人生地不熟的，会感到寂寞和孤独。可没过多久，光是老乡的电话就记了一大串子。

就想，京城并不遥远啊。

当然，有一大串子电话，却不一定有太多的联系。或者说，大多经过一两次见面之后，便疏于往来了。忙，是个原因。感情基础是个原因。性情或趣味上的差异大概也是原因吧。总之，在这个城市里的老乡中，与我经常交往的，也不过就是那么几个人。

老陈算一个。

老陈比我大几岁。过去，我们曾在同一个煤矿上坐机关。他在工资科，我是宣传部。业务上没有联系，人也接触得少。只记得，那时候的老陈很瘦弱，很谦卑，甚至有些唯唯诺诺。与人相处，有一点老是拱手托举别人的意思，让年纪比他小的人也会产生一种优越感。挺舒服的。

不久，我从矿上调到局里。此后，好像再没见过老陈。

……

一晃，时间就过去了十几年。十几年不是个短时间，世事发生了多少变化哇。这期间，我在局机关这里、那里的，像走马灯似的换了好几个部门。最后，又从那里辗转到京城。几经周折，与妻子在一条胡同里开了一家餐馆。人事奔波，岁月蹉跎。老实说，我早把过去的许多人和事给忘了。

去年春末的一个早晨，我去餐馆时，一个服务员正和收废品的人在为着几毛钱争执。哪里想到，那个人竟是老陈！

惊讶替代了尴尬。当时，老陈和我都十分意外。这毕竟是在人海茫茫的京城啊。

我把老陈拉进餐馆。老陈有点忸怩，只坐了椅子三分之一那么一块地方。说，真是的，我做梦都没想到这里的老板是你呀。

原来，老陈几年前就来到了京城。眼下住在城郊，每天蹬着板车到城里收购废品。

我问老陈，怎么样，还不错吧？

他笑笑说，嗨，凑合着闹吧。比不了你这老板哪。

老陈谦卑不减当年。人也还是那么瘦。唯一看出的变化，是眼角上的皱纹明显地多了。没说几句话，老陈便站起身要走。我留他吃饭，他却死活不依。说还有十几家餐馆的废品没去收呢。临出门，竟把几张零票放在吧台上。

我说，干什么呀老陈！几个破瓶烂罐，以后你只管收走就是了。

老陈说，那怎么行，都是做生意，该咋着是咋着。

拧不过老陈的固执，我只好不再与他去推让那几张皱巴巴的毛票了。

我送老陈出门。很窄的胡同里，老陈蹬着板车走了。车上的废品掩住了老陈的大半个身体。从后边，只看得见他的头部，一抻一抻的，远去了。

我立在那里，一时怅然，人生无常啊。

再次见到老陈，是半年后的事了。

那时，老陈已不再蹬着板车到处收购废品。他在城郊租了一个院子，雇了四五个伙计。先收，后卖。是一个专门做废品生意的老板了。

那天，是老陈主动跑到餐馆来找我的。

我们都很高兴。坐了大半个下午。喝了许多酒。

老陈能喝酒。半两的杯子，一抿，便下去一半儿。好在他并不将我。他喝干了，也不作声，就沉默着再把酒满上。当时，我觉得老陈心里装着许多事情。但老陈却不善谈，自尊心也很强。看出这一层，我说话便多了几分试探。他自己不提到的事情，我不会直接地去问他。总怕碰疼了他什么地方。

知道老陈的一些事，都是在后来的一些酒桌上，他断断续续，像挤牙膏似的挤给我的。

那次之后，我和老陈的交往就没有中断过。十天半月的，他就会跑到我的餐馆来。他忙的时候，进来打个腰站就走。没事，我们便喝上几杯，扯一扯。有时候，老陈还硬把我拉到别的餐馆去“坐坐”。老陈不是那种有了几个钱就禁不住抖擞羽毛的人。他请我，大概是想还我的人情吧（虽说没必要，但我却觉得他挺仗义的）。

老陈来北京是万不得已。用他的话说，他是先“下岗”，后“下床”。

老弟，我是个受过大刺激的人啊。那次是老陈请我。他把眼睛都喝红了。

他说，下岗我倒没怎么在乎。下岗的也不光是咱一个。别人能活，咱就不能活？叫我咽不下这口气的，是我那倒槽的老婆。他妈的，她不该让我下床呀！

老陈告诉我，那个女人和他打打闹闹地过了十几年。也和另一个男人好了十几年。满世界的人都知道了，但老陈不知道。他总觉得两口子，过日子，哪有勺子不碰锅沿的？打是亲，骂是爱，不打不闹才是祸害呢。哪知道，那个男人的老婆一死，她就彻底和他摊了牌。

末了，就这么蹬蛋了。老陈说，你说，那地方我还能待吗?

我点了点头。

老陈呷了一口酒，感慨起来，说道，我活了四十多岁，从参加工作起，就盼望有个公出机会，到首都看看……没想到第一次到北京，我是被逼出来啊。

……

老陈初闯北京那一段，日子最惨，几近乞丐。四十多岁的人，找活干，没人要他。又没钱。夜里凑到火车站，连个椅子也占不上。只好倚着墙，站在那里。扬头儿，磕头儿，像睡虫似的，一阵一阵打盹儿。后来，不知怎么就磨悠到郊区去了。终于在一个私人养猪场找到一份活儿，几句话谈妥工钱。老板出去撒尿了。回来时，见老陈已睡成了一只死猪。怎么也叫不醒。老板害怕了，心想，这是个什么人哪，死在这里可就麻烦啦。

于是，叫来两个伙计，胡乱地连扯带喊。半天，老陈才惺忪开眼睛，却一时回不过神来……老陈告诉我，当时，他以为眼前那几个人又是警察呢（他在地下通道里睡觉，曾被警察逮住过一回），爬起来时，一个劲儿地磕头作揖。

我笑了，你不是在瞎编吧?

老陈说，没有的事儿，我能编得出来?

可是，老陈在猪场里只干了两个多月，就和那里的猪呀，人呀什么的，“白白”了。

你是不知道，戗不住劲呀！老陈说，他干的活儿，是每天到城里拉泔水。猪场距城里有条街有四十多里。白天不让走。晚上，走早了也得在城边等。直到天黑到八九点钟的时候，才能蹬着脏兮兮的三轮车进城。到固定的、已经付过钱的几家餐馆去，打烊之前，收了泔水。往回返，边走，边歇，回到猪场，差不多天已经亮了。

我说，是辛苦哇。

老陈说，辛苦，咱倒是不怕。你看吧，在北京这个地方，能站住脚的，一个是有能耐，要不，你就得能吃苦。咱没能耐，不吃苦，行吗？

我认真地点点头，觉得他的话有道理。

关键是生活不好。老陈看着我说，在猪场你知道我天天在盼什么？杀猪！谁知盼了两个月，才知道猪场不杀猪，卖活猪呀！老陈自嘲地笑了笑，夹一口菜放进嘴里。然后，表情又认真起来，说，养猪的人，吃不上猪肉，不是和早些年种地的人挨饿一个道理吗？让人心酸哪。

我乐了。

老陈说，也不是我嘴馋。穷人坐下个坏毛病，几天沾不到腥货，就全身没劲儿。千八百斤泔水，几十里路，蹬不动哇。

老陈离开猪场后，就开始收废品了。一干就是三年。在一个偶然的机会，他承包了一处拆迁工地的废品，雇用了几个伙计，折腾下来，竟赚了不少。接着他就办了个废品站，做上了老板。

我问过老陈，想没想过买房。朋友对我说，在北京这个地方，只有买了房，才会结束那种漂浮感，否则，你永远都是个外地人。

老陈摇摇头，说，不。我不会在这里买房的。

我说，为什么？

老陈说，我不喜欢这地方。人太多，乱乱叽叽的，闹得慌。空气也不好，再说，连个家都没有，买了房子，也只能在那凉粥啊。

我说，有了房子，自然就会有家嘛。

老陈说，房子和家不是一回事。

我明白老陈话里的意思。这些年，他漂泊京城，人走家也搬。一直过着一人吃饱全家不饿的日子。这期间，他和一个干钟点工的安徽女人有过一点瓜葛。但老陈却不想与那个女人结婚。用他的话说，见面时，好像干柴烈火，事一过，又觉得没意思，特没意思。

……

老弟，我闹心呀。

那天，也是在酒桌上。老陈已经进入状态了。老陈的状态是，几杯酒下肚，你就觉得他有点醉了。又似乎没醉（因为喝到底，他还是那个样子。像一锅夹生饭，怎么也煮不熟；像一壶温暾水，怎么也烧不开似的）。这样的人，在酒桌上，是比较难以打倒的。

我说，钱多了是不是都闹心？

你别耍我了。我说的是真话。说完，老陈长嘘了一口气，眼睛好像被什么东西拉直了。

我不得不严肃起来。

老陈离婚时，儿子才五岁。胖乎乎的，极可爱。老陈舍不得儿子，想要儿子的抚养权。他跟老婆谈判。老婆似笑非笑，只扔给他一句话，他不是你的种儿！说完，牵着儿子的手回娘家了。老陈愣在那里，心好像被什么给弄碎了。夜里，他咬着被角，流着泪无声地哭了一夜。

最后的结果是，儿子，房子，都判给了老婆。家里没有什么存款。电视机、洗衣机、冰箱、衣柜等，也都是些不值钱的旧家什。老婆带着弟弟妹妹等娘家一干人来收房子了。叫他把所有的东西，统统搬走。老陈不搬，也不动，只是直直地看着倚在老婆身边的儿子。以前，他老觉得儿子长得哪地方都像他。这一回，越看，越没有像他的地方了。老陈的眼睛都快冒血了。他当时直想把儿子掐死。看到老陈面目狰狞的样子，他老婆害怕了，牵着儿子一个劲儿往后靠。小姨子也是。只有那个尿包小舅子，自己给自己壮着胆儿，岔了声似的，大声质问他，你想干什么?!

老陈什么也没干。最后，他站起身来，就在那一干人闪开的缝隙间，一甩袖子，走了。

我问，家里的东西呢，你没要?

老陈说，没要。

我说，一点没要?

老陈说，一点没要。我是清身儿出的。我就是想让他们看看，我姓陈的是条汉子!

我暗想，老陈就是带着这样的想法来闯北京的吧？

去年秋天，老陈回了一次家。老陈是“独苗”，父母均已去世。其实，家已经不存在了。老陈回家的目的，显而易见。

临行前，他到我餐馆来了。看他那身整齐的行头，我逗他，说，老陈，衣锦还乡啊！

老陈笑了笑，不置可否。

几天后，老陈却揣回一肚子沮丧。

没想到，那小子过得那么滋润哪。

我知道，老陈是说他原来那个老婆的男人。老陈告诉我，他两年前开了一家小煤窑，现在是当地有名的大款。

老陈说，那孙子姓梁。人们都叫他“梁百万”，也不知是“两百万”还是他妈的“梁百万”……说到这里，老陈一脸的疑惑。

老陈回去后，住在过去一个关系不错的同事家里。他很想看看儿子。同事的妻子，以一个女性的柔肠，自告奋勇地去找老陈原来的老婆。

那个女人，心挺硬。开始，她不同意。好说歹说，最后是看在同事妻子的面儿上，才勉强允许可以把孩子领给他见见。但时间不能长，最多半小时。

儿子已经十岁了，个头比原来高了半截。见面后，不管老陈叫爸，也不吱声，就站在那里忸怩。老陈给他两千块钱，儿子不接。最后，老陈硬是把钱塞进他的口袋里。

在父子关系上，老陈想了半天，无法找到话题。就问儿子，读几年级啦？叫什么名字？这一回，儿子回答得比较干脆些了。他说，读二年级，叫梁志刚。老陈一听就火了。心想，不叫爹倒也罢了，还把姓也改了。个杂种！一气之下，他把那两千块钱要了回来。儿子一走，老陈又后悔了。

老陈说，唉，他毕竟是个孩子啊。

老陈告诉我，当时，他心里别提有多难受了，恨不得一头撞死……

当天晚上，老陈便匆匆地登上了返程的火车。

回到北京，有苦没处诉，老陈便跑到我餐馆里来了。说完后，一边喝酒，一边流泪。极委屈，又无奈的样子。

我劝了他几句。话说出来，自己却觉得很俗气。也很苍白。

不说了。就默默地陪着他喝酒。

……

这一次，我们喝了很多酒。结束的时候，天已经很晚了。出乎意料的是，这一次老陈有些过量了。舌头，腿，都有点不太好使了。

一出门，竟差一点摔倒。

我放心不下，便执意送他回郊区。

在出租车上，老陈折腾了一路。一会儿吐，一会儿撒尿。把司机都烦死了，却也没办法，哼呵地叹着粗气。老陈全然不顾。该怎么折腾，还怎么折腾。有一会儿，他还呜呜地哭了。

他说，老弟，你笑话你老哥吗？你老哥窝囊呀。×他妈的……

也不知道他在骂谁。

好歹到了住处。一下车，老陈便软塌塌地站不住了。我和两个伙计像绑架似的费了好大劲儿才把他架到屋子里，放到床上。老陈一句话没说，就酣然入睡了。

我嘱托那两个伙计，叫他们照料好老陈。我就告辞了。

一个伙计把我送到院子里。院子很大（只有远郊才有这样的院子吧）。各处堆放着不同的废品。一大堆酒瓶子、易拉罐什么的，在月光下泛着幽幽的清辉。说不出是空灵，还是凄凉。

返程的路上，我和出租车司机谁都不说话。

闷了半天，司机才憋出一句，您哥们儿？

老乡。

他哭啥？

没啥。就是喝醉了。

丫怎么这操性！挺大个爷们儿，喝不了您甭喝呀。好，整个儿一傻×。我还以为家里死人了呢。操！

我斜了一眼司机，真想揍他。

但是，我没有。

那是个驴高马大的家伙。况且，我毕竟坐着他的车。

纸灰

我开的餐馆是在一条胡同里。胡同很窄。两旁是清一色的老式住宅。胡同也不太长。一端是一条宽阔的马路，一端是一条商业街。繁华得很。人从胡同里走出去，豁然开朗，如同进入了另一世界。

不愿意走出去，也行。

胡同里什么都有。餐馆居多。都是很小的那一种，六七张桌子，三五个伙计。生意却蛮好。中午或晚上，饭口时间一到，这里那里，颠勺的声音咯啷啷山响。把胡同里炒得芳香四溢。客人进进出出的，很是热闹。

除了餐馆，胡同里还有一些别的生意。比如，修自行车的，掌鞋的，理发的。卖菜的也有，卖肉的也有……

此外，还有一家杂货店。

店面很小，经营的也都是一些不起眼儿的小商品。有日用百货，儿童小食品，还有香烟、雪糕、电话卡、蝇拍儿、创可贴等，全得很。走进去，转身三百六十度，周围全是小商品。想起平时在家里用一支笔或换一双鞋还要找腾半天哪。这么多的零零碎碎，人家就能记住每一种东西的位置，还有它们的价钱，真叫人佩服。

店主是一对夫妻。男的叫民子，接近三十岁，面目棱角分明，黑，也瘦。女的要白净得多，高个儿，嗓音好听，而且温柔。他们有一个女儿，三岁左右，白白净净的，翘着两只小辫子。敢说话，声音清亮活泼，很可爱的样子。

先前，我和民子一家并不熟悉。后来我总到小店里买烟，买打火机什么的。长了，就顺便搭讪几句。

民子一家是梅河口人。

梅河口是吉林省东南部的一个小市。有一年我去东北时曾路过那里。时间正是初冬，一场雾凇把那里的百草万木染得一片洁白。壮观极了。那才是真正的“千树万树梨花开”呢。为了看雾凇，我特意在梅河口住了一夜。

因为这点缘故，我和民子的关系竟一下子拉近了不少。不知道这属于一种什么样的情结?

后来我才知道，民子的家住在农村，不在市里。

民子说，要是在市里，我就不会跑到这里来了。说完脸上掠过一种淡淡的苍凉。

我没说什么。人在他乡，各有来因啊。

……

一个晚上，秋雨绵绵。本是个喝酒的好天气，我的餐馆里却空无一人。

没人也好，清静。

我就把民子拉过来，两人对酌。

与许多咋咋呼呼的东北人相比，初识民子，我觉得他性格多少有些内向。熟了，才发现他挺好说，直爽中还透出几分幽默，挺逗的。

几杯酒下肚，民子的话多了。也兄弟多了。

他叫我“大哥”。

他说，大哥，你知道我为啥到北京来吗？

我说不知道。背井离乡，各有来因啊。

他往前凑了凑，说，大哥，实话告诉你吧，我身上有命案啊。

我一怔，狐疑地看着他。

民子笑了，说，不过你不用担心，咱手上没有人命。就是杀了一条狗。

他喝了一口酒，感慨地说，不过，那可真是一条好狗啊。啥品种，咱不太知道，肯定挺名贵的。你没见过，特别好看。短腿，长毛儿，小脑袋，浑身棕红。你一抬手，它就跳。它以为你手上有什么好吃的呢，直上直下地跳。一跳，一落，全身的毛全蓬开了，像一团火球似的……

我说，你为什么杀它呢？

他说，那是村长家的狗！村长欺负我爹，我就把他的狗给整死了。

民子说，他爹就是死在村长手上的。他爹先前是砖厂的会计。人特老实。村长净在他的账上鼓捣事儿。倒不是什么大钱，但他爹却老怕有一天自己会跟着吃挂落。就趁村里改选，把事儿向上头来的人反映了。谁知屁事儿没当。村长还是村长，倒是他爹的会计叫村长给撸了。当时厂长都为难了，说那叫他干啥呢？村长说，出窑也行，推砖坯子也行。就这活儿，干就干，不干就玩去！妈的！

民子说，那可是砖厂最累的活啊。开始的时候，我爹一天干下来，浑身的骨头都像散了架子。你说，我爹快六十岁的人了，能饿得住劲儿吗？

我点点头。问他爹干没干。

干了。民子说，我爹是个要强的人。我不叫他干，他不听。硬是像小伙子似的，一个人去推砖坯子。那天，我看他佝偻着腰，吭哧吭哧推车的样子，心想，这赶上过去受改造的“四类分子”了！一来气，我过去就把他的车给掀翻了。我爹愣瞅着我，嘴角哆嗦着，半天，啥也没说，就弯下身子，一块一块地去捡地上的砖坯子。我看见我爹流泪了。当时，我的手指头都要攥断了，疯了似的想打人。可我却不能去打我爹呀。我一拳砸在自己的脑袋上，嗡儿一家伙，差一点晕过去……

我忍不住笑了。同时心里觉得有些酸楚。

民子说，到最后我也没拧过我爹。他还是去。结果，没几天，就一头扎到砖垛子空里去了。后来又在医院里躺了十九天。至死，一句话都没说出来。

窗外，秋雨潇潇。

雨丝飘在玻璃上，一道儿一道儿地流下来，一派迷蒙。

民子说，他父亲死后，他还去告过村长。他也不想让村长承担什么法律责任，只想在父亲的医疗费上能得到一点补偿。结果，叫人失望。用民子的话说，一点甜酸儿都没找出来，官官相护哇！

母亲早亡。父亲又掏干了家底儿。民子决定到北京找一条生路了，他把可怜的一点家当，能卖的，卖。不能卖的，送人。行李也打包好了。行前，民子没忘了去给爹的坟烧几纸钱，培几锹土。

民子告诉我，就是这时候出了事的。

他扛一把铁锹回来时，在村头上碰见村长正和他的狗纠缠呢。大概是那狗想跟着他走吧。村长正摆着手，商量它回去。见民子从前边走过来（两人早就不犯话了），村长的口气一下子就硬了，是不是想找死呀你！我上北京（民子说他也不知道村长是不是上北京），你还想上北京？你给我滚回去！

那狗还真通人气。听村长一骂，果然转过身去，颠儿颠儿地往回去了。

民子说，当时他都走过去了。可是走着走着，突然觉得不对劲儿呀，他哪是骂狗？他是在骂我哪！这么一想，民子不由回头看了一眼，当时，村长已经骑上自行车，快没影儿了。前边，那条狗还在颠儿颠儿地走着，并不时回过头来看一眼民子。民子的心思一下子就坏了。心想，你不是村长家小祖宗吗，我整不了村长，我还收拾不了你？他轻轻地，非常友好地叫了一声"贝贝"（村长家的狗叫"贝贝"）。贝贝还真的停住了。民子再叫（声音更温柔了）。那狗竟摇晃着尾巴跑过来啦。

民子说，它还以为我有什么好吃的给它呢，结果，我一铁锹就劈那去了……

民子把村长家的狗打死后，挖了个坑，就地儿埋了。回到家，一通忙乎。最后，把行李往肩上一抡，带着老婆孩子，走人！

民子说，坐上火车，我才觉得后悔。你说，我打死个狗干啥？它毕竟是个哑巴牲口哇。

我无言以对。

他说，后来我又一想，打死就打死了。去你妈的吧。谁叫你投错了主呢。算你倒霉，活该呀。

我说，村长知道这事吗？

民子说，怎么不知道。我正埋狗的时候，叫张二 × 碰上了。他笑了笑，啥也没说。当时我就知道，他非坏我的菜不可。你不知道，张二 × 就是顶替我爹的会计。他把老婆都给村长用，这事儿他能不告诉村长？操他个祖宗的。

民子又说，他告诉了也好。听村里一个亲戚讲，当时，村长差一点没把眼珠子气蹦出来。他咬牙切齿地在村子里放风儿，说不管谁拿住我，都有重谢。说实话，我倒不怕那个村长。关键是他那几个儿子，无事不干，个个像牲口，惹不起呀。

我说，有机会的话，我就举报你。看那个村长能给我什么重赏？

民子凄惨地笑了……

到了北京以后，几经周折，民子才开了那家杂货铺。生意也算过得去，但是，整天乐乐呵呵的民子，其实一直没走出那件事留下的阴影。就连春节，他都没敢回老家去过。

去年春天，一个从省城来的朋友在一家医院做心脏造影手术时，出现了心衰。人被急救过来之后，我和他妻子战战兢兢地在医院守候了一天。到了晚上，朋友渐渐脱离了危险。朋友的妻子便几次三番地催促我回家休息。说如果有事，她会马上给我打电话。

我租住的那个十几平方米的房子里没有电话。所以，夜里，我就一直没有关手机。

手机没关掉，人也就差不多是一半在醒着。似梦非梦中，那个小东西突然揪心地奏起了音乐。

我一骨碌爬起来，去摸手机时，心都哆嗦了。

电话却是民子打来的。

谢天谢地，这时候你还没有关机！

我说，你快吓死我了！怎么这么晚了还打电话？

我和老婆孩子都被收进来了。你得想法儿捞我们。

我问他因为什么被收进去的。

不为什么。是我们半夜里出来……咳，算啦，三言两语说不清楚。总之，你要帮我一把。不然，我们就被遣返了。

我问他，你现在在什么地方？

他告诉我他在什么地方。说完，电话就挂断了。像是有人在催促或者被人制止了似的。

民子给我出了一道难题。可我又不能不管。

放下手机，我失眠了。

把民子一家弄出来，已经是第二天下午了。这之前，我差不多把电话本都给翻烂了。最后是朋友托朋友，拐了不知多少道弯儿，才找到一个正主儿。

朋友的朋友，把电话打过来说，你去吧，那个警察也是个写小说的。

谢天谢地，那一会儿，我差点没喊出小说万岁来。

一路上我都在想，如果警察都喜欢写小说，多好哇。可是，一见到那个写小说的警察，我还是禁不住有些害怕。看来，警察还是大于小说啊。

是个三十岁的小年轻。

我怯怯地报上家门。笑笑地递上烟。

写小说的警察对这些好像都不感兴趣。只是一副公事公办的样子。他叫我先交钱，后放人。

我厚着脸皮说，能不能不交钱，或者少交点？

他说，那可不行。我一个小人物，哪有那么大的权力哇。您说是不是？

我没有吱声。

我觉得我脸上的表情都硬住了。

……

民子倒是知足。一见到我，激动得什么似的，土黄着脸，一个劲儿地阿弥陀佛。

我觉得事情办得不太理想（几百元的罚金哪）。

民子表示，这就谢天谢地了。否则人数一够，就被装进车皮，遣返了。

他说，要是那样的话，就更操蛋啦……

民子的媳妇立在一边，红着眼圈儿，对我笑了一下，就转过脸去，空空地看着别处，一言不发。民子的女儿却燕子似的扑到跟前，拉住我的衣角，说，伯伯，你怎么也来啦？

我说，伯伯接你们回家呀。

她拍着两只小手，蹦蹦跳跳地说，太好啦，太好啦，我们回家喽……

晚上，我把民子一家请到我的餐馆吃饭。算是给他们压惊。

民子很感动。但只喝了几杯，便不想喝了。说是准备一下，晚上还得去烧纸呢。

民子一家就是昨天夜里去烧纸时，被夜查的联防人员碰上，带走的。

我问，还要去烧？

民子点点头，说，大哥，今天是我爹的忌日啊。昨天没烧成，今儿个说啥也得去烧上几张。不然，我爹还不得在那边骂我呀。

民子的媳妇说，我们那疙瘩，有个习惯。人在外地，逢亲人忌日，或过年过节，不能回家的，就到十字路口，烧几张纸儿。算是寄钱。管事不管事儿的，也算是尽个心思吧。

出于友情，也是被民子和他媳妇的一片孝心所感动。我决定陪民子一家去烧纸。

我们是小半夜打车出去的。这一次民子不敢就近了。车已经跑出了三环，民子还不停说，再走走，再走走……

终于到了一个十字路口。民子让车停住。让媳妇把睡着的女儿喊醒。一家人下车了。

我坐在车里，摇开车窗。

夜幕下，一座城市睡着了。空空的十字路口，像一场谢了闹剧后的舞台背景，呈现着一种憩息状的安静与神秘。民子这走走，那转转，终于在一个（看来是他认为比较合适的）地方站住了。

他往四下里看看，然后，把纸放在了地上。

他跪下去了。

他媳妇也跪下去了。

三岁的女儿，却在后边站着。声音娇脆着，妈妈，怎么还烧纸呀？

我们这是给爷爷寄钱花。

爷爷在哪？他不是死了吗？

是呀，他在东北。

东北是哪呀？

东北是咱家呀。

妈妈……

女儿还想问什么。却被民子吼住了，嘞嘞个啥？你给我跪下！

……

纸已经点着了。火苗儿瑟瑟地蹿起来。一家三口，剪影似的跪在火光里。高一句，低一句，男一句，女一句，同时，还夹杂着一个稚嫩的童音（像是民子和媳妇的回音）——在深夜里，缥缥缈缈，断断续续地传过来了——

爹，我们给你寄钱来啦。

爷爷，我们给你送钱来啦。

爹，你不要舍不得花呀。

……

夜幕里，火光瑟瑟。纸灰在飞。谁的泪水在飞……

荆永鸣的系列小说《外地人》首发于《北京文学》2002年第6期，后收录于2020年北京出版社出版的《出京记——荆永鸣小说精选》中。1997年，荆永鸣辞去工作来北京谋生，多年间，他一直在经营着自己的餐馆。他借助这个场所观察着各式各样的外地人，寻找着他的小说人物，也让餐馆成为小说里的核心地点。荆永鸣关注外地人到北京求生的原因以及打拼生存的艰难，他用异乡人的视角写异乡人的痛感，同时又以旁观者的视角揭示出北京本地人生活之外那些隐秘的感觉。

——刘滦德

午夜广场最后的探戈

徐　坤

1

广场上的地灯惨白，贼亮，是那种一排四个灯头的碘钨灯，在离地一尺左右的高度，从草丛中探出头来，与地面成三十度角，分别从几个不同方向昂头向上探照。灯光准确地捉住了她不停旋转的两条白腿——那两条腿，除了明晃晃的白，也说不出太多的什么来，勉强可以说得上是纤细、匀称。

当然，还比较长。超过了北京女人通常的腿长高度。贴在大腿根儿部位吊着的几缕碎布，随着身体的摆动起伏荡漾，仿佛多年老店打出的陈酿幌子。那是一条时兴的劲爆天鹅裙，超短，飘逸，人一转起来，裙子下摆“沙拉”“沙拉”绽开，一闪，一闪，闪出了两条修长的白腿；又一闪，一闪，闪出了里边平角罗纹镶有蕾丝花边的真丝底裤。一条猩红色的真丝底裤。不是火红、殷红，也不是橘红，是猩红，故意与绿底白花的裙子颜色戗着茬儿，猩出一股狠歹歹的情色。

周围一群看热闹的民工受不住了，简直看得要喷鼻血。他们或蹲或坐在广场边草地和水泥地上，大张嘴巴，喘着粗气，一只只冒火的眼睛，直勾勾瞄在她的裙底，随着她不断变换的身形，打出一道道血红炽烈的追光。

群众却对此嗤之以鼻。群众就是那些穿着松松垮垮的大背心、大裤衩前来跳舞的正派居民。他们三三两两，搂搂抱抱，踢踢踏踏，懒散挪动着脚底下的“北京平四”舞步，眼光乜斜，态度倨傲地瞟向他们俩——她和他，那对妖冶俗艳跳舞的陌生人。众人把身体的距离拉得与他俩远远的，似乎成心让他俩在明晃晃的灯光下单独现眼出洋相。

他们对此却浑然不觉，或者是根本不在乎。他们是故意用身体来找灯光的，故意让自己的全身暴露在明晃晃的光照下。那个女的依旧转，飞快转。其实也不怎么快，只是紧赶慢赶捯腾着双脚在旋转，尽可能通过旋转的力量将裙裾更多地张开。她的舞伴，那个永远穿着黑色紧身衣裤的男人，干练，精瘦，浑身哪儿哪儿都绷得紧紧的，殷勤环绕她的裙裾伸手抬腿、扭胯耸腰。从后面看，男的简直是要屁股有屁股，要腿有腿，像是个专业舞蹈演员，他的拉丁舞姿也很标准，耸、抖、贴、揉，动作跨度大，每个细节都做得很到位。但是，离近了瞧，却会发现，他脸上的皱纹已经不少了，看样子总归也要有个四五十岁。

女的呢？女的看上去也不小了。虽然她忙着在灯光明亮处掀动自己雪白的两条长腿，暗夜的灯火却并没有给她添彩，反倒把她三四十岁肌肉的下懈无情暴露，好像是靠透明丝袜才勉强把腿上松下来的赘肉勒住——不对，她几乎是没穿袜子的，是的，裸着腿，光脚，穿着一双肉色的圆口拉带皮鞋，是半高跟，比起真正的国标舞蹈鞋还差有一两寸的高度。跳舞的水平也就是个大众拉丁舞蹈培训班肄业。

可这又有什么关系呢？女人就是靠一条劲爆天鹅裙、两条大白腿，以及猩红色底裤的春光乍泄，就花枝招展地把众人目光勾住，就成了广场上的绝对女主角。男的，当然也就跟着沾光，成了广场上的第一男陪跳。

2

广场是城市中老年闲人的集散地。年轻人当然不屑于来这里，他们的休闲娱乐场所是酒吧、迪厅、量贩式卡拉OK歌厅。那里喧闹、昂贵，要价不菲。有钱有势的中年人，休闲寻欢也自有按摩桑拿洗脚屋，或者郊区的温泉度假酒店，谁能平白无故跑到这廉价没有成本的露天广场？只有这些上了岁数的城市低收入者阶层，才会成天到晚泡在广场这种开放式的空间，耗在这里晨练、打牌、跳舞、遛狗、遛弯，消磨时光和宣泄欲望。

别的就不说了，单说夜晚的广场舞吧。每天都是从晚八点准时开始的。每晚八点，非常准时，看完中央一台的《新闻联播》和《焦点访谈》（北京人喜欢关心时政，这两个节目几乎每家必看），拾掇好了饭桌，关好电视机，然后就掐着表，匆匆出门，直奔广场中心地段灯光明亮处而去。那里，激动人心的音乐已经响起来了！

小区物业管理处派设了专门人员负责拉电线、放舞曲。

管理处的那个秃头男人每天都会早早地骑自行车赶过来，到达人们跳舞的广场中心地带。这里有十六根气势宏伟的高大巴洛克式廊柱，它的上边顶着几个绿色大气包，很像俄罗斯东正教堂的圆顶，但其实不是，只是一种没有用的装饰。一群群白色灰色羽毛的鸽子在里边出出进进，洒下一片一片的鸽子屎。廊柱旁边，是能够同时容纳一千多人翩翩起舞的巨大空场。白天，鸽子们在这块场地里练脚，觅食，到了晚上，这儿就成了中老年人类男女双双暧昧牵手、贴身贴肉、活动筋骨的娱乐场所。

秃头管理员每次都要从旁边一个值班的小屋里牵出电源接线板，然后将插座连接到一个老式收录机上。那本是广场养鸽人值班的屋子。每天晚上，鸽子们回笼以后，养鸽人都会用清水将广场水泥地面的鸽粪清洗得干干净净。被水滋润过的地面总是散发着某种动人的气息。

是啊，这里虽说是城北“经济适用房”地区，这是北京近年来城市建设中涌起的一个新名词，说白了也就是城市贫民区，但是它的小区环境建设相对也并不很落后。它留出了能盖十栋楼那么大的面积建设出了一个巨型广场，取名“街心花园”。它有方圆，有纵深，有层叠起伏。那些颇似看台的一级一级的水泥石头砌起的花坛、水榭，在冬季枯干的时候，变得斑驳、沧桑，很像古罗马的斗兽场。乍一看去，视觉上显得非常震撼。西边转角处砌起几个红色小尖顶的鸽子窝，窝的背面镶嵌着意大利铁艺花窗。广场东边错落有致的喷泉、水池、雕像，完全采用古希腊风格。那个狩猎女神的水泥雕像上，常被鸽子给屙一身的屎。鸽子也不知为什么，特别喜欢站在雕像的头顶上排泄。

种种堆砌到一处的异国风情，气势恢宏，铺排讲究，同时也是杂花生树，不伦不类。初来乍到这个广场的人，都止不住笑说：这是到了世界上的哪儿啦？这儿除了不像中国，说它是外国的哪儿都成。

后来人们才知道，这片小区，是由黑龙江的开发商建造的。他们把黑龙江老毛子的建筑风格原封不动带到北京来啦！

怪不得呢！人们啧啧称赞。干脆，他们把北京的穷人区都建成黑龙江，都建成苏联得了！住在这儿都跟待在哈尔滨似的。

再说那个负责放乐曲的物业管理员。他把那个老式的仿佛当年黑白电视机那么大的收录机，放到廊柱脚下贴边不碍事的地方，然后从放满盒式录音带的大书包里掏出一盘磁带，塞进录音机里插好，准备迎接跳舞人众到来。世界早都进入数码时代了，他还在用卡式盒带播放音乐！想想，不愧是城市贫民区啊！落后得跟什么似的。曲子也是中老年人所熟悉的，从郭兰英、王昆的老歌，到邓丽君、费翔、毛阿敏的演唱，应有尽有。不需要什么专业舞曲，只要能成调子的乐音便能就合着舞动。

但有一点，这里边绝对没有什么孙燕姿、周杰伦、刀郎、刘若英的歌，就连王菲、孙楠、那英都没有。他们的记忆，通通都留在了二十世纪八九十年代，或者是五六十年代，苏联歌曲盛行的那个年代。新人新曲他们就合不上，不熟悉，听不惯，踩不上点。

晚八点钟，只要音乐一起，人们就会自动从四面八方聚拢过来，各自寻上自己的搭子，跃跃欲试着上场。

多么好啊！夏天的夜晚，月光明朗，大地浩瀚。微风吹来，天地间一派宁静安详。广场上那些冬青、雪松、苜蓿、蔷薇、紫荆、垂柳、洋槐，接足了地气，在夜晚偷偷地铆足了劲地竞赛飘香。物种们繁殖很快，不到两年工夫，就已经把街心花园广场点缀得芳草萋萋，杨柳依依。据说这方广场下边原来是个垃圾场，土质十分肥沃。这里的地下水也比较适合于灌溉农田。

前来跳舞的，基本上都是住在小区附近的人们。他们穿着一点也不讲究，动作也很随意。男的穿着大背心大裤衩，有的人甚至还趿着拖鞋，跟出入菜市场没多大区别。女的也不打扮，素面朝天，肥大的衣服里边连个胸罩也不戴，一派家庭妇女习气。说是在跳舞，倒不如说是在走步，只不过是变成双人走的形式。有的是男女搭配，有的是两个女的搂在一起（倒是从没有看见两个男的搂在一起的）。他们的手和手有意无意搭扣摩挲，脚和脚踢踢拖拖挪动磨蹭，激流情欲在暗中涌动，脸上却是一副见男不是男、见女不是女的平板表情。瞅那一个个莫衷一是的样子，简直就跟从前参加扭大秧歌、打太极拳、打鸡血、喝红茶菌一般，免费集体性群众运动，不干白不干，去晚了就没份儿。

鸽子在头顶咕咕叫。狗狗在脚下汪汪蹿。夜幕下的大都会，劳动人民的寻欢作乐，兴致盎然，单调如水，经久不衰。

3

突然，有一天，广场上出现这么一对妖艳男女，把原本宁静气氛给惊扰、打破了。两人浓烈的表演作秀气息，逼得人喘不过气来。灯光下一大片最光滑、脚感最好的位置被他们占据，整个广场上的风头也被他们两个抢去。人们虽然还在随音乐做着跳舞的动作，心思，却全然不在自己的舞步上，全被广场中央这一对给搅散了。

哪儿来的，他们？不知道。干什么的？两人什么关系？干吗要穿成那副德行，跳成那副样子？不知道。统统都不知道。想不明白。也不过是夜晚纳凉休闲的群众性广场舞罢了，有什么必要穿得那么风骚？那个女的，那叫个什么玩意儿？大庭广众之下，三四十岁的人还在裸肩露背，下腰踢腿，透着寒碜，透着惨烈，透着人生最后一搏的老不要脸。那个男的，扭着大屁股，腰胯甩得像抽了筋似的。又不是电视里的交谊舞比赛，并没有镜头对准着照你，扭那么欢实干什么？

尤其是那女人的旋转，完全是无谓的，没必要，多余。她好像特别喜欢做旋转动作，那种无谓的旋转，比方说，录音机里唱到“真的好想你啊，你在我的睡梦里”，好像是一个军人妻子思夫的歌儿，唱到这个旋律的时候，有必要接连转上五个圈，旋转三百六十度乘以五等于一千八百度吗？或者，“一九七九年，那是一个春天，有一位老人，在中国的南海边画了一个圈”，她就真的原地画起圈来，双脚飞快地捯腾，脚跟顶脚尖，把自己身体使劲顶起来转，转得像个没头没脑的陀螺。

尤其是，每当旋转，她的裙裾都就势张开，完全无遮挡的，面对着那些仰视的面孔张开，与其说是毫无防范，不如说是毫无羞耻。

——那些仰视的面孔，是小区里那些干活的民工。那些脏兮兮蓬头垢面的民工真是聪明，他们选取了很妙的角度，一律坐在地上，都跟草丛中探出的地灯的高度相一致，正好是从下往上窥视的距离。他们是如此安静、乖顺，自动地、整齐有序地坐在水泥地上，忘记了蚊虫的叮咬，忘记了潮湿的沁浸，简直物我两忘，甚至屏气凝神，就等着她旋转那个时刻的到来——像孔雀开屏一样。

他们并不知道雌孔雀不开屏，开的，都是雄的。每当那猩红底裤一露面，他们的脑袋就“嗡——”的一声，血直往上涌，嘴也合不上，口角微微露出些涎水，看得直愣愣，一动也不动。

这种免费观看的底裤，比起其他娱乐活动，比如说去旁边的地下录像厅看非法黄色录像，或者去哪家隐秘的洗脚屋找小姐，更诱人，更魅惑，更安全，更自由，更引人入胜，更想入非非。

她的旋转，就是为了亮出底裤来对民工展览吗？群众想。看来暴露狂和窥阴癖最可以互相心照不宣。群众不由得对民工和他俩同时嗤之以鼻。

群众悉心观察打量过，这两个身份不明的人，好像不是两口子。每天晚上，人们都看见他们分别骑自行车过来，女的从一个方向，男的从另一个方向，骑到这里以后会合。两人把车子停靠在廊柱旁边。女人骑的是二六车，男人也是二六车。都很旧。车筐里有水，瓶装矿泉水，还有擦脸毛巾。他们都是在家里穿戴披挂好了才来，不是到了这里登台前现换的。

很难想象，穿着一身劲爆天鹅裙的女人，是怎样骑着辆半旧不新的二六自行车，一路招摇着赶来。也很难想象，穿一身紧身跳舞演出服的男人，又是怎样将丰厚绷紧的臀，压在生锈梆硬的自行车皮鞍座上，一路迤逦而行。他们的自行车旁边，就是一个公共昼夜停车场，那里奔驰、宝马、路虎等好车应有尽有。他们的自行车大大方方地泊靠在它们旁边，没有丝毫自卑的表现，车头车尾，双双倚靠着，亲密无间，心安理得，怡然自乐。

现在，这会儿，华灯初上，夜晚的幕布拉开。乐声响起。他们先在广场中央立定，亮相，男女手臂上扬，身体拉出一个架势，完全是正规表演前的模样，一上场就先声夺人。不像别的跳舞男女，哈着腰，驼着背，男的揪住女的，脚底一出溜，互相薅着衣襟就滑进场地中央去了。这对男女，做完亮相定格，就蓦地挥臂耸腰，爆发力很强地动作起来，肢体幅度很大。只要一动起来，就完全不管不顾，即刻进入状态，就仿佛这世界上只剩下他们两个人。仿佛，他们就是这露天广场上的王子和公主。不，不，也许应该说是皇帝和皇后。除了舞蹈，他们好像什么也看不见，什么也听不见。周围人的冷眼，民工的窥阴，他们好像统统都看不见听不见。他们完全沉浸在自己的舞蹈世界中。

他们在自己的舞蹈里睥睨世人，笑傲众生，自给自足，相互挑逗，在卑微中起舞，在自信中亢奋。他们的低语没人能听得见。他们的对视没人能瞧得清。实际上，他们既很少低语也绝少对视，他们互相只用身体进行交谈。他是她身体的实际操纵者，他的手指像点穴，点哪儿哪儿开。旋转时，他的左手轻轻一推，右手高高擎起——她就乖乖转过身去，让身体打旋。双方身体的接触点，现在只是她握住他的一根手指，而不是全部手掌——以他的手指为轴，开屏旋转，这样她在晕眩之中的旋转方向才不至于太过偏离。

他的手指，她的手指，半含半握，半紧半松，隐秘暧昧，胶着粘离。现在，说话成为多余，舞蹈就是他们的交欢语言。他们把臀耸得更厉害了，他们把胯扭得更邪乎。跳到《蓝色多瑙河》里的快拍时，男人箍着女人的腰疯狂旋转，周围灯光齐刷刷连成一片，简直不知今夕何夕，今年何年。一瞬间他们就仿佛有了凌波之姿，有了凌空之势，双双堕入美妙的晕眩。

他们的个子差不多一般高，所以，他腰以下的支点，只能顶到她肉乎乎的小腹（肉乎乎，这就是非专业舞蹈演员的体质特点）。她觉出了他的摩擦和崛起，兀自脸红，没有闪避，而是亢奋，动作更加隐蔽，俯仰离合皆是欲。

他们明修栈道，暗度陈仓。

他们在公开的半明半暗的交欢中，把舞蹈进行到底。

4

习惯是一种巨大的力量。几次过后，周围旁观的群众也就习惯了。除了抢风头以外，这对男女并没有妨碍到谁，倒是招来的看客越来越多，攒足了夜晚广场上的人气。每晚，只要他俩一来，广场上的兴奋度就能饱和。民工越聚越多，管音响的秃头物业管理人员，也愈发敬业起来，甚至悉心搜索来好多专业舞曲带子，让广场上的舞步变得丰富又复杂。

一种莫名的兴奋，在广场四周荡漾。每晚八点，人们都急切盼望着这一时刻。同时，也自觉不自觉地盼着他们俩，像盼着明星出场。渐渐，人们习惯了他们的华服，适应了他们的舞姿，甚至，在他俩的舞姿里，恍惚还看见了维也纳新年音乐会上的舞蹈演出，看见了电视里的国标舞蹈大赛的表演。那些表演太华贵，太遥远，人们根本没有眼福观看。好了，现在，有了他们，把舞蹈的真人秀送到了自己面前。

人们也不得不承认，俩人的舞确实比别人跳得好，是专门练过的。那个男的，据谁说好像是在电视里看过，是哪个国标舞大赛的评委。对于俩人关系的最新猜测，说是最有可能是舞蹈教练和他的学员，就是那种北京市面上最近兴起的业余交谊舞拉丁舞培训班。男的，当然是教练，女的，一看就是业余学员，腿上没有肌肉，脚背线条也不够高，跳舞的难度系数也不大，也就是个中等偏上水平，但是还蛮灵巧，矫健，有悟性，身手不凡。另外，她皮肤的白净可真让人羡慕，白花花的，简直像奶油雪糕。还有那一把小腰条，那个岁数还能保持苗条，真不容易。至于说内裤嘛，看惯了，也不觉得扎眼。甚至，人们觉得，绿色劲爆天鹅裙，原本就应该配猩红色底裤。

人们有时也不免偷偷跟他们学两招。不光滑动简单的“北京平四”，偶尔试着比画一两下阿根廷探戈。难度很大。确实不好探，脖子快速扭动时容易抽筋，踢腿时，稍微扬得高一点，就能听到膝关节“嘎巴”一声。人们就心里感喟：不是所有中老年人类，都能招架得住探戈——那种在娘儿们身上做文章的玩意儿。人们有点服了，暗自佩服，渐渐不再疏离，跳着跳着，会向中心靠拢，主动接近他们。

他俩似无感觉，只在他们自己有限的活动半径内专注地跳着。慢三慢四、国标、伦巴、桑巴、爵士、恰恰、摇摆、阿根廷探戈……舞蹈越来越复杂。广场成了他们公开炫技的场地。他们身体趋近，摩肩擦背，大幅度摇臀，狂野而暧昧。他们在不易被人察觉的视线和角度里，触抚，沉浸，飘逸，投入，亢奋，自如。他们，在群众赞扬称羡的目光里，愈发飞扬，燃烧，娴熟，默契，旁若无人，探囊取物。

他们的欲望喷薄而出。肉体水到渠成。

夜风沙沙。这是一道不见光的风景。这是一片见光死的奇观。它陪伴人们熬过盛夏，驱走溽热。

5

忽然地，他们就不来了。失踪了。不见了。在农历七夕那天，他们突然双双失踪。

广场上跳舞的人们就像被闪了一下，很费解，很不习惯，仿佛一下子失去了什么，但也不知道究竟失去的是什么。来的人见广场中央空空落落，不免都是一副惘然若失的样子。

要说这一年的农历七夕也过得怪，早早地，报纸上就铺天盖地地造势炒新闻，说什么有政协委员呼吁，要把农历七夕打造成中国式情人节。消息层层下达，还要在群众中举行民意测验。小区物业还挺当回事，发送选票让每户居民填写。居民们就笑，说：真逗，还情人节呢！七月七牛郎织女鹊桥相会，人家那是两口子的事儿。什么情人？咱中国有几对情人？难道鼓励我们都去找情人不成？

他们就怀疑那些什么什么代表是商家的托儿，比方说卖玫瑰的、卖情侣表的、卖钻戒的商家，事先给了委员们什么好处，托他们来提交这项提案的。“我们举双脚赞成。”他们调侃着说。

情人不情人的先不说，广场上那一对男女从场地上消失了，却是事实。他们不打一声招呼就消失了。他们的不告而别，就如同他们的不请自来，实在是显得没有道理。舞场一下子变得晦暗，没有人气。人们无精打采，唉声叹气，脚底下的步子又变成懒散拖沓，仿佛又恢复了以前疲沓倦怠的老秩序。

可是，经过破坏后的老秩序，还能再恢复成原样吗？

人们无从抱怨，也无从诉说，因为他们不能明确说出这舞场上失落的究竟是什么。就连看热闹的民工也不来了。那些脸色黢黑、头发长草的小区民工，哈欠连天，望了几眼场上磨蹭着脚步的肥衣肥裤大爷大妈，就都无精打采怏怏悻悻地纷纷离去。等待他们的，将又是漫漫长夜录像厅的闷热和工棚里的寂寞。

那个秃头管理员播放舞曲的热情也锐减。许多时候，他索性连舞曲也不放，改放小电影，诸如防艾滋病宣传片、纪念抗战胜利六十周年战争片等等。一块发黄的、颤抖的银幕挂在廊柱之间，黑压压的人群摇着大蒲扇，挤在正面和反面有一搭没一搭地观看。这情景仿佛一下子让时光倒流，回到了贫穷落后的二十世纪六七十年代。银幕上不清晰的影像，草丛中飞来撞去仓皇的蚊虫，都让人们显得颇不耐烦。这热天儿，只要不动起来，中老年人类绵甜的血液，肯定要成为蚊虫可口的牙祭。

就在那对男女离去的那段时间，也曾有人试图挺身而出替代他们的角色，霸占他们的位置。然而，没用。所有的努力全都失效。比方说，那个看起来十分年轻的大眼睛女子，化着很酷的浓妆，穿三寸高的高跟鞋，上身一件小吊带背心，下身一件艳粉色大褶喇叭花及膝裙，粉墨登场，招摇出现。不断有男人请她跳舞，她就挽上他们翩翩跹跹，莺莺燕燕，翻转飞腾在碘钨灯下。她也学着从前那个女人的样子，没事儿就转，无谓地旋转，转得天昏地暗，也让裙摆“呼啦啦”张开，起伏有致，亮出两条银光闪闪的玉腿，青春长腿，以及底裤，纯白色的三角内裤。

她跳得很好，很不错，无论被哪个男人上手，她都能跟对方配合很熟练，很协调，很风情。她的那个裙摆也很呼啦啦，她的那个底裤也忽悠悠，她的那种艳粉色的裙裾在灯光下也极其耀眼刺目。

可是，不行，怎么跳，都没有那个劲儿。无论她怎么风骚，搔首弄姿，矫揉作态，却都不是那么回事。哪么回事？人们说不清。民工们说不清。但是他们心知肚明。他们已经默许和认同了从前那一对男女的舞蹈风格——一对一的固定舞伴，一对一的虚拟交欢，一对一的风骚、激情、浪漫、璀璨，一对一的红雨翻腾、秋波暗转，一对一的回光返照、最后一搏的娇艳与妖艳。

他们只是一对一的彼此。跟别人，跟任何一个他者，都没有关联。

一对一，可能是最美、最让人艳羡、最遭人嫉妒、最惹人联想的人类情感。谁都可以上手的，那是婊子，毫不值钱。民工们虽然不懂，他们嘴里说不出来，但是他们在心中已经颇有领会。在经历过那对男女之后，他们心里已经有了关于风骚的范本模式。他们的胃口已经被固定、吊高。别人，谁来，再怎么着，他们也不认。

6

那对男女的失踪，大概也就是两个星期之久。两个星期，够长的了。北方的夏天，转瞬即逝，总共也才有多长啊？

当他们又重新露头的时候，众人的精气神儿全都“陡”地往上一提——舞场上，确实太需要明星了！无论多么大的场子，大到国家，小到广场，都需要个别领军领袖式的人物，用他们的个人魅力和感召力，用他们的激情和热度，感染照亮芸芸众生。

民工们兴致勃勃，重新回到广场边的水泥地草丛旁，重新将身形降低到跟地灯一般高矮，重新目光齐刷刷、热辣辣，等待着熟稔的底裤模式重新上演。寂寞已久的群众也在热切以盼。他们自觉自动地把那块地方让出来，那块最最光滑的水泥地面、那个最最亮堂的舞台中心，自觉自动腾让出来，等待他们心目中的明星重新登场。

他们来了。他们重新登场。他们举手投足、他们踢腿下腰……怎么，他们的举手投足、他们的踢腿下腰，怎么看起来跟以前有点不太一样？

虽然他们来了，虽然仍像以前一样地跳着、舞着，然而，分明有什么东西是不对头了。是什么东西？也说不清。反正是觉得哪地方跟从前有点不太一样。

那对男女，外表跟从前毫无二致，女的，还是绿底白花劲爆天鹅裙，男的，仍然是黑色紧身衣，头发也还是用摩丝打理得根根不乱，然而，就是让人觉得两人跟以前不一样。他们虽也在跳舞，肢体的紧张程度，却远不如从前。他们似乎都有点漫不经心，三心二意，充斥着身体密码互相破解后的无限倦怠。女人不再轻盈，男人不再紧绷。女人慵懒怠惰，脚步尽量平移，少了许多旋转。即便偶尔转一下，也是转得勉强、难看，身体滞重，转得不尽如人意，似乎随时都能绊个跟头。男的手指暗号的推助显得有气无力，腰和屁股懒洋洋的，腰胯耸动马马虎虎，脸面颈部爱甩不甩。他们的身体偶然接触碰撞时，女人一点都不再为之战栗、激动，满脸都是漠然，仿佛无意间触到了一根棒槌。她的不激动、不激励、不唤起，搞得他也发蔫儿，整个人显得没阳气、没精神、无精打采。

他们的身体，像海啸过后疲惫的沙滩，满目疮痍。

尤其是，女人的底裤颜色明显褪色，从那里散发出的气息不再撩拨人心。民工们凭借雄性动物的敏感，从那里似乎嗅到某种真实交欢过后的蹂躏气味。

才仅仅半个月，怎么就有如此大的变化？半个月里，都发生过什么？下过两场雨。刮过一场未遂的名叫“麦莎”的台风。台风贴着陆地的边缘行走，很快拐到渤海湾附近的大连海边去肆虐，只是象征性地在身后给都市遗下几场小雨。雨过天晴，地上的蒿草又猛然蹿出一尺来高。割草机在嗡嗡嗡嗡勤快地工作，阵阵香气从广场四周袭来。青草的香味一成不变。可是，下过雨跟没下雨的季候，总归也是物是人非的感觉。

难道人的感觉会变得这么快吗？仅仅才半个月而已。半个月。却已经是汗湿溻透了脊背。半个月前的衣服被盛夏的汗水浸得已难再穿，勉强穿出来，也已是没款没形，漂白发皱，透着穷酸寒碜。半个月前的人们已经被连日来的闷湿浸得浮肿虚胖，微微发酵出一丝丝苦夏的蠢相。

半个月以后的舞仍同半个月以前一般跳着。只是不咸不淡。男人和女人，似乎有点无奈，又似乎在等待。在消磨中等待、虚耗，在虚耗中等待、消磨，似乎不知该如何完结。看得出，他们的身体已成强弩之末。每一次都像是恓惶的告别。第二天，却又来了，勉强地移动腿脚。观众们，似乎也看出了几许苗头，却又很快习惯了这种勉强。人活世上，不能总随心所欲、率性起舞，早晚有一天都要堕入半死不活的勉强。不管怎么说，只要他们还在，仍旧照常到广场来，便是好的。

所不同的是，现在人们已经消除了畏惧，也失去了崇拜，已经勇于跟这男女俩一同舞动在广场中央。人们也已经仿照他们的样子，把复杂舞步学会了不少。现在，失去了激情的他俩已经不再是广场中心的绝对主角。

7

一晃，已经进入秋天了，到了这个城市最美的季节。从西南边刮来的秋风把城市的天空托举得很高、很高，树上每一片叶子都在阳光下油光闪亮，一片耀眼的怡爽。微风夜寒，广场跳舞的人们已经穿上了薄呢裙和厚外套。而他们，那一对男女，却还是穿着一成不变的夏装。那一套已经穿了一夏的靓装，在秋天的灯光底下看着怎么那么薄相？不仅仅是薄相，又分明像是命薄、情薄。

九月中旬中秋节这天，正赶上一个星期天，小区管理处破例让人们可以在广场上尽夜狂欢，可以跳舞跳到夜里十二点。平常，为了防止乐声扰民，物业管理处规定，每天跳到晚十点钟就必须收曲结束。

这一天，按照民俗习惯，注定将是一个群众性的狂欢节日。夜晚广场上聚集的闲人满满当当，来望月的、遛狗的、消食儿的、跳舞的、看热闹的，人声鼎沸，喧声连天。还有一家超市将卖剩的月饼拿到广场人多的地方减价推销。狗狗们欢快地汪汪狂叫，鸽子被惊得扑棱棱地盘旋乱飞。月亮隐进云层，乌云在广场上空愉快地翻卷游动。俗话说中秋节的月亮是“十五不圆十六圆”，这个道理在北京这个纬度特别能应验。

舞曲还是从八点钟准时开始播放。群众演员首先鱼贯入场。群众一点都不客气，密密挨挨，挤挤擦擦，互相都有点不待见。群众跟群众彼此相像，你我不分，乌压压一群，转不过身，有时难免发生身体碰撞，偶尔，还会发生一些小的口角。跳着跳着，广场上的个别老舞迷就止不住郁闷，眼光不住地往碘钨灯照射的中心方向扫，看看那个劲爆天鹅裙和两条熟悉的大白腿来没来。只要领舞的一来，广场上的人众才能分出三六九等，跳舞的层次档次才能逐级拉开。

可惜，没有。这场浩大的群众狂欢仪式上，群龙无首，一片模糊，简直可以说是没有任何亮点靓腿可言。一个小时过去了，直到九点半钟，那对男女还没有来。老舞棍老舞迷们就止不住失望，心说，难道，他们又要玩失踪？

还好。尽管来得晚，那两个人终于也还是来了，在接近十点钟的时候。群众演员们的热身早已经热得火辣辣的。那两人一来，群众眼前一亮，身体一勃，立刻用舞姿掀起新的波澜。那两个主角也没想到广场今天是这副饱和样子，也受了感染，丝毫没犹豫，一个亮相就扭了进去，毫不谦让地占据了中心位置。女人今天头一次换了一件宝蓝色的舞蹈裙，掐腰，大摆，下面缀满金光闪闪的亮片，一转起来，像裹在金子里飞。众人的眼球简直都要给晃瞎了！那个放舞曲的秃头管理员，本来已经要打瞌睡，忽见他们来，立即如同打了鸡血般，兴奋无比地按下录音机停止键，立马改放难度大的表演性质的舞曲伴奏带。

这是一场多么激动人心宏大集体舞情景啊！天空为幕布，大地成舞台。他们在中央灯光明亮处领跳，周围人一圈圈里三层外三层跟着移动、旋转。就像经过导演事先编排好了似的，他们一来，广场舞的人群立即主次分明，秩序井然。从三步四步缓步交谊舞开始。欲望全落在腿上，心情全收在腰间。随飒飒的秋风起舞，随看不见的明月招摇，随树枝的摇曳、秋虫的低吟逐渐高亢。

今晚他们发挥得可真好。轻灵，飘逸，似乎找到了最初的他们自己。他们都有点含情脉脉，还有点魂不守舍。他们时不时深情凝视，好像舞蹈语汇已经不够用，他们必须用彼此对视的眼光来表达。人们的心思也随着他们的舞步激动、明媚、思绪飞升。人们这会儿还不知道，就连他们自己也不知道，这将是他们广场舞蹈生涯的告别演出。

逐渐过渡到快节奏的水兵舞、摇摆、伦巴、桑巴、爵士、探戈。这是他们俩最拿手的，最能炫技的动作。广场上只剩极少部分人能跟上了，偌大的场子几乎又成了他们俩表演的舞台。围观的人群却没有怨言，心甘情愿晾在边上。毕竟，很久没有看见这对男女明星跳得这么敞亮、痛快、酣畅淋漓，即便是站一边看着，心里也舒坦。

最后一曲探戈舞曲响起。女人这时已经完全进入状态，香汗淋漓，身体的每个细胞里都是鼓点，野得有点收不住了。她亢奋地甩头，大规模摆尾摇臀，扭胯贴近。男的情绪也被她挑起，也亢奋得像踩了电门，浑身每一处关节都在剧烈耸动，完全被舞蹈节奏所控制。他们已经完全物我两忘，一切只在不言之中。女人骨盆夸张耸动，趋前贴近他的小腹，臀部一摇一摇，做着虚拟摩擦。蓦地，她大胆疯狂，也丧心病狂，左脚点地，右脚高举，抬起白花花的大腿，去盘缠住男人的下半身！

这个动作简直突如其来，太狂野了！作为探戈舞蹈中的高难度动作，也只能在电视荧屏里向舞蹈比赛评委们炫技表演，却怎能在大庭广众之下，对广大手无寸铁、毫无抵抗力的老百姓真人秀呢？

就听广场上的人“嗷——”了一声，然后又急遽安静下来。人们都屏气凝神，瞪大眼睛，盯着他们的下一步动作。

男人也被女人的举动搞得一惊，毫无防备，却还是下意识地伸出手去回应。他的右手在女人的腰后一托，同时左手高举，完成一个接续造型动作。本以为她会马上松开，赶紧下去就完了。谁知女人还不善罢甘休，就势将上身往后一仰，双手一松，左脚跟离地后跷，将全身重量，一下子全留在箍住男人腰的那条大腿上。

怎生得了！怎生得了！毫无默契、毫无准备的男人，不提防会是这样，心里一惊，手一软，没有托住，脚底下也没有站稳，眼见着女人就后仰着倒下去了。是整个背部着地，重重地、结结实实倒在地上。直至倒地，女人缠着他的那条大腿始终都没有松开，一直死死缠着，勾着男人的身体随之倒下，轰然倒下，倒了个正着，结结实实压在她身上。

多尴尬！多丢人！两个大活人，活生生压在一起，倒在广场中心最明亮的地方。还好，男人到底是专业演员出身，有一身好功夫底子，在倒地两秒钟之后，他就“腾”地跳了起来，在众人还没有来得及看仔细的时候，他已经一下子跃起来，假装没事人似的，然后，伸手去拉地上的女人。

女人的立起就显得比较艰难、迟缓。看起来她摔得不轻。她是慢慢站起来的，先是缓缓蜷起双腿，坐起，表情痛楚，龇牙咧嘴。男人用目光朝她示意一下，她就迅速把痛楚表情收回，瞬间就收敛了回去，做出一副平静状。然后，她就着他手臂的力量，很缓，但是很坚定地站了起来。

他们都假装不在意，也没有互相安慰。男人搂着女人的腰，像是从后背托扶着她，慢慢地向停放车子的广场廊柱边走去。众人看见两人走到倚靠在一起的自行车旁，用钥匙开了车子，推上，什么也没说，双双提前退场。

观众们盯着他们撤离现场，无数双眼睛落在他们的背上。他们是一起推着车子往同一个方向走的。女的，好像还一瘸一拐。从他们的背影上，人们看清了，这已是两个多么衰老的身形！他们早已不年轻了。其实他们早就知道这对男女已经不年轻了。不知为什么，当他们在夏季的广场燃起一段青春还阳之火，当沉闷的广场被他们的激情照亮时，众人还是忘记了他们的年龄。

他们渐行渐远。渐行渐远。舞曲也一点点进入到弱声阶段。人们的舞再也跳不下去了，他们有点意兴阑珊。狂欢的人群逐渐散去。午夜的钟声在广场上空响起。这是个水晶鞋变脚丫、美丽公主变回灰姑娘的时刻。月亮终于从云层里探出头来，一层金属般的铜红色清辉瞬间洒满了大地。

二〇〇五年八月十六日于北京以北

徐坤的《午夜广场最后的探戈》最初刊载于《北京文学》2005年第11期。徐坤笔下舞者的着装与探戈舞，是女性自我意识的表达载体。这篇小说将女性生活体验的书写从私人空间推向公共空间。相较于之前的《厨房》，广场上的探戈已不仅仅属于舞者个人，对于小区居民而言，它也是生活激情的载体，朝向现实发问：当探戈消失，生活的激情又要从哪里寻找？

——刘溁德

出版说明

《小说中的北京》(全3册)所收录的多是一代大家书写北京的经典作品，本次编辑工作秉承尊重作家的写作习惯和遣词用字风格、尊重语言文字自身发展流变规律的原则，对于已经经典化的作品不进行现代汉语的规范处理，力求最大程度保存作品的本来面貌，为读者提供一个可靠的版本。在编辑出版过程中，我们得到了作者或作者亲属的大力支持与帮助，在此一并致谢。

北京十月文艺出版社

2024年8月27日

图书在版编目 (CIP) 数据

小说中的北京. 北京故事 / 张莉主编. -- 北京 : 北京十月文艺出版社, 2024. 9. -- ISBN 978-7-5302-2425-0

Ⅰ. I247.7

中国国家版本馆CIP数据核字第2024AY1685号

小说中的北京　北京故事
XIAOSHUO ZHONG DE BEIJING　BEIJING GUSHI
张莉　主编

出　　版　北京出版集团
　　　　　北京十月文艺出版社
地　　址　北京北三环中路6号
邮　　编　100120
网　　址　www.bph.com.cn
发　　行　新经典发行有限公司
　　　　　电话 010-68423599
经　　销　新华书店
印　　刷　北京盛通印刷股份有限公司
版　　次　2024年9月第1版
印　　次　2024年9月第1次印刷
开　　本　850毫米×1168毫米　1/32
印　　张　15.5
字　　数　290千字
书　　号　ISBN 978-7-5302-2425-0
定　　价　59.00元
如有印装质量问题，由本社负责调换
质量监督电话　010-58572393